SOLOTHURN TANZT MIT DEM TEUFEL

Christof Gasser, geboren 1960 in Zuchwil bei Solothurn, war lange in führender Funktion in der Uhrenindustrie tätig und leitete zwölf Jahre einen Produktionsbetrieb in Südostasien. Seit 2016 arbeitet er als freischaffender Autor und Kolumnist. Seine Solothurn-Krimis mit dem Ermittler Dominik Dornach und der Staatsanwältin Angela Casagrande wie auch die Reihe um die Journalistin Cora Johannis figurieren regelmäßig ganz vorne auf den schweizerischen Bestsellerlisten.

CHRISTOF GASSER

SOLOTHURN TANZT MIT DEM TEUFEL

Kriminalroman

emons:

Lust auf mehr? Laden Sie sich die »LChoice«-App runter, scannen Sie den QR-Code und bestellen Sie weitere Bücher direkt in Ihrer Buchhandlung.

Bibliografische Information der Deutschen Nationalbibliothek
Die Deutsche Nationalbibliothek verzeichnet diese Publikation in der Deutschen Nationalbibliografie; detaillierte bibliografische Daten sind im Internet über http://dnb.d-nb.de abrufbar.

© Emons Verlag GmbH
Alle Rechte vorbehalten
Umschlagmotiv: mauritius images/Dorling Kindersley ltd/Alamy
Umschlaggestaltung: Nina Schäfer, nach einem Konzept
von Leonardo Magrelli und Nina Schäfer
Gestaltung Innenteil: César Satz & Grafik GmbH, Köln
Lektorat: Irène Kost, Biel/Bienne (CH)
Druck und Bindung: CPI – Clausen & Bosse, Leck
Printed in Germany 2019
ISBN 978-3-7408-0624-8
Originalausgabe

Unser Newsletter informiert Sie
regelmäßig über Neues von emons:
Kostenlos bestellen unter
www.emons-verlag.de

Dieser Roman wurde vermittelt durch die Agentur Editio Dialog,
Dr. Michael Wenzel (www.editio-dialog.com).

Hic sapientia est qui habet intellectum conputet
numerum bestiae numerus enim hominis est
et numerus eius est sescenti sexaginta sex.

Hier ist Weisheit! Wer Verstand hat, der überlege
die Zahl des Tiers; denn es ist eines Menschen Zahl,
und seine Zahl ist sechshundertsechsundsechzig.

Offenbarung des Johannes, Kapitel 13, Vers 18

Der Teufel ist kein schwefliges Monster mit Bocksfuß.
Er kommt in uns vertrauten Formen und Gestalten daher.
Er existiert unsichtbar in und um uns. Das ist seine Stärke.

Jana Cranach

Prolog

Nach der Haarnadelkurve unterhalb der Passhöhe klarte das Wetter auf. Auf der gegenüberliegenden Seite des Hochtales überragte das Massiv des Piz Rosatsch die in Eis und Schnee erstarrte Landschaft, deren Silhouette sich messerscharf vom sternenklaren Himmel der Januarnacht abhob. Das Thermometer am Armaturenbrett zeigte minus fünfzehn Grad. Ab hier war die Straße schwarzgeräumt und trocken. Er beschleunigte. »Geh bitte, bist vorsichtig, Schatzerl, vielleicht ist's doch glatt hier.« Seine Frau legte ihre Hand auf seinen Oberschenkel. So vertraut die Geste in den fast fünfzig gemeinsamen Ehejahren geworden war, berührte sie ihn immer wieder wie bei jenem ersten Mal, als sie ihn damit zum glücklichsten Mann der Welt machte.

Kurz vor der Abreise hatte er neue Winterreifen aufziehen lassen. Es konnte nichts passieren. Der Vierradantrieb hielt den Wagen in der Spur wie auf Schienen. Trotzdem hob er den Fuß auf dem Gas leicht an. »Passt schon, mach dir keine Sorgen, mein Engel.«

»Meinst du, wir kriegen noch etwas zu essen? Ich habe einen Riesenhunger.«

Er warf einen Blick auf die digitale Zeitanzeige direkt über dem Lenkrad. »Sicher, es ist nicht mal zehn. Ab hier sind wir in weniger als zwanzig Minuten dort.«

Sie fuhren zweimal im Jahr ins Engadin, wo sie zu den Stammgästen des »Badrutt's Palace« in St. Moritz gehörten. Der Gedanke an die vorzüglichen einheimischen Spezialitäten im »Chesa Veglia«, einem zum Nobelrestaurant umfunktionierten traditionellen Engadinerhaus, ließ den Fuß auf dem Gaspedal wieder etwas schwerer werden.

Nach den Aufregungen der letzten Monate brauchten sie den Urlaub dringender denn je. Sie hatten einen Umweg über Wien gemacht, wo sie ihre Tochter besuchten und mit ihr frühstückten. Ursprünglich wollten sie die paar Tage im Engadin gemeinsam mit ihr verbringen, doch sie konnte die Stadt nicht verlassen. Sie waren lange bei Tisch geblieben. Ihre Tochter hatte sie liebevoll umsorgt. Es war nach Mittag gewesen, als sie endlich losgefahren waren. Wegen des schlechten Wetters in Tirol und Vorarlberg hatten sie die längere Route auf der Autobahn über Salzburg und München gewählt. Schneefälle auf der Strecke durch das Allgäu und später auf der Nordseite des Julierpasses hatten die Fahrt verzögert. Knapp zehn Minuten nachdem sie die Julier-Passhöhe hinter sich gelassen hatten, erreichten sie die Waldgrenze. In Kürze würden sie in Silvaplana die Kantonsstraße erreichen und den letzten Streckenabschnitt durch die märchenhafte Oberengadiner Winternacht bis zu ihrem Bestimmungsort in Angriff nehmen. Er reduzierte die Geschwindigkeit und lenkte den Wagen in eine lang gezogene Linkskurve, bevor er erneut beschleunigte. Vor seinem geistigen Auge sah er einen Teller dampfender Capuns. Er warf seiner Frau einen zärtlichen Seitenblick zu, den sie mit einem kurzen Lächeln erwiderte, ohne den Blick von der Straße abzuwenden.

Ihre Finger krallten sich in seinen Oberschenkel, als sie erstarrte. Er blickte geradeaus und erkannte im selben Moment das verräterische Glitzern des Straßenbelages im Licht der Scheinwerfer. Automatisch ging er vom Gas und bereitete sich darauf vor, Gegensteuer zu geben und sanft zu bremsen. Er rechnete nicht mit der zentimeterdicken Eisschicht, welche die Fahrbahn vollständig bedeckte. Ohne das Geringste dagegen unternehmen zu können, verlor er die Kontrolle über das Fahrzeug. Seine Frau schrie auf. Das Letzte, was er spürte, war ihre Hand auf seinem Oberschenkel. Der Wagen durchbrach die Leitplanke und flog mit allen vier Rädern in der Luft direkt auf die verschneiten Arven zu.

***

Sein Blick wanderte über die vereisten Hügelzüge des Radan. Die Gedanken waren woanders. Seine Hand umklammerte das Telefon.

»Lief wie geplant. Die sind hin«, sagte die Stimme am anderen Ende der Leitung. Im Hintergrund hörte er weibliches Kichern und Musik.

»Beide?«

»Beide.«

»Schön.«

»Wie geht's weiter, *gospodine*?«

»Seid ihr bereit?«

»Seit Tagen.«

»Also gut, Phase zwei initiieren.«

»Was ist mit Phase drei? Unsere Partner werden ungeduldig.«

»Bring die Männer in Stellung. Der ›Vollstrecker‹ sagt euch, wann ihr loslegen könnt.«

»Aber –«

»Keine Widerrede.«

»Es wird geschehen, wie Sie es wünschen, *gospodine*.«

Diaboli mors

Invidia autem diaboli mors
introivit in orbem terrarum:
imitantur autem illum qui sunt ex parte illius.

Erst der Teufel brachte aus Neid den Tod in die Welt;
und dem Tod verfallen alle, die auf seiner Seite stehen.

Buch der Weisheit Salomos, Kapitel 2, Vers 24

Der Teufel und das Mädchen

Der Teufel sieht Lili, das Mädchen. Es spielt mit seiner Mutter. Sie singen und tanzen zusammen im Sonnenschein auf der Wiese. Sie sind voller Liebe. Das macht ihn wütend. Der Teufel hasst die Liebe und das Glück der anderen. Er hasst Lili, weil sie ihm keine Beachtung schenkt, obwohl sie sich jeden Tag begegnen. Nicht zufällig, er sucht ihre Nähe. Sie wollte nie mit ihm spielen. Seit er Lili das erste Mal mit ihrer Mutter und ihrer Cousine Minka am Orlovačko-See in Zelengora sah, geht sie ihm nicht mehr aus dem Kopf. Ihr Haar glänzt wie schwarze Seide, und ihre Augen sind klar wie der See. Sie soll seinen Namen kennen, der Teufel will es. Sie darf keinen anderen anlächeln als ihn. Lili soll nur ihm gehören. Er will es. Zuerst muss die Mutter weg, dann Minka. Dem Teufel gehört, was er begehrt. Sein Onkel hat es ihn gelehrt, der große Wolf. Der Teufel wird mit ihm reden.

EINS

Karin tanzte im Rhythmus der Reggae-Klänge der Guggen-musik auf dem Friedhofplatz. Vor der Bar »Fryhof« unterhielt sich Luana mit drei jungen Männern. Sobald das Stück zu Ende war, kam sie zu Karin und hielt ihr eine Flasche Prosecco vor die Nase. »Prost.«

Karin trank in kleinen Schlucken. Der eiskalte Schaumwein kratzte in der Kehle. »Woher hast du den?«

»Den Typen dahinten abgeluchst.« Luana zeigte zu den drei Männern vor dem »Fryhof«, die über den Platz zu ihnen her-übersahen.

»Was wollen sie dafür?« Karin setzte die Flasche erneut an.

»Wenn du daraus trinkst, musst du den in der Mitte, den Harry-Potter-Typ mit der Riesenbrille, auf den Mund küssen – mit Zunge bitte schön.«

Karin verschluckte sich. Sie wurde von einem Hustenanfall geschüttelt. Luana krümmte sich vor Lachen. Die Männer vor der Bar grinsten breit.

»Hättest du auch gleich sagen können.« Karin stieß Luana in die Seite. Sie warf sich die Kapuze ihres schwarzen Umhangs über. Ihr Blick wanderte verstohlen zur Bar. Sie konnte den Mann nicht einschätzen. Er trug einen überdimensionierten Zylinder, an dem eine ebensolche Brille festgemacht war. Was sie darunter zu erkennen glaubte, erweckte auf Anhieb keinen schlechten Eindruck, trotzdem wäre sie am liebsten gleich nach Hause gegangen. Ein kurzer Blick auf die Armbanduhr sagte ihr, dass sie bald zweiundzwanzig Stunden auf den Beinen war.

Um fünf Uhr früh des Vortages hatte der Böllerschuss die Stadt geweckt. Zusammen mit Hunderten anderer Durchma-cher und Frühaufsteher hatte Karin im »Chesslerhemd«, einem übergroßen weißen Nachthemd, das sie über eine Daunenjacke gezogen hatte, mit dem traditionellen roten Halstuch um den Hals und weißer Zipfelmütze auf dem Kopf darauf gewartet, dass der Oberchessler den Zug in Marsch setzte. Eine voluminöse Kuhglocke, Leihgabe des großelterlichen Bauernhofes, hatte im Konzert mit weiteren Glocken, Rätschen, Hörnern und Pfannendeckeln zum Getöse beigetragen, welches die weniger fasnachtsaffinen Stadtbewohner aus den Betten riss. Die »Chesslete« am Schmutzigen Donnerstag ist der Auftakt zum Höhepunkt der »fünften Jahreszeit«, wie die Solothurner ihre Fasnacht bezeichnen. Die Narren hatten die Stadtregierung temporär abgesetzt und das Regiment übernommen. Die Fasnacht ist Bestandteil der DNA der Stadt Solothurn, die jedes Jahr seit 1888 ab dem Hilaritag, dem offiziellen Beginn der Narrenzeit am 13. Januar, bis zum Aschermittwoch in »Honolulu« umbenannt wird. Zu diesem Zweck wechselt das Stadtbauamt die Orts- und Straßenschilder der Rathausgasse aus, welche für die Zeit der Fasnacht ihren ursprünglichen mittelalterlichen Namen trägt. Ob Einheimischer oder Besucher, freiwillig oder nicht, alle Menschen, die sich in den Fasnachtstagen in der Stadt aufhalten, werden in das verrückte Treiben einbezogen.

Nach der traditionellen Mehlsuppe, die in einigen Cafés und Beizen der Stadt gratis ausgegeben wird, hatten sich Karin und Luana in der Wohnung eines Freundes an der Rathausgasse ausgeruht. Die mit den Volksbräuchen weniger vertraute Luana hatte sich über das ausgewechselte Straßenschild mit dem Namen »Eselsgasse« gewundert. Karin hatte ihre Freundin aufgeklärt. Im Mittelalter befanden sich dort die Stallungen der für diese Gasse namensstiftenden langohrigen Unpaarhufer. Die gnädigen Herren, die im Jahr 1483 ihr neu errichtetes Rathaus in der Nachbarschaft bezogen, fanden den Bezug unangebracht und dekretierten den nobleren, außerfasnächtlichen Namen.

Am Abend hatten sie sich mit genügend Glühwein aufgewärmt, bevor sie im Hof des Gemeindehauses den Vorträgen der Schnitzelbankgruppen am traditionellen »Höflisingen« zuhörten. Dort wurde ihnen bald zu kalt. Sie dislozierten zum Restaurant »Roter Turm«, wo man die Schnitzelbänke im Warmen hören konnte, bis das Gedränge zu unangenehm wurde und sie weiter durch die Gassen zogen.

Auf dem Friedhofplatz wollten sie den Abend beschließen,

das zumindest hatte sich Karin fest vorgenommen – vor dem Piccolo-Zwischenfall. Ein versonnener Blick auf die Etikette versetzte sie in Schock. Der vermeintliche Prosecco war ein »Moët & Chandon Brut Impérial«, der im Einzelhandel gut und gerne gegen vierzig Franken kostete.

Sie sah sich nach Luana um, die eine Bekannte getroffen hatte. Die beiden standen in ein heftiges Gespräch vertieft beim Simsonbrunnen. Karin kannte die andere Frau nicht. Sie war jung, höchstens zwanzig, und trug ein ähnliches Kostüm wie Karin, einen schwarzen, rot gefütterten Umhang, wie ihn Heldinnen in Vampirfilmen oder in klassischen Mantel-und-Degen-Schinken trugen. Darunter war sie, im Gegensatz zu Karin, welche Chesslerhemd und Thermowäsche anbehalten hatte, verhältnismäßig leicht bekleidet. Bei einer ausladenden Geste klaffte ihr Umhang auseinander und gab den Blick auf ein dünnes Minikleid mit schwarzen Strümpfen frei. Allein schon weil sie Anfang Februar in diesem Aufzug bei den herrschenden Temperaturen keinen Kältetod sterben wollte, würde sich Karin nicht mal an der Fasnacht so zeigen. Das Gespräch eskalierte. Die Unbekannte packte Luana am Kragen ihres Chesslerhemdes und redete wütend auf sie ein. Es sah aus, als wollte sie handgreiflich werden. Karin machte sich bereit zu intervenieren.

»Hey, du!«

Sie drehte sich überrascht um und blickte in das Gesicht ihres Getränkesponsors mit der überdimensionierten Harry-Potter-Brille. Dahinter sah er um einiges besser aus, als sie aus der Distanz vermutet hatte. So groß die Verlockung war, sie hatte keine Zeit für einen Flirt. In ein paar Stunden begann ihr Dienst. Sie überlegte, wie sie den Kerl abwimmeln konnte. Hilfe von Luana war nicht zu erwarten. Die musste sich voll auf ihre Gesprächspartnerin konzentrieren. Typisch, wenn man eine gute Freundin brauchte, war sie nicht zur Hand.

»Hey«, sagte sie zu Harry Potter und hob die Flasche in die Höhe. »Danke.«

»Gern geschehen.«

Seine Augen versprühten eine Kombination von Spitzbübigkeit und Sanftmut, die Karins Willenskraft auf eine harte Probe stellte. Trotz der eisigen Kälte errötete sie und zog die Kapuze ihres Capes tiefer ins Gesicht.

»Was ist?«, fragte er. »Gönnt sich Draculas Braut noch einen Schluck?«

»Wer?« Sie hatte ihn akustisch nicht verstanden.

»Draculas Braut«, sagte er lauter, um die Guggenmusik zu übertönen, die ein neues Stück angestimmt hatte. »Oder was stellst du in diesem Umhang dar?«

Anstelle einer Antwort bleckte sie ihr Gebiss, um ihm zu zeigen, dass die Fangzähne fehlten. »Und du stellst Harry Potter in Übergröße dar, oder wie?«

»Nein.« Er nahm die Pappbrille ab und warf sie achtlos zu Boden. »Ich habe hellseherische Fähigkeiten.«

»Ach ja?«

»Ja.«

»Was siehst du denn so alles hell?«

»Zum Beispiel wirst du innerhalb der nächsten dreißig Sekunden einen weiteren Schluck aus dieser Flasche trinken.«

»Wirklich? Was macht dich da so sicher?«

»Ganz einfach: Wenn nicht, tanzt du gleich mit mir über den Platz.«

Karin lachte und trank. Sie hatte die Flasche ein wenig zu heftig angesetzt, Schaum sprühte aus ihrem Mund. Kichernd und hustend setzte sie ab. Bevor sie ihn abwehren konnte, beugte er sich zu ihr herunter und gab ihr einen Kuss auf die Wange.

»Was soll das?« Sie stieß ihn von sich weg.

»Entschuldigung, das war der Deal, einen Schluck gegen einen Kuss.«

»Und wo bleibt der Anstand? Ist um Erlaubnis fragen neuerdings aus der Mode gekommen?« Sie gab sich Mühe, nicht über seinen verdatterten Dackelblick zu lachen.

»Sorry, ich dachte –«

»Mach das noch mal.«

»Was?«

Sein Gesichtsausdruck war zu drollig. »Was wohl? Noch mal küssen sollst du mich. Ich hab's eben nicht recht mitgekriegt.«

Er ließ sich kein drittes Mal bitten. Es war eher ein Picker als ein Kuss.

»Wie heißt du?«, fragte Karin.

»Andi.«

»Karin.« Sie packte ihn am Revers seines Fracks. »Das war nichts, Andi. Lass uns das gemeinsam wiederholen.«

»Was?«

»Das.« Sie zog ihn zu sich herunter. Er zuckte zusammen, als Karins Zunge ihren Weg zu ihm suchte. Ihre Lippen verschmolzen ineinander. Er schmeckte nach Minze und Zitrone mit einem Hauch von Alkohol.

Sie ließen voneinander ab. »Wie fandest du das?«, fragte Karin.

»Besser.«

»Ich auch. Mach's gut, Andi, hat mich gefreut.« Sie drehte ihm den Rücken zu.

»Was hast du als Nächstes vor?«, rief er ihr nach.

»Schlafen. Ich muss früh raus.«

»Soll ich dich begleiten?«

Der Kuss hatte ihn offenbar ermutigt. »Ich –«

»Störe ich?« Luana hakte sich bei Karin unter. »Sorry, ich musste was mit einer Freundin besprechen.« Sie sah von der einen zum anderen, bevor es in ihren Augen erkennend aufblitzte. »Verstehe. Bin schon weg.«

»Halt, warte!«, rief Karin. »Ich gehe nach Hause.«

»Ich nicht«, antwortete Luana. »Macht nichts, ich muss eh noch ein paar Takte mit meiner Freundin reden.«

»Die, mit der du vorhin gesprochen hast?«

Luana nickte. »Alte Schulfreundin. Sie hat ein Problem, mit dem sie nicht zurechtkommt. Besser, wenn sie nicht allein bleibt.«

»Brauchst du Hilfe? Vorhin sah es aus, als wollte sie dir an die Gurgel.«

»Danke, ich hab's im Griff. Geh nach Hause. Wir sehen uns beim Dienst.«

»Sei pünktlich«, mahnte Karin sie scherzhaft.

Luana arbeitete seit einem Monat als polizeiliche Sicherheitsassistentin bei der Kantonspolizei.

»Keine Sorge.« Luana drückte Karin einen Schmatzer auf die Wange. »Bis morgen oder besser bis später.«

Andi hatte die ganze Zeit danebengestanden. »Und jetzt?«

»Wolltest du mich nicht begleiten?«, fragte Karin.

»Doch, ja.«

»Also komm.« Sie umfasste seine Taille.

✳✳✳

»Dominik!«

Dornachs Bewusstsein schwebte an die Oberfläche. Warum wackelte das Bett so? Er schlug die Augen auf und realisierte, dass er es war, der sich bewegte, vielmehr die Hand, die unablässig an ihm rüttelte. Mit der Erkenntnis setzten ein dumpfer Schmerz im Kopf und ein flaues Gefühl im Magen ein.

»Dominik!«

Die Stimme war kein Traum und auch nicht die dunkelbraunen Augen. Beides gehörte Angela Casagrande, die sich über ihn beugte.

»Angie? Wie kommst du hierher?«

»Das, mein Lieber, wäre eigentlich mein Text.«

Die Umgebung wurde ihm bewusst. Er lag nicht in seinem Bett, sondern auf Casagrandes Futonsofa. Er hob die Decke. Er trug lediglich Unterhemd und Unterhosen. »Ich korrigiere mich: Wie komme ich hierher?«

»Mit meiner tatkräftigen Hilfe. Weißt du's wirklich nicht mehr? War ein schönes Stück Arbeit, dich die Treppe hochzukriegen.«

Dornach versuchte sich zu erinnern, was weniger seinem Gedächtnis als seinen Kopfschmerzen zuträglich war. »Was ist denn passiert? Haben wir etwa …?« Er sah Casagrande erschrocken an, die in ihrem Kimono vor ihm stand.

Ihre Mundwinkel zuckten amüsiert. »Schade, dass dich der Gedanke dermaßen erschreckt. Keine Sorge, du hast hier geschlafen und ich in meinem Bett – bei geschlossener Türe.«

Dornach kratzte sich den Hinterkopf. »Ich habe so was wie einen Filmriss. Wir sind gemeinsam aus dem ›La Couronne‹

18

gekommen, daran erinnere ich mich. Demnach bin ich nicht nach Hause gefahren?«

»War auch besser so, bei allem, was du intus hattest.«

»Hast du mich etwa ausgezogen?«

»Kannst mich ja anzeigen.«

»Schon gut! Ich bin mir nicht bewusst, so viel getrunken zu haben.«

»Du hast vor allem vorher nichts gegessen, wie so oft in letzter Zeit, wenn ich Frau Reinhard Glauben schenken darf.«

»Habt ihr etwa über mich geredet?«

»Dir geht's wirklich nicht gut, was?« Sie setzte sich vor ihn auf das Polster. »Ich rief dich gestern zu Hause an. Frau Reinhard hat abgenommen. Kaum fragte ich nach dir, erzählte sie mir haarklein, was du wann in den letzten Tagen zu dir genommen hast. Das macht mir ehrlich gesagt auch Sorgen.«

Dornach winkte ab. »Erst mal brauche ich einen starken Kaffee.«

Sie hielt ihm ihre Tasse hin. Der aromatische Duft eines vorzüglichen Arabica rief seine Lebensgeister zum Appell. »Du bist meine Lebensretterin, Angie.«

»Reiner Eigennutz. Wenn du zusammenbrichst, bin ich deiner Meute schutzlos ausgeliefert. Maja macht mich immer noch für Janas Verhaftung verantwortlich.«

»So schlimm ist es nicht.«

»Denkst du? Für sie bin ich eine Verräterin. Mike Lüthi und Karin Jäggi schauen mich zwischendurch auch scheel an, immerhin reden sie wieder normal mit mir. Dabei habe ich nur –«

»Jana gehörte zum Team. Wir waren alle schockiert, als Hofmann sie mitten auf der Grillparty abholte. Es war kein optimaler Zeitpunkt.«

Casagrande nahm ihm die leere Tasse ab. »Das weiß ich selbst. Hätte ich geahnt, dass er sie an einem Samstagabend bei dir zu Hause festnehmen lässt, hätte ich es verhindert. Die Sachlage war klar. Ich musste es tun, sonst wären sie bei der Zürcher Staatsanwaltschaft und bei der Bundespolizei misstrauisch geworden.«

Der Kaffee wirkte Wunder, die Kopfschmerzen wurden langsam zum Hintergrundgeräusch. Dornach stand auf und setzte sich auf einen Stuhl. In der Wohnung war es warm. Casagrande fror nicht gern.

»Ich habe dir deswegen nie Vorwürfe gemacht. Jana wusste, was auf sie zukam. Hofmann nahm sie bei mir zu Hause fest, weil er mir eins auswischen wollte. Damit hat er dich bei den Kollegen desavouiert.«

»Und bei Pia unmöglich gemacht. Das tut mir am meisten weh.«

»Mittlerweile ist Jana wieder draußen. Das ist der Vorteil, wenn man einen Staatspräsidenten als Patenonkel hat. Er hat sich für sie verbürgt. Sie steht in Wien unter Hausarrest.«

»Dafür ist Pia fort.« Casagrande klang bitter.

Dornach legte seine Hand auf ihren Arm. »Wenn sie zurückkommt, wird sie die Sache mit anderen Augen sehen. Sie ist nicht nachtragend, das weißt du.«

»Das wäre schön. Ich will deine Tochter nicht mein Leben lang zur Feindin haben. Nach allem, was sie mir an den Kopf geworfen hat, weiß ich nicht, ob ich ihr je wieder unter die Augen treten kann.«

»Vergiss das. Es tut ihr bestimmt leid.«

»Meinst du?«

»Auch wenn es die wenigsten wahrhaben wollen, Pia ist vernünftig. Sie hat einen großen Sinn für Gerechtigkeit, der manchmal mit ihr durchgeht.«

»Hat sie sich bei dir gemeldet?«

Dornach sah zu Boden und schüttelte den Kopf. »Ich gebe ihr noch etwas Zeit. Wenn ich bis Aschermittwoch nichts von ihr höre, gehe ich zu ihr.«

»Nach Bagdad?«

»Ja.«

»Kann man da einfach so hinfliegen?«

»Warum nicht? Und sonst lässt sich mit den richtigen Verbindungen alles arrangieren.«

»Ja, richtig, ich vergaß, Herr Dr. *von* Dornach.« Sie zeigte auf sein Handy, das neben dem Futon auf dem Boden lag. »Es hat mehrmals geklingelt. Deshalb habe ich dich geweckt.«

Er sah auf das Display. »Das war Mike. Er ist auf Pikett. Ich rufe ihn rasch an.«

»Nicht nötig. Er hat mich bereits benachrichtigt. Ich habe ihm gesagt, dass wir kommen. Wenn du dich beeilst, bleibt dir Zeit, kurz zu duschen.«

»Weiß er, dass ich hier übernachtet habe?«

»Für wie blöd hältst du mich? Ich sagte ihm, ich versuche, dich zu erreichen.«

»Danke, Angie.«

Sie zeigte zum Bad. »Ab in die Dusche. Ich ziehe mich an und gehe schon mal. Ist wohl besser, wenn wir getrennt eintrudeln. Treffpunkt Krummturmschanze.«

Dornach stand auf und schlurfte zum Badezimmer.

»Dominik?«

Er drehte sich zu ihr um.

Sie deutete mit dem Zeigefinger kurz auf seine Boxershorts.

»Siehst gut aus in Unterwäsche. Vergiss nicht, abzuschließen, wenn du gehst.«

***

Von ihrer Wohnung am Friedhofplatz kam Casagrande zu Fuß schneller zur Krummturmschanze als Dornach. Er musste erst seinen Wagen im Baseltor-Parkhaus holen, wo er ihn am Vorabend abgestellt hatte. Trotzdem gönnte er sich eine zweite Tasse Kaffee, bevor er zwei Fisherman's-Friend-Pastillen einwarf und sich auf den Weg machte. Die Kälte in den Gassen belebte seine Sinne nach dem kurzen Schlaf, vor allem vertrieb sie die Kopfschmerzen. Als er sich ins Auto setzte, fühlte er sich einigermaßen wach.

Sobald er von der Krummturmstraße in die Dreibeinskreuzstraße eingebogen war, sah er seine Kollegin Maja Hartmann im weißen Schutzanzug am Straßenrand. Sie wies ihn zum Vorplatz einer Autowerkstatt gegenüber der Krummturmschanze und direkt neben der Bahnlinie.

»Siehst etwas bleich aus um die Nase, Chef«, sagte sie anstelle einer Begrüßung. »Lange Nacht gehabt?«

Er tauschte seine Halbschuhe gegen gefütterte Winterstiefel, die er im Winter neben den obligaten Gummistiefeln im Kofferraum hatte. »Was ist das für eine Frage? An der Fasnacht wird man wohl was trinken dürfen.« Sie setzte zu einer Antwort an, doch er kam ihr zuvor. »Sag einfach, was du schon weißt.«

»Weibliche Leiche, Alter: jung.«

»Geht's genauer?«

»Okay, sehr jung.«

Er warf ihr einen strengen Blick zu.

»Knapp zwanzig, würde ich sagen. Präziser kriegst du's im Moment nicht. Sie hat weder Papiere noch Geld noch ein Handy bei sich. Die Amtsärztin untersucht sie gerade.«

»Welche Amtsärztin?«

Maja sah ihn prüfend an. »Hast du letzte Nacht irgendwas geraucht? Dr. Schmetzer ist seit Ende letzten Monats im Ruhestand, schon vergessen?«

»Ich dachte, der Ersatz stünde nicht fest.«

»Die Mitteilung kam vorige Woche. Der Ersatz ist eine Sie und heißt Dr. Carol Winter.«

Er erinnerte sich vage an ein Memo, das letzthin über seinen Schreibtisch ging. »Name passt zur Jahreszeit. Können wir sie sehen? Ich meine die Tote.«

»Trampelpfad ist frei.« Maja zupfte an ihrem Schutzanzug. »Kostümpflicht.«

Dornach zog einen verpackten »Schneemann« aus einer Sporttasche, die er ebenfalls im Kofferraum verstaut hatte. »Wo müssen wir durch?«

»Da drüben.« Maja deutete auf ein Gebäude mit einem Vorgarten, das zwischen Krummturmschanze und Eisenbahnbrücke eingezwängt war. Das teilweise im spätgotischen Stil erbaute Haus war dreigeschossig. Die Fassade des obersten Stockwerks war holzverkleidet. Reben rankten bis zu den Fenstern unter dem Dach. Dornach kannte es. »Die Gritz'sche Gerbe.«

»Die was?«

Dornach schüttelte verständnislos den Kopf. »Ich werde

demnächst beantragen, dass alle Beamten der Kantonspolizei einen Geschichts- und Kulturkurs absolvieren. Du stehst vor einem Kulturdenkmal der Stadt.«

»Ich dachte, der Krummturm ist ein Kulturdenkmal.«

»Die Gritz'sche Gerbe wurde Mitte des 16. Jahrhunderts erbaut. Die neue Eisenbahnlinie über die Aare trennt sie seit der Mitte des 19. Jahrhunderts von der inneren Vorstadt ab. Der Name stammt von Christoff Gritz, einem Rotgerber, in dessen Besitz das Haus ab dem späten 18. Jahrhundert war.«

»Was du nicht alles weißt, Chef.«

Dornach zeigte auf eine Informationstafel neben dem Eingang. »Steht dort geschrieben.«

Maja seufzte ergeben. »Wollen wir dann mal – die Leiche?« Sie zeigte zu einem Garagentor zwischen Hauseingang und Eisenbahnbrücke. »Der Eigentümer alarmierte uns. Wir müssen da durch.« Maja betätigte den elektrischen Torheber mit einem Schlüssel, den sie sich vom Besitzer ausgeliehen hatte. Sie durchquerten einen lang gezogenen Raum, eine Kombination von Werkstatt und Abstellraum. Durch den hinteren Ausgang gelangten sie zu einem Gartengrundstück, das unmittelbar am Fluss lag. Östlich begrenzte die Eisenbahnbrücke den schneebedeckten Grünstreifen. Auf der Westseite ragte die Mauer des Krummturms gegen den noch dunklen Morgenhimmel. Im Sommer mochte es ein lauschiges Plätzchen sein. Jetzt drang die von der Feuchtigkeit des Wassers genährte Kälte durch sämtliche Glieder.

Maja deutete in Richtung des Turms. »Sie liegt da drüben.« Sie stapften durch den ausgetretenen Schnee des von der Spurensicherung mit Signalband markierten Trampelpfades.

Sebastian Tschanz, der Leiter der Kriminaltechnik, stand gähnend neben einer kauernden Gestalt, die den Leichnam untersuchte. Er hatte seine Arme um den Oberkörper geschlungen, um sich warm zu halten.

»Na, Sebi, kurze Nacht gehabt?«, begrüßte ihn Dornach.

»Nicht so kurz wie deine, wenn ich dich so ansehe.«

Den sanften Spott ignorierend, zeigte Dornach mit dem Daumen nach hinten zu der über die Tote gebeugten Person.

Bevor Tschanz antworten konnte, sagte eine rauchige Stimme hinter ihm: »Sie haben meine Erlaubnis, mich direkt anzusprechen.«

Ertappt wandte Dornach sich um. Die Frau hatte ein ovales Gesicht mit hohen Wangenknochen und leicht schräg stehenden Augen. Gegen eine rein asiatische Herkunft sprach die grüne Farbe der Iris. Eine lange Nase und schmale Lippen vervollkommneten die Verbindung von westlicher mit östlicher Kultur. Ihr Dialekt passte nicht zu ihrem Aussehen. Sie redete Hochdeutsch mit einer exotischen Klangfärbung, die Dornach nicht gleich einordnen konnte.

»Carol Winter.« Sie reichte ihm die Hand. »Ich bin die neue Amtsärztin. Sie müssen Dr. Dornach sein. Ich habe so manches über Sie gehört.«

Er erwiderte ihren festen Händedruck. »Ich hoffe, das spricht für mich. Den Doktor können Sie weglassen.«

»Schön, sind wir diesbezüglich gleicher Meinung, Herr Dornach. Auf gute Zusammenarbeit.«

»Dem steht nichts im Wege, denke ich.« Er zeigte auf die Leiche. »Was wissen Sie?«

»Weiblich, Alter zwanzig plus/minus ein bis zwei Jahre.«

»Todesursache und -zeitpunkt?«

»Ersteres lässt sich nicht eindeutig beurteilen. Sie weist mehrere Hämatome und Brüche auf. Sehen Sie hier.« Sie legte den Hals der Toten frei.

Dornach betrachtete die Striemen. »Sie wurde erdrosselt?«

Dr. Winter hob die Schultern. »Spricht einiges dafür.«

»Wie ist sie hierhergekommen?«

Tschanz zeigte in die Höhe. »Auf direktem Weg vom Turmzimmer da oben.«

»Die Verletzungen deuten darauf hin«, sekundierte Winter. »Besonders die Kopfverletzung.« Sie drehte den Kopf der Toten zur Seite, sodass Dornach die Wunde am Schädel sehen konnte.

»Und wie ist sie da hochgekommen?«

»Die Eingangstür zum Turm war offen«, sagte Tschanz. »Keine Einbruchsspuren. Eigentümerin des Krummturms ist die Stadt. Sie hat die Anlage dem Artillerieverein Solothurn für die Dauer von neunundneunzig Jahren als Vereinslokal zur Verfügung gestellt. Mike ist oben und sieht sich um.«

»Haben wir es mit einem Sexualdelikt zu tun?«

»A priori nein«, sagte Dr. Winter. »Die Kleidung war korrekt angelegt. Sie hat keine diesbezüglichen äußeren Verletzungen. Das Institut für Rechtsmedizin muss feststellen, ob sie kurz vor ihrem Tod Verkehr hatte.«

»Können Sie etwas zum Todeszeitpunkt sagen?«

»Zwischen vier Uhr und sechs Uhr dreiundfünfzig.«

»Sechs Uhr dreiundfünfzig?«

Dr. Winter zeigte auf die Armbanduhr am Handgelenk der Toten. »Cartier. Sieht teuer aus, ist aber eine Fälschung. Das Teil hat den Aufprall nicht überstanden und ist vermutlich exakt zu diesem Zeitpunkt stehen geblieben.«

»Verstehe.« Dornach kniete neben der Toten nieder. Sie hatte ein hübsches, rundes, von dunkelblonden Haaren umrahmtes Gesicht. Die linke Wange wies ein Hämatom und eine Schnittwunde auf. »Sie wurde geschlagen. Könnte das kürzlich passiert sein?«

»Möglich, aber nicht todesursächlich.«

Dornach betrachtete die Tote. Sie trug einen schwarzen Kapuzenumhang, darunter ein rotes Minikleid mit schwarzen Strümpfen, dessen Saum zwei Handbreit oberhalb der Knie endete. »Was suchte sie hier in diesem Aufzug?«

»Keine Ahnung, ein galantes Rendezvous, etwas in der Art. Das herauszufinden sei Ihnen überlassen.«

Anders als manche in solchen Fällen hielt sie seinem prüfenden Blick stand. »Woher stammen Sie, Dr. Winter?«

»Geboren in England, meine Mutter ist Singapurerin, mein Vater Deutscher mit balkanischen Wurzeln, aufgewachsen bin ich in Wiesbaden, Medizinstudium an den Unis Freiburg im Breisgau und Basel, zwei Jahre Assistenz im Johns Hopkins Hospital, Baltimore, Maryland, mit einem Praktikum in Forensik. Wollen Sie meinen Lebenslauf sehen?«

»Später vielleicht. Was brachte Sie dazu, in Solothurn zu praktizieren?«

»Diesem Land soll es an Fachkräften fehlen. Da nimmt man schon mal mit Exoten vorlieb.«

»Touché, tut mir leid, ich wollte Ihnen nicht zu nahe treten. Willkommen im Team.«

»Ersteres haben Sie nicht und danke für Letzteres.« Sie packte ihre Utensilien zusammen. »Mehr kann ich im Augenblick nicht für Sie tun. Die Rechtsmedizin wurde von der Staatsanwältin avisiert. Es hat mich sehr gefreut, Herr Dornach.« Der Händedruck fiel länger aus als bei der Begrüßung. Nun war sie es, die ihn von Kopf bis Fuß musterte. »Wir könnten das Gespräch später in einem anderen Rahmen fortsetzen. Dann dürfen Sie mir mehr von sich erzählen. Wäre fair, meinen Sie nicht?«

»Absolut.«

Sie ergriff ihren Arztkoffer. »Frau Hartmann, meine Herren, ich wünsche Ihnen einen schönen Tag.«

Die drei blickten ihr nach. Tschanz und Maja sahen Dornach erwartungsvoll an.

»Was ist?«

»Kann es sein, dass die dich angebaggert hat, Chef?«, fragte Maja.

»Wie kommst du darauf? Ich wollte etwas über sie wissen, und sie verlangt Gegenrecht. Das müsstest du eigentlich anerkennen.«

»Eben, deshalb.«

Tschanz klopfte ihm auf die Schultern. »Vorsicht, Dominik. Die zeigt dir, wo Gott hockt.«

»Den lassen wir hier besser aus dem Spiel. Frau Dr. Winter dürfte ohne sein Zutun anspruchsvoll genug sein.« Er nickte zum Turm. »Ich schaue mal, was Mike und Angela da oben treiben.«

Dornach war seit einer Ewigkeit nicht mehr auf der Krummturmschanze gewesen. Im vergangenen Spätsommer hatte er weder Zeit noch Lust gehabt, die Sommerfilme zu besuchen, eine Reihe von Freilichtfilmaufführungen, die jeweils Mitte August hier stattfanden.

Das Bauwerk aus dem 15. Jahrhundert faszinierte ihn seit er

ein kleiner Junge war. Der Grundriss hatte die Form eines unregelmäßigen Fünfecks, dessen Basis der Altstadt jenseits der Aare zugewandt war. Die Bauweise des ursprünglich als Wehranlage gedachten Turmes führte dazu, dass die Falllinie des Spitzhelms nicht im Zentrum des Grundrisses lag. Vier der fünf Seiten des pyramidenförmigen Daches bildeten ungleichseitige Dreiecke, die dem Turm eine schiefe Optik und damit seinen Namen verliehen. Er hatte unter anderem auch als Verlies gedient, dessen erster Insasse der Baumeister selbst gewesen sein soll. Der Legende zufolge hatte ihn der Entscheid der Obrigkeit, einen jungen Zimmermann mit den Holzarbeiten zu betrauen, verärgert. Darüber hinaus begann der Jungspund eine Liebschaft mit der schönen Tochter des Baumeisters. Dieser konstruierte den Turm als ungleichwinkliges Fünfeck und versprach dem Zimmermann die Hand der Tochter, wenn es ihm gelang, den Bau zu vollenden. Das Ergebnis machte den jungen Handwerker zum Gespött der Stadt, worauf sich der Unglückliche aus Verzweiflung und Scham in die Aare stürzte. Die Solothurner Obrigkeit durchschaute das heimtückische Spiel des Baumeisters und verschaffte ihm permanentes Wohnrecht im Verlies.

Dornach betrat den Turm über den einzigen Zugang auf der Schanze. Auf der ersten Ebene hatte der Artillerieverein eine kleine Ausstellung von Waffen und Militaria eingerichtet. In der Raummitte war im Fußboden die vergitterte Falltür des »Angstlochs« eingelassen, durch das man die Gefangenen mit einem Seil zehn Meter tief in das Verlies hinuntergelassen hatte.

Das Öffnen der schweren Holztür hinter ihm riss ihn aus seinen Gedanken. Bei seinem Anblick blieb Karin stocksteif stehen. Sie sah mindestens ebenso übernächtigt aus wie er, und offenbar war er der Letzte, dem sie begegnen wollte.

»Hallo, Dominik. Sorry, ich habe verschlafen.«

»Dann sind wir schon zwei.«

»Ach ja? Super … ähm … also ich meine …«

Er machte eine wegwerfende Handbewegung. »Lass uns nach oben gehen.« Sie stiegen über eine schmale Holztreppe in den zweiten Stock zum Turmzimmer, wo sich Casagrande und Mike Lüthi umsahen. Der Raum war sanft renoviert worden.

Er verfügte sogar über ein WC mit Dusche, seit er im Sommer des vergangenen Jahres einmalig als Pop-up-Hotelzimmer vermietet worden war.

Die Aussicht auf den Fluss und die Altstadt durch die mit Fenstervorbau versehenen Schießscharten war nicht grandios, dafür hatte es den Gästen ein unvergleichliches Wohnerlebnis in mittelalterlichem Ritterambiente geboten.

»Irgendein Hinweis darauf, was das Opfer hier oben gesucht haben könnte?«, fragte Dornach Lüthi.

»Keine Ahnung, ein geheimes Date vielleicht.«

»Hier hat ein Kampf oder eine Rangelei stattgefunden«, sagte Karin. Sie stand an einem Ostfenster, das für eine Person groß genug war, sich durchzuzwängen. Die Tote lag direkt darunter im Garten. »Auf dem Sims sind Blutspuren. Hat Sebi sie gesichert?«

»Ist erledigt«, sagte Lüthi. »Sie könnten vom Opfer stammen, als es entweder aus dem Fenster gestoßen wurde oder hinuntersprang.«

»Suizid?«, fragte Casagrande. »Ich weiß nicht. Wenn ihr Selbstmord begehen wollt, würdet ihr euch die Mühe machen, hierherzukommen? Das hätte sie einfacher haben können.«

»Unfall können wir als Todesursache vergessen«, ergänzte Karin. »Durch diese Öffnung fällt man nicht aus Versehen in die Tiefe.«

Dornach pflichtete ihr bei. »Stellt sich die Frage, wie sie hier hochgekommen ist und warum.«

»Die Eingangstür weist keinerlei Einbruchsspuren auf. Sie ist der einzige Zugang zum Innern des Turms.«

»Hast du mit dem Turmwart geredet, Mike?«, fragte Dornach.

»Habe ich. Gestern Abend fand hier eine kleine Feier des Artillerievereins statt. Ein paar Mitglieder wollten der Fasnacht ausweichen. Angeblich haben sie im Suff vergessen, abzuschließen.«

»Prüfst du nach, ob die Tote mit einem der Feiergäste in Verbindung stand?«

»Wird gemacht, sobald wir ihre Identität wissen. Die Namensliste der Teilnehmer haben wir bereits.«

»Hat jemand ein Bild von der Toten?«, fragte Karin. »Als ich gekommen bin, war sie bereits eingesargt, und ich wollte nicht …«

Casagrande zückte ihr Handy und zeigte Karin ein Foto. Diese gab einen erschrockenen Laut von sich, als sie das Bild sah.

»Was ist?«, fragte Lüthi. »Kennst du sie etwa?«

»Nein, ich … ich weiß nicht … vielleicht.«

»Wie, vielleicht? Kennst du sie, oder kennst du sie nicht?«

»Ich bin mir nicht sicher, okay?«, antwortete Karin gereizt. Sie lehnte sich an einen Stützbalken. Sie war blasser geworden, als sie ohnehin aussah. »Sorry, ich habe noch nicht gefrühstückt.«

»Hier oben werden wir nicht schlauer«, sagte Dornach. »Ich kann auch eine Stärkung gebrauchen.« Sein Handy meldete eine eingehende Textnachricht. Man vereinbarte, sich in einer Stunde in der Schanzmühle zum ersten Rapport zu treffen.

Auf dem Weg zu seinem Auto las Dornach die Nachricht, es war eine Mail – von Pia.

ZWEI

Pia hielt den Kopf unter den laufenden Wasserhahn. Würde sie es nicht besser wissen, hätte sie ihren Zustand mit einem massiven Kater erklärt. Das konnte sie nicht. Bis auf ein einziges Glas Wein am Vorabend zusammen mit Rafik zum Essen hatte sie keinen Alkohol angerührt. Ihr war hundeübel, und sie hatte rasende Kopfschmerzen. Setzte ihr das derzeit herrschende relativ feuchte Klima zu? Nach den langen Trockenmonaten im Zweistromland waren die Winterregen heftiger und ausgedehnter als in den vergangenen Jahren. Das sagten zumindest die Einheimischen. Oder war es etwas anderes, woran sie gerade jetzt nicht zu denken wagte?

Sie hatte Hunger und brachte dennoch nichts hinunter. Das Mittagessen in der Schulkantine hatte sie ausgelassen, weil sie fürchtete, es gleich wieder zu erbrechen. In den knapp sechs Monaten, in denen sie in al Hayat al Jadida lebte, war sie nie krank gewesen. »Einmal muss es ja sein«, murmelte sie. Die anderen ausländischen Helfer und Mitarbeiter der internationalen NGO, welche das UNICEF-Entwicklungsprojekt »Hayat Jadida Project for A New Life« betrieb, vor allem die Westler unter ihnen, hatten diese Phase innerhalb des ersten Vierteljahres durchgemacht. Die betreuenden Ärzte waren deswegen nicht alarmiert. Die Kombination von extremem Klima, ungewohntem Essen und anstrengender, oft neuartiger Tätigkeit löste früher oder später körperliche Reaktionen aus. Pia versuchte sich einzureden, dass ihr Organismus bisher einfach solider gewesen war.

Ein Geräusch an der Türe des Waschraumes ließ sie herumfahren. Amina trug immer noch die Pippi-Langstrumpf-Zöpfe, die Pia ihr am Morgen geflochten hatte. Das Mädchen starrte sie mit seinen großen runden Augen an. »Baya, was machst du?«, fragte es in gebrochenem Englisch.

»Pia« war für arabische Zungen ungewohnt auszusprechen. Deshalb waren alle dazu übergegangen, sie »Baya« zu nennen.

Eine der Lehrerinnen hatte Pia erklärt, das bedeute so viel wie die »Großartige«. Heute wollte sich kein großartiges Gefühl bei ihr einstellen, und doch vermochte die Kleine ein Lächeln auf ihre Lippen zu zaubern. »Ich fühle mich nicht sehr wohl, Amina.«

»Bist du krank?«

»Nur ein bisschen müde.« Sie bemühte sich, einen strengen Blick aufzusetzen. »Das solltest du auch sein. Warum bist du nicht beim Mittagsschlaf mit den anderen?«

»Ich kann nicht schlafen, wenn du mir nicht Gute Nacht sagst.«

»Aber es ist doch gar nicht Nacht.«

»Du musst mir immer Gute Nacht wünschen, sonst kommen die bösen Träume wieder. Dann habe ich Angst und kann nicht einschlafen.«

Amina war Vollwaise. Der Vater wurde zwei Jahre zuvor von IS-Milizen erschossen. Daraufhin hatten die Terroristen ihre Mutter verschleppt, die seither als vermisst galt. Amina kam in die Obhut der UNICEF. Sie hatte Pia, welche die jüngsten Mädchenklassen in Englisch unterrichtete, sofort ins Herz geschlossen. Nach wenigen Wochen hatte sie Pia gefragt, ob sie ihre Mutter werden wollte. An jenem Abend hatte Pia in Rafiks Armen geweint. Sie nahm Amina bei der Hand. »Ich bringe dich zu Bett.«

»Erzählst du mir auch eine Geschichte?«

»Das machen wir am Abend.«

Amina war rasch eingeschlafen. Der Nachmittagsunterricht begann in zwei Stunden. Pia ging in die Küche, wo die anderen Frauen bereits aufräumten und putzten. Sabah, die Küchenchefin, kam auf sie zu. »Du hast wieder beim Essen gefehlt, Baya. Das ist nicht gut für dich.«

»Ich hatte keinen Hunger.«

»Unsinn, du warst bisher immer hungrig.«

»Heute war mir übel. Ich musste mich übergeben.«

Sabah sah sie prüfend an. »Wie lange hast du das schon?«

»Weiß nicht«, antwortete Pia ausweichend. »Ein paar Tage,

eine Woche. Ist wohl das Gleiche, was die anderen auch hatten.«

Die alte Köchin machte eine abschätzige Bemerkung auf Arabisch. »So was dauert nicht länger als ein oder zwei Tage.« Sie umfasste mit ihren rauen Händen Pias Gesicht. Zu Hause hätte Pia sich diese Geste nicht ohne Weiteres gefallen lassen. Sabahs natürliche Autorität ließ keinen Widerspruch zu. »Du bist blass. Hast du Kopfschmerzen?«

»Manchmal.« Sie wollte nicht zugeben, dass sie ihr im Moment fast den Schädel spalteten.

Unvermittelt knetete Sabah Pias Brüste. »Spürst du ein Ziehen hier?« Sie presste die Hand auf ihren Unterleib.

Pia starrte die Frau an. Hätte ihre Mutter das gewagt, hätte sie lauthals protestiert. »Ein wenig«, antwortete sie stattdessen zögernd. Das Letzte, was sie wollte, war, dass Sabah aussprach, was sie nicht zu denken wagte.

»Wann hattest du zuletzt deine Tage?«

»Etwa vor zwei Monaten.« Oder waren es drei? Ihre Menstruation war unregelmäßig und blieb gelegentlich aus. Bisher hatte sie das nie sonderlich alarmierend gefunden. In diesem Klima spielte ihr Körper ohnehin verrückt.

Sabahs Diagnose war kurz und bündig. »Du bist nicht krank, Baya, du bist schwanger.«

»Sicher nicht. Rafik und ich, wir haben nie ohne …«

Gütig lächelnd tätschelte die Köchin Pias Wange. »Ich selbst habe fünf Kinder auf die Welt gebracht und alle Kinder meiner Töchter. Glaub mir, ich erkenne es, wenn Allah den Leib einer Frau gesegnet hat.«

»Aber ich …« Pia suchte fieberhaft nach Gründen, die dagegen sprachen. Sie verzichtete auf die Pille, weil sie sich keine hormonelle Achterbahnfahrt antun wollte. Sie und Rafik hatten immer Kondome benutzt, auch seit sie in einem Apartment im Wohnquartier des Projektes lebten. Immer bis … Eine heiße Welle überflutete sie. An jenem Abend, als sie wegen Aminas Frage geweint hatte. Sie hatten miteinander geschlafen und erst danach das verrutschte Kondom bemerkt. Es war schon mal passiert. Damals hatte sich Pia die Pille danach besorgt, um sicherzugehen. An jenem Abend waren sie vor Müdigkeit sofort eingeschlafen. Am nächsten Morgen hatte sie kurz daran gedacht, sich eine Pille verschreiben zu lassen, und es schließlich verworfen. Lag es an der Arbeit mit den Kindern? Hatte sie es vielleicht darauf angelegt?

Ihr Gesichtsausdruck war ein offenes Buch für Sabah. »Weißt du's jetzt?«

»Könnte sein, einmal, als wir … Das geht nicht. Rafik und ich, wir wollten nicht … nicht jetzt.« Pia spürte heiße Tränen in ihren Augen.

Sabah umarmte sie. »Es ist Allahs Wille, Baya. Er bestimmt, wann du neues Leben schenken sollst, nicht du. Sei glücklich und stolz. Du wirst eine Mutter sein. Die größte Gnade, die der Allmächtige einer Frau gewährt. In seiner großen Weisheit hat er entschieden, dass deine Zeit gekommen ist.«

Pia trocknete ihre Tränen. Ein Kind von Rafik? Sie wusste nicht, ob sie lachen oder weinen sollte.

Sabah streichelte ihren Rücken. »Wenn du mir nicht glaubst, mach einen dieser Tests, an die ihr Westfrauen glaubt, weil ihr die Sprache eures Körpers nicht mehr versteht. Du bekommst ihn in der Apotheke.«

Pia kannte die medizinische Ausgabestelle, wo Rafik die Kondome kaufte. Den Test würde sie selbst besorgen.

***

Luana betrat die Cafeteria der Schanzmühle ein paar Minuten nach Karin. Die durchfeierte Nacht war ihr nicht anzusehen. »Sorry wegen der Verspätung, ich hatte eine Überführung vom Amtsgericht ins Untersuchungsgefängnis. Die Verhandlung hat länger gedauert.« Kaum hatte sie sich mit einem Espresso an Karins Tisch gesetzt, stand sie wieder auf. »Ich habe Hunger, du nicht?«

Karin winkte ab. Sie hatte gerade ein Weggli-Sandwich verdrückt.

»Ich hole mir ein Chnörzli, dann will ich alles über deine letzte Nacht wissen.«

Karin trank derweilen ihren Espresso aus und holte sich ein Glas Wasser.

»Schieß los«, sagte Luana und steckte sich ein Stück Schokolade in den Mund. »Hat Harry Potter dich abgeschleppt? Bitte alles erzählen, bis ins kleinste Detail.«

»Wen meinst du?«

Luana knuffte sie in die Seite. »Du weißt genau, wen: den Champagner-Nerd mit der Riesenbrille und dem schnuckligen Bart.«

»Andi?«

»Immerhin weißt du seinen Namen. Und? Habt ihr … Du weißt schon.« Luana schlug mit der flachen Hand auf die schmale Seite ihrer geballten Faust und stieß dabei zwei leise Pfiffe aus.

Karin wand sich.

»Sag's endlich.«

»Ja, wir haben.«

»Echt? Wie war er?«

»Sieh mich an. Ich habe gefühlt gerade mal eine halbe Stunde geschlafen, wenn dir das was sagt.«

»Wow! Seht ihr euch wieder?«

»Er hat mir seine Telefonnummer gegeben.« Karin zückte ihr Handy. »Ich will mit dir nicht über meine amourösen Abenteuer reden.« Sie rief das Foto der Toten vom Krummturm auf, das ihr Casagrande übermittelt hatte. »Kennst du sie?«

Luana betrachtete das Bild. Ihre Miene wechselte von Neugier zu Betroffenheit, schließlich zu Schock.

»Das ist Nadine. Was –«

»Nadine und wie weiter?«

»Känzig, Nadine Känzig. Auf dem Foto sieht sie aus wie … Ist sie …?

»Sie wurde heute früh tot aufgefunden.«

»Fuck, Scheiße, Mann!«

»Du hast gestern mit ihr geredet. Sah ganz schön heftig aus.«

Luana nickte unter Tränen. »Sie ist eine … eine Freundin. Wie ist es passiert? Hat man sie … Wurde sie ermordet?«

»Wie kommst du darauf?«

»Ich meine, du hast gesagt, ihr habt sie bei der Krummturm-schanze gefunden.«

»Ich kann dir nicht mehr dazu sagen. Die Ermittlungen laufen erst an.«

»Bitte, Karin, sie war meine Freundin. Du und ich, wir sind Kollegen. Ich kann euch helfen. Ihr könntet mich einbeziehen.«

»Darüber muss ich mit meinem Chef sprechen.« Karin hielt Luanas Hand fest. »Weshalb habt ihr euch gestritten?«

»Da war nichts … das Übliche halt«, brachte Luana zwischen zwei Schluchzern hervor.

»Deine Freundin ist tot. Daran ist nichts üblich. Letzte Nacht sah es aus, als wollte sie auf dich losgehen.«

»Woher willst du das wissen? Du hattest nur Augen für den Kerl.« Luana wollte aufstehen, Karin hielt sie am Arm fest.

»Ich habe Augen im Kopf, berufsbedingt. Noch mal, worüber habt ihr gesprochen?«

»Du tust mir weh.«

»Entschuldige.« Karin ließ Luanas Arm los.

»Sie hatte ein Problem.«

»Was für ein Problem? Lass dir nicht alles aus der Nase ziehen. Wenn du Informationen zurückhältst, riskierst du deinen Job.« Karin widerstrebte es, ihrer Freundin zu drohen. Luana Beric war noch nicht lange bei der Kantonspolizei. Ihre Qualifikationen waren gut und ihre Vorgesetzten und Kollegen zufrieden mit ihr. Vor ein paar Tagen hatten sie darüber gesprochen, dass sie sich für die Polizeischule in Hitzkirch bewerben wollte.

»Es ging um ihren Freund. Sie hatten Streit. Er hat sie geschlagen.«

»Weiter?«

»Nichts weiter. Später sind wir ein wenig um die Häuser gezogen. Du hattest ja mit deinem Andi zu tun.«

Karin ignorierte die Stichelei. »Bis wann wart ihr zusammen unterwegs?«

»Wir haben uns um drei getrennt. Sie wollte nach Hause.«

»Und du?«

»Wie meinst du das?«

»Was hast du danach gemacht?«

Luana sah Karin fassungslos an.»Fragst du mich das im Ernst?«

»Ich muss das fragen, das weißt du.«

»Na schön. Ich bin gleich nach Hause. Du kannst meine Mutter fragen. Sie war wach, weil sie sich Sorgen machte.«

»Wo wohnte Nadine?«

»Sie hat ... hatte ein Studio in der St. Urbangasse.« Karin ging durch den Kopf, wie viel Miete sie für ihre Zwei-Zimmer-Wohnung außerhalb der Altstadt bezahlte.»Das ist nicht billig. Lebte sie allein dort? Wie heißt dieser Freund, der sie geschlagen hat?«

»Mirko.«

»Mirko, wie weiter?«

Luana wich ihrem Blick aus.»Keine Ahnung, ehrlich. Nadine hat es mir nie gesagt.«

Karin kaufte ihr das nicht so recht ab.»Hör zu, Luana. Wenn er etwas mit Nadines Tod zu tun hat, deckst du einen Mörder.«

»Ich habe keine Ahnung, ich schwöre. Bitte, Karin, lass mich euch helfen.«

»Wie denn, wenn du nicht mal den Namen von Nadines Freund weißt?« Karin sah auf die Uhr.»Ich muss zum Rapport.« Sie stand auf.»Halt dich zur Verfügung. Vielleicht haben wir weitere Fragen.«

»Bin ich verdächtig?«

»Vorläufig nicht.«

**

Die Alibis der Teilnehmer der privaten Gesellschaft im Turmzimmer am Abend zuvor waren, soweit sie eingeholt werden konnten, nicht auffällig.

»Wenn wir nichts Brauchbares bekommen, müssen wir an die Öffentlichkeit«, sagte Casagrande.

»Ich habe von der Medienstelle einen Zeugenaufruf vorbereiten lassen.« Dornach reichte ihr einen Espresso. Die anderen waren bereits bedient.»Unbekannte Tote beim Krummturm gefunden und so weiter und so fort. Sachdienliche Hinweise, bla, bla, bla. Ich warte auf einen Anruf von der Rechtsmedizin, bevor ich ihn rauslasse.«

»Wurde der Leichnam schon obduziert?«

»Noch nicht, Professor Bodmer hat versprochen, sofort eine Legalinspektion durchzuführen. Sie meldet sich, sobald sie so weit ist.«

Tschanz betrat den Rapportraum.

»Hast du was, Sebi?«

»Könnte man sagen. Rosafarbene Faserfragmente auf der Kleidung und am Hals der Toten. Vermutlich wurde das Opfer mit einem pinkfarbenen Seidentuch oder Schal erdrosselt.«

»Habt ihr etwas in der Art sichergestellt?«, fragte Casagrande.

»Negativ. Ich glaube auch nicht, dass sie so was getragen hat. Der hätte nicht zu ihrem Kostüm gepasst. Wahrscheinlich gehört der Schal dem Täter oder der Täterin. Vielleicht hat er oder sie ihn in der Aare entsorgt. Wir suchen danach.«

»Ein rosaroter Schal?«, sinnierte Dornach. »Spricht eher für eine Täterin als für einen Täter.«

»Ich würde dir gerne beipflichten«, erwiderte Tschanz. »Aber vergiss nicht, es ist Fasnacht.«

»Haben die Nachbarschaftsumfragen etwas gebracht?«, fragte Casagrande Maja. Diese hatte es die ganze Zeit vermieden, die Staatsanwältin anzusehen. Stattdessen blickte sie mürrisch auf ihre Notizen.

Dornach runzelte die Stirn. Maja konnte sich offenbar nicht überwinden, Casagrande zu verzeihen und sich ihr gegenüber professionell zu verhalten. »Die Staatsanwältin hat dich etwas gefragt, Maja.«

Wortlos reckte Maja das Kinn kurz in Richtung Casagrandes, was Aufmerksamkeit signalisieren sollte. Gelassen wiederholte diese ihre Frage. Ohne ein Wort zu viel zu verlieren, erklärte Maja, niemand im Umfeld des Krummturms habe etwas gesehen oder gehört, und versenkte ihre Nase demonstrativ erneut in ihre Papiere.

Wenn Professor Bodmer nicht bald anrief, würde Dornach

die Sitzung aufheben. In diesem Moment stürmte Karin herein. »Entschuldigt die Verspätung, ich habe was gefunden.«

»Es sei dir verziehen, sofern es was Brauchbares ist«, sagte Dornach.

»Wenn nicht, wissen wir, wer das Kaffeegeschirr spült«, sagte Lüthi, was ihm böse Blicke von Maja und Karin gleichzeitig eintrug.

»Schieß los, Karin«, forderte Dornach sie auf.

Sie berichtete, was sie von Luana Beric über die Tote erfahren hatte.

»Wie sicher ist Frau Beric, dass es sich bei der Toten um Nadine Känzig handelt?«, fragte Casagrande.

»Hundertprozentig, würde ich sagen. Sie hat sie sofort erkannt.«

»Dann lassen wir das mit dem öffentlichen Aufruf vorläufig. Hat Nadine Känzig Angehörige?«

»Ich ... ich hatte keine Gelegenheit, das zu checken. Ich habe erst vorhin mit Luana gesprochen und Google gebeten, es herauszufinden.« »Google« war der Spitzname von Rolf Gubler, dem Informatikgenie in Dornachs Team.

»Wie ist diese Luana Beric so?«, fragte Casagrande.

»Sie arbeitet seit einigen Wochen als polizeiliche Sicherheitsassistentin bei uns«, sagte Dornach. »Habe nichts Negatives über sie gehört.«

»Entschuldigung, Angela«, wandte sich Karin an Casagrande. »Weshalb fragst du das?«

»Weil wir vorderhand davon ausgehen müssen, dass Frau Beric Nadine Känzig als Letzte lebend gesehen hat.«

Anstelle einer Antwort blies Karin die Nasenflügel auf. Zeichen der Aggression waren bei ihr schwerer zu erkennen als bei Maja. Sie war kurz davor, aufzubegehren.

»Du weißt, wie es läuft, Karin«, sagte Dornach. »Frau Beric ist eine wichtige Auskunftsperson. Vorerst halten wir uns an Nadines Freund, diesen Mirko irgendwas.«

»Google ist auch an ihm dran.«

»Wie alt ist Nadine?«, fragte Maja.

»Laut Luana ist sie vor Kurzem achtzehn geworden.«

»Ging sie noch zur Schule, machte sie eine Lehre oder arbeitete sie?«

»Ist unklar. Google klärt das schon mal mit der Kantonsschule.«

»Er soll das diskret machen«, warf Lüthi ein. »Es wäre blöd, wenn der Tod des Mädchens die Runde macht, bevor wir die nächsten Angehörigen informieren können.«

»Google weiß, was er zu tun hat«, erwiderte Karin. »Luana habe ich übrigens auch darauf eingeschworen.«

»Weshalb nur die Kantonsschule?«, bohrte Maja.

»Luana hat so was angetönt. Sie meint, die Eltern seien gut situiert. Müssen sie auch, wenn sie ihrer Tochter ein Studio in der Altstadt kaufen können. Ich schlage vor, wir fangen mal mit der Kanti an. Dann sehen wir weiter.«

»Wenn du meinst.« Die Bauerntochter Maja mit einer abgeschlossenen Polymechanikerlehre machte eine abfällige Geste.

Dornach atmete innerlich auf, als das Telefon läutete und Professor Bodmers Name auf dem Display aufleuchtete. Er drückte auf Lautsprecher. Die Forensikerin kam gleich zur Sache. »Leider konnte ich die Legalinspektion nicht ganz abschließen, weil ein anderer dringender Fall dazwischenkam. Eure neue Amtsärztin hat gute Vorarbeit geleistet. So viel vorab: Die Frau ist vermutlich nicht jünger als achtzehn, höchstens Anfang zwanzig.«

Dornach erwähnte, dass die Identität mit an Sicherheit grenzender Wahrscheinlichkeit festgestellt werden konnte. »Nadine Känzig war achtzehn.«

Ein langer Seufzer drang durch den Lautsprecher. »Ich arbeite bald dreißig Jahre in der Rechtsmedizin und werde mich nie daran gewöhnen, dass Menschen so jung sterben müssen.« Sie räusperte sich. »Die Würgemale am Hals lassen eindeutig auf Erdrosselung schließen. Vermutlich war sie bereits tot, als sie aus dem Turmfenster gestoßen wurde. Damit ich das endgültig bestimmen kann, muss ich sie obduzieren. Der Körper weist multiple Frakturen an Kopf, Hüfte und Beinen auf, was auf einen Sturz aus großer Höhe hindeutet. Die Verletzungen sind nicht tödlich. Vermutlich hat der Schnee den Aufprall gedämpft.«

»Gibt's zur Todeszeit etwas zu ergänzen?«

»Da gehe ich mit Dr. Winter einig. Die enorme Kälte hat den Körper rasch abgekühlt. Zwischen Todeszeitpunkt und Auffindung ist wenig Zeit vergangen, schätzungsweise anderthalb bis zwei Stunden. Nadine Känzig starb zwischen halb sechs Uhr morgens und der Uhrzeit, die ihre Armbanduhr anzeigt.«

»Wenn Luana Berics Aussage stimmt«, wandte Lüthi ein, »dann –«

»Warum sollte das nicht stimmen?« Karin warf ihm einen giftigen Blick zu.

»Wenn Frau Beric und Nadine Känzig sich heute Morgen tatsächlich um drei Uhr getrennt haben und Nadine Känzig um halb sechs gestorben ist, müssen wir herausfinden, was sie in der Zwischenzeit getrieben hat.«

»Kümmere dich mit Karin darum, Mike«, sagte Dornach. »Fangt am besten mit ihrer Wohnung an. Ihr habt die Adresse.«

Professor Bodmer erwähnte, Nadine Känzig habe kurz vor ihrem Ableben Geschlechtsverkehr gehabt. »Ich stellte keine Verletzungen fest, die auf eine Vergewaltigung hindeuten. In der Scheide fand ich Sperma, die Probe ist unterwegs zur DNA-Analyse. Die Aufmachung der Frau würde für ein amouröses Intermezzo sprechen.«

»Hier ist Fasnacht, Sandra.«

»Richtig, ich vergaß, Solothurn ist eine der Hochburgen katholischer Dekadenz. Die Jungen werfen sich da gerne den einen oder anderen Muntermacher ein. Ich schlage einen Toxscreen vor, um Drogenmissbrauch auszuschließen.«

»Genehmigt, Frau Professor«, sagte Casagrande.

»Das ist vorläufig alles. Ich melde mich, sobald ich was Neues habe.«

***

Ungeachtet des fasnächtlichen Treibens war die »Bar à Vin« im Hotel »La Couronne« am frühen Abend mäßig besetzt. Dornach und Maja setzten sich an den Tisch in der Ecke neben dem Fenster zur Hauptgasse. Sie warteten, bis die Kellnerin die bestellten Getränke hingestellt hatte.

»Ich nehme an, wir sind nicht hier, weil du mit mir in der ›Krone‹ ein Bier trinken willst.«

Sie prosteten sich zu.

»Fühlst du dich nach wie vor wohl bei uns?«, fragte Dornach unumwunden. Maja hasste diplomatisches Vorgeplänkel.

Sie setzte ihr Glas energisch ab. »Willst du mich loswerden?«

»Wir sind ein Team, Maja.«

»Ja, und?«

»Das schließt Angela mit ein.«

»Wenn du es sagst.«

»Ja, das sage ich. Und ich habe den Eindruck, du teilst diese Ansicht nicht oder nicht mehr.«

»Sie ist uns in den Rücken gefallen, Dominik. Allermindestens hätte sie uns vorwarnen müssen, bevor sie Jana dieser Hyäne von Hofmann zum Fraß vorwarf.« Maja zeigte mit dem Finger auf Dornach. »Sie hat damit nicht nur Jana, sondern uns alle ans Messer geliefert, dich, mich und die Kollegen.«

In diesem Punkt lag Maja nicht ganz falsch. Die Befragungen und die Untersuchung im Nachgang zu Janas Verhaftung waren alles andere als erbaulich gewesen, besonders für Dornach und seine Leute. Der Leitende Staatsanwalt Hofmann hatte die Gelegenheit genutzt, seinem Erzfeind Dornach gehörig eins auszuwischen. Er hatte ihm vorgeworfen, Beihilfe zur Ermordung des Kriegsverbrechers Slavko Vukovic in Den Haag geleistet zu haben. Allerdings hatte Hofmann die Rechnung ohne den Wirt gemacht, konkret ohne den Korpsgeist der Kantonspolizei. Urs Jäggi, der Leiter der Kriminalabteilung, hatte sich vor seinen Chefermittler gestellt. Gleichzeitig schirmte Dornach sein Team vehement vor Hofmanns haltlosen Vorwürfen ab, bis eine Intervention des Polizeikommandanten beim Oberstaatsanwalt der Scharade ein Ende gesetzt hatte.

All das war nicht spurlos an Dornachs Leuten vorbeigegangen. Dornach hatte Stunden in ausgedehnte Gespräche investiert, bis das gegenseitige Vertrauen wiederhergestellt war. Zu Beginn war er ebenso wütend auf Casagrande gewesen wie seine Kollegen. Er hatte geglaubt, sie hätte ihm aus Eifersucht mit dieser Aktion eins auswischen wollen. Sie selbst hatte damals in einer tiefen Selbstfindungskrise gesteckt. Dornach hatte sich mitverantwortlich für die Situation gefühlt, die teilweise dem emotional zwiespältigen Verhältnis zwischen ihm und der Staatsanwältin zuzuschreiben war. Was Casagrande und er füreinander empfanden, überstieg den üblichen professionellen Rahmen. Dessen ungeachtet schreckte er vor einer privaten Beziehung zurück. Abgesehen davon, dass solche Verbindungen bei der Polizei heikel waren, wollte er nicht, dass sie sich gegenseitig zwischen Beruf und Privatleben aufrieben. Der Mensch Angela Casagrande war für ihn zu wichtig und zu wertvoll.

Soweit es Jana betraf, hatte Casagrande ihn überzeugen können, dass sie sich von ihrem Pflichtgefühl hatte leiten lassen. Sie musste die auf offiziellem Weg angeforderten Informationen weitergeben.

Darüber hinaus hatte Dornach Jana in Verdacht, diese Eskalation provoziert zu haben. Die Motivation dafür hatte sich ihm bisher nicht erschlossen. Obwohl seine Gefühle für sie unverändert waren, hatte er es aufgegeben, die enigmatische Österreicherin zu ergründen. Jana hatte ihm klargemacht, dass er nichts von ihr erwarten sollte. Seit ihrer Verhaftung und der späteren Freilassung herrschte zwischen ihnen Funkstille. Er respektierte das, die Wunden mussten vernarben.

Das Verhältnis zwischen ihm und Casagrande hatte sich auf der freundschaftlichen Ebene normalisiert. Maja und die Staatsanwältin waren weit davon entfernt.

»Ich weiß, du kannst Hofmann ebenso wenig ausstehen wie ich. Es ist nicht Angelas Schuld, wenn er sich in uns verbeißt.«

»Wenn sie nicht –«

»Angela hat ihm möglicherweise einen Aufhänger geliefert, uns zu piesacken. Das spielt jetzt keine Rolle mehr. Es war nicht ihre Absicht, und es tut ihr leid. Hofmann ging es bei dem Ganzen weder um dich noch um Mike, Karin oder Google. Er wollte mich über die Klinge springen lassen. Das ist ihm nicht gelungen.«

»Trotzdem, Angela hat Jana verraten.«

»Nein, das hat sie nicht, und versuch nicht, mir weiszumachen, dass du das inzwischen nicht auch begriffen hast. Denn dann hätte ich dich all die Jahre falsch eingeschätzt.«

»Warum hat sie nicht wenigstens mit dir darüber gesprochen, bevor sie bei Hofmann petzte?«

»Das mag ein Fehler gewesen sein, an dem ich ebenso großen Anteil habe wie Angela.« Dornach beugte sich zu Maja vor. »Ich habe sie mit Dingen belastet, die weit über der zumutbaren Toleranzgrenze für manchen Staatsanwalt liegen. Dass sie so handelte, geht zu einem gewissen Teil auf meine Kappe.«

»Willst du mir erzählen, Jana hat Vukovic tatsächlich in Den Haag erschossen, und du und Casagrande, ihr habt sie die ganze Zeit gedeckt?«

»Angela kannst du aus dem Spiel lassen. Du kennst die Indizienlage, was Jana betrifft. Ihre DNA wurde am Tatort in Den Haag gefunden. Jana war zum Zeitpunkt des Attentats dort, das beweisen Videoaufnahmen der Überwachungskameras. Sie hatte Motiv, Mittel und Gelegenheit, auf Vukovic zu schießen, als er aus dem Gerichtsgebäude trat. Und für sie gilt die Unschuldsvermutung ebenso wie für alle anderen.«

»Du beantwortest meine Frage nicht. Hat Jana Vukovic erschossen?«

»Wenn Jana sagt, dass sie es nicht war, dann glaube ich ihr. Und ich würde jederzeit alles tun, um ihr zu helfen.«

»Das hört sich nicht sehr professionell an, Chef.«

»Als ich Jana kennenlernte, hatte sie Dinge getan, die vor keinem Gesetz Bestand hätten. Genaueres weiss ich nicht und will es nicht wissen. Von mir erfährst du keine Einzelheiten. Und sollte es hart auf hart kommen, leugne ich dieses Gespräch zwischen uns beiden. Über eins musst du dir im Klaren sein: Ich werde Jana nie für das verurteilen, was sie getan hat.«

Maja war anzusehen, wie es in ihr arbeitete. Ihre Hand zitterte schwach, als sie ihr Glas austrank. »Du deckst Jana und hast Casagrande dazu gebracht, es auch zu tun?«

»So, wie ich mich bei deinen Exzessen stets vor dich stelle.«

Deutlicher brauchte er nicht zu werden. Majas Umgang mit Tätern, die brutale Gewalt gegen Schwächere, vor allem Frauen und Kinder, anwendeten, war unzimperlich, wenn man es gelinde ausdrückte. »Bist du noch Teil meines Teams, Maja? Ich will eine klare Antwort, und zwar jetzt.« Sie wollte etwas entgegnen, er kam ihr zuvor. »Wenn du Nein sagst, bin ich dir nicht böse. Ich helfe dir, eine gute Stelle zu finden. Andernfalls verlange ich von dir, dich Angela gegenüber so zu verhalten, wie man es von einer Ermittlerin zur Staatsanwaltschaft erwarten darf. Verstehen wir uns?«

Maja brauchte keine Bedenkzeit. Sie reichte Dornach die Hand. »Du hast mich aus dem Dreck gezogen, als es mir schlecht ging. Alles, was ich von Ermittlung weiß, habe ich von dir gelernt. Du kannst auf mich zählen. Ich hatte keine Ahnung, was alles dahintersteckte. Ich werde mich bei Angela entschuldigen.«

»Das wäre eine gute Sache.« Dornach erwiderte den Händedruck.

»Als erste Wiedergutmachung spendiere ich eine Runde«, sagte Maja.

Dornach sah auf seine Uhr. »Können wir das vertagen? Ich habe gleich ein Rendezvous.«

»Kenne ich sie?«

»Und ob. Es ist Pia. Wir skypen heute Abend.«

※※

Nadine Känzig bewohnte die Attikawohnung eines renovierten Altstadthauses in der St. Urbangasse, das über keinen Lift verfügte.

»Sag nicht, die vier läppischen Stockwerke machen dir zu schaffen«, hänselte Karin Lüthi, der ab der dritten Etage ins Schnaufen kam. »Maja sollte mal was für deine Fitness tun.«

»Geh du erst mal selbst auf die fünfzig zu. Dann will ich aber kein Gejammer über Hitzewallungen hören.«

»Bis ich so weit bin, bist du in Pension und musst dir gar nichts mehr von mir anhören.«

Er drehte sich zu ihr herum. »Du meinst, mir würde was fehlen, oder wie?«

»Worauf du Gift nehmen kannst, Männer brauchen immer einen Ansporn.« Karin zeigte nach oben. »Weiter, los.«

»Täusche ich mich, oder färbt die Zusammenarbeit mit Maja auf dich ab?«

»Nur ihre positiven Eigenschaften.«

Vor der Wohnung wartete jemand vom Schlüsseldienst, den Lüthi zuvor bestellt hatte. »Die Herrschaften von der Polizei?«

»Ja, Sie können öffnen.« Karin zeigte dem Mann ihren Ausweis und den Durchsuchungsbefehl, derweil sich Lüthi um normale Atmung bemühte.

»Braucht's nicht, die Tür war offen.«

Lüthi und Karin sahen sich an. »Ist jemand drin?«, fragte Karin.

Der Mann machte eine unwissende Geste.

Lüthi visierte den Auftrag für den Schlüsseldienst, die Rechnung war trotzdem fällig. Sie betraten die Wohnung, die Hände am Griff ihrer geholsterten Dienstwaffen, und gingen durch alle Zimmer, ohne eine Menschenseele anzutreffen.

»Entweder hatte Nadine Känzig einen eigenartigen Sinn für Ordnung«, sagte Karin, »oder jemand war vor uns da und wollte uns einen Teil der Arbeit abnehmen.«

Der Wohnraum mit Küchenabteil sah aus, als wäre eine Rotte Wildschweine durchgeprescht. Die Sofakissen waren aufgeschlitzt. Bücher, Ordner und einzelne Papiere lagen verstreut auf dem Boden.

»In ihrem Schlafzimmer sieht es nicht viel anders aus«, meinte Lüthi, der gerade von dort kam.

»Ist wohl müßig zu fragen, ob jemand was gesucht haben könnte.« Karin trat an einen kleinen Arbeitstisch unter dem Giebelfenster, durch welches man in früheren Zeiten mit einem Flaschenzug Waren und Vorräte heraufgezogen hatte, die man im Estrich lagerte. Sie hielt ein loses Netzkabel in die Höhe.

»Sie besaß einen Computer.«

»Wäre hilfreich, wenn er noch dranhinge.«

Karin entdeckte eine Kartonschachtel mit Fotos. Sie zeigte Lüthi ein Porträtbild. »Das ist sie.« Zu sehen war eine nicht unattraktive Frau, die eigentlich von rein auf Äußerlichkeiten bedachten Jungs nicht zwingend als Erste zum Tanz aufgefordert wurde. Sie lächelte scheu in die Kamera. Auf den übrigen Fotos war sie in ähnlich zurückhaltender Pose abgebildet.

»Ich weiß nicht, wie du das siehst«, sagte Lüthi, »aber irgendwie passt das nette Mädchen von nebenan auf dem Foto nicht recht zu dem Aufzug, in dem wir sie gefunden haben.«

»Das wohl eher.« Karin gab Lüthi eine Faltbroschüre, die sie vom Boden aufgelesen hatte. »›Courtisana‹, das ist ein gemeinnütziger Verein, der sich um Prostituierte kümmert.«

»Sieh an, Blümchen-rühr-mich-nicht-an war eine Nutte.«

»Wenn Maja dich hören könnte, würdest du dir einen Satz heiße Ohren einfangen.«

Lüthi seufzte. »Sorry, diesmal politisch korrekt: Die junge Dame war als Prostituierte tätig.«

»Nicht zwingend, nur weil sie den Faltprospekt einer Hilfsorganisation für Sexarbeiter bei sich zu Hause hat.« Karin nahm Lüthi den Prospekt ab und steckte ihn ein.

»Und ihr Kostüm? Wenn du sonst nicht gerade der Feger wärst, würdest du dich nur für die Fasnacht provokativ auftakeln?«

»Weiß nicht. Diese Tage lassen viele ihre Hemmungen fallen. Wir sollten herausfinden, ob das bei Nadine Känzig der Fall war oder ob sie sich gewerbsmäßig so kleidete.«

»Kann Luana Beric uns darüber Auskunft geben?«

»Ich rede mit ihr.« Karin stöberte weiter in den Fotos.

»Suchst du was Bestimmtes?«

»Ein Foto, das sie zusammen mit ihrem Freund zeigt, diesem Mirko.«

Sie wühlten gemeinsam in der Schachtel, bis Karin auf eine schlecht belichtete Aufnahme stieß. Der Mann neben Nadine hatte einen quadratischen Schädel mit einer gegelten Kurzhaarfrisur mit fast buchstäblich einzeln ausgerichteten Haaren. An Kinn und Wangen spross ein säuberlich getrimmter Dreitagebart. Sie verzog angewidert den Mund. »Sieh dir diesen Macho an, ein Standardmodell der Edition ›No-Brain-Muckibuden-Klon‹ mit kurzer Zündschnur.«

»Nicht so deins, wie?«

»Nicht wirklich.« Karin dachte an Andi und die vergangene Nacht.

»Wir nehmen die Bilder mit. Google soll versuchen, sie schärfer hinzukriegen.«

»Glaubst du, unser Mirko hat die Wohnung so zugerichtet?«

»Fällt dir sonst jemand ein? Ich rufe Sebi an, er soll einen seiner Kriminaltechniker herschicken. Schaust du noch mal bei Luana, ob du zusätzlich was aus ihr herausbekommst?«

***

Dornach installierte sich vor dem PC in seinem Arbeitszimmer. Hinter ihm stand Frau Reinhard und starrte erwartungsvoll auf den Bildschirm. Sie rang die Hände, sobald das charakteristische Rufsignal von Skype ertönte. Das Bild baute sich überraschend schnell auf. Offenbar waren die Internetverbindungen im Irak besser, als man es erwarten würde.

»Paps, ich kann dich sehen«, tönte es etwas verzerrt aus dem Lautsprecher. »Ich bin alleine. Rafik wollte Hallo sagen, aber er musste dringend weg.«

Dornach hörte Pias Stimme zum ersten Mal, seit sie im vergangenen Sommer weggegangen war. Seither hatte er sich die ganze Zeit vorgestellt, was er ihr sagen wollte. Jetzt fehlten ihm die Worte. »Du siehst gut aus«, war alles, was ihm einfiel, und es war untertrieben. Seine Tochter war schöner geworden, ein wenig hagerer vielleicht. Sie trug ihr Haar länger, und ihre Haut war sonnengebräunt. Im Irak würde sie wohl als Einheimische durchgehen. »Da ist jemand, der dich gerne sprechen möchte.« Er rutschte zur Seite und machte Frau Reinhard Platz.

»Frau Reinhard? Ich habe Sie so sehr vermisst.« Die Bildauflösung war hoch genug, um den feuchten Glanz in Pias Augen zu sehen.

»Kind, was ist denn mit dir passiert?«, fragte die alte Haushälterin erschrocken. »Du bist ja noch magerer als vorher und so blass. Isst du auch richtig?«

»Keine Sorge, mir geht es gut. Ich hatte diese Tage ein wenig Probleme mit dem Magen.«

»Warum hast du dich nie gemeldet? Dein armer Vater hat sich solche Sorgen gemacht. Gegessen hat er auch fast nichts mehr. Komm bald zurück, mir ist nicht wohl, wenn du lange dort unten bist, wo es so viele Terroristen gibt.«

Pia lachte. »Es gibt weit und breit keine Terroristen. Hier sind wir sicherer als in Europa.«

Frau Reinhards Mimik verriet, dass sie kein Wort glaubte. »Wenn du es sagst. Ich lasse dich mit deinem Vater allein. Trag dir Sorge, Pia. Versprichst du mir das?«

»Ja, Frau Reinhard.« Sie äffte den Tonfall nach, mit dem sie ihr zuweilen als Teenager geantwortet hatte.

»Erzähl, was machst du so?«, forderte Dornach sie auf, sobald die Haushälterin fort war.

Pia berichtete vom Englischunterricht mit den Mädchen und von der Arbeit in der Küche mit den einheimischen Frauen, mit denen sie sich rasch angefreundet hatte. Alle waren ausgebildete Lehrerinnen, bis auf Sabah, die Köchin.

»Hayat Jadida ist wundervoll, Paps. Ich bereue meinen Entscheid nicht.«

»Das sollst du auch nicht. Versprich mir nur eines.«

»Ja?«

»Dass du mich mal besuchst, bevor ich zu alt bin, um dich wiederzuerkennen.«

»Echt, Paps, du wirst eh nie alt, zumindest nicht im Kopf.«

Ihre Miene wurde ernst. »Ich muss dir was sagen, und das fällt mir nicht leicht.«

Derartige Ankündigungen seiner Tochter gingen meistens einer Beichte voraus, deren Folgen er auszubaden hatte.

»Ich will mich dafür entschuldigen, was ich im letzten Sommer gesagt und getan habe. Es war nicht fair von mir, dich und Angela zu verletzen. Manchmal gehen die Pferde mit mir durch, und ich kann echt ...«

»... doof sein, richtig.« Dornach entspannte sich.

»Danke, Paps. Willst du das Messer gleich noch mal umdrehen, oder reicht es so?«

»Ich glaube, wir können es dabei bewenden lassen.«

»Ernsthaft, es tut mir leid. Ich war wütend auf dich und

Angela und auf Jana. Ich hatte das Gefühl, von allen, die ich liebe, im Stich gelassen zu werden, außer von Rafik.«

»Mach dir keine Sorgen deswegen. Jana ist übrigens nicht mehr in Holland in Haft. Sie ist zu Hause in Wien, in einer Art Hausarrest.«

»Ich habe immer gesagt, sie war es nicht. Selbst wenn sie es getan hätte, ist sie in meinen Augen unschuldig.«

»Es gibt keinen konkreten Beweis dafür, dass Jana Vukovic erschossen hat. Sie war erwiesenermaßen am Tatort. Ihre DNA wurde im Treppenhaus des Hotels sichergestellt, von wo die Schüsse abgefeuert wurden.«

»Und wenn sie es getan hätte, Jana sollte als Heldin gefeiert werden und einen Orden dafür erhalten, dieses Scheusal aus der Welt geschafft zu haben.«

Es hatte keinen Zweck, mit Pia darüber zu streiten. Vukovic war einer der übelsten Kriegsverbrecher des Bosnienkrieges in den neunziger Jahren gewesen. Unter seinem direkten Befehl waren Frauen und Kinder misshandelt und getötet worden. Die damals neunjährige Jana musste zusehen, wie er und seine Milizen ihre leibliche Mutter Vlada Spahic auf grausamste Weise vergewaltigten und folterten. Sie konnte entkommen und wurde von den Cranachs adoptiert, die ihr ermöglichten, in Wien zu studieren und eine Polizeilaufbahn einzuschlagen.

»Ich habe ein paarmal versucht, Jana zu erreichen«, sagte Pia. »Ich komme über keine der mir bekannten Nummern und Adressen durch.«

»Geht mir gleich. Ich glaube, sie will im Augenblick allein sein. Ihre Eltern hatten einen schweren Unfall.«

»Was? Davon wusste ich nichts.«

»Es passierte vor gut zwei Wochen. Sie waren unterwegs ins Engadin. Ihr Auto kam von der Straße ab. Janas Adoptivvater war sofort tot. Johanna Cranach liegt im Koma, und man weiß nicht, ob sie wieder aufwacht.«

»Arme Jana, ich werde versuchen, ihr zu schreiben.« Pia zögerte und suchte nach Worten. »Paps, ich …« Momente, in denen Pia nach Worten suchte, waren selten.

»Schieß los.«

»Was ich zu Angela gesagt habe und die Ohrfeige, ich schäme mich dafür.«

»Ich bin sicher, Angela trägt es dir nicht nach. Sie wurde selbst von Hofmann überrumpelt, wir alle.«

»Geht es ihr gut? Ich meine, hat sie deswegen Probleme mit den anderen?«

»Mach dir keine Sorgen. Ich richte ihr von dir aus, dass es dir leidtut.«

»Musst du nicht, Paps. Ich werde es ihr selbst sagen.«

»Willst du anrufen oder skypen?«

»Nein, ich sage es ihr persönlich.«

»Wie?«

»Wenn ich nach Solothurn komme.«

Er sagte ein paar Sekunden nichts.

Sie lachte. »Paps, mach nicht so ein Gesicht. Das ist keine Hexerei. Für so was wurde die Fliegerei erfunden.«

»Entschuldige, das ist ebenso überraschend wie ... wunderbar. Wann kommst du?«

»Ende Monat sollte es klappen. Ich bleibe zwei oder drei Wochen, wenn's geht. Manu weiss es schon. Sie unterbricht ihr Studium in Los Angeles und kommt für ein paar Tage nach Solothurn.« Ohne Pia hatte es ihre beste Freundin Manuela Bürki in Solothurn nicht mehr ausgehalten und sich entschieden, das wegen des Todes ihrer Mutter verschobene Studium in den Staaten nachzuholen. Dornach hatte das Geld verwaltet, das Nadja Bürki ihr dafür hinterlassen hatte.

»Kannst du so lange wegbleiben?«

»Ich bin nicht so eingebunden wie Rafik. Er kann nicht weg. Ich komme allein.«

»Wenn du da bist, veranstalten wir ein Fest.«

»Super Idee, und wir werden einiges zu besprechen haben.«

Sie sagte das mit einem eigenartigen Unterton.

»Was meinst du?«

»Sage ich dir, wenn ich zurück bin. Keine Sorge, nichts Schlimmes, es hat Zeit. Ich muss Schluss machen. Lass uns bald wieder skypen.«

»Ja, lass uns das tun. Pass auf dich auf, Pia.«

»Versprochen, Paps.« Sie beendete das Gespräch.

Dornach blinzelte seine Tränen weg. Die Angst um Pia und die Sehnsucht, die er die letzten Monate unterdrückt hatte, brachen mit einem Mal hervor. Was mochte sie mit ihm zu besprechen haben?

DREI

Dornach arbeitete Frau Reinhards Einkaufsliste ab. Abgesehen von vereinzelt aufspielenden Guggenmusiken und ein paar orientierungslos zwischen den Ständen torkelnden Fasnächtlern, die sich ihren Weg nach Hause bahnten, war es ein Samstagsmarkt wie jeder andere.

Da im Dornach'schen Haushalt nur noch für eine Person gekocht werden musste, war der Einkauf rasch beendet. Bei diesem Wetter war er darüber nicht unglücklich. Der Winter hatte die Stadt auch an diesem Morgen fest im Griff. Damit ihre Auslagen nicht einfroren, hatten die Gemüsehändler ihre Stände vollständig mit Plastikplanen abgedeckt. Um den Kunden in der Warteschlange ein ähnliches Schicksal zu ersparen, hatten einige von ihnen gasbetriebene Heizstrahler aufgestellt.

Den Abschluss seiner Runde machte wie üblich der Käsestand, wo ihm einfiel, Gipfeli und Sandwiches für sein Team besorgen zu wollen. Er musste zurück zur Hauptgasse zum rollenden Laden der Bäckerei aus Selzach. Kurz bevor er an der Reihe war, zupfte jemand von hinten an seinem Mantel.

»So früh schon unterwegs?«

Ohne den entstellenden Schutzanzug hätte er Dr. Winter beinahe nicht erkannt. Dunkle Haarsträhnen lugten unter einem Winterbéret hervor, dessen Farbe sich mit derjenigen ihrer grünen Augen hervorragend vertrug.

»Dr. Winter, Sie sind auch keine Samstagslangschläferin, wie's scheint.«

»Ich habe ein paar Hausbesuche vor mir, mit denen ich bis Mittag durch sein will. Dann habe ich für den Rest des Wochenendes frei.«

Sie wurden beide gleichzeitig bedient.

Er packte seine Tüten mit den Backwaren ein. »Gehen Sie heute Abend an die Straßenfasnacht?«

»Weiß nicht, vielleicht, ist allemal besser, als einsam zu Hause zu sitzen.«

»Allein oder in Begleitung?«

Sie hob eine Augenbraue. »Umwege sind nicht Ihr Ding, was?«

»Nicht, wenn ich Informationen brauche.«

»In diesem Fall spanne ich Sie lieber nicht auf die Folter. Ich bin weder verheiratet noch sonst wie liiert. Zufrieden?«

»Vollkommen. An der Straßenfasnacht finden Sie sicher Anschluss.«

»Wenn Sie mich begleiten, kann ich mir das ersparen.«

So viel zu Umwegen, dachte Dornach. »Ich muss Sie enttäuschen. Ich tauge nicht zum Motivator. Das Höchste, was ich an Fasnachtsgefühlen aufzubringen vermag, ist das Anhören von Schnitzelbänken.«

Sie zuckte mit den Achseln. »War jedenfalls einen Versuch wert.«

»Ich schlage Ihnen was Besseres vor. Ich koche uns was Schönes bei mir. Wenn uns danach ist, tanzen wir eine Polonaise durch das Haus. Es ist groß genug.«

Ihre Augenbrauen stiegen höher.

»Ich hatte ohnehin vor, Staatsanwältin Casagrande einzuladen. Damit schlagen wir zwei Fliegen mit einer Klappe. Sie haben einen schönen Abend und können gleichzeitig berufliche Kontakte knüpfen.«

»Wann soll ich bei Ihnen auf der Matte stehen?«

✳✳✳

Es war fast drei Uhr nachmittags, als Dornach von der Schanzmühle nach Bern losfuhr, wo ihn Casagrande und die Eltern von Nadine Känzig im Institut für Rechtsmedizin erwarteten.

Nadines Vater war mit dem Leitenden Staatsanwalt gut bekannt. Hofmann hatte die Eltern am Vortag angerufen, die sich auf der Heimreise aus dem Tirol befanden. Sie bestanden darauf, ihre Tochter umgehend zu sehen.

Bevor Dornach das in seiner Unansehnlichkeit sehenswerte Gebäude aus den dreißiger Jahren an der Bühlstraße betrat, kamen ihm Professor Bodmer und Casagrande durch den Eingang entgegen. Kaum waren sie im Freien, steckte sich die Professorin eine Zigarette an. Sie begrüßte Dornach überschwänglich. »Schön, dass du dich wieder mal überwindest, ins Totenreich hinabzusteigen, Dominik.« Sie wusste um seine Leichenhausphobie.

»Es gibt Zeiten, in denen man sich herausfordern muss. Außerdem ist es anscheinend die einzige Möglichkeit, dich mal wieder zu sehen, Sandra.«

»Alter Charmeur, du hättest es in der Hand.« Casagrande hatte sich ebenfalls eine Zigarillo angezündet. Den Nichtraucher Dornach störte es nicht. Im Gegenteil, er fand den Hauch verruchter Unabhängigkeit anziehend, der rauchende Frauen umgab.

»Sind die Eltern eingetroffen?«, fragte er.

Casagrande nickte. »Sie haben ihre Tochter bereits identifiziert. Es ist jetzt amtlich: Unser Opfer heißt Nadine Känzig.«

Dornach berichtete, was Karin und Lüthi in Nadines Wohnung gefunden hatten. »Leider war bei ›Courtisana‹ niemand zu erreichen. Die Leiterin ist eine Michaela Welter. Sie befindet sich momentan im Ausland. Das Büro in Solothurn ist bis Montag geschlossen. Bei Notfällen springt jemand von der Beratungsstelle in Olten ein. Dort weiß aber niemand über allfällige Kontakte mit Nadine Känzig Bescheid.«

»Das ist immerhin etwas.« Casagrande drückte die Zigarillo aus. »In Nadines Brust wohnten anscheinend zwei Seelen. Fragt sich, welche von den beiden ihr zum Verhängnis wurde.«

»Ehe ihr mit den Eltern sprecht, muss ich euch etwas zeigen«, sagte Professor Bodmer. »Möglicherweise ein weiteres Puzzlestück.« Bevor sie hineingingen, sah sie Dornach teilnahmsvoll an. »Bist du bereit, Dominik?«

»Ich werde mich hüten, vor zwei Powerfrauen zu schwächeln.«

Zu seiner insgeheimen Erleichterung fühlte sich Casagrande im Obduktionssaal ebenso unwohl wie er. Sie hatte Nadines Leiche bereits in Gegenwart ihrer Eltern durch das Sichtfenster gesehen. Es war etwas anderes, mit den Toten auf Tuchfühlung zu gehen. Beide hielten instinktiv die Hand vor Nase und

Mund, als Professor Bodmer das Leichentuch zurückschlug und Nadines geschundenen Körper mit der grob vernähten Y-Naht entblößte. Trauer übermannte Dornach, wie jedes Mal, wenn er mit einem jungen Menschen konfrontiert wurde, der gewaltsam aus dem Leben in den Tod gerissen worden war. Es war eine regelrechte Verschwendung schöpferischer Energie.

»Zu Lebzeiten erfreute sich Frau Känzig bester Gesundheit«, begann Professor Bodmer ihre Ausführungen. »Keines der Organe ist beschädigt, weder durch äußeren Einfluss noch durch Krankheit.«

»Keine Drogen?«, fragte Dornach.

»Der Schnelltest war negativ. Toxscreen steht aus.«

»Sie bleiben bei Ihrer Diagnose Tod durch Erdrosselung?«, fragte Casagrande.

Professor Bodmer nickte. »Das wollte ich euch zeigen.« Sie nahm eine Miniaturstablampe und beleuchtete die Innenseite des Oberschenkels auf der Höhe der Scham. »Ich habe es zunächst für eine Brandnarbe gehalten. Erst bei näherem Hinsehen ist mir der Gedanke gekommen, es könnte sich um etwas anderes handeln.«

Seinen Widerwillen hinunterschluckend beugte sich Dornach über die Stelle. Dabei hielt er die Luft an. Der süßliche Geruch latenter Verwesung in Verbindung mit Formaldehyd versetzte seine Magenschleimhäute in unerwünschte Wallungen. Casagrandes Gesichtsausdruck blieb stoisch.

»Sieht tatsächlich aus wie eine Narbe. Form und Größe etwa wie ein Fränkler«, sagte Dornach.

Professor Bodmer reichte ihm eine Lupe.

»Könnte es ein überlasertes Tattoo sein?« Dornach gab das Vergrößerungsglas an Casagrande weiter.

»Genau mein Gedanke«, sagte Professor Bodmer.

»Ich gehe mit.« Casagrande gab ihr die Lupe zurück, ohne sich die Narbe näher anzusehen. »Kann man eine gelaserte Tätowierung rekonstruieren?«

»Fürchte nein, ich sehe mal, was ich darüber rausfinden kann. Dafür muss ich in unserem Archiv stöbern. Ich gebe euch am Montag Bescheid, wenn euch das hilft.«

»Dann wollen wir mal hören, was uns Nadines Eltern zu ihrer Tochter sagen können«, sagte Dornach.

Dornach und Casagrande waren gleichermaßen erleichtert über Herrn Känzigs Vorschlag, sich woanders zu unterhalten. Das Restaurant »Mappamondo« lag wenige Gehminuten von der Rechtsmedizin entfernt an der Länggassstraße.

Casagrande erkundigte sich als Erstes nach dem Verhältnis zwischen Eltern und Tochter, worauf die Mutter zu weinen anfing. Herr Känzig antwortete an ihrer Stelle: »Es ist nicht leicht für uns, verstehen Sie.«

»Könnten Sie uns das erläutern?«

»Wir haben seit Längerem keinen Kontakt mehr zu Nadine. Unsere Ansichten liegen«, er räusperte sich, »lagen zu weit auseinander.«

»Deswegen die eigene Wohnung in Solothurn.«

»Das auch, und weil sie näher bei der Schule liegt. Wir sind vor einem Jahr vom Wasseramt ins Gäu umgezogen. So konnte ich näher bei meiner Firma sein. Wir hatten die Möglichkeit, günstig ein Stück Bauland zu kaufen. Nach dem Umzug hätte Nadine in die Kantonsschule Olten wechseln sollen. Sie weigerte sich. Es gefiel ihr in Solothurn besser. Nadine, sie ... Dort hatte sie ihre Freunde, die sie nicht verlieren wollte.«

»Freunde. Was für Freunde denn?«, fuhr Frau Känzig dazwischen. »Erzähl ihnen, wie es wirklich war.«

Herr Känzig räusperte sich. Seine Ohrläppchen nahmen einen scharlachroten Farbton an.

»Nadine wollte wegen ihrem Freund in Solothurn bleiben«, sagte Frau Känzig heftig. »Wegen diesem Mirko, so ist das.«

Herr Känzig lehnte sich mit verschränkten Armen zurück.

»Kennen Sie seinen Nachnamen?«, fragte Casagrande.

»Woher denn? Danke.« Frau Känzig trocknete ihre Tränen mit einem Papiertaschentuch, das ihr Dornach reichte. »Nadine hat ihn ein einziges Mal mit zu uns gebracht.«

»Er hat sich Ihnen nicht mit seinem vollen Namen vorgestellt?«, hakte Casagrande nach.

Frau Känzig schnäuzte sich. »Er wechselte das Thema, sobald ich ihn danach fragte, und diskutierte mit meinem Mann über sein Auto. Er hatte sich einen 3er BMW gekauft. Diese Jugos fahren auf die Marke ab wie Mäuse auf Speck.«

»Er ist kein Jugo, er ist Schweizer«, versuchte Herr Känzig zu beschwichtigen. »Seine Mutter hat Wurzeln in Ex-Jugoslawien. Das hat er mir erzählt. Ich weiß nicht mehr, von wo die Familie ursprünglich stammte.«

»Und du hast ihm geglaubt. Dabei brauchte man sich nur seine Visage ansehen und wusste Bescheid.«

»Damit ich Sie richtig verstehe«, ging Casagrande dazwischen. »Nadine nahm sich in Solothurn eine Wohnung, weil es ihr dort gefiel und sie in der Nähe ihres Freundes sein wollte. Ist das korrekt?«

»Letzteres war der einzige Grund, wenn Sie mich fragen«, sagte Frau Känzig.

»Sie waren dagegen?«

»Natürlich waren wir dagegen.«

»Entschuldigen Sie, wenn das so war, verstehe ich nicht, weshalb Sie für Nadines Wohnung bezahlten.«

Die Eheleute sahen Casagrande und Dornach verblüfft an. »Wie kommen Sie darauf, wir würden die Miete bezahlen?«, fragte Herr Känzig.

»Die Information ist in den ersten Befragungen aufgetaucht«, sagte Dornach. »Entspricht sie nicht den Tatsachen?«

»Keinen roten Rappen bekam sie von uns, seit sie von uns fort ist.«

»Nadine war achtzehn und in Ausbildung«, sagte Casagrande. »Als Eltern sind Sie unterhaltspflichtig.«

»Natürlich sind wir das«, antwortete Herr Känzig. »Sie hat monatlich Geld von mir bekommen – bis sie es mir zurückschickte. Später eröffnete sie ein Konto bei einer anderen Bank. Sie wollte nichts mehr mit uns zu tun haben. So stellte ich die Zahlungen ein.«

»Ihre Tochter weigerte sich, von Ihnen Geld zu nehmen? Das hört sich nach einem ernsthaften Bruch an. Ist Mirko für Nadines Unterhalt aufgekommen?«

»Sie war ihm hörig. Wer weiß, wozu er sie benutzt hat.«

Dornach dachte an die Kleidung, die Nadine bei ihrem Tod getragen hatte. Ein kurzer Blickwechsel mit Casagrande zeigte, dass ihre Gedanken in ähnlichen Bahnen verliefen. »Was für ein Mensch war Nadine – bevor sie mit Mirko zusammenkam?«

Frau Känzigs harter Blick wurde weich. »Sie war so ein liebes Mädchen, etwas schüchtern, immer freundlich zu allen. Zwischendurch wurde sie deswegen von ihren Freundinnen gehänselt.«

»War Mirko ihr erster Freund?«

Frau Känzig bejahte. »Sie hatte sich vorher nichts aus Jungs gemacht, weil sie ihr zu grob waren. Bis Mirko kam. Ein Gentleman, sagte sie immer. Ein Prinz, der sie auf Händen trug.« Nach einer kurzen Pause fügte sie hinzu: »Er hatte Charme, das muss ich zugeben.«

»Klar, jetzt gibst du es zu«, sagte Herr Känzig unwirsch.

»Na und? Im Gegensatz zu dir habe ich bald gemerkt, was für ein Filou der ist. Es waren seine Augen. Sie hatten etwas Verschlagenes. Du wolltest es nicht wahrhaben. Nadine ebenso wenig – und nun ist sie tot. Alles nur wegen diesem … diesem …« Frau Känzig fing erneut an zu schluchzen.

»Wie lange waren die beiden zusammen?«, wandte sich Casagrande an Herrn Känzig.

»Anderthalb Jahre etwa.«

»Hat sie mit Ihnen nie über Schwierigkeiten in der Beziehung gesprochen, dass ihr Freund sie bedrohte oder schlug?«

»Wie gesagt, wir hatten seit längerer Zeit keinen Kontakt mehr. Darüber hätte sie mit uns nie geredet. Wir verloren unsere Tochter, sobald dieser Mann in ihr Leben trat.«

Casagrande warf Dornach einen fragenden Blick zu, den er mit einem leichten Kopfnicken quittierte. »Das wär's von meiner Seite.«

»Eine letzte Frage, wenn Sie gestatten«, sagte Dornach. »Hatte Ihre Tochter sich je einer Hautbehandlung mit Laser unterzogen?«

»Das kann ich mir nicht vorstellen«, sagte Frau Känzig. »Weshalb sollte sie das tun?«

»Hat sie sich eine Tätowierung machen lassen?«

»Eine Tätowierung?« Frau Känzig sah ihn verständnislos an. »Ich habe nie so was an ihr gesehen. Wo sollte sie die haben?«

»An der Innenseite ihrer Oberschenkel.«

»An der …? Unmöglich, Nadine hätte sich das nie angetan. Was soll das für eine Tätowierung sein?«

»Das wissen wir nicht. Es ist lediglich eine Vermutung. Die Rechtsmedizinerin meint, die Haut an dieser Körperstelle sei mit einem Laser behandelt worden.«

Frau Känzig sank in sich zusammen. Ihr Mann nahm sie in den Arm. Während Dornach an der Theke zahlte, spendete Casagrande ihr einige tröstende Worte.

Vor dem Restaurant hielt Frau Känzig Dornach am Arm zurück. »Versprechen Sie mir, denjenigen zu finden, der meine Tochter getötet hat?«

Dornach legte seine Hand auf ihre. »Wir tun unser Möglichstes, das versichere ich Ihnen.«

»Was hältst du davon?«, fragte Casagrande auf dem Weg zu ihren Autos.

»Unschöne Sache«, sagte Dornach. »Dieser Mirko hat Nadines Wohnung bezahlt. Das könnte eines bedeuten.«

»Zwangsprostitution?«

Dornach nickte. »Eine Variante der ›Loverboy‹-Masche. Ist bisher bei uns nicht so stark in Erscheinung getreten.«

»Junge Frauen mit wenig ausgeprägtem Selbstbewusstsein, die von Gleichaltrigen gemieden oder gemobbt werden. Erst werden sie von den meist älteren Männern hofiert und beschenkt, so lange, bis ein emotionales Abhängigkeitsverhältnis entsteht. Der Mann täuscht eine finanzielle Notlage vor. Die ihm hoffnungslos verfallene Frau sieht keinen anderen Ausweg, als sich freiwillig zu prostituieren. Später zwingt er sie dazu. Du meinst, das war bei Nadine der Fall?«

»Es gibt ein paar Indizien, die dafürsprechen.«

»Läuft die Fahndung?«

»Seit gestern. Ich rufe Mike an. Er soll sie intensivieren.«

»Wir sollten prüfen, ob es in der Vergangenheit ähnliche Fälle gab.«

»Das übernimmt Google. Etwas anderes, hast du heute Abend etwas vor?«

»Weshalb fragst du? Sag nicht, du willst dich in die Straßenfasnacht stürzen.«

»Bin bedient, danke. Ich koche heute Abend für Fasnachtsmuffel, genauer gesagt habe ich unsere neue Amtsärztin eingeladen.«

»Dr. Winter?«

»Wieso, gibt's noch eine andere?«

»Jedenfalls nur eine, die attraktiv genug ist, von dir nach zwei Tagen zum Essen eingeladen zu werden, und dann noch bei dir zu Hause.«

»Deshalb hätte ich gerne, dass du auch dabei bist. Bei der Gelegenheit könntet ihr euch kennenlernen. Ein gutes Verhältnis zwischen Amtsarzt und Staatsanwaltschaft ist immer hilfreich.«

»Lädst du mich ein, weil du eine Anstandsdame brauchst, oder veranstaltest du einen Kennenlernabend? Nicht sehr schmeichelhaft, Dominik.«

Dornach verdrehte die Augen. »Jetzt sei nicht kompliziert. Ich will einen gemütlichen Abend mit gutem Essen und einem Glas Wein mit zwei Frauen verbringen, von denen eine meine beste Freundin ist und eine es werden könnte – alles ohne Hintergedanken.«

Casagrande legte die Hand auf seine Schulter. »Schon gut, hab's begriffen. Heute Abend geht es leider nicht, bin schon verabredet.«

»Ach ja?«

»Mit Ines.«

»Ines Degonda?« Dornach schätzte die Bündner Anwältin, mit der Casagrande seit einigen Monaten ein Verhältnis hatte.

»Nimm sie mit. Ich koche gerne für vier.«

»Keine Chance, Dominik. Mädelsabend mit Mädelsthemen, nichts für Männerohren.«

»Ich sage es ja: Ihr seid das stärkere Geschlecht.«

»Lass dich nicht vom Thron schubsen, Dominik.« Casagrande stieg in ihren Beetle und ließ den Motor an. »Grüß Dr. Winter von mir«, rief sie durch das heruntergelassene Seitenfenster und fuhr davon.

***

Die Türglocke unterbrach Dornach beim Zerkleinern der Kürbistranchen. Dr. Winter hatte sich ein Taxi genommen. Ihre Erscheinung war eine Mischung aus Eiskönigin und orientalischer Prinzessin. Ein mit Smaragden besetztes Collier hob den diskreten Rundausschnitt des eng anliegenden grünen Seidenkleides hervor. Die dazugehörenden Ohrringe betonten die Farbe ihrer Augen. Sie trug zwei Tragtaschen einer exklusiven Modemarke. Einer entnahm sie ein Paar auf das Kleid abgestimmte hochhackige Schuhe, die Casagrande mit ihrer Schwäche für exquisite Fußbekleidung in helle Begeisterung versetzt hätten.

»Schöne Schuhe.« Pia hatte ihm einst eingeschärft, einer Frau bei der ersten Verabredung ein Kompliment für das Schuhwerk zu machen.

»Der Rest gefällt Ihnen hoffentlich auch.« Dr. Winter hatte ihre Winterstiefel gegen die High Heels ausgetauscht. Dornach hängte ihren Mantel in die Garderobe. In dieser Zeit betrachtete sie die Gemäldegalerie von Dornachs Vorfahren entlang der Treppe. Der Anblick versetzte Dornach einen Stich. Dr. Winters wacher, inquisitiver Blick erinnerte ihn an Jana. Wie sie verfügte Dr. Winter über die Gabe, jeden, der ihr zu nahe kam, nach Belieben entweder zum Verglühen zu bringen oder in eine Eisstatue zu verwandeln.

Die zweite Tragtasche enthielt eine Flasche »Grey Goose Vodka Ducasse«. »Französischer Wodka, hilft bei der Verdauung. Die Flasche stand den ganzen Tag draußen auf dem Fenstersims. Legen Sie sie trotzdem besser ins Eisfach.«

Als Aperitif bevorzugte Dr. Winter anstelle von Weißwein einen achtzehnjährigen schottischen Single-Malt-Whisky mit einem Fingerbreit Wasser. Dornach schloss sich ihr an.

Sie nahm seine Eröffnung, den Abend zu zweit zu verbringen, mit ihrer üblichen hochgezogenen Augenbraue entgegen. Von Dornachs Angebot, sich im Haus umzusehen, während er in der Küche das Essen zubereitete, hielt sie nichts. »Ich bin Ihretwegen hier, nicht wegen Ihrem zugegeben eindrucksvollen Haus. Ihr Elternhaus?«

»Erbaut von meinem Großvater aus den ersten Exportgewinnen seiner neu gegründeten Maschinenfabrik.«

»Ihre Familie soll zu jenen gehören, die man als ›altes Geld‹ bezeichnet. Auf die Gefahr hin, dass ich Ihnen zu nahe trete: Haben Sie es nötig, zu arbeiten?« Der milde Sarkasmus in ihrer Stimme war unüberhörbar.

»Das ›alte Geld‹ gehört, wie dieses Haus, meinen Eltern. Sollte es ihnen von heute auf morgen einfallen, mich zu enterben und auf die Straße zu stellen, muss ich von etwas leben. Ich habe eine Tochter, deren Studium ich irgendwann mal finanzieren sollte.«

»Armer Millionär.« Winter leerte ihr Glas.

»Noch einen?«, fragte Dornach.

»Gerne. Wollen wir uns nicht duzen? Ich bin Carol.«

Er reichte ihr das volle Glas. »Dominik.«

Sie stießen an.

»Whisky und Wodka«, sagte Dornach. »Du liebst harte Sachen?«

»Sagen wir so, ich mag meine Getränke wie meine Männer, rauchig und herb.«

»Du sprichst im Plural.«

»Es gab drei, wenn ich nur die langfristigen Beziehungen einrechne. Mit einem davon war ich verheiratet.«

»Geschieden oder verwitwet?«

Ein belustigtes Funkeln leuchtete in ihren Augen auf. »Geschieden, in aller Freundschaft. Gelegentlich treffen wir uns auf einen Drink. Die Ehe mit ihm war ein gelungenes Experiment.«

»Inwiefern?«

»Es bestätigte mir, dass ich nicht dafür geschaffen bin. Wie du.«

»Wie kommst du darauf, ich sei nicht für die Ehe geschaffen?«
»Ich beobachte und höre, was geredet wird, vor allem unter Polizisten.«
»Was wird denn so geredet?«
»Vieles, woraus ich schließe, deine Quote an Liebhaberinnen könnte in etwa der meinen an Männern entsprechen.«
»Ich kann schlecht abstreiten, dass Gerüchte einen wahren Kern haben.«
»Jeglicher Rechtfertigungsversuch von dir würde mich enttäuschen.«
Er sah prüfend in einen Kochtopf und kostete. »Die Kürbissuppe ist so weit. Wir essen im Grand Salon. Du kannst es dir dort gemütlich machen. Im Cheminée brennt ein schönes Feuer.«
Sie schüttelte vehement den Kopf. »Deine Küche gefällt mir. Ich will in deiner Nähe bleiben.«

Frau Reinhard hatte ein frisch geschlachtetes Kaninchen von ihrem Hof mitgebracht. Daraus hatte Dornach ein Ragout zubereitet. Dr. Winter bediente sich zweimal. Die Polenta mit geriebenem Sbrinz sagte ihr ebenso zu. »Ich wusste nicht, dass Schweizer Reibkäse so gut schmeckt. Ich verwende immer Parmesan.«
»Die Kopie ist nie so gut wie das Original.«
Sie sah ihn fragend an.
»Der trockene Hartkäse wurde ursprünglich in der Innerschweiz hergestellt und via Brienz nach Italien transportiert. Im Mittelalter war er ein Exportschlager. Dort hat man dem Käse seinen heutigen Namen gegeben, ›lo sbrinzo‹. Man erzählt sich, dass man irgendwann der langen Wege über die Alpen überdrüssig wurde, um an den begehrten Käse zu kommen, und ihn in der Gegend von Parma selbst herstellte. So soll der Parmesan entstanden sein.«
»Hast du unsere italienischstämmige Staatsanwältin mit dieser kulturgeschichtlich relevanten Tatsache konfrontiert?«
»Sagen wir lieber, es ist eine Legende. Angela Casagrande

ist in solchen Dingen recht entspannt. Allerdings habe ich bei ihr die Probe aufs Exempel in Bezug auf Parmesan nicht gemacht.«

»Dafür soll ihr Temperament in Beziehungsdingen eher dem gängigen Klischee ihrer Landsleute entsprechen, habe ich mir sagen lassen.«

»Hast du diesbezüglich auch etwas gehört?«

»Die soziale Kontrolle in dieser Stadt funktioniert ausgesprochen gut.«

Was für Dornach bisher der Grund gewesen war, seine amourösen Beziehungen außerhalb seines Arbeitsortes zu pflegen. »Dann bist du ja gewarnt. Bedenke, auf wen du dich einlässt, wenn du nicht in den Solothurner Klatschradar geraten willst.«

»Würde ich, wenn es mir nicht egal wäre.« Sie ließ sich von dem Brunello nachschenken. »Ich muss dir etwas gestehen.«

»Nur zu. Natürlich gehst du damit das Risiko ein, dass ich dich in Handschellen legen muss.«

Ihr Blick war unergründlich. »Verlockend. Später vielleicht.«

»Ich höre.«

»Es war unvermeidlich, eine Geschichte mitzubekommen. Dabei geht es um eine österreichische Polizistin, die –«

»Entschuldige, darüber möchte ich lieber nicht sprechen«, sagte Dornach schärfer, als er beabsichtigt hatte.

»Natürlich, Verzeihung, ich wollte dir nicht zu nahe treten.«

»Halb so schlimm. Ich spreche auch aus beruflichen Gründen nicht gern darüber.«

»Verstehe.«

»Hast du Kinder?« Dornach wollte möglichst rasch und weit vom Thema Jana Cranach wegnavigieren.

»Hoppla, jetzt hast du *meinen* wunden Punkt getroffen.«

»Du musst nicht –«

»Schon in Ordnung. Ich hatte ein Kind – eine Tochter. Sie ist im Alter von zwei Jahren umgekommen.«

»Das tut mir leid. War sie –«

»Sprechen wir lieber über deine Tochter. Ich habe vorhin

ein Bild von ihr gesehen. Eine schöne junge Frau. Sie heißt Pia, nicht wahr?«

Sie hörte aufmerksam seinen Schilderungen über Pia zu und sah ihm dabei unablässig in die Augen. »Eine bemerkenswerte Person, deine Tochter. Nicht ganz einfach im Umgang, wie es scheint.«

»Das ist die diplomatische Art, es auszudrücken. Sie kann eine richtige Pest sein. Immerhin wird sie sich dort unten die Hörner abstoßen.«

»Wünsche ihr das nicht zu sehr. Der Übermut fällt mit dem Alter ab. Den Charakter soll sie sich erhalten. Ohne starke Frauen können wir unsere Zivilisation bald abschreiben.«

»Ein wahres Wort, trotzdem wäre ich dir verbunden, das nicht in ihrer Gegenwart zu wiederholen, sollte sich die Gelegenheit ergeben.«

»Fürchtest du um deine Autorität?«

»Du kennst Pia nicht.«

»Das macht mich begierig, sie kennenzulernen.«

Dornach sagte ihr, die Gelegenheit dazu könne sich bald bieten, wenn Pia in ein paar Wochen in die Schweiz kam.

»Dann kann ich mich revanchieren und euch beide zu mir nach Hause einladen. Im Vergleich zu dir wohne ich bescheiden, dafür gemütlich.« Sie lehnte sich im Stuhl zurück und strich über ihr Kleid. »Ich platze bald.«

»Ich hoffe, du hast Platz für das Dessert gelassen. Es gibt Katalanische Crème. Setzen wir uns zum Cheminée. Ich habe Holz nachgelegt.«

Dr. Winter hatte die Schuhe ausgezogen und saß mit angezogenen Knien auf dem Sofa vor dem Kaminfeuer.

»Hast du nicht etwas vergessen?«, fragte sie, als er zwei Tassen Espresso auf das Beistelltischchen stellte.

Er sah sie fragend an.

»Ich hole es.« Sie sprang auf und lief in Strümpfen hinaus. Wenig später kam sie mit dem Wodka und zwei eisbeschlagenen Gläsern zurück. »Ich habe mir vorgenommen, erst nach Hause zu gehen, wenn die Flasche leer ist.« Sie schenkte ein und reichte ihm ein Glas. »Auf den interessantesten Mann der Stadt.« Sie kippte ihr Glas mit einem Ruck in den Mund. Dornach tat es ihr nach. Er war kein großer Wodkatrinker. Heute Abend schmeckte er ihm. »Das wird eine lange Nacht.« Sie schenkte nach. »Nicht lange genug, fürchte ich.« Sie leerte das Glas erneut, ohne hinunterzuschlucken. Mit beiden Händen umfasste sie sein Gesicht. Sie küssten sich, dabei floss der Wodka aus ihrem in seinen Mund.

Stärke

»Du, Minka?«

»Ja, Lili?«

»Wenn ich groß bin, will ich so werden wie du.«

»Wie meinst du das, du willst werden wie ich?«

»Ich will so schön sein wie du.« Lili streichelt ihr Kätzchen.

»Du bist erst acht und schon viel schöner als ich.« Minka kämmt mit gespreizten Händen Lilis dichtes Haar. »Du hast wundervolles Haar, schwarz wie die Nacht.«

»Ich will rotes Haar haben, wie du.«

Minka nimmt Lilis Kopf zwischen ihre Hände und zieht ihn ganz nah an ihr Gesicht. »Niemand hat so klare blaue Augen. Damit wirst du alle Jungs verzaubern.«

»Das will ich nicht.«

»Warum nicht?«

»Jungs sind blöd.«

Minka lacht. »Mikica ist ein Junge. Den magst du doch.«

»Mikica ist kein Junge, er ist ein Kätzchen.«

»Du hast es erst vor Kurzem gefunden und ihm schon einen Namen gegeben?«

Das Kätzchen schnappt spielerisch nach Lilis Finger. Sie gluckst vergnügt. »Ja, sonst kann es nicht mein Freund sein. Ein Freund muss einen Namen haben, das ist wie bei den Menschen.«

»Stimmt, und wie bei den Menschen gibt es bei den Kätzchen Jungen und Mädchen, weißt du.«

»Das stimmt nicht. Jungen und Mädchen sehen verschieden aus. Kätzchen sehen alle gleich aus.«

»Für uns Menschen schon. Die Kätzchen unter sich wissen, ob sie Mädchen oder Jungen sind.«

»Wie denn, wenn sie alle gleich aussehen?«

»Ich weiß es nicht, ich bin kein Kätzchen. Kann sein, die Katzenmädchen riechen, wenn es ein Katzenjunge ist und umgekehrt.«

Lili rümpft die Nase. »Jungs stinken.«

»Vielleicht mögen es die Katzenmädchen, wenn die Katzenjungs stinken.«

Lili hebt Mikica hoch und riecht an seinem Fell. »Mikica ist kein Junge. Er stinkt nicht, er riecht nach Milch.«

»Weil du ihm ständig deine abgibst. Wenn Vlada das merkt, wird sie dir böse sein.«

»Mikica hatte Hunger und ich nicht. Mütterchen sagt, man soll nichts verschwenden. Wenn ich keinen Hunger habe und trotzdem esse, ist das Verschwendung.«

»Menschenkinder müssen Milch trinken, damit sie wachsen und stark werden. Deshalb riechen Kinder nach Milch, egal, ob Kätzchen oder Menschen.«

Lili hebt ihren Arm und riecht an ihrer Achselhöhle. »Ich rieche nach Seife und Schweiß.«

»Weil du schon groß bist.«

»Bin ich auch schon stark?«

Minka presst behutsam Lilis Oberarm. »Du bist das stärkste Mädchen, das ich kenne. Trotzdem musst du noch wachsen.«

»Weshalb, wenn ich doch schon stark bin?«

»Stark ist gut, schnell sein ist besser. Am besten ist es, wenn du stark und schnell bist.«

»Dann will ich nicht mehr schön sein, sondern stark und schnell wie du.«

»Das ist gut, Lili.«

Sie streicheln Mikica eine Weile gemeinsam.

»Du, Minka?«

»Ja, Lili.«

»Warum muss ich schnell sein?«

»Damit du fliehen kannst, wenn der Teufel kommt und dich holen will.«

VIER

Pia klammerte sich an den Rand der Toilettenschüssel und würgte in das Becken. An diesem Morgen war es besonders schlimm.

Sobald es ihr einigermaßen ging, wusch sie das Gesicht am Waschbecken und putzte sich die Zähne. Rafik sollte nicht mitbekommen, was mit ihr passierte. Auf dem Beckenrand lagen drei Schwangerschaftstests. Alle mit demselben Resultat: Pia war schwanger. Wie sollte sie es Rafik sagen? Sie wünschte sich Kinder, irgendwann, in zehn Jahren oder so. Sie war nicht mal zwanzig. Und Rafik? Wollte er mit knapp sechsundzwanzig Vater werden? Würden sie ihre Arbeit in Hayat Jadida fortführen können, wenn herauskam, dass sie ein Kind erwartete? Sie setzte sich auf die WC-Schüssel und vergrub den Kopf in den Händen.

Es klopfte an der Badezimmertür. Der Türknauf drehte sich. »Pia? Alles in Ordnung mit dir?«

Bevor sie öffnete, fiel ihr Blick auf die Schwangerschaftstests. Rasch stopfte sie die Stäbchen in die Tasche ihrer Shorts und drapierte das übergroße T-Shirt darüber, bevor sie die Tür entriegelte.

»Warum schließt du ab, *habibti*? Stimmt was nicht?«

Seit sie hier waren, sprach Rafik sie oft mit dem Kosenamen an, der frei übersetzt so viel bedeutete wie »mein Schatz«.

»'tschuldigung, ist ein blöder Reflex von mir.«

Er streichelte ihr Gesicht. »Du siehst blass aus. Das gefällt mir nicht. Hast du dich erbrochen?«

Sie sah ihn erschrocken an. »Woher weißt du ...?«

»Denkst du, ich bin taub? Dein Würgen war sicher bis zur Straße zu hören. Hast du etwas Schlechtes gegessen? Der Fisch von gestern vielleicht?«

»Wir haben beide das Gleiche gegessen. Warum soll es mir schlecht gehen und dir nicht?«

»Das ist typisch für die Ungerechtigkeit der Welt. Immer sind es die Frauen, die leiden müssen.«

Sie versetzte ihm einen zärtlichen Hieb in die Magengrube.
»Spar dir das gefälligst. Ich brauche Liebe, keinen Spott.« Sie
küssten sich.
»Du solltest zum Arzt gehen. Ich rufe Dr. Hamid an. Er soll
dir einen Termin geben.«
»Danke, ich rufe ihn selbst an.« Dr. Hamid war ein liebens-
würdiger Mensch, der nach Jahren im englischen Exil in seine
Heimat zurückgekehrt war. Sosehr Pia ihn mochte, verdächtigte
sie ihn, das Arztgeheimnis nicht allzu wörtlich zu nehmen. Sie
wollte sichergehen, die Erste zu sein, von der Rafik erfuhr,
dass sie sein Kind trug. Die französische Ärztin, die sich in der
Schule um die Kinder kümmerte, war vertrauenswürdiger.
»Du versprichst es mir, ja?«
Anstelle einer Antwort drückte sie ihm einen Kuss auf die
Lippen. »Gibt's Neuigkeiten aus Samarra?«
»Faruk sagt, er habe die Kinder gesehen. Sie leben tatsäch-
lich alleine in dieser Bruchbude. Es sind zwei Mädchen und ein
Junge im Alter zwischen sieben und zehn Jahren.«
»Seit wann hausen sie dort?«
»Vermutlich ein paar Wochen. Faruk hat letzte Woche das
erste Mal von ihnen gehört.«
»Und es gibt keine Erwachsenen, die sich um sie kümmern
oder mindestens nach dem Rechten schauen?«
»Sieht nicht so aus. Vermutlich stehlen sie sich zusammen,
was sie zum Leben brauchen.«
»Mitten in der Stadt oder außerhalb?«
»Es ist eine Brache in der Nähe des großen Marktes. Wir
können am Mittwoch hinfahren.«
»Wieso erst am Mittwoch, ich könnte heute –«
Rafiks bestimmte Reaktion überraschte sie. »Das wirst du
nicht tun. Wir können dort nicht einfach mal rasch hinfahren.
Das muss vorbereitet werden, schon alleine wegen der Sicher-
heit.«
»Wozu? Es sind Kinder.«
»Wir können nicht wissen, was uns dort erwartet. UNICEF
hat nicht umsonst eine Polizeieskorte angeordnet.«
Pia verzog den Mund. Sie mochte es nicht, ständig Leute

mit Waffen um sich zu haben, weder die Leute der von der NGO beauftragten Sicherheitsfirma »Star Protectors« noch die Polizeieskorten, die ihre gelegentlichen Fahrten außerhalb von Hayat Jadida und nach Bagdad begleiteten. »Mit ihrem debilen Rambo-Gehabe und ihren protzigen Sonnenbrillen laufen sie herum, als gehörte ihnen die Welt. Ich mag nicht, wie sie ständig vor unserer Schule herumlungern.«

»Sie sind nun mal für unsere Sicherheit zuständig. Es sind erfahrene Leute, einige von ihnen waren als Elitesoldaten im Einsatz, zum Beispiel in Afghanistan.«

»Es sind Söldner, die ohne Überzeugung für diejenigen arbeiten, die ihnen am meisten Geld bieten. Ich will sie so wenig wie möglich um mich herum haben.« Pia starrte Rafik mit verschränkten Armen und zusammengezogenen Augenbrauen an.

Er musste unvermittelt lachen.

»Darf ich fragen, was der Grund für deine Erheiterung ist?«

»Du natürlich.«

Pia ließ die Arme sinken und ging langsam auf ihn zu. »Du findest mich zum Lachen? Dir ist klar, was du dir damit einhandelst. Vergiss nicht, dass ich bei einer der besten Polizistinnen Solothurns Lektionen in Selbstverteidigung hatte.«

Rafik hielt abwehrend die Hände in die Höhe. »Wie könnte ich das vergessen. Damit hast du mir die Haut gerettet, als wir uns zum ersten Mal begegnet sind.«

»Und dann wagst du es, mich auszulachen. Dein Heldenmut ist bewundernswert.«

»Ich habe meine eigenen Waffen.« Er umarmte sie.

»Und die wären?«

Seine Hand glitt unter ihr T-Shirt und streichelte ihre Brust. Ein wohliger Schauer durchfuhr Pia. »Psychologische Kriegsführung«, murmelte sie seufzend. »Unfair.«

»Im Kampf gegen einen übermächtigen Gegner ist alles erlaubt«, flüsterte er und knabberte an ihrem Ohrläppchen, was sie beinahe zum Schmelzen brachte. Sie befreite sich, bevor er ihren Shorts und den Schwangerschaftstests in der Hosentasche zu nahe kam. »Ich muss los. Wir können das Gefecht heute Abend fortsetzen.«

»Ist das ein Versprechen?«

»Nimm es als Drohung, wenn du nicht genau dort weitermachst, wo du gerade aufgehört hast.«

»Nur wenn du mir versprichst, dass du auf dich aufpasst und zum Arzt gehst.«

»Ich bin dein folgsames Weib, *habibi*.«

Sie schrie auf, als er sie liebevoll kräftig in den Hintern kniff. Ehe ihn eine zusammengefaltete Zeitung traf, war er zur Tür hinaus.

✳✳✳

»Das Gespräch mit Nadines Eltern erhärtet den Tatverdacht gegen ihren Freund Mirko, dessen Nachnamen wir leider immer noch nicht wissen«, sagte Dornach. »Die Fahndung läuft auf Hochtouren. Vermutlich hat er Nadine Känzig in die Prostitution gezwungen. Obwohl wir weiterhin in alle Richtungen ermitteln, ist eine Beziehungstat die wahrscheinlichste Hypothese.« Er schilderte, wie Nadines Eltern die Beziehung zwischen ihrer Tochter und deren Freund dargestellt hatten.

»Die Loverboy-Masche also«, sagte Urs Jäggi, der den Morgenrapport aufmerksam verfolgt hatte. »Üblicherweise werden Frauen aus Osteuropa, Afrika und Asien von Schleppern eingeschleust. Dass vor Ort rekrutiert wird, ist mir neu.«

»Die Frauen lassen das mit sich machen?«, fragte Karin. »Warum verlassen sie die Typen nicht?«

»Es gibt Berichte, wonach es Opfern gelingt, sich nach Jahren davon zu befreien, indem sie verschwinden. Das ist nicht ungefährlich. Manche setzen sich in ein anderes Land ab, wo sie ein komplett neues Leben anfangen.«

»Wie sieht es hierzulande aus?«

Lüthi schaltete sich ein. »Ich habe mich gestern schlaugemacht – war eh zu kalt für den Fasnachtsumzug. Das Phänomen ›Loverboys‹ steht in der Schweiz nicht so sehr im öffentlichen Fokus wie bei unseren Nachbarn. In Deutschland dürften die Fallzahlen mittlerweile die Tausendermarke überschritten haben.«

»Und bei uns?«

»In Solothurn waren wir bisher nicht damit konfrontiert. Wir gehen von einer gewissen Dunkelziffer aus.«

»Danke, Mike«, sagte Casagrande. »Gibt es sonst irgendwelche tangiblen Hinweise?«

»Sieht mau aus«, antwortete Lüthi. »Ich habe versucht, so viele von Nadines Mitschülern zu erreichen wie möglich. Seit fast einem Jahr vernachlässigte sie den Schulbesuch. Keiner weiß was über Mirko.«

»Wir haben nur das Foto aus Nadines Wohnung. Keiner kennt ihn, keiner hat ihn je gesehen. Der Mann ist doch kein Phantom.« Casagrande war frustriert. »Was ist mit dem Mietvertrag? Wenn er die Wohnung bezahlt, muss er den Vertrag unterschrieben haben.«

Dornach nickte Karin zu.

»Der Mietvertrag lautete auf Nadines Namen«, sagte Karin.

»Kann das sein? Sie ist doch gerade erst achtzehn geworden«, sagte Casagrande.

»Korrekt, vor fünf Monaten. In der Wohnung lebt sie erst seit etwas mehr als einem Vierteljahr. Ich habe mich erkundigt, von welchen Konten die monatliche Miete überwiesen wird. Leider ...« Karin hob demonstrativ die Schultern. »Der Antrag für den Beschluss zur Freigabe der Bankdaten liegt beim Zwangsmaßnahmengericht. Wochenende und Fasnacht, ihr versteht.«

Casagrande presste die Lippen zusammen. »Ich kümmere mich darum, wir müssen endlich vorwärtskommen.«

Im Raum herrschte für einen Moment ratlose Stille.

»Google?«

Dornachs Zuruf weckte den gemütlichen Riesen aus einem scheinbaren Schlummerzustand. »Also, ich habe ... ähm ... nachgeforscht«, sagte er mit einem vorsichtigen Blick Richtung Staatsanwältin.

»Nur Resultate, mehr will ich nicht wissen.« Casagrande sagte es mit einem Hauch von Resignation angesichts seiner oft unorthodoxen Methoden. »Was hast du aus deiner Zauberkiste rausgekitzelt?«

»Konzerne wie Facebook und andere Große arbeiten daran, eine Bilderkennungssoftware zu entwickeln, die es ermöglicht, Menschen und sogar Tiere anhand von Bildern zu identifizieren.«

»Google ist auch an so was dran«, sagte Lüthi.

»Wie?« Google sah ihn fragend an.

»Ich meine das andere Google.«

»Ach so.« Google nahm den verlorenen Faden wieder auf. »Es ist ein wenig handgestrickt. Ich habe bisher nur ein bisschen damit gespielt und –«

Dornach klopfte auf den Tisch. »Sag uns, was du gefunden hast.«

»Er heißt Hafner, Mirko Hafner.«

»Wie bist du darauf gekommen?«, fragte Casagrande beeindruckt.

»Wie? Wollt ihr nun doch die lange Version?«

»Wie und wo du ihn gefunden hast, reicht.«

»Ich habe das Foto mit im Netz verfügbaren Aufnahmen verglichen. Von den möglichen Matches beschränkte ich mich auf diejenigen, die aus unserer Region stammen. Auf der Premiumseite eines Pornoanbieters wurde ich fündig. Dort gibt's einen Chatroom, in dem er sich mit einem Avatar angemeldet hat und dabei ungeschickterweise sein Foto verwendete. So kam ich auf seinen Namen. War kein Kunststück, habe ich schon oft –«

Casagrandes eisiger Blick ließ ihn verstummen. »Danke, Google. Wir können nichts davon offiziell verwenden, aber es hilft uns weiter.«

Google klappte sein Notebook zu und stand auf.

»Noch was«, sagte Dornach. »Wie weit seid ihr mit der Verbindungsliste von Nadine Känzigs Handy?«

»Du weißt ja, es dauert immer etwas, bis wir die kriegen. Sollten wir aber morgen bekommen.« Google verabschiedete sich mit einem Nicken in die Runde.

Karin tippte auf ihrem Rechner. »Hab ihn. Wow, Mirko Hafner ist so unbefleckt wie eine Jungfrau in der Jauchegrube, was seine Vorstrafen betrifft. Wohnadresse: Riedmattstraße 4, im Sonnenpark-Quartier in den Brunnmatten. Das kenne ich, vor Jahren wohnte ich für kurze Zeit dort.«

Dornach sah Casagrande fragend an. Sie nickte. Der Wohnungsdurchsuchungsbefehl würde nachgereicht. Maja stand auf. »Den schnappen wir uns, los.«

»Du nicht, Maja«, sagte Dornach. »Karin und Mike können das machen. Nehmt Verstärkung mit.«

Im Vorbeigehen klopfte Lüthi seiner wie versteinert dasitzenden Freundin auf die Schultern. »Wir sehen uns nachher, Schatz.«

Maja ließ ihren Was-sollte-das-denn-eben-Blick nicht von Dornach, bis er ihr mit einer Kopfbewegung bedeutete, sich hinzusetzen.

✻✻✻

Karin suchte den Namen auf den Klingelschildern des Hochhauses vier. Der Name der Wohnsiedlung war irreführend. Der »Sonnenpark« umfasste eine Gruppe von Mietshäusern, drei auf einer Nord-Süd-Linie hintereinander gebaute Hochhäuser mit je vierzehn Etagen. Vertikal zu dieser Achse erstreckten sich zwei sechsstöckige Flachbauten nebeneinander gegen Westen.

Während knapp eines Jahres hatte Karin dort eine Ein-Zimmer-Wohnung im sechsten Stock des südlichen Hochhauses eins bewohnt. Sie nannte es den roten Block, wegen der gleichfarbigen Fassade des Gebäudes. Die zweckmäßige Einrichtung trug eher weniger zum Wohnerlebnis bei. Als Wasserratte hatte Karin dagegen die Nähe zum öffentlichen Freibad und der Aare geschätzt, die sich zwischen Bucheggberg und Jura durch die Ebene des »Brüel« und der »Witi« schlängelte. Die Flussebene, deren Ausdehnung ihr den Flurnamen gab, hatte der riesige prähistorische Solothurnersee zurückgelassen, der nach dem Rückgang der Aare- und Rhonegletscher am Ende der Eiszeit entstand. Von der ursprünglich vermutlich hundert Kilometer langen und an der breitesten Stelle etwa fünfzehn Kilometer weiten Wasserfläche von Solothurn bis in die Waadt sind heute der Bieler-, Murten- und Neuenburgersee übrig. Die Witi erstreckt sich westlich der Stadt und nördlich der Aare fast bis zum Bielersee und ist eine der bedeutendsten Naturschutzzonen der Schweiz. In den Schulferien hatte Karin tagelang mit Freunden an der Aare wild gezeltet, gebadet und die Störche in Altreu beobachtet. Heute noch zog sie diese Art Ferien dem »Menschenfleischmarkt« überfüllter algen- und quallenverseuchter Meeresstrände vor, an denen man inzwischen immer damit rechnen musste, vom einen oder anderen verirrten Hai als potenzielle Mahlzeit eingestuft zu werden.

Mirko Hafner bewohnte eine Zwei-Zimmer-Wohnung im nördlichen Hochhaus vier, dem blauen Block.

»Hier, ich hab's«, sagte Karin. »Achter Stock.«

»Hoffentlich ist der Lift nicht kaputt«, murrte Lüthi. Er instruierte zwei der vier uniformierten Polizisten, die sie mitgenommen hatten, die Hauseingänge zu sichern. Die anderen beiden folgten ihnen nach oben.

Im achten Stock lauschte Karin an der Tür. »Kein Mucks, vielleicht ist er nicht da.«

Lüthi drückte den Klingelknopf. Karin legte den Kopf erneut an die Tür, bis Lüthi sie wegzog. »Wenn er durch die Tür schießt, kriegst du ein großes Loch dorthin, wo keins hingehört.« Er polterte mit der Faust gegen die Tür. »Mirko Hafner, Polizei, bitte öffnen Sie.«

Keine Reaktion aus der Wohnung, dafür öffnete sich die gegenüberliegende Tür. Eine Frau mittleren Alters starrte sie neugierig an.

»Polizei«, sagte Lüthi, »bitte gehen Sie in Ihre Wohnung zurück.«

»Ich wollte nur sagen, dass keiner da ist. Der Mann ist vor einer Stunde weggegangen.«

»Danke für die Auskunft. Haben Sie zufällig eine Ahnung, wann er wiederkommt, Frau …«, er las den Namen auf ihrem Klingelschild, »Frau Mühletaler?«

»Fränzi Mühletaler – ich weiss es nicht, ich kenne den Herrn Hafner kaum. Man kann froh sein, wenn er knapp grüßt. Ansonsten kommt und geht er mal jetzt, mal dann. Das habe ich Ihrer Kollegin alles schon erzählt.«

»Welcher Kollegin?«, fragte Karin.

»So eine wie Sie, in Zivil, meine ich. Sagte, sie müsse unbedingt in die Wohnung.«

Karin und Lüthi tauschten ratlose Blicke aus.

»Sie war ganz sicher Polizistin«, behauptete Frau Mühletaler. »Sie hatte einen Ausweis.«

»Was für ein Name stand drauf?«

»Konnte ich leider nicht lesen. Ich hatte die Brille nicht dabei. Den Schriftzug der Kantonspolizei habe ich erkannt, ich sehe das ja immer auf Ihren Autos.«

»Wann war die Kollegin hier?«, fragte Lüthi.

»Gerade eben, sie ist keine fünf Minuten weg.«

Lüthi stieß einen heftigen Fluch aus. Mit dem Funkgerät eines der Uniformierten alarmierte er die Kollegen am Eingang. Karin komplimentierte Frau Mühletaler zurück in ihre Wohnung.

»Eine Frau kam vor ein paar Minuten an uns vorbei«, tönte es über den Lautsprecher.

Lüthi unterdrückte einen weiteren unschönen Ausbruch. »Habt ihr sie erkannt? War es eine Kollegin?«

»Eine Kollegin? Sicher nicht, sie war in Mantel, Schal und Kappe gehüllt. Alles in Ordnung bei euch da oben?«

»Kann man nicht sagen. Das liegt nicht an euch.«

Karin drückte die Türklinke zu Hafners Wohnung. Sie war nicht abgeschlossen. Zu viert sahen sie sich in den spartanisch möblierten Räumen um. Die Küche war aufgeräumt, das schmutzige Geschirr von schätzungsweise zwei Tagen wartete in der Geschirrspülmaschine auf den nächsten Waschgang. Ein Bett von IKEA und ein Schrank waren die einzigen Möbelstücke im Schlafzimmer. Auf einer Holzkiste stand ein großer Flachbildschirm, der mit einem DVD-Abspielgerät verbunden war. Karin drückte auf den Auswurfknopf. Hafner hatte sich zuletzt einen Pornofilm angesehen. Daneben auf dem Boden stapelten sich bunte DVD-Hüllen desselben Genres sowie eine ganze Anzahl von Slasherfilmen. Wenn Hafner Abwechslung von den eher eintönigen Handlungsabläufen der Pornos suchte, hatte er offenbar eine Vorliebe für Trash, bei dem vorwiegend weibliche Protagonisten auf unterschiedlich blutige Art und

Weise starben. Karin wandte sich angewidert ab. Ansonsten gab die Wohnung nicht viel her. Jedes Ding war mehr oder weniger ordentlich an seinem Platz.

Lüthi winkte sie heran. »Sieh mal, worüber ich im Schlafzimmer gestolpert bin.« Er zeigte ihr zwei Halbkugeln, deren Oberfläche an Golfbälle erinnerte.

»Was soll das sein?«

»Die Hälften eines Golfballs, würde ich sagen.«

»Danke, das sehe ich auch. Hier sieht's nicht so aus, als wäre Hafner ein Liebhaber dieses Sports.«

»Lag in einer Ecke auf dem Boden.« Lüthi legte den Finger auf eine Einbuchtung der Trennfläche. »Da steckte etwas drin, das normalerweise nicht in einen Golfball gehört.«

Karin trat ans Fenster und hielt das Teil ins Licht. »Könnte ein Datenstick gewesen sein, wir müssen noch einmal alles absuchen.«

Der zweite Durchgang ergab ebenso wenig wie der erste. Karin hatte sogar hinter den Heizkörpern und unter den Fenstersimsen nachgeschaut. Sie blickte nach draußen. Die Aussicht erstreckte sich bis zum mittleren Hochhaus zwei, gelb. Die Natur war an diesem Tag unter einer Hochnebeldecke grau in grau erstarrt. Eine Bewegung auf der Quartierstraße ließ sie nach unten blicken. Ein gelber Kleinwagen manövrierte aus einer Parklücke vor dem Nachbarhaus und entfernte sich Richtung Stadt. Einer Eingebung folgend ging sie zur Wohnungstür. »Ich gehe noch mal schnell zur Nachbarin. Wartet unten auf mich, wenn ihr fertig seid.«

***

Es hatte länger gedauert als vorgesehen, bis Professor Bodmer schließlich die Unterlagen übermittelte, die sie Dornach nach einem frühmorgendlichen Gespräch in Aussicht gestellt hatte. Maja und Casagrande sahen ihm über die Schulter. Eine Aufnahme zeigte drei Porträts junger Frauen. Nadine Känzig war auf dem Bild rechts zu sehen.

»Drei Fälle bisher?«, fragte Casagrande.

»Innerhalb der letzten zwölf Monate«, ergänzte Dornach.

»In der Innerschweiz, im Bernbiet und bei uns.«

»Eine Serie«, stellte Maja fest.

»Kaum, der typische Serientäter hält sich in der Regel an dieselbe Vorgehensweise. Diese drei Fälle weisen einen unterschiedlichen Modus Operandi auf.« Er deutete auf das linke Bild. »Das erste Opfer, Annina Burckhard, zweiundzwanzigjährig, wohnhaft in Altendorf, Kanton Schwyz, starb vor knapp zwei Wochen an einer Überdosis. Die zweite Frau, Ilona Horvath, ist siebenundzwanzig Jahre alt. Sie wurde vor zwei Wochen in einem Bieler Bordell mit einem Messer angegriffen und verletzt. Es gelang ihr, zu fliehen und sich zu verstecken. Sie zeigte ihren Peiniger an. Angeblich handelte es sich um einen Zwist im Bordellmilieu. Sie sagte gegen die Bande aus und durfte sich aus Sicherheitsgründen einen neuen Namen zulegen. Sie wohnt in einer sicheren Wohnung in der Gegend von Thun. Sandra, also Professor Bodmer, hat den gestrigen Nachmittag mit der Recherche verbracht. Leider findet sich Frau Horvaths neuer Name nicht in den Akten, lediglich ein Verweis auf eine Hilfsorganisation für Prostituierte.«

»›Courtisana‹?«, fragte Maja. »Karin hat einen Prospekt in Känzigs Wohnung gefunden.«

»Exakt. Mach dich mal bei denen schlau.«

Maja streckte den Daumen in die Höhe.

»Das Opfer aus dem Kanton Schwyz hat Sandra aus der Datenbank gezogen«, sagte Dornach.

»Die Gemeinsamkeiten erschließen sich mir nicht«, erwiderte Maja. »Ilona Horvath ist am Leben. Nadine Känzig und diese Annina Burckhard sind auf unterschiedliche Weise ums Leben gekommen. Wo setzen wir an?«

»Hier.« Dornach rief ein neues Bild auf, eine Vergrößerung der Narbe an Nadine Känzigs Oberschenkel. Daneben legte er zwei weitere Aufnahmen. »Im Gegensatz zu Nadine sind die Tätowierungen bei Horvath und Burckhard an der jeweils exakt gleichen Körperstelle sichtbar. Vermutlich hatte Nadine sie sich aus irgendeinem Grund wegmachen lassen.« Er zeigte auf das linke und das mittlere Bild. »Hier ist die Tätowierung am deutlichsten.« Er vergrößerte den Bildausschnitt, bis das Symbol fast den Bildschirm ausfüllte: drei Kreise innerhalb eines großen Kreises, zwei oben, einer unten. Jeder der kleinen Kreise berührte den großen.

Casagrande war skeptisch. »Wie kommt Professor Bodmer darauf, Nadines Tätowierung sei mit diesen identisch? Von der Narbe würde ich nicht zwingend darauf schließen.«

»Größe und Position von Känzigs Narbe stimmen mit den anderen beiden überein«, sagte Dornach. »Die Frauen sind in etwa gleichaltrig, die Lebensumstände ähnlich. Dass Frau Horvath die Attacke überlebt hat, dürfte eher ein Glücksfall sein.«

»War Hafner der Zuhälter von allen drei Frauen?«

Dornach verneinte. »Der Angreifer von Frau Horvath sitzt in der Justizvollzugsanstalt Thorberg. Er hatte parallel mehrere Frauen mit der gleichen Masche unter Kontrolle. Es gibt keine Hinweise auf Verbindungen zu Känzig und Hafner.«

»Was stellt das Tattoo dar?«, fragte Maja, die viel lieber mit Karin und Lüthi auf der Jagd gewesen wäre, als mysteriöse Symbole zu entschlüsseln.

»Es sagt mir was, aber ich komme nicht darauf«, sagte Casagrande.

»Genauso ging es mir heute Morgen auch. Ich habe ein wenig gepröbelt.« Dornach nahm ein Blatt Papier und fing an zu zeichnen. »Erst dachte ich, es handelt sich um Kreise. Dann kam ich auf die Idee, es könnte sich um Zahlen handeln.« Er malte drei Sechsen auf das Blatt, die er miteinander verband, sodass sie exakt den Tätowierungen auf den Bildern entsprachen. Er zeigte den beiden Frauen das Ergebnis. »Sagt euch das etwas?«

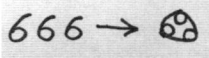

Maja zuckte mit den Achseln. »Sorry, ich bin so schlau wie vorher.«

Casagrande zog das Blatt zu sich. »Hier ist die Weisheit«, murmelte sie. »Wer Verständnis hat, berechne die Zahl des Tieres, denn es ist eines Menschen Zahl, und seine Zahl ist sechshundertsechsundsechzig.« Sie blickte auf. »Neues Testament, Offenbarung des Johannes.«

»Kapitel dreizehn, Vers achtzehn«, ergänzte Dornach. »Gratuliere, Angie, eine gute Katholikin beherrscht ihre Bibel.«

»Wurde uns oft und lange genug eingetrichtert.«

»Mir aber nicht«, sagte Maja. »Könntet ihr eine Protestantin aufklären, die eine Kirche höchstens einmal pro Jahr von innen sieht?«

»Es handelt sich um einen Vers aus der Apokalypse«, erläuterte Dornach. »Das sagt dir was, oder nicht?«

»Das debile Schauermärchen vom Weltuntergang in der Bibel? Klar kenne ich das, ihr müsst nur Deutsch mit mir reden. Was hat das mit den Tätowierungen zu tun?«

»Die Zahl sechshundertsechsundsechzig ist die Zahl des Antichrist«, sagte Casagrande. Sie drehte das Blatt mit der beschrifteten Seite nach unten und schob es in die Mitte des Tisches. »Es ist das Zeichen von Satan, das Symbol des Bösen. Der Teufel höchstpersönlich.«

FÜNF

Der Stau vor der Ausfahrt Kirchberg auf der A 1 verzögerte die Fahrt um eine gute Viertelstunde. Maja ass gelangweilt einen Apfel. »Könnten wir's nicht mal mit Blaulicht und Sirene versuchen? Eine Rettungsgasse wäre ganz praktisch«, sagte sie mit halb vollem Mund.

»In fünf Minuten tue ich's«, sagte Dornach.

Maja verschluckte sich und hustete. »Das meinst du nicht im Ernst.«

»Warum nicht? Wenn's schiefgeht, sage ich, es ist ein Notfall. Meine Kollegin sieht rot, wenn sie mal ein paar Minuten warten muss.«

»Ist doch wahr. Wie ist es möglich, mitten am Tag in der tiefsten Schweizer Pampa regelmäßig in einen Stau zu geraten? So was ist nicht normal.«

»Ich wüsste andere Dinge, die ich als nicht mehr normal bezeichnen würde.«

»Du meinst die Tattoos? Glaubst du, sie bedeuten etwas? Casagrande ist ganz blass geworden. Hat das Papier von sich geschoben, als hätte sie sich daran verbrannt.«

»Sie wurde streng katholisch erzogen. Da bleibt einiges haften. Außerdem ist sie Italienerin. Das erhöht die Potenz des Aberglaubens.«

Maja ließ einen schnaubenden Laut vernehmen. »Ich dachte immer, sie ist die Vernunft in Person.«

»Ist sie. Das heißt nicht, dass man vor gewissen Symbolen keinen Respekt hat. Mir sind auch kurz die Haare zu Berge gestanden, als ich auf die Zahl gestoßen bin.«

»Du? Sag nicht, du glaubst diesen apokla... akopa...«

»Apokalypse.«

»Oder so. Nimmst du den Schwachsinn etwa ernst?«

Der Stau löste sich auf. Dornach beschleunigte. »Wenn man sich zu lange mit negativ behafteten Symbolen beschäftigt, färben sie irgendwann auf einen selbst ab.«

»Das sind nur Zeichen, Gekritzel, das sich jemand in die Haut hat stechen lassen.«

»Mag sein. Für manche haben sie eine Bedeutung. Sie lösen Gefühle und Gedanken aus – Angst, Unterdrückung, Verderben. Was, glaubst du, passiert mit dir, wenn du dich zu lange damit befasst?«

Maja schnaubte. »Was weiß denn ich? Andere saufen sich vielleicht zu Tode oder jagen sich eine Kugel durch den Kopf.«

»Sie bringen dich um, richtig. Wie diese Frauen.«

»Du meinst, Nadine Känzig musste sterben, weil sie das Tattoo hatte?«

»Es hat ihr auf jeden Fall kein Glück gebracht.«

»Wir wissen nicht mal sicher, ob sie überhaupt so ein Tattoo hatte. Die Narbe an der gleichen Stelle kann Zufall sein oder ein anderes Sujet verdecken.«

»Das wollen wir herausfinden.«

»In Kiesen, bei dieser …«, Maja blätterte in der Akte, die sie auf dem Schoß hatte, »… Ilona Horvath alias Margrit Krähenbühl, wie sie laut ›Courtisana‹ aktuell heißen soll?«

»Hast du eine bessere Idee?«

»Nie, wenn ich mich mit dir auf Diskussionen einlasse, Chef. Die Leiterin von ›Courtisana‹, Michaela Welter, hat mich extra aus ihrem Urlaub zurückgerufen. Sie war die Einzige, die Bescheid wusste.«

»Solange Mirko Hafner mit uns Katz und Maus spielt, ist Frau Horvath alias Krähenbühl unsere einzige Spur.«

»Die uns zu einem Satanistenkult führen wird, der Frauen rituell ermordet, oder wie?«

»Schauen wir, was dahintersteckt. Ich will satanische oder andere Kulte nicht a priori ausschließen. Abgesehen von der Tätowierung weist bisher nichts konkret darauf hin. Und deshalb …«

»Hab's verstanden, Chef. Wir ermitteln in alle Richtungen.«

»Ich liebe einsichtige Mitarbeiter.«

Dornach schwenkte beim Autobahnverzweiger Bern-Wankdorf auf die A 6 Richtung Berner Oberland ein.

»Hattest du einen schönen Abend am Samstag?«

»Wie bitte?« Dornach nahm den Fuß vom Gas.

»Der Kennenlernabend mit unserer neuen Amtsärztin. War's gut?«

»Woher weißt du darüber Bescheid?«

»Mike und ich haben Angela am Samstagabend in der Stadt getroffen. Sie war mit Ines und ein paar anderen Frauen unterwegs. Sie erzählte, du hättest ein Date mit Dr. Winter.«

»Das war kein Date, das war –«

»Ein nettes Kennenlernen, schon klar. Erfolgreich?«

»Es war ein schöner Abend. Das muss als Auskunft genügen.« Carol war zu betrunken gewesen, um sie alleine nach Hause gehen zu lassen. Sie hatte die Villa am Sonntag kurz nach Mittag verlassen.

Maja grinste frech. »Ich frage rein im Interesse einer fruchtvollen Zusammenarbeit zwischen Amtsarzt und Ermittlungsbehörden.«

»Ja, sicher.«

Sie passierten das Ankündigungsschild für die Ausfahrt Kiesen.

Ab der Autobahn lotste die Bordnavigation Dornach zum Dorfkern von Kiesen, das rund zehn Autominuten nördlich von Thun lag.

Maja unterbrach ihr Aktenstudium, dem sie sich in den vergangenen Minuten gewidmet hatte. »Margrit Krähenbühl alias Ilona Horvath hieß ursprünglich Ilona Ravic und stammt aus Koprivnica, Kroatien. Hat, scheint's, einen Ungarn namens Horvath geheiratet, der sie in die Schweiz brachte, offenbar mit dem Zweck, sie dem horizontalen Gewerbe zuzuführen.«

»Eine weitere Variante der Loverboy-Masche.« Dornach bog in den Museumweg ein, wo die Frau eine Mietwohnung in einer neu erstellten Überbauung bewohnte.

»Nicht schlecht, Herr Specht«, sagte Maja, als sie vor dem Mehrfamilienhaus anhielten. Es war eines von vier Doppelwohnhäusern zu je sechs Wohneinheiten. Jedes verfügte über zwei Dachwohnungen. »Wie hoch schätzt du die Miete hier?«

»Keine Ahnung, ideal gelegen, im Grünen zwischen Bern und

Thun mit guter ÖV-Anbindung, da musst du schätzungsweise um die zweieinhalbtausend monatlich hinblättern, Nebenkosten inklusive.«

Maja pfiff durch die Zähne. »Wenn die Horvath das selbst bezahlen kann, ist das Bordellgeschäft einträglicher, als ich dachte. Vielleicht sollte ich umsatteln.«

»Das Zeug dazu hättest du – rein äußerlich, kann ich bezeugen.« Dornach spielte auf einen gemeinsamen Einsatz in einem Swingerclub im letzten Sommer an. Maja hatte den Lockvogel gespielt und dabei ein Kleid getragen, das Dornach nicht so schnell vergessen würde. »Du solltest einfach darauf achten, die Freier nicht zu verprügeln.«

Sie sah ihn mit finsterer Miene und rollenden Augen an. »Ich und wehrlose Freier verprügeln? Wie kommst du darauf?«

Anhand der Position des Namensschildes auf der Klingeltafel schlossen sie, dass Margrit Krähenbühl im obersten Stock wohnte.

»Ich sollte mir das mit dem Umsatteln wirklich überlegen«, murmelte Maja. Sie klingelten mehrmals ohne Erfolg. »Welche Wohnung, links oder rechts?«

»Rechtes Klingelschild, rechte Seite.«

»Die mit den geschlossenen Jalousien? Könnte sein, dass unser Vögelchen ausgeflogen ist.« Maja drückte nacheinander alle Klingelknöpfe.

»Ja?«, ertönte eine weibliche Stimme.

»Polizei. Würden Sie bitte öffnen?«

Einen Moment war Stille. »Ich komme runter.«

Wenig später musterte sie eine knapp vierzigjährige, sportliche Blondine misstrauisch durch die verschlossene Eingangstür. »Kann ich Ihre Dienstausweis sehen?«, rief sie durch die Scheibe.

Sie hielten ihre Ausweise gegen das Glas, worauf die Frau sofort öffnete. »Sie müssen entschuldigen. Man kann nie wissen. Wenn Sie wüssten, wer den ganzen Tag über hier anruft oder klingelt. Dabei leben wir auf dem Land.«

Dornach stellte sich und Maja vor.

»Solothurner Kantonspolizei? Sie sind ein schönes Stück von Ihrem Zuständigkeitsgebiet entfernt.«

Dornach schilderte die Sachlage und fragte die Frau nach ihrem Namen.

Sie hieß Doris Lang. »Ich bin Anwältin in der Kanzlei meines Mannes in Bern. Zwei Tage die Woche arbeite ich zu Hause.«

»Wissen Sie, ob Frau Krähenbühl da ist? Wir haben mehrmals bei ihr geklingelt, ohne Erfolg.«

»Sie wohnt direkt über uns, aber ich habe sie seit ein paar Tagen nicht gesehen.«

»Wann das letzte Mal?«

»Warten Sie, das muss am vergangenen Freitag gewesen sein. Genau, ich kam gegen Mittag aus Bern zurück. Um ein Uhr fuhr ein Auto vor. Kurz darauf ging Frau Krähenbühl mit einer Reisetasche hinunter und stieg ein. Dann fuhr der Wagen davon. Ich habe mir nichts Böses dabei gedacht und angenommen, dass sie für ein paar Tage in die Ferien verreist. Ist etwas passiert?«

Dornach und Maja wechselten einen Blick. »Wir müssen Frau Krähenbühl zu einem Sachverhalt befragen. Welchen Eindruck machte sie am letzten Freitag auf Sie?«

»Schwer zu sagen, kann sein, sie war etwas angespannt, jedoch keineswegs ängstlich oder in Panik. Es ist nur ...« Sie sah unsicher von Dornach zu Maja.

»Sagen Sie, was Sie denken«, ermunterte Dornach sie.

»Ich kenne Margrit erst, seit sie vor knapp zwei Wochen hier eingezogen ist. Nicht dass wir schon beste Freundinnen sind. Wir haben uns lediglich von Anfang an gut verstanden. Als mein Mann und ich vorletztes Wochenende einen Kurztrip nach Madrid machten, hatte sie ein Auge auf unsere Wohnung. Ich habe den Schlüssel zu ihrer Wohnung, damit ich nach dem Rechten sehen kann, wenn sie weg ist.«

»Sie haben rasch Vertrauen zu ihr gefasst«, sagte Dornach.

Frau Lang lächelte wissend. »Ich kann mir vorstellen, was Sie denken. Wenn Sie Margrit kennen würden, würden Sie ihr auch sofort vertrauen.«

»Könnten Sie uns in Frau Hor... Krähenbühls Wohnung lassen? Wir möchten uns umsehen.«

»Ich weiß nicht, haben Sie einen Durchsuchungsbefehl?«

»Sehen Sie, Frau Lang. Aufgrund der Umstände und wie Sie

uns die Situation von Frau Krähenbühls Abreise schilderten, haben wir Grund zur Annahme, dass sie gegen ihren Willen fortgebracht wurde. In diesem Fall zählt jede Minute.«

»Mein Gott, Margrit wurde entführt?« Frau Lang überlegte einen Moment. »Also gut, ich hole den Wohnungsschlüssel.«

Frau Lang wartete im Wohnzimmer, während Dornach sich im unteren Bereich umschaute. Maja nahm sich das Mezzanin mit dem Schlafzimmer und dem dazugehörigen Bad vor.

Ilona Horvath hatte eine Vorliebe für Weiß, was sich in der Wahl des Mobiliars und der Teppiche niederschlug. Auf Anhieb fiel Dornach nichts Ungewöhnliches auf. Alle Räume waren peinlichst aufgeräumt. In einem ansonsten leeren Gestell standen zwei Bundesordner mit administrativen Unterlagen und bezahlten Rechnungen. Außer Schreibmaterial und Notizpapier war in den Schubladen nichts zu finden. Es gab keine Hinweise darauf, dass sie einen Computer besaß. Die Einrichtung war geschmackvoll, gleichzeitig steril und unpersönlich.

»Lebte Frau Krähenbühl allein hier, hatte sie einen Partner, oder bekam sie regelmäßig Besuch?«, wandte sich Dornach an Frau Lang.

»Nicht, wenn mein Mann oder ich hier waren. Mein Mann hätte es mir erzählt, wenn Margrit Besuch gehabt hätte, wenn er zu Hause war.«

»Hatten Sie je den Eindruck, dass Frau Krähenbühl etwas bedrückte oder sie sich vor jemandem oder etwas fürchtete?«

Frau Lang schüttelte den Kopf. »Wie gesagt, wir standen uns noch nicht so nahe. Soweit ich sie kennenlernte, machte sie einen ausgeglichenen Eindruck auf mich.«

Neben einem unverschämt teuer aussehenden Ledersofa stand ein Glastischchen mit einem Stapel Modemagazine und Society-Illustrierter. Dornach blätterte flüchtig im obersten Heft, einer Ausgabe der »Gala« der Vorwoche. Ein zusammen-gefaltetes Papier rutschte heraus und fiel zu Boden. Dornach hob es auf. Es war die gleiche Broschüre von »Courtisana«, die Karin in Nadine Känzigs Wohnung sichergestellt hatte. Neben der gedruckten Adresse und Telefonnummer der Anlaufstelle für die Region Berner Seeland und Solothurn war handschriftlich eine Handynummer angefügt worden.

»Dominik«, rief Maja von oben. »Ich hab hier was!«

Er steckte das Papier in die Innentasche seiner Winterjacke und ging zu ihr. Sie stand im mit dem Schlafraum direkt verbundenen Bad. Im Gegensatz zum ganz in Weiß gehaltenen Wohnraum unten war das Badezimmer mit anthrazitfarbenen Kacheln ausgestattet. Es war wie der Rest der Wohnung geradezu klinisch sauber. Maja zeigte auf den Boden. Unter dem Waschbecken war ein kleiner Korpus auf Rollen, in dem Toilettenartikel und Wäsche aufbewahrt wurden. Als Kontrast zu den Kacheln war der Boden mit einem weißen Läufer ausgelegt, dessen obere Kante zwischen Korpus und Fußboden eingeklemmt war. Maja hatte Gummihandschuhe übergezogen. Sie rollte den Korpus zurück und legte den Teppich darunter mitsamt einem eingetrockneten dunkelroten Fleck frei. Dornach beugte sich hinab. »Blut?«, fragte er.

Anstelle einer Antwort zuckte Maja mit den Achseln.

»Keine große Menge. Blut im Badezimmer ist an sich nichts Ungewöhnliches. Ich schneide mich auch zuweilen beim Rasieren«, sagte Dornach. »Ist ihr vielleicht auch passiert.« Er erwiderte Majas langen Blick. »Frauen rasieren sich zwischendurch die Beine, oder nicht?«

»Unter anderem.« Sie bedeutete ihm, mitzukommen. Im Schlafzimmer ging sie am Kopfende des Bettes auf der Fensterseite in die Hocke und leuchtete mit einer Stablampe unter das Bett. »Was meinst du?«

Ein roter Fleck war deutlich zu sehen. »Wenn das kein Blut ist, wechsle ich den Job und gehe zu den Chippendales.«

»Womit du der Damenwelt sicher große Freude bereiten würdest.«

»Die Spurensicherung muss her. Ich regle das mit den Berner Kollegen. Hast du Fotos der Blutspuren gemacht?«

»Klar.«

»Ich spreche mal mit Frau Lang. Nimm inzwischen eine Probe von den Blutspuren. Ich will nicht warten, bis die Berner in die Gänge kommen. Sebi soll sich das ansehen.«

Maja zog ein DNA-Teströhrchen aus der Innentasche ihrer Bomberjacke. Er ließ sie die Proben entnehmen und ging nach unten zu Frau Lang. »Sie sagten, Frau Krähenbühl wurde am letzten Freitag abgeholt. War jemand mit ihr in der Wohnung?«
»Nicht dass ich wüsste. Ich habe nicht die ganze Zeit aus dem Fenster geschaut. Zwischendurch musste ich mich in der Küche um das Essen kümmern.«
»Wie lange stand der Wagen da?«
»Zehn oder fünfzehn Minuten, nicht länger.«
Genug Zeit, um bei Ilona Horvath einzudringen und sie anzugreifen. »Haben Sie das Auto erkannt, Marke, Kennzeichen?«
Frau Lang machte eine Grimasse. »Wissen Sie, ich und Autos. Es war ein Minivan, da bin ich mir sicher. Die Marke kann ich Ihnen beim besten Willen nicht nennen. Die Farbe war schwarz oder anthrazit, ich erinnere mich nicht mehr genau.«
»Und das Kennzeichen?«
Frau Lang hob mit einer hilflosen Geste die Schultern. »Etwas Ausländisches, glaube ich, schwarze Zahlen auf weißem Grund mit einem blauen Band wie alle EU-Nummernschilder. Tut mir leid, ich bin Ihnen keine große Hilfe.«
»Schon gut. Frau Krähenbühl ist am Freitag allein hinuntergegangen und in den Wagen gestiegen. Da sind Sie sicher?«
»Absolut.«
»War sie verletzt? Hat sie geblutet?«
Frau Lang sah ihn erschrocken an. »Geblutet, mein Gott, nein.« Sie runzelte nachdenklich die Stirn. »Kann sein, dass Margrit etwas nervös wirkte, vielleicht nicht ganz so entspannt wie jemand, der in die Ferien fährt.«
»Wie viele Personen befanden sich im Auto außer Frau Krähenbühl?«
»Sie waren zu zweit. Der Fahrer blieb die ganze Zeit im Wagen, er trug eine Fellmütze und hatte eine Sonnenbrille auf. Und er hatte einen dunklen Bart. Ich sah ihn nur von der Seite durch das geöffnete Seitenfenster. Die Frau wartete vor dem Auto.«
»Eine Frau?«
»Ja, hatte ich das vorhin nicht erwähnt?«

»Nein. Können Sie sie beschreiben?«

»Sie trug einen Pelzmantel, der echt aussah, und ein Kopftuch. Das Gesicht verdeckte eine riesige schwarze Sonnenbrille. Viel war davon nicht zu sehen, außer dem leuchtend roten Lippenstift, den sie aufgetragen hatte. Sie war mittelgroß, schlank, ungefähr wie Margrit.«

Maja kam die Treppe herunter. Beim Abschied bat Dornach Frau Lang um die Schlüssel. »Wir müssen die Wohnung versiegeln. Möglicherweise hat hier ein Verbrechen stattgefunden.«

Auf der Rückfahrt nach Solothurn hingen beide ihren Gedanken nach, bis Dornachs Handy einen Anruf auf die Freisprechanlage umleitete. Der Name auf dem Display veranlasste Dornach, sofort zu antworten.

»Dominik? Stephan Horacek hier.«

Einen Anruf von Janas Assistenten und Leibwächter hatte Dornach zuletzt erwartet. Der Österreicher war niemand, der aus purer Höflichkeit anrief, um den letzten Tratsch auszutauschen.

»Stephan, ist etwas mit Jana?«

»Es geht ihr nicht gut. Sie hat mir verboten, dich anzurufen ... Johanna Cranach, Janas Adoptivmutter, ist vor zwei Tagen im Wiener Allgemeinen Krankenhaus gestorben. Sie ist nicht mehr aus dem Koma erwacht.«

Die Nachricht traf Dornach schwer. Er hatte Carl-Helmut und Johanna Cranach vor über einem Jahr bei der Verleihung des Verdienstkreuzes der Republik Österreich an Jana in der Wiener Hofburg kennengelernt. Johanna war ihm als liebenswerte und kultivierte Frau in Erinnerung geblieben. Der schwere Autounfall im Engadin hatte sie mitten aus dem Leben gerissen.

Maja konnte mithören. Ihr ging die Nachricht ebenfalls nahe, weniger wegen Janas Adoptiveltern, die sie gar nicht kannte, als wegen Jana selbst.

»Das Ehepaar Cranach wird gemeinsam bestattet. Das Begräbnis findet morgen Nachmittag auf dem Wiener Zentralfriedhof statt.«

»Danke, dass du es mir gesagt hast, Stephan. Jana hat nie auf meine Schreiben und Anrufe reagiert. Ich … wir machen uns Sorgen um sie.«

»Ich weiß, sie … Dominik?«

»Ja?«

»Ich habe eine große Bitte: Könntest du morgen zur Trauerzeremonie nach Wien kommen? Ich denke, Jana braucht dich.«

»Hat sie dich gebeten, mich das zu fragen?«

»Im Gegenteil, sie hat es mir ausdrücklich verboten. Wenn sie herausfindet, dass ich mit dir geredet habe, wird sie mich feuern, wahrscheinlich gleich nachdem sie mich erschossen hat.«

Dornach überlegte nicht lange. »Ich werde dort sein.«

»Danke, Dominik. Gib deine Flugdaten durch, sobald du sie weißt. Ich hole dich in Schwechat ab.«

Bevor Dornach antworten konnte, hatte Horacek aufgelegt.

»Macht es euch etwas aus, einen Tag oder zwei ohne mich auszukommen?«, fragte er Maja.

❊❊❊

Frau Beric öffnete die Tür nach dem ersten Klingeln.

»Hallo, Karin, möchtest du zu Luana?«

»Ist sie da?«

Frau Beric erklärte, ihre Tochter fühle sich nicht wohl und habe sich deswegen krankgemeldet. »Sie ist in ihrem Zimmer. Du kennst den Weg.«

Erst wollte Karin an Luanas Zimmertür klopfen. Sie entschied sich dagegen. Lautlos drückte sie die Klinke herunter.

Luana saß mit dem Rücken zu Karin an ihrem Arbeitspult vor einem Notebook und surfte im Internet. An der Wand über ihr hing ein älteres Poster von Eminem. Karin und Luana hatten sich bei einem seiner Konzerte kennengelernt.

Luana hatte Karins Eintreten nicht bemerkt. Der Grund dafür waren die Bluetooth-Hörstöpsel in ihren Ohren. Ihr Smartphone lag auf dem Bett. Karin schaltete es aus. Erschrocken fuhr Luana herum.

»Karin!« Hektisch klappte sie das Notebook zu. »Was ...
Wie lange bist du schon hier?«

»Gerade erst hereingekommen. Du hast nicht auf mein Klopfen geantwortet.« Sie zeigte auf Luanas Kopf.

»Entschuldige.« Luana zog die Stöpsel aus den Ohren. »Mutter mag's nicht, wenn ich zu laut Musik höre.«

Karin ließ sich die Hörstöpsel zeigen. »Sennheiser«, sagte sie anerkennend. »Die Dinger kosten wie viel? Dreihundert Franken?«

»Was willst du?« Luana klang gereizt.

»Du bist krankgeschrieben? Fühlst du dich inzwischen besser?«

»Heute Morgen ging's mir scheiße, ich saß sicher fast eine Stunde vor der Toilette und habe in die Schüssel gekotzt.«

»Begleiterscheinungen der Fasnacht.« Nach einem arbeitsreichen Samstag hatte Karin mit Andi einen körperlich anstrengenden Sonntag vorwiegend in der Horizontalen verbracht. Zur Erholung waren sie am Sonntagnachmittag rausgegangen, um sich den Umzug anzusehen. Nach knapp zwei Stunden hatte die Bettwärme sie heimgerufen. Sie sah sich im Zimmer um.

»Schöne Sachen hast du hier, vor allem teuer. Nicht schlecht für das Salär einer polizeilichen Sicherheitsassistentin. Die teuersten Sennheiser-Hörstöpsel —«

»Das war ein Geschenk ... von meinen Eltern. Weil meine Mutter —«

Karin ließ sie nicht ausreden. Sie trat neben das Büchergestell und zog ein dünnes Apple MacBook Air und ein iPad hervor.

»Auch ein Geschenk? Wozu brauchst du zwei Notebooks und ein Tablet?«

Luana wurde wütend. »Bist du hier, um herauszufinden, wie ich mein Geld ausgebe?«

»Und dein Auto, ein Renault Clio, nicht wahr? Originelle Farbe, gelb. Sieht ebenfalls recht neu aus. Stell dir vor, zufälligerweise habe ich das tupfgenau gleiche Auto heute Vormittag in der Weststadt gesehen.«

Luana schluckte leer. »Heute Vormittag? In der Weststadt?«

»Ich musste gleich an dich denken.«

»Wie kommst du darauf, dass es meins gewesen ist? Weißt du, wie viele Clios es alleine in Solothurn und Umgebung gibt?«

»Eine ganze Menge, da bin ich sicher. Ich frage mich nur, wie viele davon in Knallgelb mit Wabenmuster und Heckspoiler daherkommen.«

»Ich weiß wirklich nicht –«

Karin schlug unvermittelt mit der flachen Hand auf die Armlehne von Luanas Stuhl. »Willst du mich allen Ernstes verarschen, Luana? Du warst heute Morgen vor uns in Hafners Wohnung. Du hast dich bei der Nachbarin als Polizistin ausgegeben. Was wolltest du dort?«

»Ich war den ganzen Vormittag zu Hause. Frag meine Mutter.«

»Lass deine Mutter aus dem Spiel und rück mit der Sprache raus, oder willst du, dass ich dich festnehme? Hab ich kein Problem damit, ich schwör's.«

Karin war nicht darauf gefasst und ließ sich überrumpeln, als Luana sich plötzlich vom Pult abstieß. Karin verlor kurzzeitig das Gleichgewicht. Luana nutzte dies aus, indem sie ihr einen Stoß an die Brust versetzte, der sie zurücktaumeln ließ. Sie machte einen Satz zur Tür, jedoch nicht schnell genug. Karin hatte sich blitzschnell aufgerappelt. Sie bekam Luana an ihrem Hoodie zu fassen und verabreichte ihr eine Ohrfeige mit derartiger Wucht, dass Luana rücklings aufs Bett plumpste. Bevor sie Zeit hatte, zu reagieren, drehte Karin sie auf den Bauch und bog ihre Arme nach hinten. Luana schrie vor Schmerzen, als Karin ihr Handschellen anlegte. Sie packte Luana von hinten an der Achsel und setzte sie mit dem Rücken zur Wand ans Kopfende.

»Geht's noch, du tust mir weh, verdammte Scheiße!«, rief Luana.

Karin schloss die Zimmertür ab. »Ich werde dir gleich viel mehr wehtun, wenn du mir nicht sofort sagst, was hier läuft.«

Es wurde zaghaft an die Tür geklopft. »Ist alles in Ordnung bei euch, Mädchen? Was war das für ein Lärm?«, hörten sie Frau Beric durch die Tür.

Mit einem warnenden Blick bedeutete Karin Luana, zu antworten. »Nichts passiert, Mutter, nur ein Stuhl ist umgefallen.«
»Wollt ihr was trinken? Ich kann euch eine heiße Schokolade machen.«
»Für wie alt hält sie uns?«, flüsterte Karin. »Dreizehn?« Luana verdrehte die Augen. »Nicht nötig, wir kommen klar, danke.«
Sie lauschten, bis sich die Schritte entfernt hatten.
»Wo waren wir?«, fragte Karin.
»Mach mir die Dinger ab.«
»Den Teufel werde ich tun. Entweder du redest, oder ich nehme dich mit in die Schanzmühle. Dann kannst du dir deine Karriere bei der Polizei abschminken.«
»Das darfst du nicht ohne Haftbefehl.«
»So? Darf ich nicht?« Karin setzte sich vor Luana auf die Bettkante. »Du hast eine Polizeibeamtin im Dienst tätlich angegriffen. Mir blieb nichts anderes übrig, als dich zu meiner eigenen Sicherheit zu fesseln und zu deiner.« Sie zückte ihr Handy und tippte eine gespeicherte Verbindung ein, die sie Luana zeigte. »Das ist die Nummer von Staatsanwältin Casagrande. Ich warte genau zehn Sekunden. Wenn du nicht redest, drücke ich auf die Anruftaste. Die Casagrande fackelt nicht lange. Im Nullkommanichts hast du einen Haftbefehl an der Backe. Das, meine Liebe, heißt für dich definitiv Ende Gelände.«
»Das ist Nötigung.«
»Beschwer dich. Fünf Sekunden.«
»Mann!«
»Zeit ist um.« Karin drückte auf den Anrufknopf ihres Smartphones.
»Scheiße, wart doch mal!«
Karin brach den Anruf ab und sah Luana auffordernd an.
»Okay, ich war dort. Fuck, Mann!«
»In Hafners Wohnung?«
Luana nickte.
»Woher wusstest du seine Adresse? Mir hast du gesagt, du kennst ihn nicht.«

94

»Ich habe dich angelogen, sorry.«

Karin hätte sie am liebsten noch mal links und rechts geohrfeigt. »Sag mal, bist du dir im Klaren, was du hier tust? Das
nennt man Amtsanmaßung und Behinderung einer polizeilichen
Ermittlung.«

»Ich wollte halt selber –«

»Selber ermitteln, oder was?«

»Ich habe dich gefragt, ob ich bei euch mitarbeiten kann.
Du hast gesagt, du kümmerst dich darum. Was hast du getan?
Nichts.«

»Was bildest du dir ein? Wir veranstalten hier keine Pfadfin-
derübung. Das ist eine Mordermittlung. Jede Stunde zählt. Wegen dir haben wir wertvolle Zeit verloren. Wichtige Spuren
könnten erkaltet sein.« Karin ging im Zimmer auf und ab. Sie
musste Dampf ablassen.

Luana fing an zu reden. »Ich kenne Nadine seit der Schulzeit.
Wir waren nicht beste Freundinnen, aber hingen immer mal
wieder gemeinsam ab, nicht oft, dazu war sie zu schüchtern.«

»Wusstest du, dass sie für Hafner auf den Strich ging?«

»Erst hatte ich keine Ahnung. Eines Tages tanzte sie mit
Mirko an und stellte ihn mir vor. Zu dem Zeitpunkt waren sie
ein paar Monate zusammen. Dann hat sie es mir erzählt.« Luana
sah Karin bittend an.

»Und?« Karin machte eine ungeduldige Drehbewegung mit
den Händen. »Weiter, los!«

»Nimmst du mir die Dinger ab, bitte? Ich laufe ganz bestimmt nicht weg.«

»Will ich dir geraten haben.« Karin löste die Handschellen.

Luana rieb sich die schmerzenden Handgelenke. »Mir war
Mirko von Anfang an unsympathisch. Er ist ein schmieriger
Typ. Ich war sicher, er nutzte Nadine aus.«

»Hast du ihr das gesagt?«

»Klar.«

»Und?«

»Sie hat mir die Freundschaft gekündigt.«

»Wann war das?«

»Vor knapp einem Jahr.«

»Seitdem hast du sie nicht mehr gesehen?«

»Nicht bis letzte Donnerstagnacht auf dem Friedhofplatz. Du warst dabei.«

»Was hat sie dir erzählt?«

»Sie hatte Angst und wollte weg von ihm. Die beiden hatten sich vorher gestritten, und er hatte sie geschlagen.« Karin dachte an die Hämatome in Nadines Gesicht. »Was ist dann passiert?«

»Ich wollte sie hierherbringen. Mirko weiss nicht, wo ich wohne. Nadine hätte für ein paar Tage hierbleiben können, bis ich für sie einen Platz in einem Frauenhaus gefunden hätte.«

»Warum bist du damit nicht zu mir gekommen oder zu den Kollegen von der Sitte?«

»Weil Nadine das nicht wollte. Sie hatte eine Höllenangst, zur Polizei zu gehen. Was hätte ich tun sollen?«

»Was hattest du in Hafners Wohnung zu suchen, und wie bist du dort reingekommen? Sag nicht, du bist eingebrochen.«

»Mit einem Dietrich. Das macht ihr auch immer wieder, vor allem deine Kollegin, diese Maja«, sagte Luana, bevor Karin sie deswegen zusammenstauchen konnte.

»Das gilt bei Gefahr im Verzug. Das war bei dir ja wohl nicht der Fall.«

»Ich wollte Beweise finden.«

»Das ist *unser* verdammter Job, Luana. Wir sind die Ermittlung, geht das in deinen sturen Schädel rein?«

»Okay, okay, ich hab's ja kapiert.«

»Hast du etwas mitgehen lassen?«

Luana murmelte etwas Unverständliches.

»Lauter!«

»Ich habe Nein gesagt.«

»Es wäre einfacher, wenn du mir verrätst, wo der Datenstick ist.«

»Welcher Datenstick?«

»Den du aus Hafners Wohnung hast mitgehen lassen.«

»Ich weiß nicht, wovon du sprichst.«

»Du erlaubst, dass ich mich umsehe?«

»Bitte.« Luana machte eine einladende Handbewegung.

Karin ging durch alle Schubladen und Schränke. Sie schaute unter dem Bett und hinter den Büchern im Gestell nach, ohne fündig zu werden.

»Hast du's bald? Ich sage dir doch, ich habe so ein Ding nicht.«

Karin gab auf. Wenn Luana den Datenstick genommen hatte, könnte er überall in der Wohnung sein. Sie brauchte einen Durchsuchungsbefehl, den Casagrande ohne zusätzliche Verdachtselemente verweigern würde. Was sie hier mit Luana tat, lag ohnehin schon im Graubereich ihrer Kompetenz. Ihr Blick fiel auf das Notebook auf Luanas Pult. »Dieser Rechner, gehört er dir? Sag nicht, du brauchst neben deinem MacBook und iPad zusätzlich einen Windows-PC.«

»Der gehörte Nadine.«

»Warum ist der bei dir? Hat sie ihn dir gegeben?«

Luana verschränkte mit trotziger Miene die Arme.

»Du hast ihn aus Hafners Wohnung mitgehen lassen?«

»Na und? Hafner hat ihn aus Nadines Wohnung geklaut.«

»Tickst du noch ganz richtig? Das ist Unterschlagung von Beweismitteln!«

»Was hätte ich tun sollen? Warten, bis Mirko ihn auf Nimmerwiedersehen verschwinden lässt?«

Karin klappte das Notebook zu und nahm es an sich. »Ist beschlagnahmt. Hast du irgendwas darauf gelöscht oder kopiert?«

Luana schüttelte den Kopf.

»Wehe, wenn doch. Unser IT-Ermittler ist ein absoluter Freak. Wenn du was manipuliert hast, findet er es raus, garantiert.«

Luana senkte den Kopf. »Was wirst du tun?«

»Was wir seit Freitag tun sollten und woran du uns gehindert hast: ermitteln.«

»Zeigst du mich an?«

Karin wusste nicht, was sie sagen sollte. Das Letzte, was sie wollte, war, Luana ans Messer zu liefern. Andererseits hatte sie keine Lust, wegen ihr selbst in Schwierigkeiten zu geraten. Wenn es dumm lief, war sie bereits mittendrin. »Ich rede mit meinem Chef. Dornach wird fair damit umgehen, das kann ich dir versprechen.« Karin war fast zur Tür hinaus, als ihr etwas einfiel. Sie zeigte auf Luanas Beine. »Lass mal die Hosen runter.«

»Wie bitte?«

»Ich muss etwas überprüfen, Hosen runter.«

»Und wenn ich nichts darunter anhabe?«

»Sieht's bei dir nicht anders aus als bei mir, mach schon.« Zögerlich schob Luana ihre Trainerhose bis unter die Kniekehlen und blieb mit zusammengekniffenen Beinen sitzen. Zu Karins Erleichterung und stiller Erheiterung trug Luana darunter einen Minnie-Mouse-Slip. »Einmal Beine spreizen, bitte.«

»Geht's noch? Bist du unter die Lesben gegangen, oder was?«

»Bitte, Luana. Das ist für mich ebenso unangenehm wie für dich.«

»Wenn's dich glücklich macht.« Luana nahm die Schenkel auseinander.

»Entschuldige.« Karin begutachtete die Innenseite der Oberschenkel. Luana wies an dieser Stelle weder eine Tätowierung noch eine Narbe auf. Die Haut war glatt und unverletzt. »Danke, du kannst dich wieder anziehen.«

»Und, hat dich das jetzt angetörnt?«

Karin, die bereits die Tür in der Hand hatte, drehte sich noch einmal zu Luana um. »Du hörst mir jetzt gut zu. Morgen wirst du schön brav deinen regulären Dienst antreten, ohne Eigenmächtigkeiten und Alleingänge. Im Übrigen hältst du dich für mich und meine Kollegen zur Verfügung. Wenn nicht, sorge ich persönlich für eine Einzelzimmerreservation im Untersuchungsgefängnis. Klar?«

»Klar«, antwortete Luana kleinlaut. »Karin?«

»Was?«

Luana senkte den Blick. »Nichts.«

Ohne ein weiteres Wort zu verlieren, verließ Karin das Zimmer. Luana hatte ihr nicht die ganze Wahrheit gesagt. Früher oder später würde sie dahinterkommen.

***

Casagrande eilte durch die Barfüßergasse Richtung Marktplatz. Sie fror trotz ihres dicken Wintermantels und wollte auf direktem Weg nach Hause. In den Gassen war es ruhig. Morgen war »Mardi Gras«. Nach dem Dienstagsumzug würde die Altstadt ein letztes Mal zum Hexenkessel, bevor der Aschermittwoch das Kapitel bis zum nächsten Jahr abschloss. Sobald sich das Narrenregime bis zur nächsten Fasnacht zurückgezogen hatte, erhielten die Stadt und ihre Straßenzüge wieder ihre ordentlichen Namen zurück, obwohl böse Zungen behaupteten, es spiele keine Rolle, welche Narren sie regierten.

Sie fühlte sich ausgelaugt. Der Fall Nadine nahm unübersichtliche Ausmaße an. Die Ermittlungen traten auf der Stelle. In den nächsten Tagen würde sie Dornach schmerzlich vermissen. Trotzdem hatte sie es nicht übers Herz gebracht, sich gegen seine Teilnahme am Begräbnis von Janas Adoptiveltern auszusprechen. Für sie war es eine Art Sühne, ein Mittel, ihr schlechtes Gewissen zu mildern. Sie würde nie offen zugeben, sich für Janas Schicksal mitverantwortlich zu fühlen. Jana hatte das Attentat auf Slavko Vukovic hartnäckig abgestritten und bei allen Befragungen ruhig, aber bestimmt wiederholt, weder an der Planung noch an der Ausführung der Tat beteiligt gewesen zu sein. Sie hatte sich geweigert, zu ihrer am Tatort sichergestellten DNA Aussagen zu machen. Den Ermittlern in Den Haag war es nicht gelungen, weitere Indizien gegen sie vorzubringen, was Casagrande zunehmend an Janas Schuld zweifeln ließ.

Keine Macht der Welt konnte Dornach davon abhalten, an Janas Seite zu stehen, wenn sie sich ein letztes Mal von ihren Eltern verabschiedete. Casagrande musste seine Loyalität und Liebe zu Jana akzeptieren und ihre Gefühle ihm gegenüber und ihren Schmerz einkapseln. Dornach war nicht der einzige Mann auf dieser Welt. Sie verdrängte den Gedanken, sich diesen Satz zu oft einreden zu müssen.

Auf dem Marktplatz fiel ihr ein, dass sie Bargeld benötigte. Sie musste einen Umweg machen. Der Bancomat einer Großbank lag näher als derjenige der Filiale ihrer Bank am Kronenplatz. Es würde sie eine Gebühr kosten, aber es war schlicht zu kalt, als dass sie sich wegen ein paar Franken länger als nötig im Freien aufhalten wollte.

Der Geldautomat befand sich unweit ihrer Wohnung, an der Hauptgasse schräg gegenüber dem Gerechtigkeitsbrunnen. Casagrande steckte die EC-Karte in den Automatenschlitz. Während sie die PIN-Nummer eingab, stellte sich jemand hinter sie. Ausgerechnet. Sie konnte nicht ausstehen, wenn ihr Unbekannte auf die Pelle rückten. Seit dem letzten Sommer, als ein Unbekannter sie überfallen hatte und vergewaltigen wollte, machte sie so etwas panisch. Sie wollte sich umdrehen, als eine behandschuhte Hand sich auf ihren Mund presste.

***

Urs Jäggi sah von seinen Akten auf. »Dominik, schön, dass du rasch Zeit hast. Reisebereit?«

»Muss nur noch die Zahnbürste einpacken. Mein Flug geht morgen früh.« Dornach setzte sich auf den Besucherstuhl. Im Schein der Tischlampe sah Jäggi müde aus. Er war grau im Gesicht, und seine Wangen waren eingefallen. »War auch ein langer Tag für dich, nicht wahr?«

»Wem sagst du das. Die laufenden Fälle sind das eine. Was mir mehr zusetzt, ist der täglich wachsende Berg von administrativem Kram.« Er zeigte Dornach ein Dokument, das er gerade studierte. »Der dritte Kostensparplan in zwei Jahren.«

»Irgendwie müssen die Gelder wieder hereinkommen, die der Kanton mit seiner großzügigen Unternehmenssteuerpolitik an die Wirtschaft verschenken will.«

»Man könnte glauben, im Rathaus ist man mit Fleiß darauf aus, das Gemeinwesen auszuhöhlen.«

»Die Obrigkeit residiert nicht umsonst an der Eselsgasse.« Jäggi öffnete die unterste Schublade seines Arbeitstisches. »Überlassen wir die leidige Politik unseren gewählten Grautieren. Kleine Stärkung gefällig?« Er brachte eine bauchige Flasche »Courvoisier XO« und zwei Cognacgläser zum Vorschein. »Ab sofort sind wir nicht mehr im Dienst.«

»Solange ich legal nach Hause fahren kann.«

Sobald die Gläser fingerbreit gefüllt waren, kam Jäggi zur Sache. »Du weißt, ich gehe im Herbst in Pension und mache mir Gedanken über meine Nachfolge. Dabei habe ich an dich gedacht, Dominik.«

Dornach war nicht überrascht. Vor einiger Zeit hatte Jäggi ihm gegenüber etwas in dieser Richtung durchblicken lassen. »Findest du nicht, es wäre an der Zeit, den Posten einer Frau zu übergeben?«

Jäggi lächelte. »Ich weiss, du bist gegenüber Frauen in hohen Positionen aufgeschlossen. Ich will von dir nur wissen, ob du dich zur Verfügung stellen würdest. Der Kommandant hat mich gebeten, einen Kandidaten vorzuschlagen. Von anderer Seite wird ebenfalls der eine oder andere Name ins Spiel gebracht, zweifellos auch von der Staatsanwaltschaft.«

»Ich habe nicht das geringste Problem, wenn Angela den Job bekommt. Wir arbeiten sehr gut zusammen.«

Jäggi legte die Fingerspitzen aneinander. »Frau Casagrande hat das Zeug dazu. Ihr fehlt es an praktischer Erfahrung im Polizeidienst. Du hast den Vorteil, Jurist und Polizist zu sein.«

Dornach behagte es nicht, in Konkurrenz mit Casagrande zu stehen. »Du weißt, was ich von Verwaltungsjobs halte. Ich schlage mich schon jetzt mit zu viel Papierkram herum. Als Chef der Kriminalpolizei würde ich, wenn überhaupt, noch weniger Zeit im Außendienst verbringen. Ich will mit Menschen arbeiten und mich nicht mit den Papieren und Zahlen der Tüpflischeißer und Wolkenschieber in der Verwaltung herumschlagen.« Er leerte sein Glas. »Danke für dein Vertrauen, Urs. Können wir später weiterreden?«

Jäggi trank ebenfalls aus. Er stand auf und gab Dornach die Hand. »Nächste Woche muss ich dem Kommandanten einen Namen nennen. Bis dahin hast du Zeit, es dir zu überlegen.«

Dornach nickte. Das Kandidatenkarussell würde sich weiterdrehen. Wenn bei diesem Sesseltanz am Ende kein Stuhl für ihn blieb, war ihm das im Grunde egal.

✳✳✳

Der Gedanke echote aus ihrer Erinnerung. *Bitte nicht schon wieder.* Casagrande durchlebte erneut die grausamen Minuten der brutalen Attacke, als ein angeheuerter Junkie versucht hatte, sie zu vergewaltigen. Der Geruch des Lederhandschuhs drehte ihr beinahe den Magen um. Es vergingen Sekunden, bis ihr der Pfefferspray einfiel, den sie in der Handtasche hatte.

»Ich lasse los, wenn du versprichst, nicht zu schreien«, flüsterte er ihr ins Ohr. Der Hauch der Erleichterung, eine Chance zu Gegenwehr und Flucht zu erhalten, ließ sie einen zustimmenden Laut ausstoßen. Sie hatte die Stimme erkannt.

»Kann ich loslassen?«

Sie nickte, der Druck von ihrem Hals fiel ab, und die Hand löste sich von ihrem Mund. Sie wirbelte herum und zog gleichzeitig den Pfefferspray aus der Tasche. Der Anblick des Mannes lähmte sie. »Franco? Was zum Teufel tust du hier?«

Franco Tizianis Gesichtsausdruck verflüchtigte ihre Wut und den Reflex, ihm den Doseninhalt ins Gesicht zu sprühen. Seit ihrer letzten unerfreulichen Begegnung hatte er sich verändert – zu seinem Nachteil. Die Augen unter der tief über den Kopf gezogenen Wollmütze waren mit schwarzen Ringen untermalt. Anstelle des gestylten Oberlippen- und Bocksbartes bedeckte ein struppiger, mit grau-weißen Strähnen durchzogener Vollbart die untere Gesichtshälfte.

»Ich brauche deine Hilfe, Angie.«

»Ich? Dir helfen?« Ein prustender Lacher entfuhr ihr fast gegen ihren Willen. »Nach dir wird gefahndet. Hilf dir selbst und stell dich.«

»Bitte, Angie, das damals, das wollte ich nicht.«

Sie beherrschte sich, damit sie nicht laut wurde. »Was tut dir leid? Der Zahn, den du mir ausgeschlagen hast? Die Stichverletzung des Kollegen der Bundespolizei? Was?«

»Ich kann nichts dafür. Wenn du nicht dahintergekommen wärst –«

»Stopp! Kein Wort mehr, Franco. Bei dir sind immer die anderen schuld. Stell dich oder verschwinde auf der Stelle. Wenn nicht, schreie ich die ganze Stadt zusammen.«

»Hör mich an, Angie. Glaubst du, ich wäre zu dir gekommen, wenn du nicht die Einzige wärst, die mir diesen Gefallen tun kann?« Er blickte sich gehetzt um. »Sie sind hinter mir her. Wenn sie mich kriegen, bringen sie mich um.«

»Das wollte ich auch, als ich wegen dir mit einer Gehirnerschütterung im Spital lag. Erwarte kein Mitleid, nicht von mir.« Worin war ihr Ex involviert, was ihn dermaßen in Angst versetzte? »Wenn du die Gelder eines rabiaten Kunden mit toxischen Anlagen verzockt hast, ist mir das egal. Dein Scheiß interessiert mich nicht. Verschwinde einfach.«

»Tue ich ja, sobald du mir zugehört hast.«

Sie wollte etwas entgegnen, als sie realisierte, was er gesagt hatte. »Los, sag schon.«

Seine Hand glitt in seine Manteltasche.

»Nichts Unüberlegtes, Franco.« Sie hielt den Pfefferspray in die Höhe.

»Es ist nur ein Couvert, okay?« Langsam zog Tiziani einen Umschlag hervor. »Kannst du das für mich aufbewahren?«

Casagrande glaubte sich verhört zu haben. »Sonst geht's dir gut? Wie komme ich dazu?«

»Angie, ich bitte dich. Tu es für mich, um der alten Zeiten willen.«

Franco verfügte über eine gesunde Portion Selbstverleugnung, um von ihr zu verlangen, für ihn Postfach zu spielen. »Was ist das?«

»Eine Art Lebensversicherung. Bei dir ist es am sichersten, bis ich alles geregelt habe.«

»Was geregelt?«

»Interessiert dich das tatsächlich?«

»Nicht wirklich.« Sie betrachtete den Umschlag. Er war dünn. Mehr als ein oder zwei Blatt Papier konnte er nicht enthalten. Tiziani war Vermögensverwalter für eine äußerst anspruchsvolle Kundschaft. »Was ist da drin?«

»Eine Liste meiner Kunden mit vertraulichen Angaben. Nichts Illegales, das schwöre ich dir, Angie, ich −«

»Spar dir das Schwören. Ich weiß zwar nicht, weshalb ich das tue, aber … Wie lange soll ich es behalten?«

»Nicht lange. Ich will die Papiere in den nächsten paar Tagen nicht dabeihaben. Sobald ich mich neu orientiert habe, schicke ich dir eine Adresse, wohin du den Umschlag per Post schicken kannst.«

Casagrande überlegte. Sie griff nach dem Handy in ihrer Manteltasche. Mit einem Tastendruck konnte sie den Polizeinotruf aktivieren und ihn festnehmen lassen. Sie zögerte und dachte an die Jahre, in denen sie mit ihm zusammen gewesen war. Sie zog die Hand aus der Tasche.

»Du bleibst weg von mir, okay? Diesmal gebe ich es dir schriftlich: Wenn du dich mir noch mal weniger als hundert Meter näherst, bist du dran.«

»Ja, klar.«

»Leg das Couvert auf den Boden und verschwinde.«

»Wie?«

»Du hast mich verstanden. Tu, was ich dir gesagt habe, und geh mir aus den Augen.«

Tiziani legte den Umschlag behutsam auf die Straße und trat drei Schritte zurück. »Danke, Angie.« Er machte auf dem Absatz kehrt und eilte davon.

Casagrande hob den Umschlag auf. Er wog nicht mehr als ein normaler Brief. Sie steckte ihn in die Handtasche. Sie brauchte einen Drink, was Kräftiges. Schade, dass Dornach keine Zeit hatte. Sie würde den »Bohème« in der »Grünen Fee« allein trinken müssen.

SECHS

Die Bäume im Stadtpark hielten die Bise nicht davon ab, sich mit eisigen Zähnen in Karins Wangen zu verbeißen. Sie versprach für den Nachmittag einen ungemütlichen Fasnachtsumzug, geeignet zum Aktenstudium in der behaglichen Wärme ihres Büros.

Maja ging neben ihr. »Und, wie läuft's so bei dir?«

»Wie soll bei mir was laufen?«

»Das Liebesleben, was sonst?«

Mit einem Mal spürte Karin, wie ihre Ohren warm wurden. »Weiß nicht, was du meinst.«

»Ich helfe dir auf die Sprünge. Studentengesicht, Brille, soll Andi heißen. Ich wusste nicht, dass du auf Harry-Potter-Typen stehst.«

»Woher hast du das schon wieder?«

Majas Finger tippte an ihre Stirn. »Erde an Karin, du befindest dich in Solothurn, der Stadt ohne Geheimnisse.«

»Wenn schon. Schließlich bin ich Single und niemandem Rechenschaft schuldig.«

»Hey, ich bin die Letzte, die dir einen Vorwurf macht. Ist er gut, dein Andi?«

»Was immer du unter gut verstehst, er ist es. Besser als diese Typen, die ich bisher auf Tinder getroffen habe.«

Maja blieb stehen. »Nicht wahr. Du treibst dich auf Tinder herum?«

»Klar, du nicht?«

»Der Bettplatz neben mir ist dauerbelegt, falls dir das nicht aufgefallen sein sollte.«

»Meiner nicht. Wofür haltet ihr mich? Eine Klosterschülerin? Nur angucken, nicht anfassen?«

»Quatsch, ich dachte nur, dass du in dieser Hinsicht –«

»Was? Dass ich schüchtern bin? Oder prüde? Kannst du mal sehen. Es mag dir schwerfallen, es zu glauben, Maja. Aber auch ich habe ein Leben.«

»Scheint so. Tut mir leid, ich dachte nicht … Ich wollte dir nicht zu nahe treten.«

»Bist du nicht, offenbar liegt es an mir, wenn ich dauernd unterschätzt werde.«

»Als Polizistin bist du jedenfalls –«

Karin winkte ab. »Lass gut sein, Maja. Das meinte ich nicht.« Sie gingen schweigend am trockengelegten Wasserbecken des Museumsbrunnens entlang und bogen dann rechts ab zum Franziskanertor.

»Ich werde aus der Casagrande nicht schlau«, sagte Maja. »Wenn Dominik hier wäre, könnte sie gar nicht schnell genug bei uns auf der Matte stehen. Jetzt hängt sie die Chefin raus und zitiert uns zu sich.«

Karin sah sie von der Seite an. »Du hast ihr das mit Jana nicht verziehen, was?«

»Hab's mit Dominik geklärt oder vielmehr er mit mir.«

»Was geklärt?«

»Ich werde mich mit Angela vertragen.«

»Überzeugung hört sich anders an.«

»Dich muss ich ja nicht überzeugen.«

Karin hielt sie am Arm fest. »Was hat Dominik dir gesagt?«

»Er hat mir einen Schuss vor den Bug verpasst. Ich soll professionell mit Angela umgehen.« Maja zögerte, bevor sie weiterfuhr. »Mal ehrlich, findest du das, was sie mit Jana gemacht haben, nicht das Allerletzte? Am Vortag verhinderte Jana hier in der Stadt ein Blutbad. Keine vierundzwanzig Stunden später verhaftet dieses Kriechtier Hofmann sie auf puren Verdacht hin. Das ging dir ebenso an die Nieren, zumindest hatte ich den Eindruck.«

»Schon, ich war auch echt wütend darüber, aber es gab einen internationalen Haftbefehl gegen Jana. Was hätten Casagrande und Hofmann tun sollen? Ihn ignorieren?«

Maja stieß hörbar Luft aus. »Weiß nicht, zuerst mit Jana sprechen oder mit Dominik.«

»Hofmann und Dominik? Miteinander reden? Im Ernst?«

Karin schnaubte. »Eher outet sich Donald Trump und gibt zu, sich unsterblich in Putin verliebt zu haben.« Sie setzten ihren

Weg fort. »Diejenige außer Jana, die in Wirklichkeit hintergangen wurde, ist Angela. Dass Jana vor aller Augen in Handschellen abgeführt wird, war sicher das Letzte, was sie wollte.«

»Glaubst du? Angela hatte einen Pik auf Jana, weil sie mit Dominik ins Bett stieg. Sie dagegen hat zu Hause außer ihrem Kissen nichts, das sie umarmen könnte.«

»Du bist mir zu krass, ehrlich. Casagrande mag eifersüchtig sein, aber in ihrem Job ist sie stets professionell. Selbst wenn sie Jana eins auswischen wollte, hätte sie sie nicht auf diese Art ans Messer geliefert. Das hat sie nicht nötig.«

»Du glaubst immer nur an das Gute im Menschen, was?«

Karin rieb ihre vor Kälte tauben Wangen. »Solltest du auch mal probieren, ich fahre gut damit.«

Die Begrüßung zwischen Maja und Casagrande fiel immer noch verhalten aus. Trotzdem war es für Karin eine Verbesserung. Immerhin hatte Maja der Staatsanwältin beim Händedruck in die Augen gesehen. Für Karin war das Team ein Teil ihrer Familie. Ein möglicher Weggang von Maja hätte ihr sehr wehgetan.

»Ich kann euch leider nicht den Luxus von Dominiks Kaffeemaschine bieten«, sagte Casagrande und deutete auf den Thermoskrug, Geschirr und Biskuits auf dem Besprechungstisch. Daneben stand ein Notebook. Sie lud die Polizistinnen ein, sich so hinzusetzen, dass sie auf den Bildschirm sehen konnten.

»Danke für eure Mühe, zu mir gekommen zu sein.« Ihr Blick blieb auf Maja haften, die in ihre Kaffeetasse starrte.

»Keine Sache«, sagte Karin und stieß mit ihrem Fuß Majas Schienbein an.

»Ja, klar«, bequemte sich diese zu äußern.

Casagrande erkundigte sich nach dem Stand der Fahndung nach Mirko Hafner.

»Läuft«, sagten beide Polizistinnen gleichzeitig. »Früher oder später geht er uns ins Netz«, versicherte Karin.

Casagrande gab sich damit zufrieden. »Du kennst Bea Frey vom Dezernat Leib und Leben bei der Berner Kriminalpolizei, nicht wahr?«

Überrascht, auf Dornachs Ex-Freundin angesprochen zu

werden, ließ Karin eine Schrecksekunde verstreichen. »Im letzten Jahr habe ich Amtshilfe bei einem großen Mordfall im Berner Oberland geleistet. Warum fragst du?«

»Sie hat mich heute Morgen angerufen. Es gibt neue Erkenntnisse.«

»Zum Verschwinden von Ilona Horvath?«, schaltete sich Maja ein.

»Sie sprach von zusätzlichen Aspekten.« Casagrande sah auf die Uhr. »Der Anruf müsste jeden Moment reinkommen.«

Das akustische Signal des eingehenden Videoanrufes über Casagrandes Rechner ließ nicht lange auf sich warten. Sie klickte auf das Annahmefeld auf dem Bildschirm. Karin erkannte Bea Freys engelhaftes Gesicht. Sie fragte sich, inwiefern die Staatsanwältin über Dornachs frühere Flamme Bescheid wusste, von der er sich wegen ihres einjährigen Praktikums bei der amerikanischen Bundespolizei getrennt hatte.

Casagrande riss sie aus ihren Gedanken. Sie hatte sich und Maja der Anruferin vorgestellt. »Karin Jäggi kennen Sie ja bereits.«

»Schön, Sie wiederzusehen, Frau Jäggi.« Bea Freys breiter Berner Zungenschlag besänftigte den energischen Klang ihrer Stimme.

Der Signalton ertönte erneut. »Entschuldigen Sie, es gesellt sich noch jemand zu uns«, sagte Casagrande.

Auf dem Bildschirm erschien das Gesicht einer brünetten Mittvierzigerin. Karin fiel sofort die Narbe auf, die sich vom Auge über ihre ganze linke Gesichtshälfte bis zum Mund zog. Das Wundmal entstellte die Trägerin nicht, es machte sie auf eine herbe Art anziehend.

»Ich darf euch Oberleutnant Valérie Lehmann von der Schwyzer Kantonspolizei vorstellen«, sagte Casagrande. »Sie ist vom Sicherheitsstützpunkt in Biberbrugg zugeschaltet. Danke, dass Sie Zeit für uns haben, Frau Lehmann.«

»Keine Ursache. Bitte entschuldigen Sie die Verzögerung meinerseits. Ich hatte eben ein Telefongespräch zum Fall.«

Casagrande wandte sich an Maja und Karin. »Ich habe die Kolleginnen aus Bern und Schwyz dazugebeten, damit wir die neuen Informationen aus erster Hand erfahren. Gehen wir chronologisch vor, zuerst Frau Frey bitte.«

Bea Frey räusperte sich kurz. »Nach dem Besuch von Dom… Herrn Dornach und Frau Hartmann bei der Zeugin Horvath-Krähenbühl in Kiesen habe ich auf seine Bitte hin die Spurensicherung in die Wohnung geschickt.« Sie las von einem Papier ab. »Die Blutspuren, die Sie, Frau Hartmann, im Badezimmer sowie im Schlafzimmer gefunden haben, gehören nicht der Frau. Wir sind auf einen Blutspenderausweis des Roten Kreuzes von ihr gestoßen. Die Blutgruppen stimmen nicht überein. Wir warten auf die DNA-Analyse und machen damit einen Abgleich mit der Datenbank ›CODIS‹. Ich habe auf die Dringlichkeit hingewiesen, es wird trotzdem ein paar Tage dauern.«

»Danke«, sagte Maja. »Wenn die Blutspuren nicht von Frau Horvath stammen, könnten sie von ihrem Mann sein. Soweit ich weiß, sind die beiden noch verheiratet.«

»Das wird die DNA-Analyse zeigen. Laut Aussage der Nachbarin, einer Frau Lang, Doris, wohnte Frau Horvath allein. Frau Lang gibt an, in den letzten Tagen keinen Männerbesuch bemerkt zu haben. Die Spurensicherung meint, die Blutspritzer sind höchstens vier bis fünf Tage alt.«

»Ist sich Frau Lang sicher, keinen Mann gesehen zu haben?«

»Felsenfest. Will nicht heißen, dass sich nicht doch eine zweite Person in der Wohnung aufgehalten haben könnte.«

»Das mit den vier bis fünf Tagen kommt hin«, sagte Maja. »Frau Horvath ist seit Freitag verschwunden.«

»Sie schließen auf eine Gewalttat?«, fragte Bea Frey.

»Ich will die Hypothese nicht aus den Augen verlieren. Möglicherweise wurde Frau Horvath bedrängt. Sie kann sich gewehrt und den Angreifer verletzt haben. Es ist wenig Blut, es könnte von einem Schnitt oder einem Kratzer stammen.«

»Schlauer sind wir erst, wenn die Ergebnisse der Analysen vorliegen«, bemerkte Casagrande. »Sie wollten uns was anderes zeigen, Frau Frey?«

»Die Wohnung in Kiesen wurde auf weitere Spuren durchsucht. Dabei stießen die Kriminaltechniker auf eine Plastikmappe mit Fotos, die mit Isolierband an der Rückseite des

Wandspiegels in Frau Horvaths Schlafzimmer befestigt war. Diese Aufnahmen dürften für Sie von Interesse sein.« Der Bildschirm zeigte eine Fotografie, ein Gruppenbild mit drei Frauen. Sie trugen schwarze Umhänge mit zurückgeschlagenen Kapuzen. Es war nicht zu erkennen, was sie darunter anhatten. Es ließ sich aufgrund eines Details jedoch vermuten: Eine bis auf ein Bikinihöschen nackte junge Frau stand im Hintergrund vor einem Indoor-Swimmingpool, in dem sich eine Anzahl Personen vergnügte. Die Aufnahme musste im Winter gemacht worden sein. Jenseits einer Fensterfront lag ein beleuchtetes, schneebedecktes Grundstück. Im Hintergrund glaubte Karin eine Wasserfläche im Grau des Dämmerlichts zu erkennen.

»Weiß man, wo und wann diese Aufnahme gemacht wurde?«, fragte Casagrande.

»Leider nicht, die Umgebung und der See lassen sich nicht situieren. Bei der Frau in der Mitte handelt es sich eindeutig um euer Mordopfer Nadine Känzig. Die Person links ist Ilona Horvath. Zur Dritten im Bunde wird uns Frau Lehmann etwas sagen können, denke ich.«

Valérie Lehmanns dunkles Timbre mit dem Hauch eines französischen Einschlags setzte ein. »Merci, Kollegin Frey, bei der Frau rechts handelt es sich um die zweiundzwanzigjährige Annina Burckhard, wohnhaft in Altendorf. Vor zehn Tagen hat man sie leblos in ihrer Wohnung aufgefunden. Todesursache war die Überdosis einer Partydroge, genannt ›Blue X‹, zusammen mit reichlich Alkohol sowie einer beträchtlichen Verbindung von Koffein und Taurin.«

»Red Bullshit«, sagte Karin. »Energydrinks.«

»Das und der Alkohol allein waren schlimm genug«, fuhr Lehmann fort. »Frau Burckhard hatte über drei Promille im Blut. In Verbindung mit der Droge war es ihr Todesurteil.«

»Sie erwähnten ›Blue X‹«, meldete sich Maja zu Wort. »Das Teufelszeug tauchte vor knapp zwei Jahren in Solothurn auf. Umschlagplatz war das ›Extasy‹, ein inzwischen behördlich geschlossener Nachtclub. Die Organisation, die das Zeug hergestellt und vertrieben hat, wurde zerschlagen.«

»Es scheint, jemand ist wieder damit im Geschäft«, mutmaßte Lehmann. »Oder alte Lagerbestände werden vertickt.«

»Gibt es Anzeichen, dass Frau Burckhard das tödliche Gemisch freiwillig einnahm?«, fragte Casagrande.

»Laut Aussage ihres Freundes war sie am Abend zuvor an einer Party, an der sie viel getrunken hatte. Möglicherweise waren Drogen im Spiel. Die Menge an Betäubungsmitteln, die ihr Blut anzeigte, würde allerdings kein vernünftiger Mensch von sich aus in so kurzer Zeit einnehmen, auch nicht in betrunkenem Zustand. Das ist meine Hypothese. Neben älteren Verletzungen wies Frau Burckhards Körper Hämatome auf, die ihr kurz vor ihrem Tod zugefügt worden sein mussten.«

»Was weiß man über sie?«, fragte Casagrande.

»Nach Aussage der Mutter war ihre Tochter bis vor ihrem Auszug aus dem Elternhaus eine ausgeglichene Frohnatur«, sagte Lehmann.

»Was geschah dann?«

»Die Mutter sagt, sie sei wegen ihrem Freund von zu Hause ausgezogen. Der Mann ist sieben Jahre älter als Annina. Er heißt Radko Dubic. Die Wohnung, in der sie gefunden wurde, gehört ihm.«

»Wurde Herr Dubic zum Tod seiner Freundin einvernommen?«

»Leider nicht, er ist untergetaucht. Momentan steht er auf unserer Fahndungsliste. Ihre Mutter gibt an, Dubic machte die Tochter von sich abhängig. Er soll sie emotional von den Eltern entfernt haben, ebenso von anderen Verwandten oder Freunden.«

»Loverboy-Syndrom«, sagte Casagrande. »Das korreliert mit den Lebensumständen von Nadine Känzig.«

»Bei Ilona Horvath liegt der Fall anders«, schaltete sich Frey ein. »Sie ist die einzige Nichtschweizerin und kam mit ihrem Mann ins Land. Vermutlich hat er sie in ihrer Heimat ›rekrutiert‹.« Frey zeichnete Gänsefüßchen in die Luft.

»Übrigens haben wir bei Annina ein ähnliches Foto gefunden wie Sie, Frau Frey, bei Horvath«, sagte Lehmann. »Das Bild wurde möglicherweise an einer Art Party oder Orgie gemacht.«

»Das riecht nach organisierter Kriminalität«, sagte Maja. »Drogen und Prostitution passen zusammen. Das erklärt das ›Blue X‹.«

»Slavko Vukovic und seine Bande gibt es nicht mehr«, wandte Karin ein.

»Ich pflichte Maja bei, Karin.« Casagrande machte sich eine Notiz. »Diese Verbrecherorganisationen sind hochmobil. Könnte sein, jemand hat das Geschäft von Vukovic übernommen oder geerbt.«

»Das sehe ich ähnlich«, sagte Lehmann. »Wir bleiben auf unserer Seite dran und halten euch auf dem Laufenden.«

Mit diesen Worten verabschiedete sich auch Bea Frey, nicht ohne die Bitte anzufügen, man möge Dornach bei Gelegenheit herzliche Grüße von ihr ausrichten.

»Wir müssen unbedingt die Horvath finden. Sie ist die Einzige, die uns weiterhelfen kann«, meinte Maja. »Es sei denn, Mirko Hafner läuft uns in die Arme oder Radko Dubic den Schwyzern.«

Casagrandes Handy klingelte. Sie nahm den Anruf entgegen und hörte einige Sekunden zu, bis sie mit versteinertem Gesicht bestätigte und das Gespräch beendete. »Es gibt eine neue Leiche.«

⁂

Dornach schlug den Mantelkragen hoch. Der Ostwind verfrachtete Tiefsttemperaturen aus der ungarischen Tiefebene in die österreichische Metropole. Im Gegensatz zu Solothurn war der Himmel blau, und es lag weniger Schnee.

Kraft seines Dienstausweises hatte Horacek seinen Wagen direkt vor der Ankunftshalle des Wiener Flughafens Schwechat geparkt. Er sah müde aus, aber sein Blick war wach und das Umfeld beobachtend, sein athletischer Körper angespannt, bereit, sich jeglicher Bedrohung entgegenzustellen. Die Wiedersehensfreude hellte sein Gesicht nur kurz auf.

Dornach nahm auf dem Beifahrersitz des Audis Platz. Es war ein ziviles Dienstfahrzeug mit Funk und mobilem Blaulicht.

»Bisher habe ich mir nur Sorgen um Jana gemacht, Stephan. So wie du aussiehst, geht's dir nicht besser.«

Horacek winkte ab. »Ich bekomme nur zu wenig Schlaf. Du kennst Jana, sie ist keine pflegeleichte Schutzbefohlene.«

»Weiß sie, dass ich hier bin?«

Horacek seufzte. »Ich wollt's ihr gestern sagen. Bei der leisesten Anspielung auf deinen Namen machte sie dicht. Beim zweiten Anlauf wurde sie wütend.« Horaceks Augen lösten sich von der Straße und sahen kurz zu Dornach. »Habts ihr euch gefetzt, oder wie?«

»Gar nicht.« Dornach rieb sich das ausnahmsweise glatt rasierte Kinn. Seit Jana sich ihm entzogen hatte, hielten er und Horacek sich gegenseitig sporadisch auf dem Laufenden. Beide liebten Jana auf ihre Art. Horacek würde keine Sekunde zögern, sein Leben für sie zu geben. Für Dornach war sie der wichtigste Mensch in seinem Leben geworden – neben Pia. »Wohnt sie noch im vierten Bezirk?« Das geräumige Apartment mit Blick auf den Belvedere-Schlosspark war ihm in angenehmer Erinnerung geblieben.

»Ja, sie konnte sich nicht überwinden, in die Stadtwohnung ihrer Eltern im Siebten zu ziehen.«

»Kann Sie sich frei bewegen?«

»Innerhalb der Wiener Stadtgrenzen, bis die Ermittlungen im Fall Vukovic abgeschlossen sind. Aufgrund ihres Status und des familiären Hintergrundes schafften es die Holländer nicht, sie in Haft zu behalten.«

»Ein Staatsoberhaupt als Patenonkel ist manchmal von Vorteil. Wie sieht es mit ihrem Schutz aus?«

»Neben mir sind zwei weitere Cobra-Beamte ständig bei ihr.«

»Besteht eine konkrete Bedrohung?«

»Eine vermutete.«

»Inwiefern?«

»Der Bericht der Graubündner Polizei zum Unfall von Carl-Helmut und Johanna Cranach schließt Dritteinwirkung als Ursache nicht aus.«

Das war Dornach neu. Der Unfall am Julierpass tangierte die Solothurner Kantonspolizei nicht. Dornach hatte den Bericht der Bündner nie gesehen.»Wie kommen die Kollegen zu dieser Schlussfolgerung?«

»Die Unfallermittler können sich nicht erklären, wie das Eis an dieser Stelle auf die Straße kam. Es war eine klare Nacht. An den Tagen zuvor gab es keine Niederschläge im Oberengadin, keine geborstenen Wasserleitungen oder Unfälle mit verschütteten Flüssigkeiten. Die Straße wurde absichtlich mit Wasser bespritzt, kurz bevor die Cranachs die Stelle passierten.«

»Das ist ungeheuerlich. Hat sich jemand einen üblen Scherz erlaubt, oder galt der Anschlag gezielt den beiden?«

»Polizeimeldungen berichten von einem Lastwagen, der sich etwa zum Zeitpunkt des Unfalls unterhalb der Passhöhe auf der Engadiner Seite quer stellte und die Straße blockierte. Zeitgleich ging die Information über ein ähnliches Verkehrshindernis aus Silvaplana ein, wo die Julierpassstraße in die Kantonsstraße zwischen St. Moritz und dem Malojapass mündet. Als die Polizeistreifen eintrafen, war der Spuk vorbei.«

»Der Unfall wurde provoziert, meinst du? Da hat jemand beträchtlichen Aufwand getrieben.«

»Und verfügte über die logistischen und finanziellen Mittel. Daher der Personenschutz für Jana.«

»Ihr glaubt ...«

»Jemand will an Jana herankommen, ja. Dabei hielt er sich zuerst an ihre Familie.«

»Geht es um Rache?« Dornach brauchte nicht lange zu rätseln. »Will jemand Vergeltung für Vukovics Tod?«

»Oder für andere, die Jana unschädlich machte. Die Handschrift passt. Jana kann jede Unterstützung gebrauchen, auch wenn sie es nicht wahrhaben will.«

»Ärzte sind oft die schwierigsten Patienten. In Solothurn ist Jana Teil unseres Teams geworden. Wenn ich oder meine Kollegen etwas für euch tun können, jederzeit.«

Sie schwiegen, bis Horacek nach einer Weile auf ein anderes Thema kam. »Redets ihr wieder miteinander, du und deine Tochter?«

»Pia hat die gute Eigenschaft, nicht nachtragend zu sein. In ein paar Wochen kommt sie zu Besuch in die Schweiz.«

»Das freut mich für euch.«

»Und mich erst. Seit sie weg ist, merke ich, wie sehr ich sie vermisse.«

»Irgendwann wirst du sie loslassen müssen.«

»Erinnere mich nicht daran.«

Seit Schwechat waren sie knapp zwanzig Minuten unterwegs. Horacek bog links ab und steuerte ein monumentales Portal an, das von zwei obeliskartigen Türmen flankiert wurde.

Dornach war von dem Anblick beeindruckt. Mit einer Fläche von zweieinhalb Quadratkilometern und rund dreihundertdreißigtausend Grabplätzen ist der Wiener Zentralfriedhof einer der größten Friedhöfe Europas. Horacek erklärte ihm, dass er über eine eigene öffentliche Buslinie innerhalb des Geländes verfügte. Angesichts der ständig wachsenden Bevölkerung in der Hauptstadt der Donaumonarchie wurde er 1874 gegründet. »Neben den römisch-katholischen und evangelischen Konfessionen verfügen die östlichen orthodoxen Kirchen sowie die jüdischen, islamischen und buddhistischen Religionen über eigene Abteilungen. Alles, was in Wien Rang und Namen hatte, Adlige und einfache Bürger liegen hier begraben, mit Ausnahme der Mitglieder der kaiserlichen Familie, die ihre ewige Ruhestätte in der Kapuzinergruft im ersten Stadtbezirk haben.«

»Ich habe von den Gräbern zu Ehren prominenter Persönlichkeiten gehört, die in Wirklichkeit gar nicht hier bestattet wurden.«

»Da ist was dran. Ende des 19. Jahrhunderts dachten findige Promotoren, man müsse die Besucherattraktivität des Zentralfriedhofs erhöhen, indem man die Institution der Ehrengräber errichtete, Gräber von Persönlichkeiten, die eigens wegen ihrer Berühmtheit oder ihrer Verdienste im Zentralfriedhof bestattet wurden. In vielen Fällen wurden die sterblichen Überreste extra von ihren angestammten Ruhestätten in den Zentralfriedhof überführt. Bei einigen, wie zum Beispiel Mozart, stellt das Grab lediglich ein Denkmal dar. Tatsächlich liegen die sterblichen Überreste unseres Wolfgang Amadeus im Sankt Marxer Friedhof im Bezirk Landstraße.«

»Ehrengräber für berühmte Menschen. Ihr habt's schon ein wenig mit dem Tod, nicht wahr?«

»Es gibt ein Lied von Georg Kreisler: ›Der Tod, das muss ein Wiener sein, genau wie die Lieb a Französin.‹ Es wird uns nachgesagt, dass die Wiener, mehr als anderswo, den Tod als Bestandteil des Lebens betrachten.«

»Wer den Tod bedingungslos akzeptiert, kann das Leben in vollen Zügen auskosten – so oder so ähnlich soll es mal jemand gesagt haben.«

Sie fuhren über eine breite Allee auf den Kuppelbau der Friedhofskirche zu. Eine schwarze Mercedes-S-Klasse vor ihnen steuerte dasselbe Ziel an.

»Ist das …?«, begann Dornach.

»Das ist Janas Wagen, ja.«

Dornach war unvermittelt mulmig zumute. Er fühlte sich in diesem Moment wie ein Eindringling. Er wollte sich ihr nicht aufdrängen. Er hatte ihr Schweigen respektiert. In einem Winkel seines Bewusstseins machte sich ein unbequemer Bewohner bemerkbar: das schlechte Gewissen. Er erinnerte sich an einen Spaziergang in Solothurn. Jana musste geahnt haben, was ihr bevorstand. Sie hatte Dornach das Versprechen abgenommen, auf ihre Eltern zu achten, wenn sie es nicht mehr konnte. Carl-Helmut und Johanna Cranach waren tot. Seither nagte es an ihm, ob er etwas dagegen hätte tun können.

***

Maja parkte den Dienstwagen auf dem Besucherparkplatz des Kraftwerks Flumenthal.

»Oh Mann«, stöhnte Karin.

»Was ist?«

Karin deutete auf die Bäume und Sträucher am Flussufer, die sich im Wind bogen. »Hast du gesehen, wie die Bise hier weht? Da hole ich mir den Tod.«

»Dir fehlt die Abhärtung. Mehr Sport hilft.«

»Blödsinn, ich bin einfach nicht für so was geboren. Minus zehn Grad, und alle reden von Klimaerwärmung.«

»Wetter ist nicht Klima, solltest du wissen.«

»Ich sag ja nichts mehr.« Karin wickelte sich den Schal um den Kopf und zog ihre Mütze tiefer ins Gesicht, sodass gerade noch ihre Nasenspitze zu sehen war. »Auf ins Gefecht.« Casagrande war kurz vor ihnen eingetroffen. Im Kontrast zu den beiden Polizistinnen in Jeans und Parkas trug sie einen beigegrauen Kaschmirmantel mit passender Wollmütze. Ihre Füße steckten in gefütterten Lederstiefeln. Sie betraten den Steg, der außen an der Turbinenhalle entlangverlief.

»Wissen wir, wer's ist?«, fragte Maja.

»Wir erfahren's gleich. Die Identifikation könnte unange-nehm werden. Du weißt ja – Wasserleichen«, sagte Casagrande.

»Ich hasse das.« Karin warf Maja einen Seitenblick zu. Ihre Kollegin war für gewöhnlich nicht zimperlich.

Am Ende der Turbinenhalle stand ein Kran für den Aushub von Schwemmgut, das sich im Rechen verfing. Zwei unifor-mierte Polizisten sahen einer Person zu, die sich über einen vollständig bekleideten leblosen Körper beugte.

»Sie sind schon da, Dr. Winter?«, fragte Casagrande. »Ich habe Sie gerade erst angerufen.«

»Ich hatte in Luterbach zu tun.« Dr. Winter zeigte mit dem Daumen flussaufwärts. »Brauchte nur über die Brücke zu fah-ren.« In Bezug auf den Kleidungsstil übertraf sie die Staats-anwältin. Der grüne Wollmantel und die Lederstiefel kosteten garantiert ein Vermögen. Sie drückte Casagrande eine in Plastik eingeschweißte Visitenkarte in die Hand. »Mitgliederausweis eines Fitnessclubs. Habe ich in ihrer Hosentasche gefunden.«

Casagrande betrachtete die Karte und reichte sie wortlos an die beiden Ermittlerinnen weiter.

»Margrit Krähenbühl«, las Maja. »Die Tote ist Ilona Horvath. Scheiße!«

»Ich könnte es nicht treffender ausdrücken.« Casagrande ging neben Dr. Winter in die Hocke. Der Zersetzungsprozess des Wassers hatte die menschlichen Züge der Toten noch nicht entstellt. »Was können Sie uns sagen?«

»Vermutlich war sie schon tot, als sie ins Wasser geriet. Es gibt keinerlei Schaumpilzbildung an Nase oder Mund. Das soll-

ten Sie sich allerdings durch eine Obduktion bestätigen lassen.«
Dr. Winter zeigte auf den Hals der Toten. Die Druckstellen waren auf der wachsbleichen Haut deutlich zu erkennen. »Meiner Ansicht nach wurde sie erwürgt oder erdrosselt.«
Karin hatte das Bild von Ilona Horvath in ihrem Handy aufgerufen. Sie hielt den Apparat neben das Gesicht der Toten. »Sie ist es, kein Zweifel.«

»Können Sie uns einen Anhaltspunkt zur Todeszeit geben?«, fragte Casagrande.

»Das ist bei den herrschenden Temperaturen schwer abzuschätzen«, sagte Dr. Winter. »Es hat keine Wachshautbildung stattgefunden, was in wärmerem Wasser eher der Fall ist. Ich tippe auf einen Zeitraum zwischen vierundzwanzig und achtundvierzig Stunden.«

»So ein Mist aber auch!«, rief Karin. »Die einzige Person, die uns etwas zu den Zusammenhängen hätte sagen können.«

»Wie es scheint, hat man sich einer unliebsamen Mitwisserin entledigt«, sagte Maja. »Ilona Horvath, Nadine Känzig und Annina Burckhard kannten sich. Alle drei sterben innerhalb weniger Wochen nach einer Sexparty. Die Schlussfolgerung erfordert nicht viel Phantasie.«

»Und deine wäre?«, fragte Casagrande.

»An der Rudelbumserei muss was passiert sein, das jemand unter dem Deckel halten will. An solchen Anlässen beteiligen sich regelmäßig hohe Herren und Wächter von Recht, Moral und Ordnung. Ich wette, die schätzen es nicht, mit heruntergelassenen Hosen in den Medien bloßgestellt zu werden.«

Casagrandes Mundwinkel zuckten, und Dr. Winter unterdrückte ein Grinsen. Die danebenstehenden uniformierten Kollegen hatten ihre Mimik unter Kontrolle. Majas ungehobeltes Wesen war im Korps bekannt.

»Haben Sie die Frau auf Tätowierungen untersucht?«, fragte Casagrande die Ärztin.

Dr. Winter wandte sich an Maja und Karin. »Helfen Sie mir, sie auszuziehen?«

Karin schluckte leer, als sie den Leichnam von Ilona Horvath umdrehten. Es war nicht ihre erste Leiche, aber die Nähe zu

Toten fand sie beklemmend. Sie hatte das Gefühl, ein Stück der Aura des Todes blieb an ihr kleben, sobald sie einen Leichnam berührte.

Zu dritt versuchten sie, die halb gefrorenen Kleidungsstücke behutsam zu öffnen, sodass nur das Nötigste des malträtierten Körpers freigelegt wurde. Casagrande deutete auf dunkle Flecken an den Oberschenkeln. »Hämatome, sie wurde geschlagen.«

»Und womöglich gefoltert«, ergänzte Dr. Winter. Sie legte ihren Finger auf eine Brandverletzung. »Vermutlich hat man eine Zigarette auf ihr ausgedrückt.«

»Das Tattoo«, sagte Karin. Sie deutete auf die entsprechende Hautstelle auf der Innenseite des Oberschenkels. »Da ist es.« Auf der wachsbleichen Haut trat das Symbol des Bösen deutlicher zutage als auf der Fotografie der Rechtsmedizin, die sie gesehen hatte.

»Wir stehen wieder auf Feld eins«, sagte Maja, bevor sie auf dem Parkplatz in ihre Autos stiegen.

»Was sind eure nächsten Schritte?«, fragte Casagrande.

»Wir sprechen mit ›Courtisana‹«, sagte Maja. »Ilona Horvath hat sich an die Hilfsorganisation gewandt. Nadine Känzig war anscheinend ebenfalls mit ihnen in Kontakt. Heute Nachmittag haben wir einen Termin mit der Leiterin.«

»Guter Plan.« Casagrande hob grüßend die Hand zum Abschied, bevor sie in ihren VW Beetle stieg und davonfuhr.

SIEBEN

Über drei Portale aus verschiedenen Richtungen gelangte man ins Innere der Friedhofskirche zum heiligen Karl Borromäus. Horacek steuerte von Nordosten her auf den imposanten, in der kargen Winterlandschaft weiß strahlenden Kuppelbau zu. Der schwarze Mercedes vor ihnen stoppte neben der Freitreppe zum Portal. Horacek hielt einige Meter dahinter. Nach einigen Sekunden öffnete sich die Fondtüre des Vorderwagens auf der Fahrerseite. Dornach hielt den Atem an. Seit ihrer Verhaftung hatte er Jana nicht mehr gesehen. Ein weit in der Vergangenheit liegender Tag ging ihm durch den Kopf. Damals war er mit ihr nach Sarajevo zum Märtyrerfriedhof Kovaci gereist, wo sie das Grab ihrer ermordeten Mutter besuchte. Dafür hatte sie sich ganz in Weiß, der Farbe der Trauer im Islam, gekleidet. Heute trug sie einen schwarzen Hosenanzug unter einem gleichfarbigen Wollmantel, der die Konturen ihrer Figur verbarg. Sie wandte sich zu Horaceks Wagen um. Im Gesicht war sie dünner und blasser geworden. Eine große Sonnenbrille verdeckte ihre Augen. Dornach spürte ihren Blick körperlich. Die zerbrechliche Zierlichkeit täuschte über die ihren physischen Körper um ein Vielfaches übersteigende Ausstrahlung hinweg. Jana war weder gebrochen noch gebeugt. Sie musterte ihn durch die Windschutzscheibe, ohne eine Regung zu zeigen.

Anstatt die Treppe zum Kirchenportal hochzugehen, wandte sie sich in die entgegengesetzte Richtung und überquerte den Vorplatz, gefolgt von einem Mann und einer Frau in schwarzen Anzügen. Dornach stieg aus und ging ihr bis zu einem Rondeau nach. Die Informationstafel besagte, dass sich an dieser Stelle die Präsidentengruft befand, die letzte Ruhestätte aller österreichischen Bundespräsidenten seit 1945. In einer Art Synchronizität fuhr in diesem Moment eine weitere Limousine vor. Die rot-weiß-rote Standarte auf der Kühlerhaube manifestierte ein offizielles Fahrzeug. Kaum hatte dieses angehalten, öffneten zwei bereitstehende Männer in schwarzen Anzügen die hinteren Türen. Franziskus Ortenberg, der Bruder von Johanna Cranach, Janas Patenonkel und Bundespräsident der Republik Österreich, verließ in Begleitung seiner Gattin den Wagen. Sie stiegen die Treppe zum Kircheneingang hoch, wo sie ein hoher kirchlicher Würdenträger erwartete.

Dornach wollte allein mit Jana reden. Die Personenschützerin wurde auf ihn aufmerksam und stellte sich ihm mit erhobener Hand in den Weg.

»Passt schon, Vera«, hörte Dornach Horacek hinter sich. »Hauptmann Dornach ist ein guter Freund der Frau Oberstleutnant.«

Die Frau trat zur Seite. Dornach stellte sich neben Jana, deren Blick starr geradeaus gerichtet war.

»Dominik«, sagte Jana nach einer Weile.

»Mein herzliches Beileid, Jana.«

Sie antwortete nicht.

»Ich …«

»Weshalb bist du hier?« Sie blickte immer noch nach vorne.

»Ich habe gehört …« Ihr kurzer Seitenblick ließ ihn verstummen. »Stephan hat mich angerufen.«

»Das war übergriffig. Ich werde ein ernstes Wort mit ihm reden.«

»Ich hätte es auf andere Weise erfahren, Jana, und ich wäre trotzdem gekommen.« Die Frage, warum sie ihn nie kontaktiert hatte, brannte ihm auf der Zunge. Hier und jetzt war sie nicht angebracht. Hinter sich hörte er Vera etwas murmeln. Sie trug einen Stöpsel im Ohr. Einen Augenblick später legte sie sanft die Hand auf Janas Schulter. »Entschuldigen Sie, Frau Oberstleutnant, wir sollten hinein. Der Bundespräsident und seine Gattin warten.«

»Ist gut, danke, Vera.«

Ohne Dornach eines weiteren Blickes zu würdigen, wandte sich Jana zum Gehen. »Danke, dass du gekommen bist, Dominik. Es ist besser, du gehst gleich wieder.«

❖❖❖

Die Geschäftsräumlichkeiten der Stiftung »Courtisana« befanden sich in einem viergeschossigen Gebäude zwischen Altstadt und Westbahnhof. Das Erdgeschoss beherbergte eine Firma, die T-Shirts druckte. Aus der Altstadt drang Fasnachtslärm herüber. Der Umzug war vorbei, bald würden sich die Guggenmusiker auf der Treppe der St.-Ursen-Kathedrale zu ihrem Abschlusskonzert versammeln, der »Monsterguggerete«, bevor der Zapfenstreich den offiziellen Teil des närrischen Treibens abschloss.

»Wo steckt eigentlich Mike?«, fragte Karin, als sie zu Fuß in den zweiten Stock hochgingen.

»Er musste nach Zofingen, Dominik bei einer interkantonalen Konferenz vertreten«, erwiderte Maja. »Er war heute Morgen entsprechend schlecht gelaunt. Er wäre lieber mit uns ins Feld, trotz Kälte. Die Konferenz ist anscheinend wichtig.«

Karin rümpfte die Nase. »Wie kann man sich freiwillig die Gliedmaßen abfrieren wollen? Wenn ich an die Kollegen denke, die beim Umzug herumstehen müssen.«

»Dort steht man eng beisammen. Die haben es sicher wärmer als wir.«

Ein Schild an der Tür wies Besucher darauf hin, dass das Büro der »Courtisana« am Nachmittag des Fasnachtsdienstags geschlossen war. Für Notfälle war eine Handynummer angeführt.

Maja klingelte. Sie hatte am Vormittag mit der Stellenleiterin gesprochen und den Termin vereinbart. Ein Schlüssel wurde von innen im Schloss gedreht. Sie wurden von einer mittelgroßen Frau Anfang fünfzig begrüßt, die sich als Michaela Welter vorstellte.

»Karin Jäggi, meine Kollegin Maja Hartmann, Kantonspolizei.«

»Wir haben vorhin telefoniert, nicht wahr?«, sagte Frau Welter zu Maja. »Dürfte ich trotzdem Ihre Dienstausweise sehen?«

Beide Polizistinnen hielten Frau Welter simultan ihre Legitimationen vor die Nase.

»Danke. Wir kriegen täglich Besuch von allerlei Leuten und sind vorsichtig geworden.«

Frau Welter komplimentierte die Besucherinnen in eine Küche, wo sie sich um einen Tisch setzten, auf dem ein Teller mit Fasnachtsgebäck stand. Frau Welter bediente die Kaffeemaschine.

»Was sind die Aufgaben Ihrer Stiftung?«, fragte Karin. Sie hatte nie direkt mit »Courtisana« zu tun gehabt. Das gehörte normalerweise in den Bereich der Sitte.

»Wir sind in erster Linie Anlaufstelle für Frauen und Männer, die als Dienstleister im Sexgewerbe tätig sind. Wir veranstalten Informationssitzungen und bieten Beratungen zu rechtlichen Fragen, Gesundheit und Hygiene an. Wir geben gratis Kondome ab und vermitteln Ärzte. Ferner unterstützen wir unsere Klientinnen und Klienten, wenn es darum geht, gewerbliche Bewilligungen einzuholen, und helfen ihnen bei Finanz- und Steuerfragen.«

»Das ist eine breite Palette.«

»Sexarbeiterinnen und -arbeiter sollen sich in einem legalen Umfeld bewegen können. Bei Weitem nicht alle Personen werden zu sexuellen Dienstleistungen genötigt oder gezwungen. Eine große Zahl verdient sich damit freiwillig ihren Lebensunterhalt. Indem sie ihr Gewerbe behördlich anmelden, Steuern und Sozialabgaben bezahlen, sind sie abgesichert.«

»Traumberuf Hure also«, sagte Maja.

Frau Welter lächelte verständnisvoll. »Die wenigsten der Frauen und Männer würden Prostitution als erste Berufswahl ankreuzen, ebenso wenig wie Reinigungsdienste, Fabrikarbeit oder Service in der Fast-Food-Gastronomie. Trotzdem gibt es mehr Menschen, die freiwillig und eigenständig diese Arbeit machen, als man denkt. Sie verdienen den Schutz des Gesetzes und die Anerkennung durch die Gesellschaft wie jeder andere Beruf. Umso mehr, da es sich in der Mehrzahl um Frauen handelt.«

»Und wir hätten weniger zu tun, meinen Sie?«

»Ungleichgewichte lassen sich in einer offenen Gesellschaft nicht vermeiden. Das hängt mit gesellschaftlichen und politischen Machtstrukturen zusammen. Staatliche Regulierung, politisch, religiös oder moralisch motivierte Repression schaffen solche Diskrepanzen und sind die Hauptursachen für die sexuelle Ausbeutung von Frauen und Kindern.«

»In der Regel durch organisierte Kriminalität«, ergänzte Karin.

»So ist es. Ein Markt, also die Nachfrage nach sexuellen Dienstleistungen, existiert. Diese Bedürfnisse werden von Prostituierten befriedigt. Wenn die Gesellschaft ehrlich mit sich selbst wäre und das anerkennen könnte, würde sich die Situation vermutlich verbessern. Von religiösen und moralischen Zeloten geforderte Verdammung und Verbote sind Rohrkrepierer. Damit verschwindet ja nicht einfach die Nachfrage. Gesetzliche Repression drängt das Angebot in den Untergrund, wo es richtig hässlich zu- und hergeht. Das muss ich Ihnen nicht erklären. Das beste schlechte Beispiel ist Skandinavien. In Schweden ist das Angebot, sprich die Prostitution, zwar legal. Die Nachfrageseite, das heißt die Freier, dagegen wird kriminalisiert. Es ist, als würden Sie einem Hersteller erlauben, Zigaretten zu produzieren und zu verkaufen, und dafür die Raucher bestrafen.«

»Die Straßenprostitution ist in Schweden zurückgegangen«, wandte Maja ein.

»Das ist sie auch in Ländern, in denen sie nicht gesetzlich verboten ist. Sie hat sich einfach in Bordelle oder ins Internet verlagert. In Dänemark werden Webseiten betrieben, die ausschließlich auf den schwedischen Markt abzielen. Die Situation der Prostituierten hat sich dagegen verschlechtert. In Norwegen, wo Prostitution ebenfalls verboten ist, macht Amnesty International die Anti-Prostitutionsgesetze für Menschenrechtsverletzungen gegenüber Sexarbeiterinnen verantwortlich und fordert eine Entkriminalisierung. ›Courtisana‹ setzt sich dafür ein, Prostitution als Gewerbezweig anzuerkennen. Die Akteure sollen die gleichen Rechte und den gleichen Schutz genießen wie Angestellte oder Selbstständige in anderen Wirtschaftszweigen.«

»Entschuldigen Sie, aber das ist Unsinn«, warf Maja ein.

»Damit legitimieren Sie die Ausbeutung von Frauen durch Männer.«

»Ich verstehe Ihren Einwand, und natürlich werden Zwänge nicht vollständig eliminiert. Ausbeutung von Schwächeren ist jedoch kein exklusives Phänomen der Prostitution. Sie existiert überall dort, wo Menschen in einem wenig oder überhaupt nicht regulierten Markt- und Arbeitsumfeld interagieren. Aber nicht nur dort, ich kann Ihnen Fälle von Ausbeutung und Mobbing in Spitälern und Sozialeinrichtungen schildern, die Sie nicht für möglich halten würden, ganz zu schweigen von religiösen Institutionen. Letzthin war eine Angehörige eines katholischen Schwesternordens bei uns. Sie sollten ihre Schilderung hören, wie sie von mehreren Priestern missbraucht wurde. Ihnen würden die Haare zu Berge stehen. In einem Punkt haben Sie recht, Frau Hartmann: Das größte Elend in unserer Gesellschaft wird durch Abhängigkeiten verursacht, die durch patriarchalische, das heißt männliche Machtstrukturen mit einer verklemmten moralischen Bigotterie begünstigt werden.«

Maja setzte zu einer weiteren Entgegnung an, die Karin stoppte, indem sie das Wort ergriff. »Widmen wir uns dem eigentlichen Thema unseres Besuches.« Sie schob den »Courtisana«-Prospekt aus Nadines Wohnung über die Tischplatte.

»Das ist unser Flyer«, sagte Frau Welter. »Was möchten Sie dazu wissen?«

Maja legte das Porträtbild von Ilona Horvath neben den Prospekt. Es war ein vergrößerter Ausschnitt des Gruppenfotos, das ihnen Bea Frey überlassen hatte. »Sie kennen die Frau?«

»Das ist Margrit Krähenbühl, ich meine, Ilona Horvath. Wegen ihr habe ich Sie zurückgerufen.« Frau Welter stand auf. »Warten Sie einen Moment, ich bin gleich zurück.«

Karin konnte ihren Hunger nicht mehr zurückhalten. Sie nahm sich ein Schenkeli und biss genüsslich hinein.

»Reines Hüftgold, pass bloß auf«, sagte Maja.

»Wenn schon, ist im Nu wieder weg.« Ein Abend mit Andi stand Karin bevor.

Frau Welter kam mit einem dünnen Hefter zurück. Karin wischte sich Mund und Hände mit einer Papierserviette ab.

Maja las das Stammblatt. »Horvath, Ilona, geborene Ravic. Seit wann ist die Frau bei Ihnen registriert?«

»Steht drauf. Darf ich?« Frau Welter ließ sich von Maja den Hefter zurückgeben. »Hier. Sie kam vor zwei Wochen zu uns. Besser gesagt, die Berner Kantonspolizei in Biel bat uns, sie sicher unterzubringen.«

»In der Wohnung in Kiesen?«, fragte Maja.

»Ja, die Stiftung verfügt über eigene Wohnungen und Häuser, wenn Frauen für eine gewisse Zeit untertauchen müssen.«

»Das ist gehobene Preisklasse, eher ungewöhnlich, oder nicht?«

»Unsere Stiftungsgelder sind gut angelegt und erfüllen damit ihren Zweck.«

»Weshalb wurden Sie von der Berner Polizei in diesem Fall kontaktiert?«

Frau Welter blätterte im Hefter. »Weil wir zügig helfen konnten. Frau Horvath wurde angegriffen und sollte gegen führende Zuhälter in Biel aussagen. Man bat uns, sie rasch an einem sicheren Ort unterzubringen, bis der Prozess vorbei ist. Warum wollen Sie das wissen?«

»Ilona Horvath wurde heute Morgen tot aufgefunden, es tut uns leid«, sagte Karin.

Fassungslosigkeit stand Frau Welter ins Gesicht geschrieben. »Furchtbar. Das ist nicht … Ich meine, wie ist das passiert?«

»Wir stehen mit den Ermittlungen erst am Anfang, gehen jedoch von einem Tötungsdelikt aus. Mehr können wir im Moment nicht sagen.«

»Waren es die Leute, vor denen sie geschützt werden sollte? Wenn sie herausgefunden hatten, wo sie wohnte … Wie kamen sie an die Adresse?«

»Das fragen wir Sie. Sind die Adressen Ihrer sicheren Häuser und Wohnungen nicht streng geheim?«

»Natürlich. Frau Horvath wollte entgegen unserem eindringlichen Rat weiterhin ihrer Tätigkeit als Escort nachgehen. Aus diesem Grund wollte ich sie nicht in einem Frauenhaus unterbringen. Im Nachhinein bin ich froh darüber. Entschuldigen Sie, wenn das etwas plump daherkommt.«

Majas Handy vibrierte. Sie verließ den Raum.

Karin legte die ausgedruckten Bilder von Nadine Känzig und Annina Burckhard auf den Tisch. »Sind Ihnen diese Frauen bekannt?«

Frau Welter beugte sich vor. Schließlich hob sie den Kopf. »Sind mir nicht bekannt, sorry.«

Maja steckte den Kopf durch die Tür. »Karin, wir müssen.« Sie entschuldigte sich bei Frau Welter für den abrupten Abbruch des Gesprächs.

»Was ist los?«, fragte Karin im Treppenhaus.

»Mirko Hafner wurde gesichtet.«

***

Flankiert vom Bundespräsidenten und seiner Gattin saß Jana in der Mitte der ersten Bankreihe. An jedem Ende stand ein Personenschützer. Dornach und Horacek hatten in der dritten Reihe Platz genommen.

Jana hatte ihre Sonnenbrille abgenommen. Dornach hätte ihr gerne in die Augen geschaut und ihre echten Gefühle gelesen. Er wusste nicht, ob sie seine Gegenwart in der Kirche wahrnahm. Seitlich von hinten hatte er nur ihre rechte Gesichtshälfte im Blick. Ein gelegentliches Beben der Schultern ließ ihren Schmerz um den erlittenen Verlust erahnen. Jana hatte selten über ihren Adoptivvater gesprochen, eher über die Adoptivmutter. Für das heranwachsende, von dem abscheulichen Krieg traumatisierte Mädchen war Johanna Cranach, Freifrau von Ortenberg eine wichtige Bezugsperson gewesen. Dornach hatte das vulnerable Kind mit der schwärenden seelischen Wunde vor Augen, das Jana ihm in ihren gemeinsamen intimen Momenten offenbart hatte. Er hätte sich jetzt am liebsten neben sie gesetzt und sie in den Arm genommen.

Nach dem Schlusssegen begab sich die Trauergemeinde auf den Weg zum Familiengrab der Cranachs. Bevor sie die Bankreihe verließ, drehte sich Jana zu Dornach um und sah ihn durchdringend an. In ihrem Blick lag eine Warnung.

Die Bestattungszeremonie fand in kleinem Kreis statt. Dor-

127

nach hielt sich im Hintergrund, während Jana, gefolgt von den Ortenbergs, nahen Verwandten und Freunden der Familie, den Verstorbenen die letzte Ehre erwies. Horacek stand bei den Personenschützern, die sich taktisch um die Gruppe herum aufgestellt hatten. Dornach nahm sich vor zu warten, bis alle gegangen waren. Dann wollte er sich selbst von den Cranachs verabschieden. Sein Flug nach Zürich ging in fünf Stunden. Er würde wiederkommen, er konnte Jana nicht loslassen. Das Präsidentenpaar verließ die Gesellschaft als Erste. Es stieg in die wartende Staatslimousine, die möglichst nahe an der Grabstätte geparkt war. Nach und nach machten sich die übrigen Trauergäste zu Fuß auf den Weg aus der Kälte ins gediegene Kaffeehaus beim Haupttor, wo ein Imbiss für die Trauergesellschaft vorbereitet worden war, dem Dornach fernbleiben würde.

Jana ging als Letzte. Vera winkte ihre Limousine heran. In einiger Distanz warteten zwei Friedhofsangestellte neben ihrem Elektrokarren darauf, das Grab zu schließen, vor dem jetzt Dornach stand. Auf einem schlichten Grabstein standen die Namen, Geburts- und Todesdaten der Verstorbenen untereinander. Es blieb Platz für einen weiteren Namen. Hatte sich Jana Gedanken gemacht, wo sie einst begraben sein wollte? In diesem Park, dessen hohe Bäume wie ewige Wächter über Ruhe und Frieden der Toten standen, oder neben der leiblichen Mutter in ihrer bosnischen Heimat?

Dornachs Blick glitt hinüber zu Jana, die auf die Limousine zuging. Eine Bewegung hinter ihm ließ ihn sich umdrehen. Zwischen winterlich kahlen Ästen und Buschwerk hindurch hatte er freien Blick auf die breite Zufahrtsstraße zum Haupttor. Ein Elektrofahrzeug fuhr auf die wartende Limousine zu. Auf der Ladefläche war ein Wassertank, der in warmen Jahreszeiten der Bewässerung der Gräber diente. Dornach stutzte. Er hatte schon mehrere solcher Gefährte auf den schmalen Wegen zwischen den Grababschnitten gesehen. Zuvor war ihm ein Hinweisschild zur Friedhofsgärtnerei aufgefallen, die ganz in der Nähe lag. Das Gefährt hatte auf der breiten Allee eigentlich nichts verloren.

Vera öffnete die Fondtüre. Ihr Kollege stand auf der anderen

Seite des Wagens. Horacek stand hinter Jana. Keiner von ihnen beachtete das Fahrzeug. Es hatte sich der Limousine bis auf wenige Meter genähert, als es beschleunigte und auf Kollisionskurs mit dem Mercedes ging.

Dornach rannte auf die Limousine zu. »Jana, Stephan, Vorsicht, rechts von euch!« Jana, die gerade einsteigen wollte, drehte sich nach Dornach um, der in Richtung des näher kommenden Gefährts gestikulierte. Sie wandte ihre Aufmerksamkeit der mutmaßlichen Gefahr zu. Der Beifahrer des Elektrokarrens hatte eine Pistole mit Schalldämpfer in der Hand. Dornach sah das Mündungsfeuer zweimal aufblitzen. Vera, die vor Jana in der Schusslinie stand, wurde von zwei Projektilen in die Brust getroffen und nach hinten geschleudert. Im Fallen riss sie Jana mit sich zu Boden und begrub sie halb unter sich. Veras Kollege hatte Zeit, seine Dienstwaffe zu ziehen, bevor ihn das Schicksal seiner Kollegin ereilte. Horacek hatte den Schützen niedergestreckt, als eine Kugel des Fahrers ihn an der Schulter traf. Der Fahrer legte auf Jana an, die sich von der Last der leblosen Vera zu befreien versuchte.

Blitzschnell überdachte Dornach seine Möglichkeiten. Er war nicht bewaffnet. Der Fahrer war ausgestiegen. Er hatte Dornach bisher nicht wahrgenommen. Das war seine Chance. Mit einem langen Hechtsprung rannte er auf den Fahrer zu und stürzte sich auf ihn. Beide prallten gegen das Fahrzeug. Der Fahrer verlor seine Waffe. Dornach presste ihn mit seiner ganzen Kraft zu Boden, er hatte die Überraschung auf seiner Seite. Er sah die Pistole in Griffweite, was ihn kurz ablenkte. Der Angreifer war ein Profi und besser trainiert. Er quittierte Dornachs Unaufmerksamkeit mit einem heftigen Fausthieb in die Seite. Ein heftiger Schmerz durchfuhr Dornach. Dem Fahrer gelang es, ihn abzuschütteln und auf die Füße zu kommen. Er bekam seine Pistole zu fassen und richtete sie auf Dornach. Es war vorbei. Dornach schloss die Augen und wartete.

Sein Gedächtnis holte das Bild hervor, das eingerahmt auf seinem Arbeitstisch in der Villa Dornach stand. Es war ein Selfie von Jana und Pia, das die beiden während eines Motorradausflugs gemacht hatten. Eine glückliche Erinnerung in der eiskalten Todesstille, die von zwei Schüssen zerrissen wurde.

***

Das Gedränge in der Gurzeln- und Hauptgasse verunmöglichte es Maja und Karin, auf direktem Weg zur Kathedrale zu gelangen. Sie mussten einen Umweg über die hinteren Gassen machen, um sich der Kathedrale von der Ostseite her zu nähern. An der südwestlichen Ecke der Frontseite beobachteten zwei Sicherheitspolizisten die Menschenmenge auf dem Platz. Die bunte Schar der kostümierten und demaskierten Guggenmusiker, die sich auf der St.-Ursen-Treppe versammelt hatte, stimmte ein Stück an, zu dem die johlende Menge unter ihnen im Takt hüpfte.

»Danke für den Anruf, Kollegen«, begrüßte sie Maja. »Wo ist er?«

Der ältere Polizist zeigte nach Nordwesten und reichte ihr ein kleines Fernglas. »Vor der Raiffeisenbank, er steht neben den Bancomaten.«

»Unsere Kollegen?«

»Gut versteckt, damit er keinen Verdacht schöpft. Zwei Stadtpolizisten stehen links unten neben der Treppe an der Ecke Kronenstutz und Seilergasse, falls es Hafner gelingen sollte, in diese Richtung zu entwischen. Zwei weitere sind auf der anderen Seite beim Gartenportal des Von-Roll-Hauses, damit er nicht über den Zeughausplatz oder durch das Baseltor entwischen kann.« Er deutete auf die Menschenmasse, die sich vom Platz aus bis weit in die Hauptgasse hinein ausdehnte. »Beidseitig stehen Zivilfahnder und uniformierte Kollegen. Näher kommen wir nicht an ihn ran. Wir wissen nicht, ob er bewaffnet ist und wie er reagiert, wenn er Uniformen sieht.«

»Karin und ich schnappen ihn uns«, sagte Maja. »Frauen in Zivil dürfte er nicht sofort als Bedrohung ansehen.« Sie gab dem Polizisten den Feldstecher zurück. »Könnt ihr bitte mehr Kollegen anfordern, falls er uns durch die Lappen geht?«

»Sollten wir nicht warten und ihn beobachten? Wir könnten zugreifen, wenn er weggeht«, fragte der ältere Polizist.

»Ist mir zu riskant. Wenn es ihm einfällt, in der Menge durch die Stadt zu tanzen, verlieren wir ihn im Getümmel aus den Augen. Wir brauchen den Mann dringend als Zeugen in zwei Tötungsdelikten.«

Vor ihnen fing die Stimmung an zu brodeln. Karin hatte beim Zapfenstreich oft in der Menge gestanden und mitgetanzt. Von dieser Warte aus bot sich ihr ein gewaltiges Bild der bunten Menschenmasse, die wie ein Leib im Takt der Musik wippte und hüpfte. Maja zog an ihrer Jacke. »Reiß dich los, du kannst nächstes Jahr wieder mitmachen.«

Sie gingen den Weg zurück, den sie gekommen waren, und näherten sich dem Gebäude der Raiffeisenbank vom Baseltor her. Bei der Einmündung zum Zeughausplatz standen zwei Stadtpolizisten neben einem barocken Portal in einer hohen Mauer, dem Zugang zum Garten des Von-Roll-Hauses. Maja und Karin gaben sich diskret zu erkennen und gingen weiter. Auf Höhe des Blumenladens »Flores« wurde Maja von einer Gruppe Männer gebremst, die sie umgehen musste. Karin war ungehindert weitergegangen, bis sie sich plötzlich Hafner gegenübersah, der geradewegs auf sie zukam. Entgegen Majas Vermutung schien er einen Instinkt für Polizisten in Zivil zu haben. Bei Karins Anblick trat er sofort den Rückzug an. Die vereinigten Guggen auf der St.-Ursen-Treppe stimmten »I ma nümm« an – ich kann nicht mehr –, den Takt des Zapfenstreichs, zu dem in Kürze alle in Menschenketten durch die Stadt hüpfen und tanzen würden.

»Polizei! Stehen bleiben, Hafner!«, rief Karin so laut sie konnte. Eine Gruppe kreischender Teenager drängte sie in diesem Moment zur Seite. Ein Mädchen lief Hafner direkt in die Arme. Er packte es an den Hüften und riss es an sich. Die junge Frau realisierte zuerst nicht, was mit ihr geschah. Kichernd wehrte sie sich gegen die Umklammerung. Mit einem Mal hatte Hafner ein Klappmesser in der Hand. Er ließ die Klinge aufschnappen und drückte sie an ihren Hals. Sobald die Messerspitze ihre Haut ritzte, begriff sie den Ernst der Lage und verharrte wie gelähmt, die Augen vor Schreck und Todesangst geweitet.

Karin sah aus den Augenwinkeln Maja, die sich neben sie stellte. Ihre Waffen ließen sie stecken. Sie konnten sie nicht einsetzen, ohne umstehende Passanten zu gefährden.

»Herr Hafner«, sagte Maja ruhig mit erhobenen Händen. »Maja Hartmann, Kantonspolizei. Lassen Sie das Mädchen gehen und legen Sie das Messer ab. Wir wollen nur mit Ihnen reden.«

»Bullshit, ich kenne eure Methoden. Ihr hängt mir Nadines Tod an. Ich habe damit nichts zu tun.«

»Wenn das so ist, begleiten Sie uns auf den Posten und sagen aus, was Sie wissen.«

Karin wurde zusehends mulmiger zumute. Immer mehr Passanten nahmen Notiz von ihnen und scharten sich um sie. Nicht alle Kommentare, die sie aufschnappte, waren der Polizei wohlgesinnt. Ein paar Hitzköpfe fingen an, Hafner anzuheizen. Uniformierte Kollegen kamen heran, um die Leute wegzuweisen. Ein sich besonders mutig wähnender Idiot näherte sich Hafner von hinten. Sein schwankender Gang ließ erahnen, dass er nicht mehr nüchtern war. Wollte der Schwachkopf etwa Retter in der Not spielen? Hafner bemerkte ihn und drehte sich mit dem Rücken zur Wand. »Bleibt zurück, verdammt, oder ich steche die Kleine ab.«

Die Messerspitze bohrte sich tiefer in den Hals des wimmernden Mädchens. Ein dünnes blutiges Rinnsal wurde von seinem bunten Schal aufgesaugt.

»Treten Sie zurück«, brüllte Karin den Betrunkenen an. »Alle zurück, das ist ein Polizeieinsatz!« Sie hielt ihren Dienstausweis in die Höhe.

Maja hielt Hafner in Schach, dessen Panik sich steigerte. Karin war sicher, er würde der Geisel etwas antun, wenn man ihm zu nahe kam.

Mit einem Mal begann das Mädchen zu schreien und um sich zu treten. Wohl mit mehr Glück als Verstand gelang ihm ein schmerzhafter Treffer an Hafners Schienbein. Er schrie auf und lockerte die Umklammerung. Das Mädchen riss sich los und rannte direkt in Majas Arme, wo es zusammenbrach.

Trotz der Überrumpelung raffte Hafner sich blitzschnell auf. Mit vorgehaltenem Messer zog er sich von Karin zurück und ging auf die umstehenden Passanten zu, die ihm mit einem kollektiven Aufschrei auswichen. Ein paar Unentwegte wollten ihn konfrontieren.

»Bleiben Sie zurück, der Mann ist gefährlich!«, schrie Karin. Sie blickte zu Maja, die das schluchzende Mädchen beruhigte.

»Kümmere dich um sie. Ich schnappe mir Hafner.«

Maja rief etwas, Karin konnte es nicht verstehen. Sie durfte Hafner nicht aus den Augen verlieren. Der Verfolgte bahnte sich einen Weg auf die andere Seite des Kronenplatzes. Die Menschenketten formierten sich, um im Takt durch die Hauptgasse zu ziehen. Alle sangen und grölten aus voller Kehle »I ma nümm«. So würden sie die gesamte Umzugsroute abtanzen. Karin hielt Abstand. Sie war erleichtert, dass Hafner nicht der Menge folgte, sondern sich von ihr wegbewegte. Sie wollte ihn festsetzen, ohne weitere Personen zu gefährden.

Irgendwie schaffte Hafner es, die gegenüberliegende Seite des Platzes zu erreichen. Karin wurde beim Versuch hinüberzukommen beinahe umgerannt. Sie konnte sich knapp auf den Füßen halten und rettete sich auf die andere Seite.

Hafner rannte im Slalom zwischen Passanten hindurch die Kronengasse hinunter. Die dort postierten Stadtpolizisten waren weg. Vermutlich hatte man sie zuvor wegen der Geiselnahme abgezogen, um Hafner von den Passanten abzuschirmen. Karin überlegte nicht lange und nahm die Verfolgung auf. Hafner war fast beim Klosterplatz und rannte nach Süden zur Kreuzackerbrücke. Karin blickte zurück. Maja befand sich zwanzig Meter hinter ihr. Karin hatte die Brücke erreicht und holte zu Hafner auf. Auf der anderen Seite der Brücke schlug er einen Haken nach links und lief der Quaimauer entlang auf den Stahl- und Glaskubus des »H4 Hotels« zu. Karin ignorierte die Bise, die sie mit offenem Mund einatmete. Sie machte weiter Distanz wett. Hafner bog scharf rechts in den Durchgang zwischen dem Hotel und dem Pavillon der Gewerblich-Industriellen Berufsschule ab. Danach wandte er sich erneut nach links und dann gleich wieder nach rechts. Er rannte jetzt direkt auf den Hauptbahnhofplatz zu. Der Abstand zu Karin betrug weniger als zehn Meter. Die eisige Luft brannte in ihrem Hals und ihren Lungen.

Auf dem Hauptbahnhofplatz herrschte, unberührt vom Fasnachtstreiben der Altstadt, der übliche Feierabendverkehr. Karin hatte Hafner beinahe eingeholt, was ihm offenbar in diesem Moment nach einem gehetzten Blick über die Schulter klar wurde. Mit einem verzweifelten Schrei und ohne zu verlangsamen, sprintete er mitten auf den stark befahrenen Platz. Bremsen quietschten, wütendes Hupen ertönte. Karin blieb wie angewurzelt am Straßenrand stehen. »Hafner!«, brüllte sie außer Atem und so laut es ihre Kehle in Flammen erlaubte. »Karin!«, rief Maja hinter ihr. »Warte!« Sie war fast bei ihr und verlangsamte ihre Schritte. Karin wandte sich wieder Hafner zu. Er hatte sich zu ihr umgedreht und blieb grinsend auf den Geleisen der »Aare Seeland mobil« stehen, die im Stadtgebiet als Straßenbahn geführt wurde. »Pass auf!«, schrie Karin. Es war zu spät, sie musste mitansehen, wie der Triebwagen eines vom Bahnhof kommenden Zuges Hafner frontal erfasste und mehrere Meter wegschleuderte. Er blieb mitten auf den Schienen liegen. Der gesamte Verkehr kam zum Stehen.

***

Zweimal in den Kopf getroffen, brach der Angreifer zusammen. Jana stand mit Veras Glock im Anschlag hinter ihm. »Dominik, bist du in Ordnung?«

»Danke. Ohne dich hätte ich zwei Löcher Größe neun im Kopf.« Er ergriff ihre helfende Hand, um aufzustehen.

»Den Dank gebe ich zurück«, sagte sie kühl und steckte die Glock in ihre Manteltasche. Sie kniete neben Vera nieder, die sich zu Dornachs Verblüffung regte und stöhnte.

»Tut's sehr weh?«, fragte Jana.

»Als hätte mich ein Rindvieh getreten«, antwortete Vera ächzend. »Lieber das, als nie mehr was zu spüren.«

Jana knöpfte Veras Bluse auf und prüfte die darunterliegende

Weste. »Die ist hin. Zum Glück haben die Kerle kein stärkeres Kaliber verwendet.«

»Eh wahr, sonst müsste mein Verlobter sich nächste Woche eine neue Braut für den Traualtar suchen. Danke, dass Sie darauf bestanden haben, dass wir ständig Westen tragen, Frau Oberstleutnant.«

Jana klopfte ihr auf die Schulter und gab ihr die Waffe zurück. Sie wandte sich ihrem Kollegen zu, der sich ebenfalls rührte.

Dornach kniete neben Horacek nieder. Die Kugel war nicht, wie zunächst geglaubt, in dessen Schulter gedrungen, wo sie die Weste abgefangen hätte. Stattdessen hatte sie den Oberarm durchschlagen.

»Nun ist's so weit, Stephan«, sagte Jana. »Sie sind für ein paar Wochen außer Gefecht und können endlich ihren wohlverdienten Urlaub antreten.«

»Jana, ich –«

»Ich will nichts hören, sehen Sie es als Strafe dafür, unseren Freund angeschleppt zu haben, mitten in den Hexenkessel. Die Ambulanz kümmert sich gleich um Sie.«

Jana ging zur Limousine. Dornach hielt sie zurück. »Jana, wer waren die Angreifer, und warum sind sie hinter dir her?«

»Es ist besser, wenn du das nicht weißt.«

Horacek versuchte, sich aufzurichten.

»Liegen bleiben, Stephan. Bleibst du bei ihm, Dominik?« Jana öffnete das Handschuhfach des Mercedes und nahm eine Glock mit zwei Reservemagazinen heraus. Sie prüfte Waffe und Munition und steckte beides in die Tasche ihres Mantels.

»Was hast du vor?«, fragte Dornach.

»Zu viele Unschuldige sterben oder bringen sich in Gefahr wegen mir. Ich muss es beenden – allein.«

»Das geht nicht, Jana«, sagte Horacek. »Man wird das als Flucht ansehen und nach Ihnen fahnden. Noch stehen Sie unter Mordverdacht.«

Dornach stellte sich ihr in den Weg. »Wenn du fliehst, jagen dich zwei Seiten, die Polizei und diejenigen, die dir diese Killer auf den Hals gehetzt haben.«

»Tut mir leid, Dominik. Das Wiedersehen mit dir war schön und unnötig. Halt dich ab sofort von mir fern. Es ist besser für dich und für … Grüß mir Pia.« Sie ging an ihm vorbei. Er holte sie mit zwei Schritten ein und packte sie an den Schultern. Anstelle der erwarteten Gegenwehr presste sie sich an ihn. Gleichzeitig spürte er den Druck eines Pistolenlaufes in seiner Seite. »Zwing mich nicht, dir wehzutun, Dominik.«

»Würdest du mich erschießen?«

Zum ersten Mal an diesem Tag lächelte sie. »So weit waren wir schon mal, erinnerst du dich?« Mit der freien Hand strich sie über seine Wangen. »Eine schöne Erinnerung.« Ihr Mund berührte seine Lippen. Er spürte ihre tastenden Finger an seinem Hals.

***

Karin fröstelte, obwohl der Korridor überheizt war. Sie hatte noch die Wolldecke über den Schultern, die ihr die Rettungssanitäterin an der Unfallstelle umgelegt hatte. Seit über einer halben Stunde wartete sie vor der Intensivstation auf jemanden, der ihr sagen konnte, wie es um Mirko Hafner stand. Sie brachte das Bild nicht aus dem Kopf, wie die Bahn ihn frontal erfasst hatte. Obwohl die Züge den Bahnhofplatz an dieser Stelle mit stark verminderter Geschwindigkeit in einer Neunzig-Grad-Kurve überquerten, war die Wucht des Aufpralls beträchtlich gewesen.

Wenn sie schneller gewesen wäre, hätte sie ihn stoppen können, bevor er auf die Straße rannte. Sie würde seinen Gesichtsausdruck lange nicht vergessen können, eine Mischung aus Triumph und Schadenfreude, bevor der rote Triebwagen ihn erfasste.

Lüthis trockener Humor war ein schwacher Trost. Hafner habe einfach Pech gehabt, meinte er. Früher sei die Langsamkeit der ehemaligen Solothurn-Niederbipp-Bahn, von den Einheimischen immer noch liebevoll »Bipperlisi« genannt, sprichwörtlich gewesen. Noch heute erzähle man sich die Anekdote vom Passagier, der einmal während voller Fahrt ausgestiegen sein soll, weil er glaubte, der Zug habe an seinem Bestimmungsort angehalten.

Die gut gemeinte Aufmunterung vermochte Karin nicht zu erheitern. Sollte Hafner nicht überleben, würde man ihr dann vorwerfen, ihn in den Tod gehetzt zu haben? Sie hatte Lüthi das Geschehen ausführlich geschildert. Er hatte ihr versichert, dass sie nichts befürchten musste. Sie hatte sich als Polizistin zu erkennen gegeben und Hafner mehrmals aufgefordert, stehen zu bleiben. In diesem Moment besprach er sich mit Casagrande. Würde sie es ebenso sehen?

Mit zwei dampfenden Bechern in den Händen setzte sich Maja zu ihr. Einen davon gab sie Karin. »Heiße Gemüsebouillon vom Automaten, besser als nichts.« Sie hielt ihr einen Blister mit Neo-Angin-Pastillen hin. »Gegen Halsschmerzen.«

»Danke, ich habe gerade eine gelutscht.«

»Viel hilft viel. Du hast lange eiskalte Luft eingeatmet.«

»Ich habe meine Echinacea-Tropfen und Schüßlersalze zu Hause. Die helfen immer bei Erkältung im Anzug.«

Mit einem Seufzer steckte Maja den Blister in Karins Jackentasche. »Vergiss nicht, bei Vollmond einen Hühnerfuß und drei zerstoßene Kröteneier zu verbrennen.« Sie hielt nichts von Alternativmedizin und Hausmittelchen. Für sie war nur Chemie das einzig Wahre.

Lüthi und Casagrande kamen aus dem Lift. Auf halbem Weg zu ihnen blieb Casagrande stehen und nahm ihr vibrierendes Handy aus der Manteltasche. Sie entfernte sich mit einer entschuldigenden Geste.

»Alles gut, Karin«, sagte Lüthi und deutete mit dem Kopf zur telefonierenden Staatsanwältin. »Sie meint auch, du hast dir nichts vorzuwerfen.«

»Wäre ja noch schöner«, sagte Maja. »Der Idiot ist selber schuld. Wenn wir diese geistigen Amöben schriftlich auf die Gefahren des Straßenverkehrs hinweisen müssen, bevor wir ihnen nachrennen können, hört irgendwann mal alles auf.«

»Wie geht es dem Mädchen?« Karin hatte im Moment nichts für Majas Tiraden übrig.

»Wurde mit einem Pflaster am Hals entlassen und von einer

Patrouille nach Hause gefahren. Ich habe das Care Team angewiesen, sich um sie zu kümmern«, sagte Lüthi. »Die Medien bereiten uns ein wenig Sorgen, vor allem die Freizeit- und Pseudoreporter, die ihren Schund für ein paar Franken an die Gratisblätter und den Boulevard verkaufen. Wenn jemand Karin mit dem Handy gefilmt hat, wie Hafner vor ihr auf den Platz vor den Zug gerannt ist …« Er winkte ab. »Manche warten nur auf solche Schlagzeilen, von wegen exzessive Polizeiaktionen und so ein Scheiß.«

»Wozu haben wir unsere Medienabteilung? Sollen die sich was einfallen lassen«, ereiferte sich Maja.

»Sind dran«, beschwichtigte Lüthi. »Ich habe mit Yvonne telefoniert. Sie will ein gemeinsames Communiqué mit der Staatsanwaltschaft herausgeben.«

Karin zerknüllte ihren Becher. Sie lehnte den Kopf an die Wand und schloss die Augen. Ihr wurde endlich warm. »Ich bin hundemüde.«

»Ich sage dir schon die ganze Zeit, du sollst nach Hause gehen«, drängte Maja. »Ich fahre dich.«

»Nicht bevor mich hier einer über Hafners Zustand informiert hat.«

»Wir werden es gleich wissen«, sagte Lüthi.

Karin öffnete die Augen. Ein Arzt kam auf sie zu.

Hafner hatte einen effizienten Schutzengel. Der Aufprall hatte lediglich ein mittelschweres Schädel-Hirn-Trauma verursacht. »Um das Risiko einer Anschwellung des Gehirns zu vermeiden, bleibt er bis morgen früh in einem künstlichen Tiefschlaf. Dann behalten wir ihn für einen weiteren Tag zur Beobachtung«, erläuterte der Arzt.

»Herr Hafner ist ein wichtiger Zeuge«, sagte Maja. »Wir müssen ihn dringend einvernehmen.«

»Sie werden sich bis dahin gedulden müssen, der Patient braucht strikte Ruhe.« Der Arzt verhehlte schlecht den Vorwurf an die seiner Ansicht nach übereifrigen Polizisten. Er reagierte konsterniert auf Lüthis Ansage, er werde Hafner in Handschellen legen und Beamte zur Bewachung organisieren. Der Haftbefehl war in Vorbereitung.

»Arroganter Schnösel«, sagte Lüthi, nachdem der Arzt sich entfernt hatte. »Einer, der lernen muss, dass Menschen nicht automatisch gut sind, nur weil sie im Spital liegen.«

Karin fühlte sich besser. »Wann kommt Dominik zurück?«

Lüthi sah auf die Uhr. »Sollte bald in Zürich landen.«

»Wird er nicht.« Casagrande setzte sich neben Karin auf einen Stuhl. »Ich habe soeben mit ihm gesprochen. Es gab Schwierigkeiten in Wien. Er fliegt erst morgen.«

Apocalypsis

*Ich schaute hin, da kam ein leichenfarbenes Pferd. Sein Reiter
hieß Tod, und die Totenwelt folgte ihm auf den Fersen. Ein
Viertel der Erde wurde in ihre Macht gegeben. Durch das
Schwert, durch Hunger, Seuchen und wilde Tiere sollten sie
die Menschen töten.*

Offenbarung des Johannes, Kapitel 6, Vers 8

Abschied

Lili rennt ihr nach. »Minka, warte auf mich.«
Minka beschleunigt ihre Schritte. Sie darf nicht schwach werden.
»Minka!«
Der Schrei zerreißt ihr das Herz. Ihre Füße werden schwer. Tränen des Schmerzes rinnen über ihr Gesicht. Sie dreht sich um. »Lili!« Mit ausgebreiteten Armen geht sie in die Hocke und fängt die schluchzende Lili auf.
»Lass mich nicht allein, Minka!«
»Ich muss fort, Lili.«
»Wenn du musst, gehe ich mit dir.«
»Du musst bei Tante Vlada bleiben, sonst ist sie sehr, sehr traurig.«
Lili schüttelt heftig den Kopf. Die Tränen spritzen zu allen Seiten. »Wenn du fortgehst, bin ich auch sehr traurig.«
»Ich kann nicht bleiben.«
»Warum?«
»Ich kann es dir nicht erklären, du bist zu klein.«
»Das ist nicht wahr. Ich habe fast nicht geweint, als der Blitz des Wolfes Djulas Mutter getroffen hat. Und als der Teufel meinen Mikica getötet hat, hast du gesagt, ich sei ein großes Mädchen.«
»Das stimmt. Dein Herz ist größer als meins und das von Tante Vlada.«
»Das ist gut. Du hast einen großen Körper, und ich habe ein großes Herz.«
»Ach, Lili.« Minka streichelt ihr Haar. »Dort, wo ich hingehe, muss man stark und schnell sein. Ich muss Dinge tun, die mein Herz verhärten und meine Seele verdammen werden.«
»Was musst du denn tun?«
»Den Wolf bestrafen.«
»Warum?«
»Er hat meinen Vater getötet.«

Lili sieht sie aus großen Augen an. »*Und mein Väterchen?*
Hat der Wolf ihn auch getötet?«

»*Was immer Onkel Nedim geschehen ist, es ist die Schuld des*
Wolfes.«

»*Wirst du dein Mütterchen, Tante Lajla, wiederfinden?*«

»*Ja, Vasil braucht seine Mutter.*«

»*Ich will dir helfen, Minka, bitte.*«

Minka löst sich aus der Umarmung und hält Lili eine Arm-
länge auf Abstand. »*Du kannst mir helfen.*«

Lilis Augen glänzen. »*Wie?*«

»*Kümmere dich um Vasil. Für Vlada wird es sonst zu viel,*
wenn sie allein für ihn sorgen muss, solange meine Mutter fort
ist.«

»*Aber —*«

»*Versprich es mir.*«

Lilis Blick bohrt sich direkt in Minkas Herz. »*Ich verspreche*
es, Minka.«

Sie umarmen einander erneut. Minka geht fort. Lili ruft ihr
nicht mehr nach.

ACHT

Pia erwachte, sobald sie das Stadtzentrum von Samarra erreicht hatten. Den größten Teil der Fahrt durch das fruchtbare Tal des Tigris hatte sie verschlafen. Dafür fühlte sie sich besser. Nach einer besonders heftigen Übelkeitsattacke am Morgen hatte sich Rafik zunächst geweigert, sie auf die zweistündige Autofahrt mitzunehmen. Beim unvermeidlichen heftigen Wortwechsel hatte sie die Oberhand behalten.

Zwischen den Häusern erhaschte sie einen Blick auf die Kuppel der Goldenen Moschee. Sie birgt die Grabstätten der Imame Ali al-Hadi und al-Hasan al-Askari und gehört zu den wichtigsten Pilgerorten der Schiiten. Die Kuppel strahlte im Sonnenlicht über den niedrigen Häusern der Stadt. 2006 wurde sie bei einem Bombenanschlag schwer beschädigt. Im Jahr darauf wurden die beiden Minarette von radikalen sunnitischen Terroristen zerstört. Der Anschlag rief nicht nur bei den Schiiten, sondern in der ganzen Welt Empörung hervor. Seit 2009 können die Gläubigen die neu aufgebaute Moschee wieder besuchen. Nach schweren Kämpfen in der Gegend um Samarra gelang es der irakischen Armee mit Unterstützung der internationalen Koalition, die Dschihadisten in die Berggebiete an der Grenze zu Syrien und der Türkei zurückzudrängen.

Samarra war sicher, soweit man in dieser Weltregion überhaupt von Sicherheit sprechen konnte. Die UNO überließ das Thema nicht dem Zufall. Auf dem Beifahrersitz ihres gepanzerten, auf Motorhaube und Seitentüren mit dem UN-Emblem markierten weißen Toyota Cruisers saß ein »Star Protectors«-Mann, bewaffnet mit Schnellfeuergewehr und Pistole. Pia und Rafik teilten sich die Rückbank. Vor ihnen fuhr ein Pick-up mit irakischen Polizisten des Governorates Bagdad. UN-Konvois in anderen Governoraten wurden in der Regel von Polizisten aus Bagdad eskortiert. Hinter dem Fahrzeug mit Pia und Rafik fuhr ein zweiter Toyota Cruiser von »Star Protectors«.

Pia war hungrig. Die Morgenübelkeit hatte sie davon abgehalten, vernünftig zu frühstücken. Rafik ließ den Wagen im Zentrum der Stadt bei einem Café in einer Seitenstraße der Razek Street anhalten. Die Köchin Sabah hatte Pia von einer Bäckerei in der Nähe erzählt, wo es die weltbeste Kleitscha geben sollte, ein mit Datteln und Walnüssen gefülltes Gebäck. Rafik setzte Pia im Café ab und machte sich auf die Suche nach dem Geschäft.

Der heiße Zitronentee streichelte ihren aufgewühlten Magen. In knapp einer Stunde waren sie im wenige Straßen entfernten Gebäude der Bezirksregierung mit dem Polizeichef verabredet. Er sollte ihnen bestätigen, dass in einer Ruine unweit des Regierungssitzes verlassene Kinder hausten. Lokale Polizisten sollten ihnen bei der Suche behilflich sein. Für Pia war zu viel Polizei im Spiel. Sie konnte nicht verstehen, wozu der ganze Zauber gut sein sollte. Sie wollten nichts anderes als die Kinder in Sicherheit bringen. Rafiks Erklärung, Terrorzellen seien auch in vermeintlich sicheren Gebieten aktiv, vermochte sie nicht zu überzeugen.

Sie legte die Hände auf den Bauch. Die heranwachsende Frucht ihrer Liebe zu Rafik würde ihr ganzes Leben auf den Kopf stellen. Sie gewöhnte sich langsam an den Gedanken. Pia wollte Kinder. Es geschah, wenn es geschehen musste. Das Leben traf Entscheidungen, bei denen man bestenfalls ein Mitspracherecht hatte, ohne immer mitbestimmen zu können. In diesem Augenblick und in diesem Straßencafé mitten im Orient spürte sie den Anfang ihres Glücks. Sie konnte sich keinen anderen Mann vorstellen, mit dem sie eine Familie gründen und den Rest ihres Lebens verbringen wollte.

Rafik holte sie aus ihren Gedanken zurück. Er legte eine Papiertüte mit aromatisch duftendem Gebäck vor ihr auf den Tisch. Sie wäre sehr gerne aufgestanden und hätte ihn umarmt, aber das schickte sich nicht in der Öffentlichkeit. So ließ sie dem Verlangen in einem Tagtraum freien Lauf.

Er lachte. »Was ist los mit dir?«

Der Traum platzte. »Wie?«

»Ich sage was, und statt einer Antwort siehst du mich komisch an. Stimmt was mit meiner Kleidung nicht?«

»Was denn? Auch hier wird es einer Frau wohl erlaubt sein, ihren Mann anzusehen.«

»Ihren Mann? Du redest, als wären wir bereits verheiratet. Sollte ich da was nicht mitgekriegt haben?«

Getroffen, versenkt. Der Hormonüberschuss brachte sie durcheinander, Zeit für ihre übliche Verlegenheitstaktik. »Ist doch wahr. Wenn ich sehe, wie die Frauen in Hayat Jadida dir tuschelnd nachblicken, muss ich mein Terrain abstecken.«

»Ich habe nur Augen für dich, *habibti*.«

»Will ich dir geraten haben. Falls nicht, kannst du in Zukunft selbst kochen.«

Er grinste sie augenzwinkernd an. Sie streckte ihm kurz die Zungenspitze entgegen. Damit war klargestellt, wer von beiden der bessere Koch war – jedenfalls nicht sie.

Er hielt ihr die Tüte unter die Nase. »Nimm dir Kleitscha, wir müssen los.«

***

Die Stimme riss Dornach aus dem Schlaf. Durch einen Spalt des Verdunkelungsvorhangs schimmerte Tageslicht. Er lag in einem Hotelzimmer am Spittelberg im siebten Bezirk. Die digitale Uhr auf dem Nachttischchen schaltete in diesem Moment auf halb zehn Uhr morgens. Sein Flieger ging um halb zwei Uhr nachmittags.

Der Schlaf hatte lange gebraucht, ihn zu finden. Nachdem Jana ihn mit ihrem Drachengriff lahmgelegt hatte, war sie spurlos im Labyrinth des Zentralfriedhofs verschwunden. Sie beherrschte die chinesische Kampfkunst Dim Mak, bei der mit den Fingern Druck auf gewisse Meridianpunkte ausgeübt wurde, um damit Schmerz, Ohnmacht oder den Tod herbeizuführen. Insofern schätzte sich Dornach glücklich, am Leben zu sein.

Die sofort eingeleitete Suchaktion und die Fahndung nach Jana waren ergebnislos verlaufen. Es sah ihr ähnlich, sich auf so eine Eventualität vorbereitet zu haben. Beim Weggehen hatte er ein Telefongespräch eines Polizisten aufgeschnappt. Soweit Dornach verstehen konnte, hatte ein Augenzeuge kurz nach dem Attentat beobachtet, wie an der Mylius-Bluntschli-Straße direkt gegenüber dem Zentralverschiebebahnhof Wien-Kledering eine Person in Motorradkluft und Helm über die Friedhofsmauer geklettert und auf einem in der Nähe abgestellten Motorrad weggefahren war. Der Beschreibung zufolge war es eine sehr schlanke Person gewesen. Der Zeuge hatte vermutet, es könnte eine Frau gewesen sein. Dornach hatte daraufhin Vera und Horacek, der auf einer Bahre liegend wartete, in ein Ambulanzfahrzeug geschoben zu werden, beobachtet. Die beiden hatten das Gespräch ebenfalls mitbekommen und dabei diskret die Knöchel ihrer geballten rechten Fäuste gegeneinandergeschlagen.

Kurz bevor er erwachte, hatte Dornach im Traum Pias Stimme gehört. Sie war so real und so nahe, als wäre sie im Zimmer gestanden. »Absurd«, murmelte er.

Er trank die Mineralwasserflasche aus, mit der das Hotel zusammen mit einer Zweierpackung Mozartkugeln neu ankommende Gäste willkommen hieß. Die Zeitverschiebung mit dem Irak betrug zwei Stunden. Dort war es gegen Mittag. Er zögerte kurz, bevor er die die gespeicherte Nummer wählte.

Nach dreimaligem Rufton ertönte Pias Stimme. Er fing an zu sprechen, bis er merkte, dass er mit der Mailbox redete. Sicher war sie mit der Ausgabe des Mittagessens in der Schule beschäftigt. Er wartete, bis der Signalton kam. »Pia? Ich bin's, Paps. Wollte nur wissen, wie es dir geht und ... ob alles gut ist bei euch. Ruf mich zurück, sobald du kannst. Bis später.«

Er bestellte bei der Rezeption ein Taxi. Auf dem Weg zum Flughafen wollte er Horacek im Allgemeinen Krankenhaus besuchen. Möglicherweise konnte Dornach ihm etwas zu Janas Flucht entlocken.

✳✳✳

Das Treffen mit dem Polizeichef war von kurzer Dauer. Das Haus, in dem man die Kinder vermutete, lag im al-Mualmeen-Bezirk, was so viel wie Lehrer-Bezirk bedeutet, wegen des in der Nähe liegenden Teachers Institute. Nördlich wird das Ge-

biet von der University Street und im Süden von der Amruiyah Street begrenzt. Westlich verläuft die al-Azzawi Street und im Osten der mehrspurige al-Dhabat-Mualmeen Highway. In den Augen der Sicherheitskräfte bestand der Vorteil des spärlich bebauten Gebietes in seiner Übersichtlichkeit. Das Sicherheitsrisiko schätzten sie als minim ein.
»Was sollte das Gefasel?«, murrte Pia, als sie wieder unterwegs waren. »Wir wollen kein Terroristennest ausheben.«
»Du musst sie verstehen«, sagte Rafik. »Es ist ihr Job. Bis vor ein paar Jahren wurde die Stadt vom IS belagert. Die Polizei und unsere Leibwächter wollen auf Nummer sicher gehen.«
Pia deutete diskret auf den Sicherheitsmann auf dem Beifahrersitz. Sie gab sich keine Mühe, leise zu sprechen. Die Männer verstanden kein Schweizerdeutsch. »Den Typen habe ich nie in Hayat Jadida gesehen.«
»Gut möglich. ›Star Protectors‹ arbeitet in Schichten. Wir können nicht alle von denen kennen.« Er sah sie besorgt an. »Was ist los mit dir? Wieso bist du so gereizt, und warum machst du dir auf einmal Gedanken über das Sicherheitspersonal? Geht's dir wirklich gut?«
Sie überlegte, wie sie das Thema wechseln konnte. Die Zeit war nicht reif, mit Rafik über ihren Zustand zu sprechen. Er war in der Lage, sie sofort zu bemuttern, und würde versuchen, sie an die kurze Leine zu legen. Das wiederum würde unweigerlich zu Auseinandersetzungen führen, denen sie im Moment lieber aus dem Weg ging. Das Kleine in ihrem Bauch machte ihr schon jetzt genug zu schaffen. »Denkst du, es bleibt Zeit, zur Großen Moschee zu fahren? Ich möchte mir das Minarett ansehen.«
Sabah hatte ihr von der Großen Moschee von Samarra im Norden der Stadt erzählt. Der von den abbasidischen Kalifen im 9. Jahrhundert erstellte Bau galt einst als größte Moschee der islamischen Welt. Sie wurde im 13. Jahrhundert von einfallenden Mongolen weitgehend zerstört. Das zweiundfünfzig Meter hohe, nach dem Vorbild der babylonischen Zikkurat erbaute spiralförmige Minarett war zusammen mit den Außenmauern bis heute erhalten geblieben.

»Kommt drauf an, wie es mit den Kindern läuft. Wenn die Zeit reicht, fahren wir auf der Rückfahrt dort vorbei.«

∗∗∗

Das Team erwartete Casagrande in Dornachs Büro. Lüthi hatte sie gebeten, raschmöglichst in die Schanzmühle zu kommen. Google sass am Besprechungstisch und bearbeitete seinen Rechner. Lüthi, Maja und Karin sahen ihm über die Schulter. »Wenn ihr mich schon herbeordert, könntet ihr mit dem Beginn der Vorstellung warten, bis ich da bin«, sagte sie mit gespieltem Vorwurf.

»Du hast nichts verpasst.« Lüthi deutete zum Schubladenschrank, auf dem Dornachs Bezzera-Espressomaschine thronte. »Der Kolben ist gefüllt und eingespannt, die Tasse steht bereit, brauchst nur auf den Knopf zu drücken.«

Casagrande schenkte ihm ein dankbares Lächeln. Wenn seine Freundin Maja ihr wieder freundlicher begegnen würde, könnte es beinahe werden wie in alten Zeiten.

Karin hatte Schenkeli mitgebracht. Aschermittwoch war der letzte Verkaufstag. Ab morgen begann die Fastenzeit bis zum Karfreitag. Bis zum nächsten Hilari waren die fasnächtlichen Fettgebäcke aus den Verkaufsregalen verschwunden. Da Casagrande das Mittagessen verpasst hatte, war sie froh um eine Unterlage, die ihren Hunger bis zum Abendessen überbrücken half. Mit der Espressotasse in der einen Hand und einem Schenkeli in der anderen stellte sie sich zwischen Karin und Maja hinter Google. »Was sehe ich mir an?«

»Den Inhalt eines sichergestellten Notebooks«, sagte Google enigmatisch.

»Sichergestellt? Von wem, bei wem und auf wessen Veranlassung?«

Lüthi schubste Karin an. »Dein Stichwort.«

Casagrandes Blick richtete sich auf Karin. »Ich bin ganz Ohr.«

»Ich … ähm … habe das Gerät beschlagnahmt.«

»Wo?«

»Es war eine spontane Aktion«, begann Karin. »Ich wollte nicht, dass Luana Schwierigkeiten bekommt.«

»Luana wer?«, fragte Casagrande. »Du meinst Frau Beric, die Sicherheitsassistentin?«

»Ja, Nadine Känzig war ihre Freundin.« Karin warf Lüthi einen Seitenblick zu. »Ich … ähm … ich habe mit ihr geredet. Sie ist mit unserem Verdächtigen, Mirko Hafner, bekannt.«

»Das allein bringt sie a prima vista nicht in Schwierigkeiten. Wie du es darstellst, steckt mehr dahinter.«

Karin berichtete, was in Hafners Wohnung und später bei Luana zu Hause passiert war. Ohne auf alle Details einzugehen, schilderte sie, wie sie Luana zur Rede gestellt hatte.

»Das Notebook hat dir Frau Beric freiwillig übergeben, damit wir es analysieren können, nicht wahr?« Casagrande klopfte mit den Fingerknöcheln Google auf die Schultern, was bei ihm ein sattes Grunzen auslöste.

»Könnte man sagen – irgendwie«, sagte Karin kleinlaut.

Könnte? Irgendwie? Casagrande seufzte. »Sagen wir, dass dieses Notebook im Besitz von Herrn Hafner war, für dessen Wohnung ein Durchsuchungsbefehl vorlag. Einigen wir uns darauf, dass Frau Beric es sichergestellt und dir später übergeben hat? Denkt ihr, das geht?«

Ungläubige Blicke begegneten Casagrande. Maja starrte sie an, als wäre sie ihr eigener außerirdischer Klon.

»Kann ich jetzt sehen, was drauf ist, oder nicht?«, fragte sie, und zu Karin gewandt: »Ich will mit Frau Beric sprechen, zeitnah.«

Karin nickte.

»Ich habe die Festplatte auf meinem Gerät gespiegelt«, begann Google zu dozieren. »Dabei muss ich vorausschicken, ich habe weder ein Geständnis von Herrn Hafner noch sonstwie Name und Adresse des Mörders gefunden. Von daher ist's ein Flop, leider.«

Maja versetzte ihm einen Klaps. »Haha, sehr witzig, mach voran.«

»Entschuldigung, ich vergaß, der Humorbarometer liegt heute im Tiefdruckbereich.«

»Sie hat recht, Google«, sagte Casagrande. »Mach es nicht so spannend.«

»Kurz und gut«, fuhr dieser fort, »ich bin auf ein paar passwortgeschützte Ordner gestoßen, ein Kinderspiel. Erstaunlich, dass es heutzutage noch Menschen gibt, die ihr Geburtsdatum als Passwort verwenden, egal, in welcher Schreibweise. Allein deswegen gehörten sie eingesperrt.«

»Oder belohnt«, sagte Lüthi. »Sie erleichtern uns die Arbeit.«

»Wie dem auch sei, ich habe eine Reihe eher nicht jugendfreie Fotosammlungen gefunden, mit denen sich unser Freund sein mutmaßlich karges Einkommen als Zuhälter aufbesserte. Die Margen in seinem Geschäft –«

»Nicht lustig, Google«, sagte Maja warnend.

Er klickte auf eine Schaltfläche. »Seht selbst.«

٭٭٭

Auf der University Street war es nicht möglich, links abzubiegen. Wie in solchen Fällen im Irak üblich, fuhr der Konvoi für die kurze Strecke entgegen der allgemeinen Fahrtrichtung. Bei der ersten Möglichkeit bog der Fahrer rechts in eine unbefestigte Seitenstraße. Wenn die Information des Polizeichefs stimmte, lag die Behausung der Kinder in dieser Gegend. An ihrem Bestimmungsort angekommen, fanden sie drei eingeschossige Bauten, die man treffender als Ruinen bezeichnen konnte.

Bevor Pia aus dem Wagen stieg, wickelte sie einen schwarzen Schal um ihren Kopf, was sie gewöhnlich tat, wenn sie sich außerhalb von Hayat Jadida im Freien bewegte. Der Stoff war schwer, ihr war warm. Sie hatte nicht daran gedacht, ein leichteres Tuch mitzunehmen. Noch war es Winter und morgens recht kühl.

Die Gegend war menschenleer bis auf eine Frau in einer Abaya. Sie steuerte direkt auf Pia zu. Etwas an ihr kam Pia merkwürdig vor. In drei oder vier Metern Entfernung blieb sie vor Pia stehen und fing an zu gestikulieren. Sie sah Pia eindringlich an. Dabei hielt sie den gestreckten Zeigefinger ihrer rechten Hand vor das Gesicht und fuhr damit mehrmals hin und her, als wollte sie Pia von etwas abhalten. Pia blickte sich um. In der unmittelbaren Umgebung war niemand zu sehen. Im Vergleich zum Treiben an der University Street war es hier so still, als befände man sich mitten in der Wüste.

Der Englischunterricht im Maturajahr an der Kantonsschule kam ihr in den Sinn. Sie behandelten eine alte arabische Anekdote, die der englische Dichter William Somerset Maugham als »The Appointment in Samarra – Begegnung in Samarra« wiedererzählte. Darin schildert der Tod, wie er in der Gestalt einer Frau auf dem Marktplatz von Bagdad dem Diener eines Händlers begegnet. Das erschreckt diesen so sehr, dass er zu Pferd nach Samarra flieht. Daraufhin macht der Händler dem Tod Vorwürfe, seinen Diener verängstigt zu haben. Der Tod entschuldigt sich, das sei nicht seine Absicht gewesen. Er sei ebenfalls überrascht, den Diener in Bagdad zu sehen, habe er doch mit ihm vereinbart, ihn erst am Abend in Samarra zu treffen.

Pia fuhr erschrocken herum, als sich eine Hand von hinten auf ihre Schulter legte.

»Kommst du?«, fragte Rafik.

»Sicher.« Sie deutete mit dem Daumen nach hinten. »Ich frage mich, was die Frau von mir will.«

»Welche Frau?«

»Die dahinten.« Sie drehte sich um. Der weitläufige Platz war menschenleer. »Wo ist sie hin?«

»Ich sehe niemanden.«

Pia strich sich mit der Hand über die Stirn, auf der sich Schweißtropfen gebildet hatten. »Ich bin doch nicht verrückt.«

»Bist du sicher, dass es dir gut geht?« Rafik reichte ihr mit besorgtem Blick seine Wasserflasche.

Pia setzte sie an und trank in großen Schlucken. »Alles im grünen Bereich. Gehen wir?«

»Willst du nicht im Wagen warten? Du siehst mitgenommen aus.«

»Hör auf, mich ständig zu bemuttern. Ich weiß, was ich mir zumuten kann.«

Schweigend folgten sie den vorangehenden Polizisten. Die

privaten Sicherheitsleute sicherten ihre Flanke und bildeten die Nachhut. Sie gingen auf das mittlere der halb zerfallenen, teils aus Stein, teils aus Lehm bestehenden Gebäude zu. Die löchrigen Seitenwände waren notdürftig mit Wellblech, Sperrholz oder nur mit auseinandergefalteten Kartonschachteln zugeflickt worden. In der Mittagshitze breitete sich ein süßlicher Geruch aus, eine Mischung aus menschlichen Exkrementen, verwesendem Fleisch und brennender Holzkohle. Mühsam unterdrückte Pia den aufsteigenden Brechreiz. Sie gab sich Mühe, durch den Mund zu atmen. Rafik schob seine Kufija vor den Mund. Die Polizisten erklärten, sie würden zuerst hineingehen und nachsehen. Nach einer Weile traten die beiden Beamten wieder heraus. Sie winkten Pia und Rafik zu. Es war sicher, einzutreten.

Pia fand in einer ihrer Hosentaschen eine Packung parfümierter Papiertaschentücher mit Pfefferminzgeruch. Sie hielt sich eines vor die Nase.

Die Decke im hinteren Teil der Hütte war teilweise eingestürzt. Eine über das lecke Dach gespannte löchrige Zeltplane bot notdürftigen Schutz vor Regen und Staub.

Das Innere war in zwei Räume unterteilt. Von außen gelangte man zuerst in die größere Kammer. Die Feuerstelle ließ auf den Wohn- und Küchenbereich schließen. Der abscheuliche Gestank kam aus einem halb vollen Plastikeimer, der vermutlich zur Befriedigung der Notdurft diente. Das durch die Türöffnung hereinströmende Tageslicht war die einzige Lichtquelle. Durch die Öffnung zum hinteren Raum gähnte ihnen Dunkelheit entgegen. Die Polizisten deuteten auf den Durchgang und erklärten, die Kinder würden sich dort befinden.

Pia ging zuerst hinein. »Hallo«, rief sie auf Englisch. »Ist da jemand?«

Rafik war hinter ihr und wiederholte den Satz auf Arabisch. Durch ein Loch in der Decke erhellte ein Strahl Tageslicht die staubgeschwängerte Luft im hinteren Teil des Raumes. Ein leises Wimmern drang aus einer Ecke hinter einem Stück rostigem Wellblech hervor. Pia schob es beiseite. Drei ineinander verschlungene verdreckte Körper kauerten am Boden, ein Junge und zwei Mädchen. Sie starrten die Eindringlinge angstvoll an.

Pia vergaß den Geruch und ihre Übelkeit. Sie kniete vor den Kleinen nieder. Zuvor hatte sie mit Rafik vereinbart, Englisch mit ihnen zu reden. Er sollte übersetzen. Den Kindern würde es leichter fallen, zu einer Frau Vertrauen zu fassen. Pia legte die flache Hand auf ihre Brust. »Ich bin Pia. Seid ihr allein hier?« Der Junge war offenbar der älteste der drei. Pia schätzte ihn auf zehn Jahre. Das jüngere Mädchen mochte sieben sein, das andere acht oder neun. Haut und Kleider der Kinder waren schwarz vor Schmutz, die Haare verfilzt. Der Junge fing an zu weinen. Das ältere Mädchen war nahe davor. Die Jüngste war die Wagemutigste. Sobald sie Pias Namen hörte, rutschte sie nach vorne und betrachtete sie eingehend. »Baya?«

»Ja«, sagte Pia und streckte die Hände nach der Kleinen aus. »Mein Name ist Baya, und wie heißt du?«

Anstelle einer Antwort ergriff das Mädchen Pias Hand, die das zerknüllte parfümierte Papiertaschentuch hielt. Es vergrub seine Nase im weißen Vlies und schnüffelte daran.

»*Riha tabu*«, sagte es.

Pia verstand die Worte ohne Übersetzung. Sie bedeuteten: »Riecht gut.« Sie überließ der Kleinen das Taschentuch, die es sofort an ihre Nase presste.

»Wo sind eure Eltern, Mutter, Vater?«, fragte sie. »*Umkum wa, abukum wain?*«

Die Antwort war unisono Kopfschütteln.

»Die Polizei hat sich erkundigt«, sagte Rafik zu Pia. »Die Kinder hausen seit Wochen oder Monaten auf sich allein gestellt hier.«

»Wir bringen sie nach Hayat Jadida.«

»Wir sollten das erst mit den lokalen Behörden klären.«

»Ich dachte, das haben wir bereits.«

»Schon, aber der Polizeichef fühlt sich nicht zuständig.«

»Keiner fühlte sich bisher zuständig«, zischte Pia ihm wütend zu. »Wenn wir anfangen zu fragen, drehen sich diese Bürokratenärsche so lange in ihren Sesseln, bis sie ihr Bakschisch kriegen. Inzwischen kann den Kleinen weiß Gott was passieren. Entweder verhungern sie, oder sie werden krank oder von

Menschenhändlern aufgegriffen. Dafür bin ich nicht hierhergekommen. Sag den Kindern, sie kommen mit uns in ein schönes Haus, wo sie spielen können und zu essen kriegen.«

Rafik erklärte es ihnen. Die Reaktion der beiden Älteren war verhalten. Die Kleine zauberte ein scheues Lächeln in ihr Gesicht. Sie hielt Pia das Taschentuch hin.»*Riha tayiba?*«, fragte es.»*'aku ba'ad?*«

Pia und Rafik lachten. Das Mädchen wollte wissen, ob es dort, wo sie hingingen, mehr wohlriechende Taschentücher gab.»*'aktharu aku huwaya*«, antwortete Pia.»Viel mehr.«

Sie gab den Mädchen das ganze Päckchen. Die jüngere nahm sofort ein frisches Taschentuch heraus, was die zurückhaltendere ältere veranlasste, es ihr gleichzutun.»Wie heißt du?«, fragte Pia die Kleine.

»Fatima.«

»Die Leuchtende«, antwortete Pia. Ein passender Name für das Mädchen, dem es nach einem ausgiebigen Bad wieder gerecht werden würde.

Sie nahm es auf den Arm und das ältere bei der Hand. Rafik ging mit dem Jungen voraus. Sie waren im Vorraum, als draußen Schüsse zu hören waren. Rafik wich von der Türöffnung zurück.

»Was passiert?«, fragte Pia erschrocken. Sie bugsierte die Mädchen in den hinteren Raum.

»Die ›Star Protectors‹-Leute«, sagte Rafik. »Sie erschießen die Polizisten.«

Zwei Polizisten rannten in den Raum. Der eine stützte seinen angeschossenen Kollegen. »Terroristen«, keuchte er auf Arabisch. »Sie haben unsere Freunde erschossen.«

In diesem Moment traf eine Kugel seinen verwundeten Kollegen in den Rücken. Eine weitere durchschlug den Kopf des ersten Polizisten. Pia schrie auf.

Rafik zögerte nicht. Er nahm den Toten die Pistolen und Reservemagazine ab. Eine Waffe und zwei Magazine warf er Pia zu. »Verschanz dich hinten mit den Kindern. Ich versuche, sie auf Abstand zu halten, bis Hilfe kommt.«

»Ich bleibe bei dir«, rief Pia.

»Nein, wenn es schiefgeht, bist du die einzige Chance für die Kinder.«

Pia schluckte die Furcht um Rafik und ihre eigene Todesangst hinunter. Sie wollte den Jungen am Arm packen, als eine weitere Salve in den Raum peitschte. Ein Schlag gefolgt von einem glühenden Schmerz durchfuhr ihren Oberschenkel. Mit einem Aufschrei knickte sie ein.

»Pia?«, rief Rafik.

Sie befühlte ihren blutenden Oberschenkel. »Ich wurde am Bein getroffen. Wo ist der Junge?«

Keine Antwort.

»Rafik?«

»Ich glaube, er ist tot«, sagte Rafik.

Pia vergrub ihre Zähne in der geballten Faust. Der Schmerz um ein Kind, das sinnlos sterben musste, war größer als ihr eigener. Sie musste sich zusammenreißen, um der beiden Mädchen willen.

»Pia?«

»Was?«

»Wir sitzen in der Falle. Draußen ist ein Mauervorsprung. Von dort kann ich sie besser auf Distanz halten, bis jemand kommt.«

»Das ist Wahnsinn, die sind in der Überzahl.«

»Es ist unsere einzige Chance.«

Pia versuchte, hinter dem Türrahmen hervorzuspähen. Ein Projektil schlug neben ihrem Gesicht in die Wand. Sie spürte den Schmerz an ihrer Wange und zog den Kopf zurück.

»Ich gehe raus. Gott mit dir, *habibti*. Ich liebe dich.«

»Rafik, ich will dir noch …«

»Was?«

Sie sagte es nicht. »Nachher. Gott mit dir, *habibi*.«

Rafik wartete einen Moment und stürmte dann gebückt nach draußen. Nach einigen Sekunden durchbrach ein erneuter Schusswechsel die Stille. Stakkato von Schnellfeuergewehren und das helle Peitschen von Rafiks Pistole wechselten einander ab.

Pia tat etwas, was sie seit Jahren nicht mehr getan hatte, sie fing an zu beten. »Lieber Gott, nimm ihn mir nicht. Lass meinem Kind den Vater.«

Sie betete, bis die Salven verstummten. Die darauffolgende Stille war unerträglich. Das Wimmern und Schluchzen der beiden Mädchen drang dumpf an ihr Ohr. Warum kehrte Rafik nicht zurück? Sie rutschte zum Durchgang und versuchte sich aufzurichten. Der Schmerz drückte sie augenblicklich wieder zu Boden. Die Mädchen kauerten sich gegenseitig umklammernd in ihrer Ecke. Auf dem Bauch liegend zielte Pia auf das gleißende Rechteck des Eingangs. Schweiß tropfte von der Stirn in ihre Augen. Sie blinzelte ihn weg. Der Mann, der durch diese Tür kommen würde, musste einfach Rafik sein.

Sekunden später zeichnete sich eine Gestalt gegen das Licht ab. Sie hielt ein Gewehr in der Hand. Pias Gebet war nicht erhört worden. Sie zögerte nicht. Die Zeit für Trauer und Schmerz war noch nicht gekommen. »Das ist für Rafik, Arschloch!« Sie schoss. Der Mann brach augenblicklich zusammen. Draußen riefen aufgeregte Stimmen in einer unverständlichen Sprache.

Das Heulen eines Motors näherte sich. Hatte Rafik es doch geschafft? Das Geräusch wurde lauter. Die Rufe der Männer verstummten. Ein großer Schatten glitt vor die Außentür.

Pia wartete. Rafik kam immer noch nicht. Die Schritte entfernten sich rasch und mit ihnen ihre Hoffnung. Rafik würde nicht mehr kommen. Mit einem Mal ahnte sie, was passieren würde. Sie griff nach dem Wellblech und robbte so schnell es ihr verletztes Bein erlaubte zu den Mädchen und warf sich über sie.

Ihr letzter Gedanke galt ihrem Vater, bevor die Explosion die Luft zerriss und ihr Trommelfell platzte.

✳✳✳

Der Anruf erreichte Dornach im Shoppingbereich über dem Zürcher Flughafenbahnhof. Der Mann stellte sich als Nikolaus Supersaxo, stellvertretender Missionschef der Schweizer Botschaft in Amman, Jordanien vor, worauf sich Dornach keinen Reim machen konnte. Sein Magen krampfte sich zusammen, als

Supersaxo ihm erklärte, die Botschaft in Jordanien sei für die schweizerische Vertretung im Irak zuständig. Die Gedanken um die Ereignisse in Wien waren wie weggefegt. Supersaxo vergewisserte sich, dass Dornach der Vater von Pia Zenklusen war.

»Die UNO-Mission in Bagdad informierte uns, Frau Zenklusen habe Ihre Adresse und Telefonnummer für Notfälle angegeben.«

»Was ist mit Pia?«

»Herr Dornach, ich bedaure sehr, Ihre Tochter wurde Opfer eines Terroranschlags.«

Dornachs Finger umklammerten das Handy. Bilder von Pia zogen vor seinem geistigen Auge vorüber. Er sah sie lachen, weinen, toben, den Ausdruck in ihrem Gesicht, als sie die Villa verließ, um mit Rafik in den Irak zu gehen. Seine Knie drohten nachzugeben. Er setzte sich auf den nächstbesten freien Stuhl eines Selbstbedienungscafés.

»Ist sie …? Lebt Pia?«

Was Supersaxo ihm sagte, hörte er nur wie durch Watte.

***

Es waren Dutzende von Bild- und Videodateien von meist sehr jungen Frauen, sortiert nach Themen in verschiedenen Ordnern. Anscheinend war das Material für einen internationalen Markt produziert worden. Die Titel »Milfs And Teenager Whores«, »Daddies Punish Stepdaughters«, »Young Slave Bitches Love BBC« ließen keinen Raum für Interpretationen. Casagrande hatte keine Ahnung, was mit »BBC« gemeint war. Sie ging stark davon aus, dass es sich dabei nicht um die gleichnamige ehrwürdige Britische Rundfunk- und Fernsehanstalt handelte. Angesichts der dunkelhäutigen Männer, die mit der blassen Komplexion ihrer europäischen »Partnerinnen« kontrastierten, konnte sie sich mit etwas Phantasie vorstellen, worauf sich die Abkürzung bezog.

Maja stupste Lüthi an. »Was heißt ›Milfs‹?«

»Erkläre ich dir heute Abend«, sagte er.

»Apropos«, sagte Google. »Das dürfte euch interessieren.«

Er lud ein Video aus dem Sortiment von »Milfs And Teenage Whores« herunter.

Casagrande schluckte leer. Der Clip zeigte Ilona Horvath, Nadine Känzig und Annina Burckhard bei eindeutigen Aktivitäten sowohl untereinander als auch zusammen mit einem jungen Mann, dessen überforderte Virilität fast schon peinlich anzusehen war. Ilona Horvath unterwies die jüngeren Frauen in mannigfaltigen Fertigkeiten, dem jungen Mann die gebotene Standfestigkeit zu verschaffen, indem sie selbst Hand anlegte.

»Nadine Känzig und Annina Burckhard sind volljährig, das wissen wir«, sagte Casagrande. »Wir müssen herausfinden, wie es bei dem Mann damit aussieht. Ich wette, er ist im Schutzalter.«

»Da ist noch was«, sagte Google. »Ich spule mal vor.« Er klickte auf den Schnellvorlaufpfeil bis zum Abspann. Dieser bestand lediglich aus einem Logo und einem Vermerk: »A Triple Six Kinky & Horny Productions Release«. Das Logo hatte dasselbe Design wie die Tätowierungen der Opfer.

»Triple Six«, sagte Maja. »Das ist kein Zufall.«

»Wir sind uns einig, verehrte Kollegin«, sagte Google. »Und zum Schluss dies.« Er wechselte in einen weiteren Ordner mit der Bezeichnung »Solo Action« und rief ein Bild auf. Es zeigte eine blonde Frau mit Lolita-Make-up, die splitternackt Sex mit sich selbst hatte. Dabei war jedes anatomische Detail ihres sportlichen Körpers in hoher Auflösung zu sehen.

Karin beugte sich vor. »Zoomst du mal ihr Gesicht heran?«

Google bewerkstelligte das ohne Einbuße an Bildqualität. Karin entfuhr ein leiser Aufschrei.

»Kennst du sie?«, fragte Casagrande.

»Das ist Luana. Das muss eine blonde Perücke sein, die sie da trägt.«

»Du meinst Frau Beric, die Sicherheitsassistentin?«

Karin bejahte. »Das glaube ich nicht. Deshalb hat sie sich Hafners Computer unter den Nagel gerissen. Sie wollte die verfänglichen Dateien löschen, bevor wir sie finden.«

»Ich verspüre große Lust, auf der Stelle mit Frau Beric zu reden«, sagte Casagrande.

Karin stand auf. »Ich gehe sie holen.«

»Es wäre mir lieber, wenn Mike und Maja das erledigen, Karin. Du weißt, warum.«

»Es ist besser, ich tu's. Wenn Maja und Mike auftauchen, könnte sie in Panik geraten und uns keine Hilfe sein. Bitte, Angela.«

Karin hielt Casagrandes musterndem Blick stand.

»Ich will sie heute noch sehen, egal welche Zeit, ist das klar?« Karin nickte.

»Keine Sonderaktionen mehr und vor allem keine Eigenmächtigkeiten. Frau Beric ist ab sofort eine ebenso wichtige Zeugin wie Mirko Hafner.«

Karin war schon auf dem Weg zur Tür.

»Was meint ihr dazu?«, wandte sich Casagrande an Maja und Lüthi.

»Die ›Triple Six‹-Organisation scheint verschiedene Standbeine zu haben«, sagte Maja. »Prostitution, Pornos und Drogen.«

Casagrande legte die Hand auf Googles Schulter. »Ich will alles, was du über ›Triple Six‹ herausfinden kannst.«

»Ich bleibe dran.«

»Wie weit sind wir sonst bei den toten Frauen?«, fragte Casagrande. »Konnten wir inzwischen ihre Telefonate nachverfolgen?«

»Die Anfrage läuft«, sagte Lüthi.

»Wie ist der Stand der Überprüfung des Umfeldes von Nadine Känzig – Schule, Familie?«

»Alle Befragungen sind abgeschlossen, die Alibis geprüft, ebenso bei den Teilnehmern des privaten Festes im Krummturm am Schmutzigen Donnerstag – ohne Verdachtsmomente.«

»Verwertbare Spuren im Turmzimmer?«

Lüthi machte eine resignierte Geste. »Können wir vergessen. Die Spurensicherung hat massenhaft Fingerabdrücke und DNA gesichert. Leider haben wir keine Vergleichsproben. Der Rahmen des Fensters, aus dem Nadine gestoßen wurde, war abgewischt. Lediglich die Blutspur auf dem Sims können wir ihr zuordnen.«

»Und die Befragungen in der Schule und dem Freundeskreis?«

»Nichts, wo wir ansetzen können. In der Schule hatte Nadine
quasi keinen Freundeskreis mehr.«

»Das passt zu ihrem Abhängigkeitsverhältnis zu Hafner.
Halten wir uns vorerst eben an den.«

Casagrandes Handy vibrierte. Sie kramte es hervor und strich
über die Annahmefläche. »Dominik? Bist du gelandet – Ja? –
Was?« Während sie Dornach zuhörte, musste sie sich auf den
nächstbesten Stuhl setzen. Sie blickte in die fragenden Gesichter
von Maja und Lüthi, ohne sie wahrzunehmen. »Ja … Dominik,
ich weiß nicht, was ich sagen … Ja, furchtbar. Es tut mir so leid
um … Was? Ja, sicher. Schick eine Nachricht, wenn du weißt,
wann du in Solothurn ankommst, ich hole dich ab … Ganz
bestimmt.« Sie beendete das Gespräch. Um Fassung ringend
erklärte sie den bestürzten Kollegen, was passiert war.

∗∗∗

Die siebzigminütige Bahnfahrt vom Flughafen verging für Dornach wie in einer Blase. Die Gespräche, das Getratsche und
Gelächter im Waggon plätscherten an ihm vorbei. Er fühlte
weder Trauer noch Schmerz, sondern nichts als Leere.

Casagrande empfing ihn auf dem Perron in Solothurn. Er
ließ sich von ihr umarmen. Die Fahrt zur Villa Dornach verlief
schweigsam. Er fand keine Worte, das auszudrücken, was er
fühlte. Casagrande drängte ihn nicht dazu. Frau Reinhard hatte
ein Feuer im Kamin entfacht, bevor sie nach Hause gegangen
war. Sie wusste nicht Bescheid. Er würde es ihr am nächsten
Morgen sagen.

Dornach wollte nicht in der Küche essen. Casagrande wärmte
die Suppe auf, die Frau Reinhard vorbereitet hatte, und trug
zwei Teller in den Großen Salon.

Dornach winkte ab.

»Kommt nicht in Frage. Du isst was und erzählst mir, was
passiert ist.«

Sie aßen schweigend. Nach drei Löffeln stellte er den Teller auf den Beistelltisch neben dem Sofa. Casagrande streifte die Schuhe ab und setzte sich mit untergezogenen Knien neben ihn so wie Carol am vergangenen Samstag. Für Dornach war es in einem anderen Leben gewesen.

»Vermutlich haben Terroristen die private Sicherheitsfirma infiltriert, die mit dem Schutz von Hayat Jadida beauftragt worden war. Die Identifikation der Täter ist erst angelaufen. Man muss es Glück im Unglück nennen, dass eine Elitepolizeieinheit aus Bagdad zum selben Zeitpunkt eine Übung unter der Aufsicht amerikanischer Militärpolizisten in Zivil und von Beratern des FBI in Samarra abhielt. Sie haben Pia gefunden. Sie lag in einem eingestürzten Haus, vor dem eine Autobombe explodiert war. Drei Kinder befanden sich ebenfalls im Gebäude, zwei Mädchen und ein Junge. Der Junge war tot, Schusswunde. Die beiden Mädchen haben überlebt. Pia hat ...« Dornachs Stimme stockte. Er konnte seine Tränen nicht zurückhalten. Er brauchte sich vor Casagrande nicht zu schämen.

Sie wartete, bis er weitersprach.

»Pia hat sich über die Mädchen geworfen. Deshalb haben die Kleinen überlebt.« Ein schluchzender Lacher löste sich aus seiner Kehle. »Typisch Pia, immer zuerst an die anderen denken. Offenbar hat sie es geschafft, sich und die Kinder mit einem Stück Wellblech abzuschirmen, was sie vor Schlimmerem bewahrte.«

»Wie geht es ihr?«

»Dieser Supersaxo von der Botschaft in Amman hatte selbst keine genauen Informationen. Pias Zustand soll kritisch sein. Zum Zeitpunkt seines Anrufs wurde sie mit einem Helikopter ins Universitätsspital von Amman geflogen. Hätten die Amerikaner sie nicht so rasch gefunden und erstversorgt, stünde es schlimmer um sie.«

»Sind doch für was gut, die Amis.«

Oder auch nicht, dachte Dornach. Hätte ihre Gier und Kriegstreiberei nicht das Elend im Irak verursacht, wäre Pia nie dorthin gegangen. Er vertrieb die müßigen Gedanken.

»Und Rafik? Was ist mit ihm?«, fragte Casagrande.

Dornach sah Casagrande an und schüttelte den Kopf.

»Haben sie ihn ...? Ist er tot?«, fragte sie.

»Seine Leiche wurde vor dem Haus hinter einem Mauervorsprung gefunden. Er muss versucht haben, die Männer davon abzuhalten, einzudringen. Zwei von ihnen hat er erwischt, bevor er selber tödlich getroffen wurde.«

»*Madre di Dio*«, flüsterte Casagrande betroffen. »Weiß Pia es schon? Ich meine, hat sie gesehen, wie er getötet wurde?«

»Keine Ahnung. Wäre sie mit Rafik draußen gewesen, wäre sie jetzt wohl auch tot.« Dornach vergrub den Kopf in den Händen. »Das ist so ein Irrsinn. Pia und Rafik wollten nur den Kindern helfen.«

»Weiß man, wer hinter dem Anschlag steckt?«

»Bisher gibt es keine Bekennernachricht. Es könnte eine versprengte Zelle des IS sein. Kürzlich hat dessen Anführer, Abu Bakr al-Baghdadi, zum ersten Mal seit längerer Zeit die Gläubigen aufgefordert, die Angriffe gegen Westler und ihre Einrichtungen zu intensivieren. Das UNICEF-Projekt, für das Pia und Rafik arbeiten, ist eine geeignete Zielscheibe.«

»Ich dachte, Abu Bakr ist tot, zumindest wurde das von den Medien kolportiert.«

Dornach verzog abschätzig den Mund. »Ich hielt das stets für Propaganda. Fake News gibt es auf allen Seiten, und das nicht erst seit gestern.«

»Wann weißt du mehr über Pias Zustand?«

»Supersaxo versicherte mir, sich persönlich darum zu kümmern. Er steht mit den Amerikanern und den UNO-Vertretungen in Bagdad und Amman in Kontakt. Er ruft mich an, sobald er mehr weiß.« Dornach atmete einmal tief durch. »Ich werde nicht hier herumsitzen und warten.«

»Was hast du vor?«

Dornach nahm Casagrandes Hand. »Ich weiß, es ist viel verlangt, Angie. Kannst du mich weiterhin hier vertreten? Ich will den nächstmöglichen Flug nach Amman nehmen. Ich muss bei Pia sein.«

»Natürlich musst du das. Nimm dir die Zeit, die du für Pia brauchst. Wir halten die Stellung.«

»Ich will Pia nach Hause holen. Ich schaue mit der Rettungsflugwacht, dass sie so rasch wie möglich repatriiert wird.«

»Dominik, wenn ich und die Kollegen dir in irgendeiner Art und Weise dabei helfen können …«

»Das könnt ihr, Angie. Bringt diesen Fall vorwärts.«

Casagrande spülte das Geschirr, bevor sie nach Hause ging. Frau Reinhard würde am nächsten Tag andere Sorgen haben. Kaum hatte sie den Mantel angezogen, ertönte die Hausklingel. Sie öffnete die Tür. »Dr. Winter.« Die Überraschung war gegenseitig.

»Guten Abend, Frau Casagrande, störe ich?« Dr. Winter sah einmal mehr aus, als wäre sie einem Modekatalog entstiegen. Nicht ganz neidlos fragte sich Casagrande, wie viele Wintermäntel man für eine Saison besitzen konnte. Es war das dritte Exemplar, das sie an ihr sah.

»Ich wollte zu Dominik«, sagte Dr. Winter. »Ich habe erfahren, was mit seiner Tochter passiert ist, und dachte, er braucht … jemanden, der … Aber da Sie da sind …« Sie machte Anstalten zu gehen.

»Bleiben Sie. Ich wollte gerade nach Hause. Dominik wird sich über Ihren Besuch freuen.« Casagrande hielt ihr die Tür ganz auf.

»Danke.« Dr. Winter trat ein.

»Woher wissen Sie, was Pia zugestoßen ist?«

»Frau Hartmann hat mich angerufen.«

»Dominik ist im Großen Salon. Ich muss leider.« Casagrande wünschte einen schönen Abend und trat in die Kälte. Sie unterdrückte ihren eigenen Schmerz.

✳✳✳

Frustriert startete Karin den dritten Versuch, Luana auf ihrem Handy zu erreichen. Erneut wurde sie mit der Combox verbunden. »Hey, sag mal, was ist los? Es ist Viertel vor zehn. Ich stehe seit einer Viertelstunde vor dem Stadion Brühl, Ostseite wie abgemacht und friere mir den Hintern ab. Melde dich gefälligst, wenn du nicht einen Riesenhaufen Schwierigkeiten haben willst.«

Die freie Ebene im Westen der Stadt war Wind und Kälte ungeschützt ausgesetzt. Was für ein Schwachsinn, sich um diese Uhrzeit an diesem Ort zu treffen. Luana wollte mit dem Zug kommen. Die Haltestelle Solothurn-Allmend an der Bahnstrecke nach Biel lag wenige Gehminuten vom Stadion entfernt. Von Selzach aus hätte sie geradeso gut eine Station weiter zum Westbahnhof fahren können. Was in aller Welt sprach dagegen, sich in einer geheizten Beiz in der Stadt zu unterhalten?

Karin hatte eine Mordswut und fühlte sich hintergangen. Sie war nicht enttäuscht, weil Luana ihre Pornokarriere verschwiegen hatte. Hatte sich Luana nur deshalb mit ihr befreundet, damit sie Informationen abschöpfen und an ihre – Karin wusste nicht, wie sie diese Leute nennen sollte – Zuhälter weitergeben konnte? Wenn Luana ihr in den nächsten Minuten keine absolut lupenreine Erklärung servierte, konnte sie sich ihre Polizeikarriere in die Haare schmieren, bevor sie begann.

Um halb elf war Karin mit Andi in der »Landhaus-Bar« verabredet. Es war zwanzig nach zehn. Sie war todmüde und müsste dringend mal wieder eine Nacht durchschlafen, allein. Selbst wenn Luana jetzt antanzte, würde sie Andi nicht vor elf treffen können. Sie tippte eine WhatsApp an ihn, um die Verabredung abzusagen. Im selben Moment kam eine Nachricht von Luana herein.

»Wurde verdammt noch mal Zeit.« Sie öffnete die Nachricht und stockte zugleich.

»Hilfe!«, war alles, was Luana geschrieben hatte.

Karin rief augenblicklich zurück.

»Karin!«, meldete sich Luana mit gehetzter Stimme.

»Was ist los, wo bist du?«

»Sie sind hinter mir her. Die wollen mich kaltmachen!« Luana atmete hektisch, sie schien zu rennen.

»Sag mir, wo du steckst.«

»Beim Henzihof, in der Hostet hinter dem Lusthäuschen.«

Von ihrem Standort konnte Karin das Walmdach des Hofes in der Dunkelheit ausmachen. »Ich bin gleich bei dir.«

»Mach schnell, ich –« Luana stieß einen erschrockenen Laut

aus. Darauf ertönte ein Schuss, den Karin doppelt hörte, einmal durch das Handy und einmal aus der Richtung des Hofes. »Shit!« Karin begann zu rennen und wählte gleichzeitig die Kurzwahl der Alarmzentrale. »Karin Jäggi, Ermittlung, Schussabgabe mit möglichen verletzten Personen, Standort Brühlgrabenstraße, Höhe Henzihof, erbitte dringend sofortige Verstärkung und Ambulanz. Leitung bleibt offen.« Sie wartete die Antwort nicht ab.

Sie hatte sich der Hofeinfahrt bis auf wenige Meter genähert, als unvermittelt ein Wagen aus einem geschotterten Seitenweg schoss und mit aufgeblendeten Scheinwerfern auf sie zuraste. Mit einem Hechtsprung rettete sie sich in die Böschung des parallel zur Straße verlaufenden Bachgrabens. Der Bach führte im Winter nur wenig Wasser und war gefroren. Karin rappelte sich hoch und blickte den Rücklichtern des flüchtenden Autos nach. Keine Chance, das Kennzeichen zu entziffern. Es war ein niedrig gebauter Sportwagen. Der grünliche Schimmer des Lacks im Licht einer Straßenlampe gab einen Hinweis auf die Farbe. Sie glaubte zu sehen, dass der Fahrer allein im Wagen saß. Die Person war nicht zu erkennen.

Karin lud ihre Heckler & Koch durch. Die Waffe mit beiden Händen im Anschlag, schritt sie in gebeugter Haltung auf das Lusthäuschen zu. Das Gelände bot wenig Deckung. Irgendwo bellte ein Hund, anscheinend das einzige Wesen, das von den Schüssen und den kreischenden Autoreifen aufgeschreckt worden war. Vor sich sah sie die Silhouette des Lusthäuschens, dessen leicht konkaves Satteldach Karin vage an ein thailändisches Tempelhäuschen erinnerte. Ein Solothurner Fabrikant hat es vor hundert Jahren als Ort der Lustbarkeit und des süßen Nichtstuns bauen lassen. Im Ausmaß nicht größer als eine Gartenlaube, dient es als Kultur- und Begegnungsraum und als Zeichen des Widerstandes gegen die Expansionsexzesse einer baulandhungrigen Stadt. Vor zwei Jahren war Karin anlässlich einer Grillparty mit Kollegen von der Sicherheitsabteilung hier gewesen.

»Luana!«, rief Karin in Richtung der Hochstammobstbäume hinter dem Lusthäuschen, deren Äste wie knöcherne Finger in den Nachthimmel ragten. Keine Antwort. Sie rückte weiter vor. Vermutlich befand sich der Schütze im Fluchtwagen. Geradeso gut konnten er oder ein Komplize sich hinter einem der Bäume verschanzt haben und Karin nach Belieben in den Rücken fallen. Die Vernunft gebot ihr, auf Verstärkung zu warten. Die Angst um Luana trieb sie voran.

Aus der Ferne ertönte ein Martinshorn. Karins Blick schweifte nach Südosten über die Ebene. Erleichtert sah sie die Reflexion eines sich aus Richtung Stadt nähernden rotierenden Blaulichts im Nachthimmel. Die Patrouille musste sich in der Nähe befunden haben. Karins Sorge um Luana nahm überhand. Sie entschied sich, das Risiko einzugehen. Sie schaltete die Handylampe ein. In der anderen Hand hielt sie ihre Waffe im Anschlag. »Ich rücke vor, bisher kein Kontakt«, sagte sie so laut, dass man sie auf der Alarmzentrale verstand. Sie löste sich aus der Deckung und drang, links und rechts sichernd, weiter in die Hostet ein. Zwischen einem Apfelbaum und einem Gebüsch bemerkte sie die Umrisse eines Körpers auf der dünnen Schicht gefrorenen Schnees.

»Luana!«

Hinter sich hörte sie den Patrouillenwagen auf den Zugangsweg einbiegen, gefolgt von einem weiteren. Ihr Rücken war gedeckt. Sie rannte zur reglos am Boden liegenden Luana. Sie blutete aus einer Schusswunde am Bauch. Karin betastete ihre Halsschlagader. Ein Puls war da, wenn auch schwach. Karin hielt ihr Handy ans Ohr. »Schwer verletzte Kollegin, Schussverletzung am Bauch, Lebensgefahr.«

»Verstanden, Rettungssanität ist bereits avisiert.«

Karin tätschelte Luanas Wange. »Halte durch, Hilfe kommt.« Die anrückenden Polizisten gaben sich als Kollegen der Stadtpolizei zu erkennen. Karin streifte ihren Parka ab und deckte damit Luana so gut es ging zu. Mütze und Schal rollte sie zu einem Kissen. »Stirb mir nicht weg, Mädchen, hörst du, nur das nicht.« Sie zog ihren Pullover und das Thermohemd darunter aus. Mit halb nacktem Oberkörper presste sie das Hemd auf die Blutung. Ihre Erleichterung war unaussprechlich, als Luanas Augenlider flackerten.

»Karin?«

»Gut so, Luana, wach bleiben, die Ambulanz ist gleich da.«

»Sie ... haben mir ... aufgelauert.«

»Wer?«

»Die ... der Teufel.« Luanas blutverschmierte Hand packte Karins Arm. »Sie woll...«

»Was wollen sie?« Karins Ohr senkte sich zu Luanas Mund.

»Ihr müsst ... die ... Wohnung ... der Ex... mir ... kalt.« Die restlichen Worte trieben mit Luanas Bewusstsein weg. Karin fühlte keinen Puls mehr.

»Nein, nein, das tust du mir nicht an.« Karin schob den Parka beiseite und öffnete Luanas Jacke. Sie begann mit der Herzmassage.

Einer der Kollegen legte den Parka um ihre Schulter.

»Komm schon, Luana, komm.« Karin setzte Herzdruckmassage und Beatmung fort, bis der Notarzt sie ablöste.

NEUN

Casagrande sah so aus, wie Dornach sich fühlte, als er ihr Büro im Franziskanerhof betrat. Vor ihr stand ein Glas Wasser, in dem sich eine Alcacyl-Brausetablette auflöste. Er hatte die Nacht mit Dr. Winter im Großen Salon verbracht. Sie hatte seinen Geschichten über Pia zugehört, bis er irgendwann in ihren Armen auf dem Sofa eingeschlafen war. Um sechs Uhr erwachte er – allein. Auf dem Küchentisch hatte ihm Carol einen Zettel hinterlassen, er könne sie jederzeit anrufen.

»Hast du wenigstens ein bisschen geschlafen?«, fragte Casagrande.

Er beantwortete die Frage mit einem Achselzucken und erklärte ihr stattdessen, dass er mit Pias Mutter gesprochen hatte. Dr. Laure Zenklusen war von ihrem Arbeitgeber, dem Spital Wallis in Sitten, für ein Sabbatical beurlaubt worden. Sie hospitierte für ein Jahr bei »Médecins sans Frontières«, die in der nigrischen Hauptstadt Niamey ein Spital betrieben.

»Keine Frage, von wem Pia ihr altruistisches Gen hat«, kommentierte Casagrande.

»Laure versucht, von Niamey aus einen Flug nach Amman zu bekommen. Ich habe ihr vorgeschlagen zu warten, bis Pia in der Schweiz ist. Die Ärzte der Rettungsflugwacht klären ihre Flugfähigkeit ab.«

»Hast du Neuigkeiten zu ihrem Zustand?«

»Kritisch, aber stabil, heißt es. Mein Flug geht morgen früh.«

Casagrande setzte sich auf den Besucherstuhl neben ihm.

»Magst du über etwas anderes sprechen?«

»Arbeit wäre gut.«

»Nichts Schönes, leider.« Casagrande zeigte ihm ein Dokument. »Ein internationaler Fahndungsaufruf. Ganz Europa bläst zur Jagd auf Jana. Sie soll den Anschlag im Wiener Zentralfriedhof inszeniert haben.«

Dornach las das Papier sorgfältig durch. »Sag nicht, du glaubst den Schwachsinn.«

»Bitte, Dominik, ja? Jana und ich werden in diesem Leben sicher nicht mehr beste Freundinnen, aber ihr so was unterzuschieben ist das Hinterletzte. Weshalb sollte sie das tun, ausgerechnet wenn das Verfahren gegen sie mangels Indizien, geschweige denn Beweisen im Sand verlaufen wird?«

Dornach fuhr sich mit den Händen über die Stoppeln seines Fünftagebartes. »Dahinter steckt sicher Vockinger.«

»Wer soll das sein?«

»Harald Vockinger war Janas Nummer zwei im Direktorat ›O‹ – Organisiertes Verbrechen und Terrorismus – bei Europol. Von Horacek habe ich erfahren, dass er Anwärter auf den Posten war, bevor ihm Jana vor die Nase gesetzt wurde. Inzwischen hat dieser Vockinger den Job, und seither läuft in der Abteilung einiges schief. Rate mal, wem er dafür die Schuld in die Schuhe schieben will?«

»Abwesende eignen sich besonders gut als Sündenböcke. Hast du eine Ahnung, weshalb Jana nach dem Anschlag im Zentralfriedhof das Weite suchte?«

»Ich kann eine Hypothese anbieten: Sie traut, teilweise wohl zu Recht, den eigenen Leuten nicht mehr und organisiert ihren Schutz selbst.«

»Wie meinst du das?«

»Jana sieht den Angriff als beste Verteidigung.«

»Du glaubst, sie macht Jagd auf diejenigen, die ihr ans Leder wollen?«

»Sieht so aus – leider.«

»Markiert sie wieder die Vigilantin?«

Dornach erzählte Casagrande, was er von Horacek über den Unfall von Janas Adoptiveltern erfahren hatte. »Jana glaubt, dass man ihre Adoptiveltern tötete, um sich an ihr zu rächen.«

»Der Unfall im Bündnerland war in Wirklichkeit ein Mordanschlag? Wer soll ihn verübt haben?«

»Die Vorgehensweise entspricht derjenigen osteuropäischer Mafiaorganisationen, der ›Diebe im Gesetz‹ zum Beispiel. Es gibt andere, die ›Ndrangheta‹ und nicht zu vergessen die ›Wölfe‹. Als Stellvertretende Direktorin von Europol legte sich Jana mit allen an.«

»Die ›Wölfe‹ haben sich nach Vukovics Verhaftung in alle Winde zerstreut.«

»Es gibt genug Leute, die ihr gefährlich werden können. Warum nicht auch ein paar ehemalige ›Wölfe‹. Die Möglichkeit sollte man nicht ausschließen.«

»Du glaubst, dieser Vockinger hat die Hand im Spiel?«

»Das ist Spekulation. Sofern er die dafür notwendigen Ressourcen mobilisieren kann, warum nicht? Gab's auch schon.«

»Was ist, wenn Jana bei uns auftaucht?«

»Weshalb sollte sie?«

»Ich bitte dich, Dominik, das ist doch offensichtlich.«

»Nein. Jana hat mir klar zu verstehen geben, dass sie Distanz halten will. Frag mich nicht, weshalb.«

»Sie will dich schützen.«

»Oder sie traut mir seit ihrer Festnahme nicht mehr.« Casagrande senkte den Blick. »Entschuldige, Angie, das wollte ich damit nicht sagen.«

»Schon gut. Es ist tatsächlich besser, wenn sie nicht in der Schweiz auftaucht. Das erspart uns ein Dilemma wie letztes Jahr.«

»Jana weiß, was sie für ihre eigene Sicherheit vorzukehren hat. Dafür braucht sie nicht unsere Hilfe.«

Casagrande steckte ein paar Dokumente in ihre Aktentasche. »Nach dem Mittagessen muss ich ins Untersuchungsgefängnis, Hafner einvernehmen. Wann genau fliegst du morgen?«

»Ich nehme den ersten Flieger nach Wien. Von dort habe ich direkt Anschluss nach Amman. Heute übernachte ich am Flughafen.«

»Essen wir was zusammen? Du bist eingeladen.«

»Ich bin keine gute Gesellschaft, Angie.«

Casagrande nahm Dornachs Mantel vom Kleiderhaken. »Ich bin es für uns beide. Du hast das oft genug mit mir durchgespielt. Widerstand zwecklos.« Sie reichte ihm seinen Mantel.

***

Mirko Hafner war am Vormittag aus dem Spital entlassen und kraft des gültigen Haftbefehls auf der Stelle in das benachbarte

Untersuchungsgefängnis überführt worden. Casagrande betrat den muffigen Vernehmungsraum mit ein paar Minuten Verspätung zusammen mit einem uniformierten Beamten, der sich sofort einrichtete und das Protokoll vorbereitete.

Sie entschuldigte sich für die Verzögerung, selbstverständlich ohne zu erwähnen, beim Mittagessen mit Dornach beinahe die Zeit vergessen zu haben.

»Herr Hafner, für das Protokoll stelle ich fest, es liegt ein amtsärztliches Attest vor, das Ihre Vernehmungsfähigkeit bestätigt.« Sie sah Hafner an, der ihrem Blick auswich.

Unablässig blinzelte er nach rechts in eine leere Ecke des Raumes. Er schwitzte stark, obwohl der Raum für Casagrandes Empfinden alles andere als überheizt war.

»Fühlen Sie sich nicht wohl?«

Hafner und sein Anwalt, der sich als Rupert von Arx vorgestellt hatte, wechselten einen kurzen Blick. Casagrande war dem Anwalt nie zuvor begegnet. Er musste erst kürzlich zugelassen worden sein. »Mein Mandant fühlt sich in der Lage, Ihre Fragen zu beantworten, Frau Staatsanwältin. Zuvor möchten wir festhalten, dass Herr Hafner Opfer von Polizeigewalt wurde und Anzeige gegen die Beamtin …«, der Anwalt las in seinen Unterlagen, »… Jäggi, Karin, Wachtmeister erstatten will.«

Mit gespielter Überraschung fixierte Casagrande den stumm dasitzenden Hafner. »Inwiefern soll Wachtmeister Jäggi Gewalt gegen Sie angewendet haben, Herr Hafner?«

»Sie hat mich auf die Straße gestoßen.«

Casagrande überflog ihre Papiere. »Der Bericht Ihrer Festnahme vom letzten Dienstag liegt mir vor. Damit ich es richtig verstehe: Sie behaupten, Wachtmeister Jäggi habe Sie …«, Casagrande blätterte in der Akte, »… unmittelbar vor dem Fußgängerstreifen bei der Ampel westliche Ecke Rötistraße/ Hauptbahnhofplatz geschubst. Ist das korrekt?«

»Die verfickte Bitch hat mich vor den Zug gestoßen, so war's.« Hafners Zuckungen intensivierten sich.

»Herr Hafner, bitte«, ermahnte ihn von Arx.

»Wie viel wiegen Sie, Herr Hafner?«

»Hä?«

»Ich erkundige mich nach Ihrem Körpergewicht.«

»Weiß nicht, achtzig Kilo, vielleicht etwas mehr.«

»Etwas mehr ist zutreffend. Hier sind einundneunzig vermerkt.« Casagrande klappte die Akte zu und schob sie dem Protokollführer hin. »Kann ich Sie einen Augenblick unter vier Augen sprechen, Herr von Arx?« Sie stand auf und ging hinaus.

»Ist das Ihr Ernst?«, fragte Casagrande, als sie mit dem Anwalt auf dem Gang stand.

»Was meinen Sie, Frau Staatsanwältin?«

»Hat Ihr Mandant die Anschuldigung gegen Wachtmeister Jäggi mit Ihnen besprochen?«

»Er hat mir gesagt, von der Beamtin geschubst worden zu sein, und will Anzeige gegen sie erstatten.«

»Hatten Sie vollständige Akteneinsicht?«

Von Arx setzte eine schuldbewusste Miene auf. »Das Mandat wurde mir kurzfristig zugewiesen. Ich hatte nur wenig Zeit –«

»Ich lege Ihnen ans Herz, die Akte gründlich zu lesen. Es gibt mindestens fünf unabhängige Zeugenaussagen, die bestätigen, dass Wachtmeister Jäggi mehrere Meter von Herrn Hafner entfernt war, als dieser auf die Straße hinausstürmte.«

»Die Zeugen können sich irren.«

»Gleich alle fünf, oder wie?«

»Unmöglich ist es nicht.«

»Jetzt hören Sie mal. An der Stelle, wo Wachtmeister Jäggi Ihren Mandanten auf die Straße geschubst haben soll, beträgt die Distanz vom Rand des Trottoirs bis zum Bahngleis gut acht bis zehn Meter. Die Ampel für den Verkehr aus Richtung Brücke zum Bahnhofplatz stand auf Rot. Die Fahrbahn war frei. Frau Jäggi, die etwa fünfundsechzig Kilo wiegt und einen Kopf kleiner ist als Ihr Mandant, soll es fertiggebracht haben, Herrn Hafner über diese Distanz vor die Bahn zu schleudern? Das glauben Sie ja wohl selbst nicht.«

Von Arx bewegte seinen Mund wie ein Fisch, der nach Luft schnappt.

Sie klopfte ihm auf die Schultern. »Machen Sie sich nichts draus. Kann jedem passieren.« Sie öffnete die Tür und bedeutete dem Protokollführer, herauszukommen. »Ich habe jetzt einen

Termin«, sagte sie zu von Arx. »Um sechzehn Uhr machen wir hier weiter. In der Zwischenzeit wünsche ich Ihnen ein erfolgreiches Aktenstudium, und reden Sie Ihrem Mandanten ins Gewissen. Wenn er kooperiert, kann er seine Situation damit nur verbessern.«

∗∗∗

Die gefühlte Temperatur lag in den zweistelligen Minusgraden, obwohl sein Standort in einem bewaldeten Hang des Geländeeinschnitts vor Wind geschützt war. Goran machte es nichts aus. In den Wäldern und Bergen seiner Heimat, der Jahorina, östlich von Sarajevo, hatte er im Krieg oft tagelang im Freien ausgeharrt. Innerhalb eines Monats hatte er an jedem Fuß einen Zeh verloren. Die Kälte schärfte seinen Blick. Erst in letzter Zeit begann sie ihm zu schaffen zu machen. Das sollte seine letzte Mission sein. Danach würde er zurück in die Heimat gehen. Die *gospodarice* wollten es so, obwohl er sich dagegen gesträubt hatte. Sie meinten es gut mit ihm. Er war alt und müde und nicht mehr so schnell wie früher, als er sie beschützte. Dennoch war er zu stolz, ihren Schutz in Anspruch zu nehmen.

Inmitten des dichten Unterholzes hatte er freie Sicht auf das Objekt. Mit dem Hochleistungsfernglas konnte er es beliebig heranzoomen. Der Transporter und das Begleitfahrzeug, ein Patrouillenwagen der Polizei, waren vorgefahren.

Goran spuckte verachtungsvoll aus. Diese Schweizer Polizisten waren arrogant und sträflich nachlässig. Dafür würden sie bald einen blutigen Preis bezahlen müssen. Er zählte die Mannschaft. Im Kleinbus saßen der Fahrer und der Beifahrer. Die Zielperson würde später hinten sitzen. Die Besatzung des Patrouillenwagens bestand aus zwei nur mit Pistolen bewaffneten Beamten. Goran konnte nicht erkennen, ob sie ein Sturmgewehr mitführten. Wenn ja, war es in einem Fach im Kofferraum ihres Wagens verstaut. Das würde diesen Narren nichts nützen. Bevor sie an die Waffe herankamen, waren sie tot. Was für eine Vergeudung jungen Lebens.

Goran konnte nicht mehr trauern. Zu viele von ihnen hatte

er in diesem verfluchten Krieg sterben sehen. Männer, die keine zwanzig Jahre alt waren, halbe Kinder, durchsiebt von Kugeln. Frauen wie seine Dunja. Er hatte sie gefunden, in einem Graben an der Straße nach Rakovica, mit einer Kugel im Genick. Sie hatte ihr Neugeborenes im Arm. An es hatten die Tschetniks keine Munition verschwendet und es einfach liegen gelassen. Es war erfroren. Seither spürte Goran die Kälte nicht mehr. Sie war nichts gegen das, was er von jenem Tag an in seinem Herzen fühlte. Manche der serbischen Ungeheuer hatten dafür gebüßt. Und immer wieder waren andere gekommen, als hätte sie der Teufel selbst geboren. Sie kamen noch heute.

Ein Mitglied der Besatzung war weiblich. Eine hübsche junge Beamtin – zu jung. Goran fragte sich, ob sie jemanden hatte. War sie verlobt oder verheiratet? Hatte sie Kinder? Hatte sie sie heute Morgen umarmt und sich im Guten von ihnen verabschiedet, ihnen einen Kuss gegeben und einen schönen Tag gewünscht? Für sie, ihre Familie und alle, die sie liebten, könnte heute der letzte schöne Tag gewesen sein, für eine lange Zeit.

Was waren die Menschen in diesem Land für hochmütige Wesen, ihre Frauen ohne Not in solche Gefahren zu schicken? Dachten sie, ihr Geld schütze sie vor dem Bösen? Merkten sie nicht, dass der Teufel es ihnen schenkte, damit es ihre Seele auffraß und sie nach noch mehr gierten? Sie dienten ihm, ließen seine Häscher in ihr Land. Sie erlaubten ihnen, ihre Häuser, ihre Firmen und die Menschen zu kaufen, so lange, bis auch dieses Land zu einem Teil der Hölle würde, eine Wüste, in der nur Feuer und Asche übrig blieben, wie seine Heimat. Was für eine Dummheit, welch eine Arroganz. Goran spürte die Müdigkeit, die sich in seiner Seele ausbreitete. Für ihn war es bald vorbei. Er spielte keine Rolle mehr. Die *gospodarice*, seine Engel der Rache, würden für ihn weiterkämpfen.

Durch das Fernglas sah er, wie die Polizistin die Schiebetür des Kleinbusses öffnete. Die anderen Beamten blickten gespannt zur Eingangstür, die Goran von seinem Standort aus nicht einsehen konnte. Die Zielperson trat in sein Blickfeld. Hände und Füße waren zusammengekettet. Sie trug Bluejeans, Schnürstiefel und einen pelzgefütterten Parka. Kleidung für eine lange Reise.

An ihrem Bestimmungsort würde sie die Winterkleidung nicht mehr brauchen. Mit Hilfe der Beamtin und eines ihrer Kollegen kletterte die Zielperson in die Gefangenenzelle des Transporters. Die Polizistin sicherte die Zelle und sperrte sie ab, bevor sie sich auf den Sitz daneben setzte. Der männliche Begleiter setzte sich wieder vorne auf den Beifahrersitz. Das Fahrzeug startete. Ein Mann in Zivilkleidung winkte dem kleinen Konvoi zu und wartete, bis er durch das Tor auf die Zufahrtsstraße fuhr. Bei der Einmündung auf die Hauptstraße bogen sie links ab.

Goran zog sein Handy aus der Innentasche seines Anoraks und drückte die Kurzwahltaste, unter der er die vereinbarte Nummer gespeichert hatte. Nach einem Rufzeichen wurde auf der anderen Seite geantwortet.»Sie fahren los, Richtung Menzingen.«

Goran legte auf. Er hatte seine Mission erfüllt und konnte nach Hause gehen.

Was für eine Verschwendung.

ZEHN

Casagrande erwartete Hafner und seinen Anwalt vor dem Vernehmungsraum. Sie ließ Hafner eintreten und nahm von Arx zur Seite. »Ist Ihr Mandant bereit zu reden?«

»Er ist es, Frau Staatsanwältin.«

»Keine Spielchen mehr?«

»Keine Spielchen.«

Sie setzten sich. Casagrande sah erwartungsvoll zu von Arx. Dieser räusperte sich kurz. »Mein Mandant sieht von einer Anzeige gegen Wachtmeister Jäggi ab.«

»In Ordnung, somit können wir uns dem eigentlichen Gegenstand der Befragung widmen.«

»Ich habe Nadine nicht getötet«, stieß Hafner hervor.

»Deswegen sind Sie nicht hier, Herr Hafner. Sie haben einer polizeilichen Vorladung keine Folge geleistet, woraufhin Sie zur Fahndung ausgeschrieben wurden. Während des Zugriffs leisteten Sie Widerstand und nahmen eine Minderjährige als Geisel, die Sie mit einem Messer bedrohten.«

»Mein Mandant wusste nicht, dass es Polizeibeamte waren, die ihn ansprachen. Er fürchtete einen Überfall.«

»Beamtinnen, Herr von Arx. Bei Herrn Hafners Tätigkeit als … sagen wir mal ›Beschützer‹ von Frauen in einem einschlägigen Gewerbe fällt es mir schwer, zu glauben, zwei Frauen in Zivil könnten ihm Angst einjagen, wenn er von ihnen angesprochen wird. Die Polizistinnen haben sich eindeutig als solche zu erkennen gegeben. Auch dafür gibt es genügend Zeugen.« Casagrande sah ihre Gegenüber scharf an. »Es wäre mir wirklich sehr recht, wenn wir das Geplänkel beenden könnten.« Sie nahm eine zweite, dickere Akte hervor. »Da Sie das Thema angesprochen haben, Herr Hafner, lassen Sie uns über Nadine Känzig reden.«

»Mein Mandant wird dazu keine Aussage machen. Deswegen ist er nicht hier.«

Verblüffung vorgebend blickte Casagrande auf den Aktendeckel. »Sie haben natürlich recht, dumm von mir, bitte entschuldigen Sie.« Sie klappte die Akte zu. »Sprechen wir also über den Widerstand gegen die Staatsgewalt und die Bedrohung von Polizeibeamten im Dienst mit einer tödlichen Waffe, über Geiselnahme mit Körperverletzung und die Gefährdung der öffentlichen Sicherheit.«

»Das ist lächerlich«, sagte von Arx. »Mein Mandant war in Panik. Er hat im Affekt gehandelt.«

»Was bitte soll daran lächerlich sein? Dutzende von Zeugen haben den Ablauf der Ereignisse vom Dienstagnachmittag wiedergegeben. Die Beamtinnen haben Herrn Hafner zu keinem Zeitpunkt bedroht, geschweige denn Waffen gezogen. Sie hatten den Auftrag, ihn aufzufordern, sie zur Einvernahme auf das Polizeikommando zu begleiten.«

Hafner wurde zusehends unruhiger, seine Bewegungen fahriger. Casagrande fragte sich, ob er unter Drogen stand oder Angst hatte.

»Schauen Sie, Herr Hafner. Wenn ich meine Anklage auf diesen Tatbeständen aufbauen muss, empfehle ich Ihnen, für die nächsten fünf bis acht Jahre keine privaten Pläne zu schmieden.«

Hafners Gesichtsfarbe steigerte sich auf eine höhere Stufe von weiß. »Bitte nicht«, stöhnte er. »Im Knast machen sie mich fertig.«

»Es sei denn ...«, begann Casagrande.

Ein hoffnungsvolles Leuchten glomm in Hafners Augen auf. Casagrande öffnete die dicke Akte wieder. »Es sei denn, wir reden über Nadine Känzig.«

»Ich habe sie nicht umgebracht.«

»Wir können beweisen, dass Sie kurz vor ihrem Ableben einen heftigen Streit mit Ihrer Freundin hatten. Hatten Sie Geschlechtsverkehr?«

»Das geht Sie nichts an.«

»In diesem Zusammenhang geht uns das sehr wohl etwas an. Ich wiederhole meine Frage.«

Hafner sah hilfesuchend zu seinem Anwalt.

»Ist diese Frage relevant?«, fragte von Arx.

»Wir haben bei Nadine Känzig Sperma gefunden.«

»Ich habe sie nicht vergewaltigt«, rief Hafner.

»Das behauptet niemand. Sie waren ihr Freund, und es geht darum, gewisse andere Hypothesen auszuschließen. Wenn Sie uns sagen, ob Sie mit Frau Känzig Verkehr hatten, ersparen Sie sich und uns Zeit und Arbeit. Wir finden es so oder so heraus. Es sieht besser für Sie aus, wenn Sie uns helfen.«

Von Arx nickte Hafner aufmunternd zu.

»Also gut, ich habe sie am Donnerstagabend gev… Ich meine, wir hatten Sex.«

»Danke.«

»Lassen Sie mich frei?«

»Leider nein. In Bezug auf dieses Motiv spricht die Statistik gegen Sie. Sie verfügten auch über Mittel und Gelegenheit, die Tat auszuführen.«

»Ich war es nicht, das müssen Sie mir glauben.« Hafner fing an zu schluchzen. »Ich habe Nadine geliebt.«

Casagrande presste die Lippen zusammen. Hafner hatte Nadine Känzig geliebt, wie ein Zuhälter eine Sex- und Arbeitssklavin lieben konnte.

»Schildern Sie mir in Ihren Worten, was in der Nacht vom Schmutzigen Donnerstag auf den Freitag passiert ist.«

Die Hoffnung in Hafners Augen verwandelte sich in Flehen.

»Sie müssen versprechen, mich zu schützen, bitte.«

»Vor wem sollen wir Sie schützen?«

»Vor …«, Känzig warf von Arx einen unsicheren Blick zu, »vor dem Teufel.«

»Der Teufel?« Casagrande bemühte sich um einen nüchternen Ausdruck. »So beängstigend es für Sie sein mag, da sind Sie bei mir an der falschen Adresse. Für Exorzismus ist der Vatikan zuständig. Ich dagegen benötige den bürgerlichen Namen dieses Individuums.«

»Ich kenne ihn nicht, ich habe ihn nie gesehen.«

»Sie sind am Leben, Herr Hafner. Ihre Freundin dagegen ist tot. Wurde sie etwa vom Teufel ermordet?«

Hafners Kopfnicken war spastisch. »Sie hat mit ihm getanzt. Deshalb musste sie sterben.«

»Wie muss ich mir das vorstellen?«

»Sie hat sich mit ihm eingelassen. Das hätte sie nicht tun dürfen.«

»Geht es konkreter? Hat Frau Känzig jemanden erpresst?«

Heftiges Kopfnicken.

»Womit?«

Das Kopfnicken ging nahtlos in Schulterzucken über. »Sie hat mir nur die Dokumente übergeben, ich habe keinen blassen, was drinsteht, ich habe sie nicht gelesen.«

Casagrande kämpfte mit ihrem dünner werdenden Geduldsfaden. »Sie haben Frau Känzig gezwungen, ihren Körper für Sie zu verkaufen. Sie haben sie geschlagen. Wollen Sie mir weismachen, dass sie Ihnen Unterlagen überließ, die Sie nicht gelesen haben?«

»Keine Papiere«, murmelte Hafner. »Einen Datenstick, verschlüsselt.«

»Wo befindet sich dieser Datenstick?«

»In meiner Wohnung.«

»Wo in Ihrer Wohnung, Herr Hafner?« Casagrande war mittlerweile fast so weit, diesem Idioten an die Gurgel zu gehen. »Wir haben Ihr Domizil im Sonnenpark durchsucht und keinen Datenstick gefunden.«

»Suchen Sie noch mal. Nadine hat ihn versteckt, ohne mir zu sagen, wo.« Er machte eine einladende Handbewegung. »Sie brauchen keinen Durchsuchungsbefehl, Sie haben meine Erlaubnis.«

Casagrande unterbrach die Befragung kurz. Vor dem Vernehmungsraum rief sie Lüthi an und instruierte ihn, auf der Stelle Hafners Wohnung zu durchsuchen. »Nimm Karin mit. Beeilt euch, bevor jemand anders auf dieselbe Idee kommt, wenn das nicht schon der Fall war.«

Zurück im Vernehmungsraum zog sie zwei Fotos aus ihrer Aktenmappe. Es waren die Porträts von Annina Burckhard und Ilona Horvath. »Sind Ihnen die Frauen bekannt?«

»Antworten Sie nicht darauf, Herr Hafner.« Von Arx wandte sich an Casagrande. »Wer sind diese Personen, und was haben sie mit den Tatvorwürfen gegen meinen Mandanten zu tun?«

»Sofern es die Tatbestände vom letzten Dienstag betrifft,

vermutlich nichts. Ich versuche, entlastende Elemente für Ihren Mandanten zu finden.«

Von Arx sah zuerst Casagrande und dann die Fotos prüfend an. »Fahren Sie fort.«

Casagrande wiederholte ihre Frage.

Hafner betrachtete die Bilder lange mit stumpfem Blick, bevor er sie von sich wegschob. »Keine Ahnung, wer die Jüngere ist. Die Ältere war mal in Nadines Wohnung. Sie haben über eine Party geredet.«

»Ilona Horvath also. Was für eine Party, und wo hat sie stattgefunden?«

»Nicht in Solothurn, sonst hätte ich davon gewusst.« Er tippte auf das Bild von Horvath. »Später kam sie zu mir und sagte, ich solle Nadine zur Autobahnraststätte Deitingen-Süd bringen, Fahrtrichtung Zürich. Dort würde sie jemand abholen.«

»Wann war das?«

»Weiß nicht, vor zwei oder drei Wochen.«

»Zwei oder drei Wochen?«

»Drei.«

»Wer hat sie abgeholt?«

»Sie kamen mit einem Luxusschlitten an, einem schwarzen 7er BMW, geile Kiste. Nur diese Horvath und ein Fahrer, nie gesehen den Typen. Sie ist ausgestiegen und hat Nadine mitgenommen. Sie sagte, sie würde mir eine SMS schicken, wann ich Nadine in Deitingen-Nord wieder abholen sollte.«

»Haben Sie sich das Kennzeichen gemerkt?«

»Warum sollte ich? Vor der Zahl stand ein ›AI‹, das ist alles.«

»Appenzell Innerrhoden«, sagten Casagrande und von Arx gleichzeitig. Im Kanton Appenzell Innerrhoden mit rund sechzehntausend Einwohnern sind fast gleich viele Mietwagen registriert. Die großen Schweizer Autovermieter profitieren von günstigen Motorfahrzeugsteuerpaketen, die das kantonale Straßenverkehrsamt ihnen anbietet.

»Hat Nadine erzählt, wohin sie gefahren ist?«

»Sie hat nur gesagt, dass die Wohnung an einem See lag.«

Toll, dachte Casagrande, Deitingen-Süd liegt an der A 1 in

Fahrtrichtung Zentral- und Ostschweiz, wo sich fünfundachtzig Prozent aller Schweizer Seen befinden, das Tessin nicht eingeschlossen. Mehr war offenbar nicht aus Hafner herauszuholen. Trotzdem war Casagrande nicht unzufrieden, die Ausbeute war besser, als sie sich erhofft hatte. »Das reicht fürs Erste, danke, Herr Hafner.«

»Wie sieht es bezüglich der mildernden Umstände aus?«, fragte von Arx. »Mein Mandant hat kooperiert.«

»Ich sehe, was ich tun kann.« Casagrande brauchte dringend eine Zigarillo. Vorher rief sie Google an. Er sollte beim Straßenverkehrsamt Appenzell Innerrhoden eine Liste aller schwarzen 7er-BMW-Mietwagen und der Halterfirmen anfragen und über diese die Mieter im betreffenden Zeitraum in Erfahrung bringen. Sie hatte einen Verdacht und wollte Gewissheit.

✳✳✳

»Das bringt nichts«, sagte Maja frustriert. Zusammen mit Lüthi und Karin hatte sie Hafners Wohnung erneut auf den Kopf gestellt, ohne Erfolg. »Wir sollten ins Untersuchungsgefängnis fahren und uns den Kerl persönlich vorknöpfen.«

»Casagrande muss uns das genehmigen«, sagte Lüthi und zog sein Handy hervor.

»Seine Überkorrektheit treibt mich in den Wahnsinn«, raunte Maja Karin zu. »Wir sind bald zwei Jahre zusammen, und ich schaffe es einfach nicht, ihn zu entspannen.«

Karin wollte sich nicht darauf einlassen. »Ich fürchte, wir suchen am falschen Ort.«

»Du hast gesagt, Luana habe dir erzählt, der Stick befände sich in Mirkos Wohnung.«

»Ich weiß. Hafner behauptet dasselbe. Na und? Er ist halt nicht hier. Soll ich dir jetzt einen schnitzen?«

»Wir haben uns eine Stunde um die Ohren geschlagen – für nichts?«

»Nicht ganz.« Karin streifte die Latexhandschuhe ab. »Ich habe eine Idee, wo wir suchen müssen. Kommt mit.«

»Wohin denn bitte, wenn ich fragen darf?«, sagte Maja.

»Einfach mir nach, Abflug.«

Beim Hinausgehen machte Karin Lüthi, der mit Casagrande am Telefon sprach, mit einem angedeuteten Kehlenschnitt klar, das Gespräch abzubrechen.

Frau Beric sah die drei erschrocken an. »Karin, ich wollte gerade zu Luana ins Spital, ist was mit ihr passiert?«

»Nein, nein, machen Sie sich keine Sorgen.« Karin stellte ihre Kollegen vor. »Wir müssten einen Blick in Luanas Zimmer werfen, dürfen wir?«

»Ich weiß nicht.« Frau Beric beäugte die drei unsicher. »Ich muss zum Bahnhof, sonst verpasse ich den Zug.«

»Es ist wirklich wichtig und würde uns bei unseren Ermittlungen helfen.« Karin sah Frau Beric mit ihrem treuherzigsten Mädchenblick in die Augen. Sie wollte die leidgeprüfte Mutter nicht mit einem Durchsuchungsbefehl unter Druck setzen. »Wir fahren Sie nachher auch ins Spital.«

Frau Berics Gesicht erhellte sich. Sie ließ die Polizisten eintreten. »Soll ich euch etwas zu trinken bringen?«

»Das ist lieb von Ihnen, aber nein, danke. Es dauert ganz sicher nicht lange.«

Nach weniger als zehn Minuten hatten sie das Zimmer auseinandergenommen, das Bett abgezogen, die Matratze abgetastet sowie alle Schubladen geleert. Lüthi hatte sämtliche Bodenleisten auf Hohlräume abgeklopft und den Kabelkanal aus Plastik entfernt, der Luanas elektronische Geräte mit den zwei einzigen Steckdosen im Raum verband, mit dem immer gleichen unbefriedigenden Ergebnis.

»Das war's«, sagte Maja. »So eine Scheiße, ich fühle mich wie auf dem Fahrrad im Fitnessraum. Dreißig Kilometer pedalen an Ort.«

»Hilft nichts«, sagte Lüthi. »Lasst uns das Zimmer wieder einigermaßen in Ordnung bringen.«

»Das wäre gut, sonst darf ich Frau Beric nicht mehr unter die Augen treten.« Karin hob das Eminem-Poster vom Boden auf. Luanas Bewunderung für den amerikanischen Rapper musste groß sein. Sie hatte das riesige Bild auf einen Holzrahmen aufziehen lassen. Ein scharfer Schmerz in der Hand ließ sie zusammenzucken. Sie ließ das Poster fallen und stieß einen unflätigen Fluch aus. Einer der scharfkantigen Nägel, mit denen das Papier an den Holzleisten fixiert worden war, stand hervor und hatte sich in ihre Handfläche gebohrt. Maja und Lüthi sahen sie erstaunt an.»Holla, Frau Jäggi. Solche Töne ist man sich von dir nicht gewohnt«, sagte Lüthi.

»Tut auch verdammt weh.« Karin saugte an der Hand, um die Blutung zu stillen.

»Nimm das hier.« Maja reichte ihr ein Papiertaschentuch. »Frau Beric hat sicher ein Pflaster für dich.«

Lüthi nahm das Poster auf. Aus dem Innern des Rahmens ertönte ein trockenes Klacken. Durch den Fall musste sich innen etwas gelöst haben. Lüthi legte das Bild mit der Rückseite nach oben auf das Bett und klopfte die Seitenleisten ab. In der linken Leiste fand er einen Hohlraum.»Karin hat mal wieder den richtigen Riecher gehabt.«

»Ohne Rücksicht auf Leib und Leben«, ergänzte Maja.

»Was tut man nicht alles im Dienst der Wahrheit«, sagte Karin.»Bekommst du's auf?«

»Hab's schon. Hier ist eine Einbuchtung.« Lüthi drückte auf die Stelle. Ein Teil der Leistenwand löste sich.»Da haben wir's ja, das Scheißerchen.« Er hielt den Datenstick in die Höhe.

Maja klaubte einen Asservatenbeutel aus ihrer Jackentasche. Er enthielt die beiden Hälften des präparierten Golfballs, den Karin am Montag bei Hafner sichergestellt hatte. Sie steckte den Stick in die Aussparung und setzte die beiden Hälften zusammen. Der Stick passte perfekt.»Bingo!«

✳✳✳

Die Fahrweise des Beamten auf der kurvenreichen Straße war sportlich. Jemina Osmankovic musste sich darauf konzentrieren, den Inhalt ihres Magens dort zu behalten, wo er war. In der engen Gefangenenzelle des Transporters rückwärtszufahren behagte ihr nicht. Es beeinträchtigte ihren Gleichgewichtssinn. Das penetrant süßliche Parfüm der Polizistin, die vor der Zelle im Fahrgastraum saß, half nicht gegen die Übelkeit. Ihr Körper machte jede Kurve, jede Beschleunigung und Bremsung mit. Man hatte sie nicht nur in diesen engen Verschlag gesperrt, sondern obendrein an Händen und Füßen gefesselt. Ihr Geleitschutz überließ in Bezug auf Sicherheit nichts dem Zufall, schließlich galt sie als gefährliche Terroristin.

Seit ihrer Festnahme in Olten vor acht Monaten war sie in verschiedenen Gefängnissen untergebracht worden, erst in Olten und zuletzt in diesem Betonbunker im Wald. Sie hatte erwartet, sofort an die Amerikaner ausgeliefert zu werden. Die Vorverhandlungen zu ihrem Austausch waren nicht so reibungslos verlaufen, wie manche es gerne gesehen hätten. Das hatte sie von einem Wärter erfahren. Am Vortag hatte er ihr eröffnet, sie sollte ins Gefängnis des Zürcher Flughafens verlegt werden, von wo sie später mit einem eigens gecharterten Flug nach Brüssel ausgeflogen würde.

Es war in der Schweiz nicht einfach, jemanden lange einzusperren, ohne dass er oder sie je einen Staatsanwalt oder einen Richter zu Gesicht bekam. Für Jemina galten andere Regeln. Anstelle von Rechtsbeiständen und Staatsanwälten war sie von Geheimdienstleuten und Bundespolizisten einvernommen worden. Bei einem dieser »Gespräche« wie der Schweizer Geheimdienstler sie nannte, war eine weitere Person dabei gewesen. Sie hatte Jemina nie direkt angesprochen. Zwischendurch tuschelten die beiden untereinander. Der Mann hatte Englisch mit amerikanischem Einschlag gesprochen. Das war vor zwei Wochen gewesen. Jemina machte sich keine Hoffnungen auf ein belgisches Gefängnis. Wenn nicht bald etwas passierte, wartete ein Kerker auf einer Insel im Karibischen Meer auf sie, ein Ort in einer Meeresbucht am südwestlichen Zipfel Kubas, der sich Guantanamo Bay nannte. Gegen das, was sie dort erwartete, war diese Fahrt im Transporter ein Wellnesstrip. Sie warf einen kurzen Blick zur Polizistin. Sie saß mit dem Rücken zur Seitenwand des Fahrzeugs und starrte geradeaus. Offenbar hatte das Begleitpersonal striktes Kontaktverbot. Jemina schloss die Augen. Sie wartete und hoffte auf Rettung oder auf einen erlösenden Tod. Sie zog beides einer Reise in die Hölle auf Erden vor.

Der Fahrer bog scharf rechts ab. Sie konnte sich im letzten Moment an den Gitterstäben festhalten, damit sie nicht gegen die seitliche Zellenwand stieß. Der Transporter verlangsamte, die Straße verlief kurviger. Dessen ungeachtet ließ sie sich von der Fahrt einlullen. Kurz bevor sie in einen Dämmerschlaf abdriftete, vernahm sie ein Geräusch, das nicht hierhergehörte, nicht in dieses friedliche, stoische Land. Es war ein heulendes Zischen, und es näherte sich von draußen. Sie hatte es zigfach gehört, jedes Mal brachte es Tod und Verstümmelung.

»Festhalten!«, rief sie der Polizistin zu, die sie erschrocken anstarrte. Jemina umklammerte die Gitterstäbe. Der dumpfe Knall ließ das Fahrzeug erzittern. Glas splitterte. Der Fahrer machte eine Vollbremsung. Die Rakete, vermutlich eine Stinger, hatte nicht den Transporter getroffen. Sie musste dem vorausfahrenden Patrouillenfahrzeug gegolten haben. Schüsse waren zu hören. Schreie der Beamten in der Fahrerkabine drangen dumpf zu ihnen. Dann war es still.

Die Polizistin spähte panisch durch das Sichtfenster der Hintertür.

»Mach mich los!«, rief Jemina.

»Was?«

»Mach mich los und gib mir deine Waffe. Dann rennst du weg, so schnell du kannst, wenn du nicht enden willst wie deine Kollegen.«

Die Beamtin ignorierte Jemina. Sie klaubte ihr Funkgerät hervor. Von der Tür kamen kratzende Geräusche.

»Deckung!«, rief Jemina.

Eine kurze, scharfe Detonation hob die Tür aus den Angeln. Die Polizistin schrie auf. Sie waren unverletzt geblieben. Die Sprengung sollte die Tür öffnen, nicht die Insassen töten. In diesem Augenblick beging die Polizistin ihren ersten Fehler des Tages und wohl gleichzeitig den letzten ihres Lebens. Sie zog ihre Waffe.

»Tu's nicht. Ergib dich, dann hast du vielleicht eine Chance.« Jemina sagte es wie zu sich selbst. Die Frau war nicht älter als Mitte dreißig, vielleicht hatte sie einen Liebsten und Kinder, vielleicht auch nicht. Sicher hatte sie sich nie in einer solchen

Situation befunden. Dem Teufel war es egal. Jemina glaubte sein Lachen zu hören, als die Polizistin von einer Kugel am Hals getroffen zusammenbrach. Nicht einmal ihre Weste hatte ihr geholfen. Diese Leute wussten, wo sie hinzielen mussten. Jemina blieb sitzen. Freund oder Feind? Sie wusste es nicht. Es waren zwei Männer. Sie trugen Sturmhauben. Jemina sah nur das Glitzern der Augen. Die Kleidung war paramilitärisch, Parkas in Tarnfarben, schwarze Kampfhosen und Schnürstiefel. Sie richteten ihre Schnellfeuergewehre, russische AK-12, auf sie.

»Wer seid ihr?« Sie stellte die Frage in der Sprache ihrer Heimat.

»Davor schickt uns«, sagte derjenige, dessen Haltung und Statur den Anführer bezeichnete.

Die Männer waren nicht gekommen, um sie zu retten. Jemina würde in diesem unwirtlichen Land sterben.

»Bist du bereit, Hexe?«

»Richtet Davor aus, wir sehen uns in der Hölle wieder.«

»Tun wir das nicht alle?« Die Männer lachten. Der Anführer schulterte sein Gewehr und schloss die Zelle mit dem Schlüssel der Polizistin auf. Sie zerrten Jemina aus dem Transporter. Sie musste sich auf den kalten Asphalt der Straße knien. Ein Dritter gesellte sich zu ihnen. Er hielt die Abzugsvorrichtung einer Rakete in der Hand. Der Anführer zog seine Pistole. Er wollte sich hinter Jemina stellen.

»Nein. Sieh mir in die Augen«, sagte sie.

»Wie du willst, Hure.«

Der Mann trat vor sie. Er zielte auf einen Punkt zwischen Jeminas Augen. Sie blickte zu ihm hoch, gerade rechtzeitig, um das Loch zu sehen, das sich plötzlich in der Mitte seiner Stirn geöffnet hatte. Eine Fontäne von Blut und Hirnflüssigkeit bespritzte die hinter ihm stehenden Männer. Sekundenbruchteile später brachen diese in einem Kugelhagel zusammen, bevor sie realisierten, was mit ihnen passierte.

Jemina hatte sich instinktiv zu Boden geworfen. Sie konnte nur den grobkörnigen Fahrbahnbelag sehen und die Spitzen schwarzer Kampfstiefel, die auf sie zukamen. Ihr Blick wanderte nach oben.

Die schlanke Gestalt in der Motorradkluft mit Integralhelm legte ihr Heckler-&-Koch-Sturmgewehr auf den Boden und nahm den Helm ab.

Eine Welle der Dankbarkeit und der Erleichterung durchflutete Jemina. »Du hast dir Zeit gelassen, Lili.«

»Servus, Minka, tut mir leid, ich wurde aufgehalten.« Jemina deutete mit dem Kopf auf ihre Handschellen. »Kannst du mir die Dinger abnehmen?«

Lili ging zum Transporter. Sie warf einen Blick in das Fahrerhaus, dann ging sie nach hinten, wo die Polizistin lag. Sie hob die Schlüssel auf, die der Anführer achtlos zu Boden geworfen hatte. Mit routinierten Griffen prüfte sie Puls und Atmung der Polizistin, bevor sie sich beeilte, Jeminas Handschellen aufzuschließen, damit sie sich selbst von ihren Fußfesseln befreien konnte.

»Die Frau lebt«, sagte Lili. »Hilf mir, die Blutung zu stillen.«

»Ihre Kollegen?«, fragte Jemina, während sie die Polizistin notdürftig versorgten.

Lili schüttelte den Kopf. »Wir alarmieren den Notruf. Danach müssen wir weg. Wenn sie schnell sind, hat sie eine Chance.«

»Danke, Lili.« Jemina rieb sich die schmerzenden Handgelenke. Sie umarmten sich.

»Mein Motorrad steht dort.« Lili zeigte zu einem Waldstück oberhalb ihres Standortes. Sie vernahmen den Klang von Martinshörnern, als sie die BMW erreichten.

»Beeilen wir uns, wir sind spät dran.«

Minka beobachtete Lilis Gesten, die sie trotz der sich ihnen nähernden Sicherheitskräfte mit effizienter Gelassenheit ausführte, so wie sie zuvor die vier Männer getötet hatte, die Minka töten wollten. Lili hatte Wort gehalten und sie befreit, bevor man sie den Amerikanern ausliefern konnte, für die Jemina »Minka« Osmankovic als gefährliche Terroristin galt. Die verdeckte Mission gegen das islamistische Terrornetzwerk war beendet.

»Was ist? Weshalb lächelst du?«, fragte Lili, als sie Minka den Motorradhelm gab.

»Nichts weiter. Ich musste gerade an den Nachmittag denken, vor anderthalb Jahren, in Paris.«

Damals hatte angefangen, was hier endete. Aber die Geschichte von Lili und Minka war noch nicht zu Ende. Ein weiteres Kapitel, in einem anderen Buch, war noch nicht fertig geschrieben. Es begann erst.

Sie zog die gefütterte Jacke an, band sich den Schal um den Hals, zog den Helm über den Kopf – und dachte an Paris, damals.

Das Schwert Gottes

»Bonsoir, Lili.«

»Minka.«

Sie umarmen sich lange. Hinter ihnen rauscht der Nachmittagsverkehr über die Champs-Élysées zwischen L'Étoile und La Concorde. In Minkas Umarmung spürt Lili das Glück ihrer Kindheit wieder. Die Bilder von Terror und Tod aus jener Zeit schieben sich in den Hintergrund. »Was trinkst du da?«, fragt Minka, als sie sich setzen, und zeigt auf Lilis Glas.

»In Paris immer Pastis.«

Minka rümpft die Nase. Sie gibt einem Kellner ein Zeichen und bestellt eine Menthe à l'eau.

»Du bist schön«, sagt Minka, »und so stark geworden, wie ich es mir für dich gewünscht habe.«

»Ich hatte keine Wahl, du warst fort, und ich musste allein kämpfen, gegen die Wölfe und gegen den Teufel.«

»Aber du hast sie bezwungen, beide.«

Lili schüttelt den Kopf. »Der Teufel hat sich zurückgezogen. Der Wolf lebt noch.«

»Nicht mehr lange, das verspreche ich dir.«

»Er wird vor dem Tribunal in Den Haag aussagen, in zehn Tagen. Sie machen einen Kronzeugen aus ihm. Slavko Vukovic wird für seine Verbrechen nicht zur Rechenschaft gezogen werden.«

»Doch, das wird er, das verspreche ich dir«, sagt Minka. »Slavko wird Den Haag nicht als lebender Mann verlassen.«

»Was hast du vor?« In Lilis Stimme schwingt Sorge mit.

Minka antwortet nicht. Sie schweigen, bis der Kellner ein fingerbreit mit Pfefferminzsirup gefülltes Glas vor Minka hingestellt und mit Mineralwasser aufgefüllt hat.

»Sag mir lieber, was du mit mir vorhast. Weshalb hast du mich hierherkommen lassen?«, fragt Minka.

»Wir brauchen dich.«

Minka führt ihr Glas an die Lippen. »Wer braucht mich? Du oder die Direktorin von Europol?«

Lilis Mundwinkel zucken. »Stellvertretende Direktorin. Du kennst Scheich Abdul Adil, nicht wahr?«

Minka nickt. »Er unterstützte unsere Milizen im Krieg gegen die Serben.«

»Du warst für kurze Zeit seine Geliebte. Habt ihr noch Kontakt?«

»Schon mehrere Jahre nicht mehr. Ich habe mich bald nach dem Krieg von ihm getrennt, bevor er zum Extremisten wurde.«

»Wir wollen ihn«, *sagt Lili.* »Die Franzosen ebenso und die Amerikaner. Hilfst du uns?«

Minka leert ihr Glas und winkt dem Kellner. »Ich helfe nicht euch, Lili, aber ich werde dir helfen. Was soll ich tun?«

Sie warten, bis der Kellner Minka die zweite Menthe à l'eau gebracht hat. Lili erläutert Minka ihren Plan.

»Wann geht es los?«, *fragt Minka schließlich.*

»In zwei Wochen, in Brüssel. Wir sorgen dafür, dass du eine Legende erhältst, die dich zu saif allah macht, zum ›Schwert Gottes‹. Mit dem Unterschied, dass deine Opfer am Ende nicht unschuldige Menschen sein werden, sondern Abdul Adil selbst. Du musst sein Vertrauen gewinnen und ihn von deinem Fanatismus überzeugen.«

»Oder sterben.«

»Das wirst du nicht, Minka, hörst du? Sobald deine Mission abgeschlossen ist, hole ich dich raus, und wenn ich dafür in die Hölle hinabsteigen muss. Vergiss nicht: Goran ist immer in deiner Nähe.«

»Keine direkten Kontakte?«

»Auf gar keinen Fall. Es läuft alles über Goran, hörst du? Außer mir ist er der Einzige, dem du vertrauen darfst.«

»Dann weiß ich, dass mir nichts passieren wird, Lili. Früher habe ich dich vor dem Teufel beschützt, nun tust du es für mich.«

»Inschallah.«

ELF

»Misslungen. Es tut mir leid, *gospodine*.«
Seine Hand umklammerte den Apparat. Der nagende
Schmerz im Kopf war unerträglich.
»Wie konnte das passieren?«
»Wir ... wir konnten nicht damit rechnen, dass die andere
uns dazwischenfunkt. Wenn sie in Wien nicht –«
»Ich will nichts hören. Ihr hättet es wissen müssen, bringt
es in Ordnung.«
»Was ist mit Phase drei, *gospodine*?«
»Bald, wenn der ›Vollstrecker‹ übernimmt, kannst du ver-
schwinden.«
»Wann wird das sein?«
»Wenn ich es sage.«

***

Dornach überflog die Nachricht zum zweiten Mal. Er war erleichtert. Das Ärzteteam an Bord des Ambulanzjets der Rettungsflugwacht würde fast zur selben Zeit wie er am nächsten
Morgen vom Flughafen Zürich Richtung Amman abheben. Es
hatte bis vor Kurzem nicht danach ausgesehen, deshalb hatte
Dornach die Reservation auf dem Linienflug über Wien auf-
rechterhalten. Nun würde das Rega-Team ein paar Stunden
vor ihm bei Pia sein.
       Er hatte im »Radisson Blu« beim Flughafen ein Zimmer
reserviert. Hätte er eine weitere Nacht zu Hause verbringen
müssen, wäre ihm die Decke auf den Kopf gefallen. Er hatte Carols Angebot abgelehnt, ihn zum Flughafen zu fahren. Im Zug
konnte er seine Gedanken besser ordnen. »Mach dir keine Vorwürfe, Dominik«, hatte sie ihm beim Abschied gesagt. »Wenn
deine Tochter nur annähernd dir nachschlägt, wusste sie, was sie
tat. Eltern können nicht ständig einen Kokon um ihre Kinder
spinnen.« Es stimmte. Wer mit Pia zusammenlebte, musste ein

schneller Lerner sein. Sie ließ sich von niemandem in einen Rahmen pressen. Dornach kam ein Vorfall in den Sinn, als sie knapp zehn Jahre alt war.

Pia hatte die Idee gehabt, in ihrem gemeinsamen Badezimmer ein Biotop zu bauen. Sie schüttete den Fußboden mit Sand und Erde auf und pflanzte Blumen, die sie im Garten gesammelt hatte. Als Frau Reinhard bemerkte, dass das schlammige Wasser unter der Badezimmertür hindurch in den Korridor floss, befand sich Dornach an einem mehrtägigen Seminar. Die Reinigung hatte Tage gedauert. Bevor er seine Tochter ins Gebet nehmen konnte, deckte sie ihn mit einer empörten Tirade über die stetige Verbetonierung des Lebensraums für Amphibien und die Zerstörung der Artenvielfalt ein. Pia nahm die Bestrafung, eine mehrwöchige Streichung des Taschengeldes und Fernsehverbot, stoisch hin. Sie kannte keine Kompromisse. Immer wollte sie alles oder gar nichts. Autoritätsgehabe reizte ihren Widerstandsgeist. Einzig glasklare Argumente zählten für sie. Mit Rafik in den Irak zu gehen war in ihrer Welt eine logische Konsequenz. Eine Trotzreaktion, sicher, aber auch ein Protest gegen die monströse Ungerechtigkeit eines Systems, das Janas Verhaftung zugelassen hatte, die sie mit ihrem Engagement für Kinder sühnen wollte.

Nachdem Dornach eingecheckt hatte, stellte er seine Reisetasche im Zimmer ab, ging wieder nach unten und setzte sich in die »Angels' Wine Tower Bar«, deren sechzehn Meter hohe Glaskonstruktion des Weinregals die Lobby überragte. Es hatte ein Fassungsvermögen von viertausend Flaschen, wie er der Weinkarte entnahm. Der Barbetreiber hatte sich etwas einfallen lassen, zumindest für das vorwiegend männliche Publikum von Geschäftsleuten: Schlanke, athletisch gebaute Frauen in hautengen weißen Minikostümen vollführten am Sicherungsseil entlang des Turmes ein vertikales Ballett mit akrobatischen Verrenkungen.

Dornach bestellte eine Flasche Valpolicella und ein Clubsandwich als Unterlage. Er hatte vor, so lange hier sitzen zu bleiben, bis die Müdigkeit ihn ins Bett trieb.

Eine Bewegung beim Ausgang zur Lobby ließ ihn den Kopf

wenden. Dort stand Pia. Sie sah ihn und lächelte. Dann löste sich das Trugbild auf. Laure Zenklusen war das ältere Ebenbild ihrer Tochter. Es war Monate her, dass Dornach sie das letzte Mal gesehen hatte. Mit fortschreitendem Alter hatte sie nichts von ihrer Schönheit und Anziehungskraft eingebüßt, mit denen sie ihn zwanzig Jahre zuvor für sich eingenommen hatte. Ihr Körper war fülliger, und vereinzelte weiße Strähnen durchzogen ihr Haar. Doch sie hatte die kämpferische Ausstrahlung bewahrt, die sie Pia mit ihren Genen weitergegeben hatte, auch wenn ihr die Strapazen einer langen Flugreise anzusehen waren. Im schillernden Ambiente der Lobby wirkte sie unter all den Geschäftsanzügen deplatziert. Laure, die ein Kleid oder einen Rock Hosenanzügen vorzog, trug khakifarbene Militärhosen. Unter einer offenen feldgrünen Daunenjacke lugte ein schwarzes Sweatshirt hervor.

»Dominik, was tust du hier?« Der französische Akzent trat deutlicher hervor als früher. Wahrscheinlich hatte sie seltener Gelegenheit gehabt, Deutsch zu sprechen. Sie begrüßten sich mit drei Wangenküssen.

»Das Gleiche könnte ich dich fragen. Sagtest du nicht, du findest keinen Flug?«

Laure setzte sich in den freien Stuhl neben ihm. »*Pas tout à fait correct, mon cher.* Ich sagte, ich wüsste nicht, ob ich auf die Schnelle einen Flug bekomme, *nuance*. Vor einer Stunde bin ich via Paris hier gelandet. Ich hatte Glück, den letzten Platz mit Air France von Niamey nach Charles-de-Gaulle zu erwischen.«

Wie sich herausstellte, waren sie am nächsten Morgen auf dieselben Flüge nach Wien und Amman gebucht worden. Laure umarmte Dornach. »Schön, mit dir gemeinsam zu Pia zu fliegen, Vater und Mutter. *Il y a des nouvelles* – gibt es Neuigkeiten?«

Pias Zustand war unverändert. Das beunruhigte Laure als Ärztin nicht allzu sehr. Keine Nachrichten waren in solchen Fällen gute Nachrichten. Laure war keine Mutter, die ihre Ängste und Sorgen um ihr Kind offen in die Welt hinaustrug.

»Danke«, sagte Dornach.

»Wofür?«

»Dass du mich nicht mit Vorwürfen überhäufst wie letzten

Sommer, als Pia in Solothurn der Terrorgefahr ausgesetzt war. Das könnte ich im Moment nicht vertragen.«

Laures Lachen war dasjenige von Pia. »Auch ich lerne dazu. Seit ich bei ›MSF‹ bin, habe ich gelernt, dass sich Angst vor Gefahren und Risiken dem Drang, Menschen in Not zu helfen, unterordnet, vor allem wenn wir, wie dort unten, die Einzigen sind, von denen sie Unterstützung erwarten können. Ich kann Pia das Engagement im Irak nicht verdenken. Was passiert ist, ist passiert. Sie ist am Leben, *Dieu merci*. Wir können unser Kind nicht ein Leben lang … wie sagt ihr, *enfermer dans une cage dorée?*«

»In einen goldenen Käfig sperren.«

»*C'est ça.*«

Dornach entdeckte eine neue Seite an der ehemaligen Medizinstudentin, mit der er in der Zeit seiner Dozentur für Kriminalistik an der Universität Bern eine heftige Affäre hatte, deren Resultat nun in einem Spitalbett im Mittleren Osten lag.

Sie leerten die Flasche Valpolicella und bestellten eine zweite. Bei Essen, Trinken und Reden vergaßen sie die Zeit, bis der Barmanager ihnen um halb zwei Uhr morgens freundlich eröffnete, er müsse schließen. Sie gingen auf ihre Zimmer, in der Hoffnung, mit Hilfe des Weines wenigstens ein paar Stunden Schlaf zu finden.

✳✳✳

Es war halb neun. Casagrande blickte in die verbissenen Mienen von Lüthi und Maja. Sogar Google schien schlecht gelaunt zu sein, und dazu musste zumindest eine von drei Voraussetzungen erfüllt sein. Beispielsweise kam es einer Todsünde gleich, ihn beim Essen oder in seiner Nachtruhe zu stören. Die größte aller Verwerfungen jedoch bestand darin, ihm ins Handwerk zu pfuschen. Lüthi hatte Google telefonisch um halb sechs in der Früh aus dem Schlaf gerissen und zurück in die Schanzmühle beordert, damit er sich den Datenstick vornahm. Dass er zuvor vergebens versucht hatte, diesen mit Majas und Karins Hilfe zu entschlüsseln, war in Googles Augen schier unverzeihlich.

Casagrande nippte gerade an ihrem ersten Kaffee, als Karin

mit drei Papiertüten hereinkam. Den Inhalt von zweien türmte sie auf einen Teller, den sie vor Google hinstellte, ein Schinken-Käse-Baguette und einen XXL-Nussgipfel. Maja setzte zu einer spitzen Bemerkung an, vermutlich über die Korrelation zwischen Googles Bauchumfang und seiner Ernährung. Karins warnender Blick erstickte die Absicht im Keim. Nachdem diese ihre Besänftigungstaktik gegenüber Google mit einer doppelten Portion Kaffee ergänzt hatte, setzte sie sich neben ihn und tätschelte ihm die Schulter, was ihm ein befriedigtes Grunzen entlockte. Die Situation war entschärft.

Einen genussvollen Bissen Sandwich später verbesserte sich Googles Stimmung wesentlich. »Ich will gleich zu Beginn klarstellen, dass ihr euch keine großen Hoffnungen machen solltet«, sagte er mit vollem Mund, was Maja regelmäßig zur Weißglut brachte. Dem Frieden zuliebe beherrschte sie sich.

Casagrande lenkte ab, indem sie sich nach Luana Berics Befinden erkundigte.

»Gestern musste erneut ein Noteingriff vorgenommen werden«, berichtete Karin. »Man behält sie ein paar Tage im Koma, damit sich der Organismus erholen kann.«

Casagrande hatte gehofft, rascher mit Luana sprechen zu können. Sie hatten keine Hinweise außer Karins Aussage zum Fluchtwagen und dem Bericht der Kriminaltechnik zum Projektil vom Kaliber neun Millimeter.

»Das ist eines der gängigsten Kaliber«, sagte sie. »Das bringt uns im Moment nicht viel weiter. Kriegen wir eine genauere Prognose, ab wann wir sie befragen können?«

»Weiß nicht, vielleicht Sonntag oder Montag«, antwortete Karin.

Casagrande schluckte die Kröte. Am Nachmittag wollte sie Hafners Befragung fortsetzen. Bei Luana Beric kam er als Täter nicht in Frage, da er zum Zeitpunkt der Schüsse auf sie bereits im Untersuchungsgefängnis einsaß. Sie hatte zu berücksichtigen, dass der Schütze, der auf Luana geschossen hatte, aus den gleichen Motiven handelte, die zu Nadine Känzigs Tod geführt hatten. Entweder wollte man Luana zum Schweigen bringen oder sich bei ihr beschaffen, was bei Nadine nicht gefunden werden konnte.»Fangen wir damit an, was du uns zum USB-Stick sagen kannst, Google.«

»Er enthält zwei passwortgeschützte Ordner mit mehreren Unterordnern, welche teilweise ebenfalls nur mit Passwörtern zu öffnen sind. Das Ganze ist verzwickt.«

»Seit wann stellen ein paar mickrige Passwörter ein Problem für dich dar?« Die Bemerkung trug Maja einen weiteren giftigen Blick von Karin ein.

»Mickrige Passwörter kaum, ganz im Gegensatz zu nervigen Kolleginnen«, brummte Google.

»Leute, bitte«, fuhr Casagrande dazwischen.»Konzentration auf das Wesentliche.«

»Natürlich«, sagte Google. Auf der interaktiven Wandtafel leuchtete die Explorer-Oberfläche mit den Dateien auf dem Stick auf.»Einen der Ordner konnte ich knacken. Die Passwörter waren nicht besonders knifflig, und ich habe eine App geschrieben, die –«

»Zu viel Information«, sagte Maja.

Google senkte den Blick auf seinen Bildschirm. Die Anwesenden verfolgten, wie er das Passwort in das Aufforderungsfeld eintrug. Das Bild wechselte zu einem Dutzend Icons in einem Unterordner.

»Das sind dieselben, die wir auf Nadine Känzigs Rechner gefunden haben«, sagte Karin.

»Scharf beobachtet«, sagte Google.»Die Sichtung können wir uns sparen. Bis auf dieses hier.« Er scrollte zum letzten Icon. Es war mit »GBFF_Jan« angeschrieben.

»Was ist mit ›GBFF‹ gemeint?«, fragte Karin.

»Das ist eine kombinierte Abkürzung verschiedener Sexpraktiken. Brauchst du zusätzliche Erläuterungen?«

»Danke, lieber nicht. Und das ›Jan‹ meint wohl den Monat Januar. Müssen wir uns das wirklich ansehen?«

»Das will ich meinen, es ist der einzige passwortgeschützte Ordner in dieser Reihe.«

Karin seufzte ergeben. Google klickte auf den Ordner. Eine Reihe Thumbnails von Bildern und Videodateien wurde hochgeladen. Er klickte das dritte in der obersten Reihe an.

»Kennen wir schon«, sagte Maja.»Das ist das Bild, das uns Bea Frey am Dienstag gezeigt hat.«

»Man beachte die spärlich bekleideten Damen in den Kapuzenmänteln«, sagte Google.»Ich habe deren fünf gezählt.« Er ging die rund zwei Dutzend Fotos im Schnelldurchlauf durch. Auffallend war die düstere Kulisse, die an eine Folterkammer oder ein Verlies erinnern sollte. Vor einem Panoramafenster war eine Terrasse mit brennenden Feuerschalen zu erkennen. Im Innern hatte man nicht mit schwarzen Kerzen gegeizt, die auf mit schwarzem Tuch verhüllten Kerzenständern im Raum verteilt waren.

»Soll das eine Art schwarze Messe oder sonst ein satanisches Ritual darstellen?«, fragte Lüthi.

»Wie kommst du darauf?«, fragte Casagrande.

Lüthi bat Google, zwei Bilder zurückzuklicken und die Wand im Hintergrund zu vergrößern.»Seht ihr das?«

Casagrande starrte entgeistert auf das Bild. Da hing ein Kreuz Christi kopfüber.

Google ging weiter zurück, bis eine Aufnahme aus einer erhöhten Perspektive zu sehen war. Sie erlaubte einen Überblick über in verschiedensten Stellungen kopulierende Paare. Lüthi interessierte ein Ausschnitt des Fußbodens in der Mitte des Raumes. Google zoomte die Stelle heran. Auf dem schwarzen Parkett war mit weißer Farbe ein fünfzackiger Stern aufgemalt, dessen Zentrum ein stilisierter Ziegenkopf ausfüllte. Den Stern selbst umfing ein kreisförmiges Band. Seine Zacken berührten den inneren Kreis. Auf dem Band standen fremde Schriftzeichen, hebräisch, wie Google bemerkte.

Diesmal war es Karin, die laut Luft einsog.»Das Siegel des Baphomet.« Sie bekreuzigte sich mit einer fahrigen Geste.

»Was für ein Ding?«, fragte Maja.

»Das Symbol der ›Church of Satan‹, die Anton LaVey in den sechziger Jahren in San Francisco gründete«, sagte Casagrande.

»Gangbang in Teufels Namen, spitze.« Maja schüttelte den Kopf.»Was die Leute so alles brauchen, um sich anzutörnen.«

»Kitsch und Klischee«, meinte Lüthi.»Sieht eher nach Themenparty aus.«

»Sehen wir uns die Köpfe genauer an. Möglicherweise gelingt es uns, ein paar Pappenheimer zu identifizieren«, sagte Maja. Casagrande gefiel das nicht. Der Fall mutierte zu einem morastigen Sumpf von sexuellem Missbrauch und illegaler Prostitution. Wenn sich unter den Klienten Persönlichkeiten in sensiblen Positionen und Funktionen in Wirtschaft und Politik befanden, hatten sie es mit einer Affäre zu tun, die den Rahmen dieser Ermittlung sprengte. Möglicherweise waren Erpressung und Beeinflussung Teil des Geschäftsmodells der Hintermänner von »Triple Six Kinky & Horny Productions«.

Lüthis Vermutungen zielten in die gleiche Richtung. »Wahrscheinlich wollten Nadine Känzig, Ilona Horvath und Annina Burckhard die Partygänger mit dem Inhalt des USB-Sticks erpressen. Deshalb wurden sie beseitigt.«

»Ich weiss nicht recht«, sagte Casagrande. »Auch bei uns gibt es sicher eine ganze Anzahl Politiker und Wirtschaftsbosse, deren DNA sie zu vielen Schandtaten veranlagt. Trotzdem, Mord scheint mir etwas weit hergeholt.«

»Ilona Horvath hatte eine ganze Sammlung heikler Bilder in ihrem Besitz«, wandte Karin ein. »Die waren nicht fürs Familienalbum.«

»Ich sage nicht, es kann nicht sein.« Casagrandes Blick schweifte zu den Fotos, die Google im automatischen Slideshow-Modus über die Wandtafel laufen ließ. »Es ist denkbar, dass sie nicht die Kunden, sondern ihre Auftraggeber zu erpressen versuchten. Diese Leute haben weniger Skrupel, ein Menschenleben auszulöschen.« Sie stutzte. »Halt, eins zurück, bitte.«

Google unterbrach den Durchlauf und klickte auf die gewünschte Aufnahme. Sie zeigte eine Gruppe Männer in Halb- oder Ganzmasken. Sie starrten grinsend auf eine splitternackte, auf einem Tisch liegende Frau hinunter. Casagrande schluckte leer. »Schickst du mir das Bild auf mein Handy?«

»Unterwegs«, sagte Google nach ein paar Tastenschlägen.

Sobald der Signalton der eingehenden Nachricht ertönte, stand Casagrande auf. »Ich muss rasch telefonieren.« Sie spürte die fragenden Blicke der Kollegen in ihrem Rücken.

»Geh ran, verdammt!« Sie stand rauchend vor dem Eingang der Schanzmühle. Dreimal hatte sie versucht, Tiziani zu erreichen. Trotz Halbmaske hatte sie ihn auf der Aufnahme erkannt. Wenn es ihre Ermittlung nicht tangiert hätte, wäre es ihr halbwegs egal gewesen, wenn dieser Schweinehund an Gruppensexpartys junge Mädchen vögelte, solange sie volljährig waren. Sie musste mit ihm reden, bevor andere ihr zuvorkamen. Wie lange konnte sie die Information zurückhalten? Bis auf Dornach kannten die Kollegen Tiziani nicht. Hofmann würde sie sofort von dem Fall abziehen. Sie wählte noch einmal Tizianis Nummer, wieder antwortete die Combox. »Franco, ruf mich auf der Stelle zurück, du Idiot«, sagte sie mit gepresster Stimme und legte auf. Wütend drückte sie die Zigarillo im Aschenbecher aus und ging hinein.

✳✳✳

Flug OS853 aus Wien setzte mit einer Viertelstunde Verspätung auf der Landepiste des Queen Alia International Airport auf. Dornach hatte für Laure ab Wien ein Upgrade in die Business-class ergattert. Sie hatte den gesamten Flug verschlafen. Er selbst hatte bestenfalls eine oder zwei Stunden vor sich hin gedöst. Jedes Mal, wenn er die Augen schloss, hatte er Pia gesehen. Es war, als wollte sie ihm etwas sagen oder ihn warnen.

Nikolaus Supersaxo, ein dunkelblonder Mittfünfziger mit schütterem Haar und Hornbrille, begrüßte sie bereits am Ankunftstor. Neben ihm stand ein elegant gekleideter Araber, den er als Omar Al Mahdi, Direktor der Europaabteilung im jordanischen Außenministerium, vorstellte. Al Mahdi verlieh seinem Mitgefühl über das ihnen widerfahrene Unglück Ausdruck. Auf seine Bitte hin übergaben ihm Laure und Dornach ihre Pässe, in die er mit einem offiziellen Stempel das Visum anbrachte. »Sie haben ein Aufenthaltsrecht von zwei Monaten. Willkommen im Haschemitischen Königreich Jordanien.« Er gab ihnen die Reisedokumente zurück.

Dornach hatte Laure am Vorabend per SMS angekündigt. Auf dem Weg zum Ausgang unterhielt sich Supersaxo mit ihr.

Der Oberwalliser war erfreut, einer Landsmännin aus dem französischsprachigen Kantonsteil zu begegnen. Nach kurzer Zeit stießen die beiden auf gemeinsame Verwandte. Vor Generationen hatte ein Nachfahre seines Adelsgeschlechts eine Zenklusen geheiratet, deren Ururenkelin eine Cousine zweiten Grades von Laure war. Traditionelles Walliser Sippenbewusstsein bewahrt sich bis in die Gegenwart und in den entlegensten Winkeln der Erde.

Der Himmel über Amman war bedeckt. Im Gegensatz zur Schweiz war die Temperatur im Freien moderat. Das Thermometer des von einem Fahrer des Außenministeriums gesteuerten nagelneuen Mercedes Luxusvans zeigte siebzehn Grad Außentemperatur an. Supersaxo erklärte, im Winter könne es in dieser Region recht kühl werden. Es sei auch schon vorgekommen, dass in Amman Schnee fiel.

Das King Abdullah University Hospital lag nördlich der Hauptstadt. Die Fahrt dorthin auf einer vierspurigen Autobahn, die Al Mahdi stolz als »Amman Development Corridor« bezeichnete, dauerte gut eineinhalb Stunden.

Laure war beeindruckt vom gewaltigen Komplex des Spitals mit seinen medizinischen Fakultäten in der winterlich ergrünten Landschaft am Rand der jordanischen Wüste. Das Rega-Team war bereits vor Ort, wie Supersaxo ihnen auf dem Weg zur Intensivstation erklärte. Pia werde in diesem Moment untersucht.

Die Ankunft der Gäste unterbrach das geschäftige Treiben auf der Station. Dornach befürchtete zuerst, die wenig formale Kleidung würde die Befremdung des einheimischen Personals hervorrufen. Laure trug dieselben Kleider, in denen sie am Vortag in Zürich gelandet war. Mit einem Mal wurde ihm bewusst, dass nicht Empörung, sondern Betroffenheit und Mitgefühl die Mienen der Menschen zeichnete. Etwas war vorgefallen.

※※※

Google klickte auf ein Icon, das mit »Links« angeschrieben war. »Kommen wir zum zweiten Ordner.« Auf der Tafel war das Begrüßungsfenster des Textprogrammes zu sehen, bevor das Dokument sich öffnete.

»Das sind Verbindungen zu irgendwelchen Webseiten oder Clouds«, sagte Karin.

»Deshalb heißt der Ordner ›Links‹«, murrte Maja. »Du warst schon scharfsinniger.«

Karin ließ sich nicht ins Bockshorn jagen. »Ich nehme an, du hast das ausgetestet, Google?«

»Für euch demonstriere ich es gerne noch mal.« Er klickte auf den ersten Link, worauf die Tafel schwarz wurde, bis auf eine zweizeilige Überschrift, die niemand lesen konnte. Die blinkende Einfügemarke hinter dem letzten Wort der zweiten Zeile zeigte an, wo die erforderliche Eingabe zu machen war.

»Das ist Russisch«, sagte Maja.

»Präziser ausgedrückt: kyrillische Schriftzeichen. Benannt nach Kyrill von Saloniki, der eigentlich Konstantin hieß und im 9. Jahrhundert nach Christus gel–«

»Google!«, ertönte es im Chor.

»Pardon, ich schweife ab. Ich wollte darauf hinweisen, dass diese Schreibschrift nicht allein in Russland, sondern in praktisch allen slawischen Ländern Osteuropas und Asiens verbreitet ist.«

»Da siehst du mal«, brummte Maja. »Wieder was gelernt.«

»Genau, nämlich dass wir uns nicht auf Russen versteifen sollen«, sagte Lüthi. »Was vermutest du, Google?«

Dieser wischte sich bedächtig ein paar Krümel seines fertig verspeisten Nussgipfels aus dem Bart. »Wie es sich darstellt, vermute ich, wir stehen vor dem Eingangstor eines Wölkchens am weiten blauen digitalen Himmel. Leider fehlt mir das Schlüsselchen dazu.«

»Ist das ein Problem für dich?«

»Im Grunde nicht, es zögert das Ganze hinaus.«

»Wie lange?«

»Bestenfalls ein paar Tage, schlimmstenfalls Wochen.«

»Wochen?«

»Ich weiß, es fällt schwer, das zu glauben, aber ich bin auch nur ein Mensch aus Fleisch und Blut. Der Zugang zu den Daten ist mit einer asymmetrischen Verschlüsselung gesichert.«

»Davon müssen wir nur verstehen, dass es kompliziert ist, nicht wahr?«, fragte Casagrande.

»Ebendies. Bei der symmetrischen Verschlüsselung wird mit einem einzigen Schlüssel gearbeitet, mit dem Daten ver- und entschlüsselt werden. Beim asymmetrischen Verfahren, auch ›Public Key‹ genannt, wendet man zwei Schlüssel an, den öffentlichen zum Verschlüsseln und den privaten zum Entschlüsseln.«

»Etwa so wie beim Onlinebanking«, sagte Maja. »Und für das hier haben wir nicht mal das öffentliche Passwort.«

»Doch, haben wir«, entgegnete Google. Er wechselte auf das Bild mit den Links und scrollte auf eine reine Textzeile mit einer Buchstaben-Zahlen-Kombination. Dahinter stand in Klammern der Vermerk »public key«. Google kehrte zurück zum schwarzen Bildschirm und tippte die Kombination vor die Eingabemarke. Innerhalb einer gefühlten Zehntelsekunde erschien eine neue Aufforderung, diesmal auf Englisch, »enter private key«. »Ab hier kann es dauern, außer ihr liefert mir den Code.«

»Gerne, wenn du uns sagst, wo wir suchen sollen«, sinnierte Lüthi.

Casagrande packte ihre Utensilien in ihre Mappe. »So weit gute Arbeit, Google. Ich bin sicher, du findest eine Lösung. Inzwischen arbeiten wir mit dem, was wir haben.«

Sie hätte die Sitzung aufgehoben, wäre nicht Sebastian Tschanz hereingeplatzt. »Seid ihr schon fertig?«

»Was heißt schon?«, sagte Casagrande. »Wir sitzen über eine Stunde hier.«

»Lust auf mehr Neuigkeiten?«

»Nur, wenn sie uns die Arbeit erleichtern«, sagte Maja.

»Keine Garantie, aber vielleicht hilft's ein kleines bisschen.« Er breitete drei Seiten eines Dokumentes auf dem Tisch aus. »Wie ihr wisst, hat die Rechtsmedizin die Leiche von Nadine Känzig auf Drogen getestet. Kurz: Sie nahm ebenfalls ›Blue X‹ ein wie das Opfer aus dem Kanton Schwyz, Annina Burckhard.«

»Was ist mit der Horvath?«, fragte Lüthi.

»Negativ, die ist clean, mindestens war sie es zum Zeitpunkt ihres Todes.«

»Wie bringt uns das weiter?«, fragte Casagrande.

»Langsam, ich bin nicht fertig.« Tschanz griff zu einem anderen Blatt. »Ich habe die ›Blue X‹-Proben der beiden Mordopfer analysieren lassen und die Struktur den Vergleichsproben gegenübergestellt.«

»Hilf mir auf die Sprünge. Woher stammen noch mal die Vergleichsproben?«, fragte Casagrande.

»Du erinnerst dich an den Fall mit der serbischen Mafia vor zwei Jahren?«

»Du meinst die ›Wölfe‹?«

»Genau die. Pia Zenklusen stieß damals mehr oder weniger per Zufall auf ein ganzes Lager im ehemaligen ›Extasy‹-Club. Als wir das Etablissement durchsuchten, waren die Drogen verschwunden, und alles war peinlichst und blitzblank gereinigt.«

Casagrande erinnerte sich nur zu gut an Pias Alleingang, bei dem sie sich in eine lebensbedrohliche Situation manövriert hatte.

»Pia war es gelungen, an ein paar wenige Pillen heranzukommen, die sie Dominik übergab, der sie daraufhin analysieren ließ.« Tschanz machte eine dramatische Pause. »Die Zusammensetzung der Pillen aus dem ›Extasy‹ stimmt haargenau mit derjenigen unserer beiden Mordopfer überein.«

»Sind die nicht immer alle gleich?«, fragte Maja.

»Im Grunde genommen ja. Die Menge der einzelnen Komponenten variiert in der Regel je nach Hersteller und Produktionsanlage. Bei den Pillen, welche die Opfer genommen haben, handelt es sich um die Pillen aus dem ›Extasy‹. Selbe Küche, selber Batch.«

»Das heißt, der Mist ist noch im Umlauf oder wieder«, sagte Casagrande. Tschanz machte eine beipflichtende Geste.

»Oder der Produzent bedient mehrere Organisationen«, sagte Maja. »Die ›Wölfe‹ sind mit Vukovic gestorben.«

»Ich glaube nicht, dass Vukovic seinem Produzenten erlaubt hätte, für die Konkurrenz zu arbeiten«, wandte Casagrande ein. »Bei den lateinamerikanischen Kartellen läuft das nicht so. Entweder hat jemand den ›Wölfen‹ die Ware abgenommen …«

»Oder es gibt einen Nachfolger für Vukovics Geschäfte«, sagte Lüthi.

»Ich wusste doch, ihr könnt damit was anfangen.« Tschanz freute sich. »Die Dokumente schicke ich per Mail.« Er ließ vier nachdenkliche Kollegen zurück.

Richtete ein tot geglaubter Dämon seinen teuflischen Kopf wieder auf, fragte sich Casagrande.

***

Laures Beunruhigung machte Dornach Angst. Sie berief sich auf ihren Ärztestatus und verlangte, auf der Stelle ihre Tochter zu sehen, bis ein etwa fünfzigjähriger, glatzköpfiger Europäer zu ihnen kam, der sich als Dr. Theo Murer vorstellte. Auf der Brusttasche des Kittels prangte das Logo der Rega.

»Was geht hier vor?«, verlangte Laure zu wissen. »Was ist mit unserer Tochter? Warum lässt man uns nicht zu ihr?«

»Frau Zenklusen geht es den Umständen entsprechend gut. Sie ist wieder stabil.«

»Was heißt wieder?«

»Kurz bevor Sie eingetroffen sind, erlitt sie einen Herzstillstand.«

Dornach stützte sich an der Wand ab, die Vision von Pia, die er im Flugzeug gehabt hatte, kam ihm in den Sinn.

»*Mon Dieu*, Pia.« Die ganze Zeit über war Laure die Selbstbeherrschung in Person gewesen. Jetzt schwankte sie, ihre Hände suchten einen Halt. Dornach und Supersaxo fingen sie auf, bevor sie zu Boden sank, und setzten sie auf einen Stuhl. Sie begann zu weinen. Zwei Schwestern kümmerten sich um sie.

Dornach nahm Dr. Murer beim Arm. »Bitte, bringen Sie mich zu meiner Tochter.«

»Kommen Sie.« Dr. Murer öffnete eine Tür.

Pia lag hinter einer Glasscheibe. Unter einem Kopfverband war nur ein Teil ihres mit Schnitt- und Schürfwunden übersäten Gesichtes zu erkennen. Sie war mit einer Herz-Lungen-Maschine verbunden. Das Bild beelendete Dornach. Pia fürchtete nichts mehr, als die Kontrolle zu verlieren. Nun musste sie ihr Leben einer Maschine anvertrauen. Dornach hatte oft mit Verwandten neben Spitalbetten von Menschen gestanden, die Opfer von Gewaltverbrechen geworden waren. Es fiel nicht immer leicht, die nötige professionelle Distanz zu wahren, um wirksam ermitteln zu können. Hier war er selbst betroffen. Seine aufmüpfige, nervige, wunderbare Pia in diesem Zustand zu sehen trieb ihm Tränen in die Augen. »Wird ... wird sie wieder ganz gesund?«

»Es kommt darauf an, wie sie die Nacht übersteht. Wenn alles gut geht, holen wir sie morgen zurück.«

»Können Sie mir mehr zu ihren Verletzungen sagen? Was bisher zu erfahren war, hörte sich vage an.«

»Das Projektil im Bein hat den Muskel getroffen und den Knochen gestreift, aber zum Glück die Schlagader knapp verfehlt. Sie wird sich schonen und eine Zeit lang an Krücken gehen müssen, aber das dürfte wieder werden. Die Verletzungen im Gesicht sind oberflächlich. Lediglich eine Schnittwunde, vermutlich von Splittern, ist tiefer und wird eine kleine Narbe zurücklassen. Ihre Tochter hatte Glück im Unglück.«

»Und die Kopfverletzung?«

»Sie hat ein schweres Schädel-Hirn-Trauma. Die Decke des Hauses ist bei der Explosion eingestürzt. Als sie gefunden wurde, lagen Ihre Tochter und die Kinder unter den Trümmern, vor denen sie nur ein Stück Wellblech schützte. Wussten Sie, dass Ihre Tochter sich schützend über die Kinder gelegt hatte? Ohne sie hätten die Kleinen keine Chance gehabt.«

Dornach nickte stumm.

»Hier wissen es alle. Alle geben ihr Möglichstes, damit sie gesund wird.«

»Danke.«

»Ein größerer Gesteinsbrocken muss das angerostete Blech durchschlagen und sie am Kopf getroffen haben. Auch hier meinte es die Vorsehung gut mit Ihrer Tochter und den Kindern: Wäre die Decke aus Beton anstelle von Ziegellehm gewesen, hätte es weitaus schlimmer enden können. Die Operationen verliefen so weit gut, bis auf die Komplikation heute Morgen.«

Dr. Murer legte eine Hand auf Dornachs Schulter. »Die jordanischen Ärzte und wir sind zuversichtlich. Ihre Tochter hat eine sehr gute körperliche Konstitution, und die Kollegen hier haben ausgezeichnete Arbeit geleistet. Vor allem, wenn man die Schwangerschaft in Betracht zieht.«

Es dauerte eine Weile, bis Dr. Murers Worte bei den richtigen Rezeptoren in Dornachs Gehirn andockten. »Pia ist schwanger?«

»Achte oder neunte Woche. Möglicherweise weiß sie es selbst noch nicht.«

»Wir haben kürzlich über Skype gesprochen. Sie hat mit keinem Wort eine Schwangerschaft erwähnt. Das Kind, ist es ...?«

»Es ist wohlauf. Wie gesagt: Ihre Tochter ist zäh.«

Dornach kämpfte mit seinen Gefühlen. Er wusste nicht, ob er lachen oder weinen sollte. Wieder einmal hatte Pia es geschafft, alle zu überrumpeln.

»Sie können stolz auf sie sein. Für die Leute hier ist sie eine Heldin.«

Das kümmerte Dornach im Augenblick wenig. Er wollte nichts anderes, als Pia wieder lachen zu sehen. In diesem Moment hätte er sich damit zufriedengegeben, dass sie ihm auf ihre übliche Weise wegen irgendetwas die Leviten gelesen hätte.

Die Zimmertür öffnete sich. Laure kam herein.

»Gratuliere«, sagte Dornach. »Pia befördert dich demnächst zur Großmutter.«

ZWÖLF

Der Sonne war es gelungen, den zähen Grauschleier des Hochnebels zu durchdringen. Ursprünglich hatte Casagrande sich vorgenommen, ihr Auto stehen zu lassen und die Strecke vom Franziskanerhof zum Untersuchungsgefängnis am anderen Ende der Stadt zu Fuß zu gehen. Sie brauchte die Bewegung. Bise und Kälte hielten sie schließlich davon ab. Majas Angebot, sie im Dienstwagen hinzufahren, kam ihr gelegen.

Casagrande war in Gedanken bei Tiziani. Was hatte er ausgerechnet auf dieser Sexparty zu suchen? Im Hintergrund der Fotos war ein großer See zu erkennen. Die sexuellen Handlungen hatten nicht auf Solothurner Kantonsgebiet stattgefunden und fielen demzufolge nicht in Casagrandes Zuständigkeit. Sie würde in dieser Sache nicht direkt gegen ihren Ex-Freund ermitteln müssen. Das war gut. Es war ihre Privatangelegenheit. Tiziani sollte endlich aus ihrem Leben verschwinden. Sollte er sich jedoch an Minderjährigen vergangen oder etwas mit den Morden zu tun haben, würde sie eigenhändig den Strick drehen, an dem er sich am besten selbst aufknüpfen sollte.

Maja hatte das Autoradio eingeschaltet. Mit halbem Ohr hörten sie die Nachrichten, bis eine Meldung sie aufhorchen ließ. Bei einem Überfall auf einen Gefangenentransport im Kanton Zug wurde gestern eine Insassin der Interkantonalen Strafanstalt Bostadel befreit. Die Justizdirektion des Kantons Zug gab an, dass die Frau aufgrund ihrer besonderen Gefährlichkeit in einem Sondersetting im Hochsicherheitstrakt untergebracht war. Die belgische Staatsbürgerin sollte ins Flughafengefängnis Zürich verlegt werden, von wo sie später nach Belgien ausgeliefert werden sollte. Bei der Befreiungsaktion waren drei Polizisten und ein Justizbeamter getötet und eine Polizeibeamtin schwer verletzt worden. Die Mutter einer einjährigen Tochter befand sich nicht mehr in Lebensgefahr. Nach dem Überfall anrückende Sondereinheiten der Polizei fanden außerdem drei unbekannte Zivilisten tot vor Ort. Die Sprecherin erwähnte, die Insassin und ihre mutmaßlich weibliche Befreierin seien zurzeit flüchtig, eine landesweite Fahndung sei im Gange.

»So ein Wahnsinn«, ereiferte sich Maja. »Bald herrschen hier Verhältnisse wie in Chicago.«

Casagrande bedeutete ihr, still zu sein, der Beitrag war nicht zu Ende. Der nächste Satz der Sprecherin ließ Maja abrupt in der Haltebucht der Bushaltestelle Baseltor anhalten.

»Bei der flüchtigen Person handelt es sich um die unter Terrorverdacht stehende belgisch-bosnische Doppelbürgerin Jemina Osmankovic.« Die Sprecherin schloss die Personenbeschreibung mit dem Hinweis ab, Osmankovic sei vermutlich in Begleitung einer unbekannten Frau, und man habe davon auszugehen, dass beide bewaffnet seien. Die Öffentlichkeit war aufgerufen, sie weder anzusprechen noch anzuhalten, sondern bei Sichtkontakt sofort die Polizei zu alarmieren.

Maja schaltete das Radio aus. »Was in aller Welt hat die Osmankovic bei uns verloren? Ich dachte, die verrottet schon lange in einem amerikanischen Folterkeller, auf Guantanamo oder sonst wo in einem Dreckloch der CIA.«

»Ich glaubte auch, man hätte sie schon lange nach Belgien ausgeliefert«, sagte Casagrande. »Hat mir jedenfalls Hofmann gesagt.«

»Hofmann? Dem musst du eine schriftliche Aufforderung geben, auf die Toilette zu gehen, sonst merkt der nicht mal, dass er scheißen muss.«

Casagrande seufzte. »Du und Dominik, ihr macht beide den Fehler, Hofmann dauernd zu unterschätzen. Wenn er mich nicht korrekt informierte, dann eher deshalb, weil er nicht durfte oder es nicht besser wusste.«

»Du meinst, die Superhelden bei der Bundeskriminalpolizei und der Bundesanwaltschaft haben was gemauschelt?«

»Keine Ahnung. Ich glaube eher, andere Einflüsse spielen mit eine Rolle. Wie sonst ist es möglich, eine verdächtige Person ohne Anklage und regulären Prozess mehr als sieben Monate in einem Schweizer Gefängnis versauern zu lassen?«

»Diese Einflüsse, sind das zufälligerweise dieselben, an die ich gerade denke?«

»Wenn es raucht und nach Schwefel riecht, hat in der Regel der Teufel die Hand im Spiel. In diesem Fall riecht es verdammt nach unseren Freunden jenseits des Großen Teichs.«

»Etwa nach den Bluthunden von diesem grindigen Orangenkopf da drüben?« Maja verpasste dem Lenkrad einen Hieb. »Ich zähle mich ja nicht gerade zu Osmankovics Busenfreundinnen. Aber alles, was recht ist, wir sind ein souveräner Rechtsstaat, oder nicht? Wofür mache ich sonst diesen Job?«

»Geht mir ebenso«, sagte Casagrande. »Ich will wissen, was da abgeht.« Sie suchte in ihrem Handy nach dem Kontakt eines Kollegen bei der Zuger Staatsanwaltschaft.

Maja schaltete das Aufnahmegerät ein, mit dessen Hilfe sie ihre Notizen ergänzen konnte. Sie hatte sich bereit erklärt, das Protokoll zu schreiben. Dann breitete sie eine Reihe Fotografien auf dem Tisch aus.

»Was sind das für Fotos?«, fragte von Arx. »Inwiefern betreffen sie meinen Mandanten, und warum hatte ich bisher keine Einsicht?«

»Das sind Aufnahmen, die wir auf dem USB-Stick fanden, den Herr Hafner bei unserem letzten Gespräch erwähnt hat«, antwortete Casagrande. Sie verschwieg, dass sich der Stick im Besitz von Luana Beric befunden hatte.

Der Anwalt warf Hafner einen finsteren Seitenblick zu. »Ich möchte mich mit meinem Mandanten besprechen.«

»Das können Sie gerne tun – später.« Casagrande tippte auf die Fotos. »Zu Ihrer dritten Frage: Die Ermittler der Kantonspolizei sind erst heute Morgen auf diese Bilder gestoßen. Wir konnten Ihnen die Informationen nicht eher zukommen lassen. Reichen Ihnen diese Erklärungen?«

Von Arx nickte.

»Können wir beginnen?«

Von Arx machte eine einladende Geste. Casagrande wandte sich nun direkt an Hafner. »Sind Ihnen die Aufnahmen bekannt?«

Hafner hatte die Fotos auf dem Tisch bisher keines Blickes gewürdigt. »Keine Ahnung, ich habe das USB-Dings nie gesehen. Diese Bitch Nadine hat es mir untergejubelt. Außerdem kann ich kein Russisch.«

Casagrande faszinierte immer wieder aufs Neue die umgekehrte Proportionalität zwischen der Intelligenz eines Kriminellen vom Schlag Hafners und dessen übersteigertem Ego. Von Arx sah ihn verdattert von der Seite an. Maja bekundete Mühe, ein hämisches Grinsen zu unterdrücken.

»Ich danke Ihnen, Herr Hafner, das war … äußerst aufschlussreich«, fuhr Casagrande fort. »Fürs Protokoll: Einige Dateien auf dem USB-Stick sind in kyrillischer Schrift angeschrieben. Ich frage mich, woher Sie das wissen, wenn Sie den Stick und dessen Inhalt nie gesehen haben wollen.«

»Fuck!« Hafners Augen wanderten vergeblich zwischen den Anwesenden hin und her, als erwartete er, einer von ihnen würde ihm einen Rettungsanker zuwerfen. Er resignierte. »Also gut, ich habe sie gefragt. Mann!«

»Gefragt, verstehe. In diesem Fall war der Bluterguss an Nadines Wange das Fragezeichen, oder wie?«

»Darauf antworten Sie nicht, Herr Hafner«, sagte von Arx.

»Die Hure hat mich reingelegt, so war's. Da war ich einmal gutmütig, und was habe ich davon? Ich muss mich von euch ficken lassen.«

»Herr Hafner«, sagte von Arx indigniert. »Mäßigen Sie sich, sonst sehe ich mich gezwungen, das Mandat niederzulegen.«

»Fick dich selber, du Wichser!« Mit verschränkten Armen wandte sich Hafner von von Arx ab.

Casagrande bedeutete Maja, die Fotos einzusammeln und das Aufnahmegerät abzustellen. »Wie Sie wollen, Herr Hafner. Es ist mir daran gelegen, Sie zu entlasten. Solange Sie nicht Hand bieten, kann ich das nicht. Zurzeit sind Sie der Hauptverdächtige im Mordfall Nadine Känzig. Alle Indizien und der rechtserhebliche Sachverhalt sprechen gegen Sie. Sie hatten das Motiv, die Mittel und die Gelegenheit, die Tat zu begehen. Ich werde Anklage wegen vorsätzlicher Tötung gegen Sie erheben.« Sie stand auf und nickte dem Anwalt zu. »Sie können sich mit Ihrem Mandanten besprechen.«

»War das nicht ein wenig harsch?«, fragte Maja. Sie und Casagrande schnappten auf dem Parkplatz des Untersuchungsgefängnisses frische Luft.

»Das kommt ausgerechnet von dir.« Casagrande wühlte in ihrer Handtasche, bis sie die Zigarilloschachtel und das Feuerzeug gefunden hatte.

Maja lehnte die angebotene Zigarillo dankend ab. »Hafner ist ein brutales Arschloch. Wenn es nach mir ginge, dürften die Ratten ihn gerne bis an sein Lebensende in einem tiefen dunklen Loch piesacken. Trotz allem glaube ich nicht, dass er Nadine Känzig umgebracht hat, geschweige denn die anderen Frauen.«

»Was lässt dich zweifeln?«

»Weshalb sollte er seine profitable Milchkuh schlachten?«

»Im Affekt oder weil er dazu gezwungen wurde.«

»Du meinst, jemand hat ihn beauftragt? Wegen der möglichen Erpressung?«

Casagrande blies den Rauch ihrer Zigarillo weg. »Ich bin sicher, dahinter steckt eine Organisation und Mirko Hafner spielt eine Rolle in dem Spiel.«

»Mag sein, dass er im Affekt gehandelt hat. Ich habe das Gefühl, Nadines Tod hat ihn überrumpelt. Etwas macht ihm Angst.«

»Das nützt uns und ihm nichts, wenn er nicht redet.«

»Wir hätten nicht so schnell aufgeben dürfen.«

»Fünf Minuten.«

»Fünf Minuten und dann passiert was?«

»Warte ab, bis ich die Zigarillo fertig geraucht habe.«

Casagrande hatte sie kaum halb aufgeraucht, als von Arx herauskam. »Herr Hafner möchte eine Aussage machen, Frau Staatsanwältin.«

Casagrande schaute auf die Uhr. »Wir kommen in drei Minuten.«

Der Anwalt trollte sich. Casagrande sah ihm nach. »Wegen diesem Trottel verschwende ich keine Zigarillo.« Sie zwinkerte der grinsenden Maja zu.

»Mit dem Trottel meinst du Hafner, nicht wahr?«
»Wen sonst?«

✳✳✳

Dr. Murer hatte gute Nachrichten. Er bestätigte, dass Pia am nächsten Morgen in die Schweiz evakuiert werden könnte, sofern über Nacht nichts Unvorhergesehenes eintrat. Der Ambulanzjet stand aufgetankt auf dem Amman Civil Airport nördlich des Stadtzentrums bereit.

Dornach und Laure bestanden darauf, die Nacht im Spital zu verbringen. Al Mahdi, selbst Vater von zwei Töchtern, annullierte die reservierte Suite in einem Fünf-Sterne-Hotel im Zentrum von Amman. Stattdessen sorgte er für eine komfortable Übernachtungsgelegenheit im Universitätsspital. Er verabschiedete sich mit der Versicherung, er werde Pia und ihre Eltern in seine Gebete einschließen.

Da die Auswahl an Verpflegungsmöglichkeiten außerhalb des Spitalkomplexes begrenzt war, hatte Al Mahdi zuvor einen Raum vorbereiten lassen und dafür gesorgt, dass die Spitalküche ein Abendessen herrichtete. Laure war nahezu achtundvierzig Stunden unterwegs gewesen und todmüde. Sie ließ sich nur mit Mühe überreden, etwas zu essen.

Sobald sie gemeinsam mit Supersaxo an dem reich gedeckten Tisch sassen, merkte Dornach, wie hungrig er war. Auch Laure griff schließlich kräftig zu. Es gab *aurak einab*, mit Reis gefüllte Weinblätter, Falafel, gegrilltes Huhn, Hummus, *kofta* und *sambusak*, mit Hackfleisch oder Spinat gefüllte Blätterteigpasteten. Obwohl sie bereits satt war, machte sich Laure, die Süßigkeiten ebenso wenig widerstehen konnte wie ihre Tochter, über das Dessert her. Sie wollte unbedingt vom *mohallabiya* probieren, einem in Milch und Rosenwasser aufgekochten Reismehlpudding.

Sie tranken zum Essen einen recht annehmbaren Cabernet Sauvignon-Pinot Noir Saint George aus der Gegend von Madaba, den Supersaxo organisiert hatte.

Hinterher gab es süßen Tee aus kleinen Gläsern. »Weiss man mehr zum Tod von Rafik Mousavi?«, fragte Dornach.

»Die hinzugezogenen amerikanischen Ermittler bestätigen die ersten Vermutungen. Das Blut hinter dem Mauervorsprung entspricht seiner Blutgruppe. Es war eine beträchtliche Menge. Herr Mousavi wurde von mehreren Projektilen getroffen, zwei davon tödlich. Die bei ihm sichergestellten Patronenhülsen passten zu der Pistole mit seinen Fingerabdrücken, eine Dienstwaffe der irakischen Polizei. Er muss sie einem der toten Polizisten abgenommen haben.«

»Wie sollen wir das Pia erklären?«, fragte Laure. »Ihr Kind hat seinen Vater verloren, bevor es geboren ist.«

Dornach umfasste ihre Hand. »Zuerst muss sie zu sich kommen und gesund werden. Pia ist stark. Mit unserer Hilfe wird sie es schaffen.«

Rafiks Familie ging ihm durch den Kopf. Den Eltern war er nie begegnet. Seit dem vergangenen Jahr kannte er Rafiks ältere Schwester Nadal, die ihren Bruder vergötterte. Sie arbeitete in Solothurn als Primarlehrerin und war mit Pia eng befreundet.

»Weiß man, wie und wo das Begräbnis stattfindet?«, fragte er Supersaxo. »Der Islam sieht eine Frist von einem Tag vor, nicht wahr?«

»Das ist üblich und wird mit den klimatischen Verhältnissen begründet. Grundsätzlich entscheidet das Familienoberhaupt, in der Regel der Vater, wann und wo ein Mitglied der Familie begraben werden soll.«

»Die Mousavis leben seit Jahren in der Schweiz.«

»Möglicherweise lassen sie in diesem Fall den Leichnam ihres Sohnes in die Schweiz überführen, um ihn dort zu bestatten. Das ist allerdings umständlich und kostspielig. Wie gesagt: Es hängt von der Familie ab.«

»Pia wird Rafik sehen und sich von ihm verabschieden wollen. Wir müssen mit der Familie reden«, sagte Laure.

Supersaxo runzelte die Stirn. »Ihre Tochter und Herr Mousavi sind … waren nicht verheiratet?«

»Nach unserer Kenntnis nicht, wobei Pia stets für eine Überraschung gut ist«, sagte Dornach.

»So unverständlich es sich für uns anhört, im Irak hat eine unverheiratete schwangere Freundin eines Familienmitgliedes keine Bedeutung. Als ungläubige Ausländerin existiert sie in einer muslimischen Familie überhaupt nicht. Ihnen ist nicht bekannt, ob Herr Mousavi die Vaterschaft anerkennen wollte oder es bereits getan hat?«

»Ich weiß nicht einmal, ob Pia ihm erzählt hat, dass er Vater wird«, antwortete Dornach. »Falls sie es überhaupt selbst weiß.«

»Es kommt darauf an, wie konservativ die Familie ist, will heißen der Vater. Wäre Pia Irakerin und Rafiks Vaterschaft erwiesen, gäbe es zwei Möglichkeiten. Ist der Großvater, also Rafiks Vater, stockkonservativ, wird er versuchen, der Mutter das Kind wegzunehmen.«

»Wie bitte?«, begehrte Laure auf. »Da werden wir als Großeltern auf der Mutterseite ein Wort mitzureden haben.«

»Nach schweizerischem Recht erhält die Mutter als alleinige Erziehungsberechtigte das Sorgerecht für das Kind«, sagte Dornach.

»Das ist so, in der Schweiz kann der irakische Großvater einen Sorgerechtsentzug nicht durchsetzen«, sagte Supersaxo.

»Die andere Möglichkeit?«, fragte Dornach.

»Dürfte im Fall Ihrer Tochter keinesfalls in Frage kommen. Eine irakische schwangere Schwiegertochter in spe würde im Falle des Ablebens ihres zukünftigen Gatten mit einem Bruder oder Cousin desselben verheiratet werden. Je nach Weltanschauung und was der Verstorbene seiner Familie bedeutete, ist die Schwiegertochter dann ein drittklassiges Familienmitglied mit Dienstbotenstatus, oder sie gilt als vollwertig und wird auch so behandelt.«

»So etwas wird unserer Tochter nicht passieren. Dafür sorgen wir«, bekräftigte Laure.

»Für uns sind die hiesigen Bräuche schwer nachvollziehbar«, versuchte Supersaxo zu beschwichtigen. »Das hat nichts mit Respektlosigkeit gegenüber den betroffenen Frauen zu tun. Im Gegenteil, die Gesetze wurden in der Absicht gemacht, die Frau zu schützen. Eine alleinerziehende Mutter gilt hierzulande als Prostituierte und wird von den Männern als Freiwild angesehen. Ich gehe davon aus, dass Ihre Tochter in dieser Hinsicht nichts zu befürchten hat, da die Familie Mousavi schon lange in der Schweiz ist und mit unseren Gepflogenheiten vertraut sein dürfte.«

»Trotzdem ist es ein Skandal«, sagte Laure. »Wir leben im 21. Jahrhundert.«

»Orientalische Kulturen und ihre Wertsysteme mögen uns unverständlich und anstößig erscheinen, wenn sie mit unseren Wertmaßstäben gemessen werden. Die Menschen hier fühlen umgekehrt dasselbe, wenn sie mit unserer westlichen Lebensart konfrontiert werden. Es ist ganz einfach: In der Schweiz bestimmen wir die Regeln. Hierzulande tun es die Einheimischen, und wir haben das zu respektieren. In den Staaten mit säkularen und damit liberaleren Gesellschaftsstrukturen bestehen Anzeichen eines Wandels. Es dauert hier halt ein bisschen länger, als manche es sich bei uns wünschen.«

Dornach wollte sich nicht mit hypothetischen Problemen auseinandersetzen, solange Pia nicht vollständig wiederhergestellt war. »Ist bekannt, warum die Terroristen ausgerechnet zum jetzigen Zeitpunkt an diesem Ort einen Anschlag durchführten? Außer Pia, Rafik und den Kindern soll sich dort niemand aufgehalten haben. Dschihadisten wollen Aufmerksamkeit, die große Bühne. Die bekommen sie, indem sie die größtmögliche Anzahl Menschen töten. Was in Samarra passierte, entspricht nicht diesem Muster.«

»Terroristische Aktionen sind im Irak weniger verbreitet, seit das Kalifat von der internationalen Militärkoalition weitgehend eliminiert wurde. Es wäre jedoch fatal, den IS besiegt zu wähnen. Der Verlust ihres ›Heimatgebietes‹, wenn Sie mir den Ausdruck gestatten, hat die verbliebenen Kämpfer in alle Winde zerstreut. Sie führen den Krieg gegen die Ungläubigen in unabhängigen Kleinzellen weiter. Seit den Anschlägen vor zehn Jahren blieb es in Samarra weitgehend ruhig. Denkbar ist in diesem Fall eine Zelle vor Ort, die mit dem Angriff auf einen Konvoi unter UN-Protektion ein Zeichen setzen wollte.«

»Das war keine spontane Aktion«, entgegnete Dornach. »Die Terroristen trugen die Uniformen dieser ›Star Protectors‹. Der Anschlag war von langer Hand geplant.«

»›Star Protectors‹ ist eine amerikanische Firma. Die US-Re-

gierung setzt sie oft für Sicherheitsdienste in Krisengebieten ein.«
»Sind die Amerikaner deshalb in die Ermittlungen involviert? Das im Irak verbliebene Truppenkontingent ist angeblich nur zur Ausbildung der irakischen Sicherheitskräfte dort stationiert.«
»Das ist korrekt. Natürlich haben die Amerikaner ebenso wie die UNO großes Interesse an einer Stabilisierung der Lage im Irak, vor allem angesichts des neu aufflammenden Konfliktes mit dem Iran. Eine militärische Eskalation würde zu einer erneuten Verstärkung der US-Truppenpräsenz führen. Das macht einige Leute nervös. Ich vermute, die amerikanischen Ermittlungen sind vor dem Hintergrund der sich verändernden strategischen Lage zu sehen.«
»Hält man Sie auf dem Laufenden?«
»Ich und der Botschafter pflegen ein gutes Verhältnis sowohl zum Militärattaché als auch zu den Residenten von FBI und CIA in der US-Botschaft in Bagdad. Sie haben uns zugesichert, uns ständig über die Fortschritte zu informieren. Alles, was ich von ihnen oder auch von der irakischen Polizei bekomme, leite ich direkt nach Bern weiter.« Supersaxo machte eine Pause und wechselte von seinem angepassten Schweizerdeutsch zu einem ausgeprägten Walliser Akzent, den Dornach knapp verstehen konnte. »Was ich Ihnen, ohne einen diplomatischen Eklat zu provozieren, geben kann, bekommen Sie von mir, Herr Dornach. Aber das muss unter uns bleiben.«
»Ich heiße Dominik.« Dornach hob sein Glas.
»Nikolaus, meine Freunde nennen mich Nick.«
Laure hatte vom letzten Teil des Gesprächs nichts mehr mitbekommen. Sie war in einem Sessel eingeschlafen. Supersaxo verabschiedete sich. Ein Fahrer der Botschaft wartete auf ihn.
Dornach hob Laure aus dem Sessel. Sie schlang im Schlaf seufzend ihre Arme um ihn, als er sie in dem für sie beide hergerichteten Zimmer auf das Bett legte.

✳✳✳

»Was für eine Aussage wünschen Sie zu machen, Herr Hafner?«,
fragte Casagrande.

Hafner stierte finster und stumm vor sich hin, bis ihn sein
Anwalt anstupste. »Ich habe Nadine nicht auf dem Gewissen.«
Casagrande betrachtete demonstrativ ihre Fingernägel.
»Wenn das Ihre Aussage ist, beenden wir die Befragung an
dieser Stelle.« Sie machte Anstalten aufzustehen.

»Warten Sie.«

»Geben Sie mir einen Grund dazu. Zum Beispiel, indem Sie
die Frage beantworten, wo die Aufnahmen gemacht wurden,
die der Datenstick enthält.«

Die nervösen Zuckungen in Hafners Gesicht wurden intensi-
ver. Er hatte tatsächlich Angst, nicht nur vor einer Mordanklage.
Hafner fürchtete um sein Leben. »Wenn Sie reden, entlastet
Sie das nicht nur, es hilft uns, den Fall aufzuklären. Wenn es
erforderlich ist, können wir für Ihren Schutz sorgen.«

»Keine Anklage«, sagte Hafner.

Casagrande schnalzte missbilligend mit der Zunge. »Sie ver-
wechseln da etwas, Herr Hafner. Wir sind hier nicht in einem
amerikanischen Fernsehkrimi. Wenn Ihre Informationen etwas
taugen, werden sie sich in erster Linie strafmildernd für Sie aus-
wirken. Lebenslänglich oder drei bis vier Jahre machen einen
Unterschied. Wenn Sie wesentlich dazu beitragen, die Drahtzieher der Organisation unschädlich zu machen, beantrage ich
beim Oberstaatsanwalt, Sie in ein Zeugenschutzprogramm auf-
zunehmen.«

Hafner verfiel wieder ins Grübeln. »Okay«, sagte er schließlich. Er tippte auf ein Foto. »Das war eine hippe Party auf dem
Zugerberg. Bigshots, Geldsäcke und so, verstehen Sie?«

»Wenn Sie mir Namen nennen, verstehe ich es besser.«

»So läuft das nicht. Woher soll ich die Namen wissen? Ich
war nicht dabei. Ich liefere nur die Matratzen ... ich meine die
Nutten.«

Maja zuckte bei diesem Satz zusammen. Bevor sie etwas
sagen konnte, beeilte sich Casagrande, die nächste Frage zu
stellen. »Wer organisiert die Partys? Dieselben Leute, welche
die Videos produzieren?«

Hafner zuckte mit den Schultern.

»Antworte gefälligst!«, herrschte ihn Maja an. Casagrande legte die Hand auf Majas Arm. Bevor von Arx wegen des Ausbruchs protestieren konnte, antwortete Hafner:»Ich arbeite für die.«

»Sie geben zu, für die ›Triple Six Kinky & Horny Productions‹ zu arbeiten?«

Hafner nickte.

»Was ist Ihre Aufgabe in dieser … Unternehmung?«

»Hab ich vorhin gesagt, ich beschaffe die …«, Hafner schielte unsicher zu Maja,»… die Frauen.«

»Sie haben Ihre Freundin zur Prostitution gezwungen.«

»Nadine machte das aus Liebe zu mir. Ich musste sie nicht zwingen.«

»Ja, klar.« Maja schnaubte kaum vernehmbar.

»Wer organisiert diese Partys?«

»Keinen blassen Schimmer, wer das ist. Läuft alles über diese Organisation.«

»Sie meinen ›Triple Six‹?«

Hafner nickte.

»Wie muss ich mir das vorstellen? Arrangiert ›Triple Six‹ die Party von sich aus, oder kann jeder hingehen und sagen: ›Organisiert was für mich‹?«

»Beides. Sie bieten sogenannten Full Service, manchmal liefern sie nur das Personal.«

»Mit Personal meinen Sie die Frauen?«

»Ja, beim Full Service organisieren sie eigene Events, quasi als Bonus oder Networking für die Kundenbindung, verstehen Sie?«

Casagrande verstand. Sie warf einen Seitenblick zu Maja, die sich eine Bemerkung verklemmte.»Die Party, von der wir reden, war das ein solches ›Networking Event‹ der besonderen Art?«

»Wenn Sie damit 'ne Fickparty meinen, glaub schon.«

»Glauben Sie nur oder sind Sie sicher?«

»Ich bin sicher. Für die gewöhnlichen Rudelbumsereien musste ich Nadine jeweils direkt am Veranstaltungsort abliefern.

Bei den besonderen Gigs musste ich sie irgendwo übergeben, meistens in Deitingen-Süd. Dort holte ich sie wieder ab, also in Deitingen-Nord, wenn's vorbei war.«

»Diese Partys, finden die immer am selben Ort statt, in einer Villa am Zugerberg?«

»Soweit ich weiß.«

»Wenn Sie die ›Kunden‹ von ›Triple Six‹ nicht gesehen haben, woher wollen Sie wissen, wer oder was sie sind?«

»Von Nadine. Die musste nur mit Arsch und Titten wackeln, und die Typen wurden redselig. Da gab's diesen Geldsack, einen Banker, der wegen seines zu großen Zapfens in letzter Zeit oft in der Presse stand. Ein paar Zuger Rohstoff- und Pharmaheinis und Bitcoin-Hengste waren dabei. Einige sollen hohe Tiere in der Politik sein, Nadine kannte die von der Zeitung oder vom Fernsehen. Sie und die anderen Chicks mussten diese Spießer bespaßen.«

»Es machte Ihnen nichts aus, Ihre Freundin den ›Spießern‹ anzubieten?«

»Wir brauchten das Geld.«

»Was arbeiten Sie sonst, Herr Hafner?«

»Ich bekomme eine IV-Rente wegen meinem Rücken, Arbeitsunfall, zu wenig zum Leben, zu viel zum Sterben, wenn Sie verstehen, was ich meine.«

Von den laufenden Unterhaltskosten eines 3er BMW ganz zu schweigen, dachte Casagrande mit zusammengekniffenen Lippen.

»Ich hab vorher in einem Metalllager gearbeitet«, fuhr Hafner derweil fort. »Ich krieg nirgends mehr einen Job. Aus Liebe hat sich Nadine bereit erkl–«

Casagrande winkte ab. Das musste sie sich nicht zu Ende anhören. Sie schob die Fotos über den Tisch zu ihm. »Schauen Sie sich die Bilder noch mal an und sagen Sie mir, ob Sie nicht doch jemanden erkennen.«

Hafner betrachtete jedes einzelne Bild eingehend.

»Macht nichts, wenn's heute noch passiert«, sagte Maja nach einer Weile.

Hafner warf ihr einen unsicheren Blick zu.

Mit einer übertriebenen Geste sah Casagrande auf ihre Uhr.
»Ich gehe telefonieren. Frau Hartmann wartet, bis Sie so weit sind.«

Es wirkte. »Die kenne ich.«

Hafner schob das Bild Casagrande zu. Es war Annina Burckhard. Sie war trotz Halbmaske eindeutig zu erkennen. »Gestern haben Sie behauptet, sie nicht zu kennen.«

Hafner zuckte mit den Achseln. »Ich konnte mich nicht mehr erinnern.«

»Sie bleiben bei der Aussage? Haben Sie sie auch ›vermittelt‹?«

Hafner schüttelte vehement den Kopf. »Ich kannte sie, das ist alles, die gehör… Sie ist die Freundin eines Kollegen.«

Casagrande ließ es dabei bewenden. Den Namen dieses Kollegen würden sie so oder so herausfinden. »Der Datenstick ist aufwendig gesichert. Normalerweise liegt so was nicht einfach herum. Wie ist Nadine an das Teil gekommen?«

»Gefunden – hat sie gesagt.«

»Einfach so? Bei wem?«

Erneutes Achselzucken.

»Herr Hafner. Nadine hat Ihnen bestimmt erzählt, was an diesem Abend passiert ist. Also?«

Von Arx schaltete sich ein. »Herr Hafner, ich rate Ihnen, der Staatsanwaltschaft zu sagen, was Sie mir vorhin gesagt haben. Wenn –«

»Okay, okay, Mann!« Hafner verdrehte die Augen. »Ich wartete auf eine SMS von der anderen, dieser Ilona, dass ich Nadine wie vereinbart abholen sollte.«

»Und?«

»Nadine hat selbst angerufen. Sie hatte sich von der Party abgesetzt und wartete irgendwo in einer Beiz an der Straße. Ich bin sofort losgefahren, und sie hat mich zu dem Ort gelotst.«

»Wie war ihre Verfassung?«

»Sie war nervös.«

»Hatte sie Angst?«

»Kann sein. Ich habe sie gefragt, ob einer der Klienten sie geschlagen oder sonst wie bedrängt hatte.«

»So was dürfen die doch gar nicht«, sagte Maja.

»Nicht, wenn sie nicht bezahlen«, erwiderte Hafner im gleichen Tonfall.

»Was hat Nadine Ihnen erzählt?«, fragte Casagrande, bevor Maja etwas Unbedachtes äußerte.

»Sie hat gefaselt, sie hätte was gefunden, womit sich eine Menge Geld machen ließe. Sie müsse nicht mehr anschaffen, und wir könnten von hier abhauen.«

»Also dieser USB-Stick. Wie kam sie an den?«

»Geklaut. Er steckte in einem PC.«

»Wessen PC?«

»Keine Ahnung. Nadine hat gesagt, es sei der vom ›Controller‹.«

»Was für ein ›Controller‹, wie ist sein Name?«

»Glauben Sie, er hat sich mir vorgestellt? Es ist der Kerl, der die Finanzen macht. Mehr weiß ich nicht von dem.«

»Was für Finanzen, die von ›Triple Six‹?«, fragte Maja.

»Von der ganzen Organisation. Er arbeitet direkt für den Boss.« Er sah Casagrande in die Augen. »Bevor Sie fragen, den Boss kenne ich nicht, wirklich, ich schwöre. Ich habe ihn nie gesehen, niemand hat das, und ich will ihn auch nie sehen.«

»Warum nicht?«

»Alle haben Angst vor ihm. Es ist der Teufel persönlich.«

***

Eine Bewegung weckte Dornach. Er hatte den Kopf auf die Matratze von Pias Bett gelegt und war eingeschlafen. Ihre Hand mit der Kanüle lag vor seinem Gesicht. Kurz glaubte er, der Zeigefinger mit dem aufgeklemmten Pulsmesser hätte gezuckt. Ihre Augen waren geschlossen, sie atmete regelmäßig und selbstständig. Der Schlauch in ihrem Mund war inzwischen entfernt worden. Dornachs Blick schweifte zu den Monitoren. Pulsfrequenz und Blutdruck bewegten sich im normalen Bereich. Pia würde leben. Dornach wäre bereit gewesen, einen Handel mit dem Tod zu machen: sein Leben für dasjenige seiner Tochter. Der Sensenmann hatte seine kalten Finger zurückgezogen. Wann würde er seinen Lohn von Dornach einfordern?

Er hatte Pia nie gesagt, was er ihr verdankte. Bevor sie aus dem Wallis zu ihm gekommen war, hatte er sich in der Arbeit und seinen kurzlebigen Frauenbeziehungen verloren. Das änderte sich schlagartig, als er sein Leben mit der Achtjährigen teilen musste. Sie hatte seine volle Aufmerksamkeit beansprucht und ihm einen Fokus gegeben. Affären hatte er weiterhin, lediglich die Abstände dazwischen waren größer geworden. Später, als Teenager, gab sie ihm unmissverständlich zu verstehen, was sie von seinem Lebenswandel hielt, wenn sie ihn auch nicht daran hinderte. Sie machte ihm klar, sich nicht mit Frauen anfreunden zu wollen, von denen die wenigsten ihre Aura länger als ein paar Wochen in der Villa Dornach verbreiteten. Es war die Zeit ihrer heftigsten Auseinandersetzungen gewesen, ein Machtkampf zwischen ihm und einer werdenden Frau, die keinen Vater wollte, der ihre Geschlechtsgenossinnen als amourösen Zeitvertreib betrachtete. Ab ihrem fünfzehnten Lebensjahr begann Pia, ihre eigenen Erfahrungen zu machen. In kurzen Abständen tauchten Männer in ihrem Alter in der Villa auf. Nach ihrem achtzehnten Geburtstag war damit Schluss. Pia liebte ganz oder gar nicht. Dornach fürchtete sich vor dem Moment, wenn er ihr von Rafiks Tod erzählen musste. Würde sie die Kraft haben, nach dem an sich selbst erlebten Trauma den Verlust zu verkraften und die Energie für die Schwangerschaft und das Kind aufzubringen, das sie jeden Tag an Rafik erinnern würde?

Er legte seinen Kopf zurück auf das Bett. Er hätte eine komfortablere Position einnehmen können, doch in diesem Augenblick wollte er sie nah bei sich spüren.

Er musste eingedöst sein, als ihn erneut etwas aufschreckte. Diesmal war es sicher kein Traum. Pias Hand streichelte seinen Kopf. »Paps?« Ihre Stimme klang brüchig.

»Pia!« Rührung und Erleichterung erfassten ihn. Er drückte auf den Rufknopf über dem Bett. Mit einem stummen Stoßgebet dankte er einem Gott, der ihn wahrscheinlich nicht mehr kannte.

»Durst«, flüsterte sie.

Auf dem Nachttisch hatten die Schwestern ein paar abgepackte Wasserportionen deponiert. Dornach drückte den aufgeklebten Trinkhalm durch den Deckel und hielt ihn Pia an die Lippen. Nach drei Schlucken lösten sich ihre Lippen vom Halm. »Was ist passiert? Wo bin ich? Warum bist du hier?« Dornach wusste, was eine retrograde Amnesie war. Eine rückwirkende Gedächtnisstörung, ein Schutzmechanismus, der die Erinnerung an traumatische Erlebnisse vorübergehend, manchmal für immer, löschte. Sowohl Dr. Murer als auch der jordanische Neurochirurg hatten ihn darauf vorbereitet. »Du bist im Universitätsspital von Amman in Jordanien. Laure ist hier, sie schläft.«

»*Maman?* Wieso? Nicht in Afrika?«

Dieser Teil der Erinnerung schien zu funktionieren. »Du hast uns Angst gemacht.«

Pias Blick blieb an den Monitoren haften. »Ich, ein Unfall? Wo ist Rafik?«

Die Nachtschwester und eine Ärztin traten ins Zimmer. Sie begrüßten Pia mit einem zufriedenen Lächeln. Die Ärztin prüfte die Geräte und erinnerte Dornach, dass Pia Ruhe benötigte. Der Chefarzt würde sie am nächsten Morgen sehen.

»Du musst dich ausruhen«, sagte Dornach.

»Rafik, wo ist ...« Ihre Stimme wurde schwächer, sie schloss die Augen.

Die Zimmertür öffnete sich erneut. »Die Nachtschwester hat mich geweckt und gesagt ... Pia!« Laure umarmte ihre Tochter. »*Ma chérie.*«

»*Maman*«, murmelte Pia. Der Schlaf übermannte sie langsam. »Warum bist du nicht in ...?« Ihre Augen fielen zu. Dornach sah besorgt zu den Monitoren. Alles war normal.

»Sie kann sich nicht an den Anschlag erinnern«, sagte Dornach. »Sie hat nach Rafik gefragt.«

»*Mon Dieu, comment ...* wie sollen wir ihr das sagen?«

»Lassen wir sie schlafen. Hauptsache, wir haben sie wieder.« Dornach und Laure umarmten sich. Es fühlte sich richtig an.

***

Jackie, die Bardame der »Grünen Fee«, stellte die Fontäne mit den Löffeln und der Dose Würfelzucker in die Mitte des Tischchens. »Eure Absinthe kommen gleich. Wo steckt Dominik? Hab ihn ewig nicht mehr gesehen.« Casagrande erklärte ihr, dass Dornach im Moment stark beschäftigt sei.

»Richtet ihm von mir aus, er wird vermisst.« Jackie ging zum Tresen, um die Getränke zu holen.

»Hatte der Chef was mit der?«, fragte Maja leise.

Casagrande zuckte mit den Achseln. »Auch wenn Dominik mein bester Freund ist, erzählen tut er mir nicht alles.« Sie deutete mit dem Kinn in Richtung Jackie, die am Tresen die Getränke vorbereitete. »Frag sie doch.«

Maja ließ es bleiben. Sie warteten schweigend, bis Jackie servierte, Casagrandes üblichen »Bohème«, Maja hatte sich für einen »Aphrodite« entschieden, was bei der Bestellung von Jackie mit einem anerkennenden Lächeln quittiert wurde.

Sobald die Bardame außer Hörweite war, erzählte Casagrande, was sie von ihrem ehemaligen Kollegen von der Zuger Staatsanwaltschaft erfahren hatte. »Spaziergänger haben aus der Ferne gesehen, wie eine Person in Motorradkluft einen Mann erschoss, Osmankovic befreite und mit ihr auf einem Motorrad floh.«

»Konnten sie den Motorradfahrer beschreiben?«

»Mittelgroß, zierlicher Körperbau. Sagt dir das was?«

»Du meinst …? Nein, das kann nicht sein.«

»Die geschilderte Statur kommt hin. Die Frau hat den Helm abgenommen, die Haarfarbe war dunkel. Es könnte Jana gewesen sein.«

Maja öffnete ihren Wasserhahn an der Fontäne. Sie beobachtete das Wasser, das durch den Zuckerwürfel hindurch in das mit Absinth gefüllte Glas tropfte. »In Olten hat Jana Osmankovic überwältigt. Die hätte mich ohne mit der Wimper zu zucken kaltgemacht. Und jetzt soll Jana sie befreit haben? Das verstehe wer will, ich tue es nicht.«

»Frag mich mal.« Casagrande kostete von ihrem Absinth.

Maja wollte es ihr gleichtun. Sie setzte das Glas ab, bevor es ihre Lippen berührte. »Das macht keinen Sinn. Jana war jahrelang hinter Osmankovic her. Sie erschießt keine Polizisten und befreit eine international gesuchte Terroristin.«

»Die Zeugen haben gesehen, wie die Frau auf einen Mann schoss, der seine Waffe auf Osmankovic richtete. Dann hat sie zwei weitere Männer niedergeschossen. Alle drei waren keine Polizisten. Ich bekomme den Bericht schriftlich, auf dem kurzen Dienstweg.«

»Jana befreit die Osmankovic nicht einfach so, da steckt etwas dahinter.«

»Du kennst sie besser als ich, was könnte sie vorhaben?«

»Vielleicht will sie nicht, dass Osmankovic den Amis in die Hände fällt. Möglicherweise braucht sie sie als Kronzeugin, keine Ahnung. Jana ist stets für eine Überraschung gut.«

»Das ist ihre Spezialität. Ich hoffe nur, es gibt kein böses Erwachen.«

»Du hältst nach wie vor nichts von ihr, wie?«

Casagrande ließ den Rest der milchigen Flüssigkeit in ihrem Glas kreisen. »Auch ich verdanke Jana mein Leben, ich und eine Mutter mit zwei kleinen Kindern. Sie ist nicht meine Feindin, Maja.«

»Hat aber so ausgesehen, als du sie an Hofmann verraten hast.«

»Ich habe sie nicht verraten, das weißt du so gut wie ich. Gegen Jana lag ein internationaler Haftbefehl vor. Was das bedeutet, muss ich dir nicht erklären.« Casagrande wartete auf eine Erwiderung, die nicht kam. »Vielleicht war es nicht richtig, tagelang zu warten, bevor ich es Hofmann sagte.«

»Du hast damit gewartet? Warum?«

»Weil Jana mir das Leben gerettet hat. Und wegen Dominik.«

»Du warst eifersüchtig auf sie.«

»Ja, es hat mich wütend gemacht, wie sie Dominik um den Finger wickelte.« Casagrande beugte sich zu Maja vor. »Stehe ich so tief in deiner Achtung, dass du mir zutraust, Jana deswegen ans Messer geliefert zu haben?«

»Das ist es nicht. Du … Für mich warst du immer ein Vorbild, wie Dominik. Ein Leuchtturm der Korrektheit.«

»Von dir kommt so was nicht als Kompliment herüber.«

»Ist aber eins. Ich kenne meine Schwächen. Deshalb bewundere ich deine Stärken.«

»Und ich bewundere Jana und ihre Kraft, obwohl ich sie manchmal ins Pfefferland wünschte.«

Eine Weile sprach keine der beiden ein Wort. Casagrande leerte ihr Glas. »Sind wir wieder gut miteinander?«

»Sind wir.«

»Nicht nur, weil dich Dominik deswegen ins Gebet genommen hat?«

»Woher weißt du das?«

»Ich weiß es einfach. Ich habe ihn nicht darum gebeten.«

Maja streckte ihr die Hand entgegen. »Du bist mir nicht böse?«

»War ich nie.« Casagrande bedeutete Jackie, eine weitere Runde zu bringen. »Geht auf mich.«

Während sie darauf warteten, verdüsterte sich Casagrandes Miene. »Jana hat ein viel größeres Problem. Es sind nicht mehr nur die Europäer, die sie jagen. Seit der Befreiungsaktion im Zugerland haben die Amerikaner Interesse an ihr.«

✳✳✳

Tiziani fiel die Decke auf den Kopf. Seit Tagen saß er in diesem Hotelzimmer und wartete auf den Anruf. Man hatte ihm gesagt, dass die heißeste Phase der Operation bevorstand. Sobald sie angelaufen war, konnte er zusammenpacken und weit weg reisen, in ein Land, mit dem die Schweiz kein Auslieferungsabkommen hatte. Er hatte die Nase voll davon, nach der Pfeife der Organisation zu tanzen, die ihn jeden Moment auffliegen lassen könnte. Er war ihnen ausgeliefert.

Tiziani trat ans Fenster seines Eckzimmers im H4-Hotel. Genau ihm gegenüber lag die hell erleuchtete St.-Ursen-Kathedrale. Er schaute nach links in die Richtung, wo er Angelas Wohnung vermutete. Ob sie schon zu Hause war? Er hätte sie liebend gerne noch einmal gesehen, bevor er diesem Land und diesem Kontinent endgültig den Rücken kehrte. Der Entscheid war ihm nicht leichtgefallen. Er würde die Effizienz der Menschen, die Organisation und die Infrastruktur vermissen, aber vor allem Angela. Er könnte sich heute noch dafür ohrfeigen, wie er sie damals behandelt hatte. Den Vorfall in dem anderen Solothurner Hotel, »La Couronne«, in dessen Nachgang sie im Spital gelandet war, wollte er am liebsten aus dem Gedächtnis streichen, jetzt erst recht. Bei ihrer letzten Begegnung am Montag hatte er auf ein Zeichen, eine Geste von ihr gehofft, dass sie freiwillig zu ihm zurückkommen würde. Heute Morgen hatte sie ihm auf die Combox gesprochen. Er hatte nicht zurückgerufen. Angela hatte ihn als Idioten bezeichnet. Sie war ihm gegenüber zum Eisblock geworden.

Tiziani starrte trübsinnig hinunter auf die Brücke, unter welcher der nachtschwarze Fluss träge dahinfloss. In diesem Moment fuhr beinahe lautlos eine rote Straßenbahn vorbei. Ansonsten war fast kein Verkehr.

Freiwillig?

Er ballte die Fäuste. Wo stand geschrieben, dass sie freiwillig mit ihm gehen musste? Seit wann bestimmte in seiner Welt eine Frau, wo es langging? Selbstverständlich war es nicht richtig gewesen, als er sie damals mit der Praktikantin betrog – und mit den zwei, drei anderen zuvor. Was soll's? Angela war Italienerin, sie sollte wissen, wie Männer ticken. Außerdem hatte er während der ganzen Zeit zu ihr gehalten. Und sie? Schlägt ihm sein ganzes Leben um die Ohren. Welcher Mann würde da nicht ausrasten?

Freiwillig. Was hiess das schon? Er hatte sich sein Leben nicht freiwillig ausgesucht und trotzdem einen Haufen Geld gemacht. Was glaubte Angela eigentlich, wer sie war? Zeigte ihm die kalte Schulter. Vermutlich trieb sie es mit diesem Polizisten, diesem Dornach. Tizianis Faust hieb gegen die Handfläche der anderen Hand.

Von wegen freiwillig. Sein Entschluss festigte sich, er würde noch mal mit Angela reden, diesmal vernünftig. Er würde ihr erklären, was ihr entging, wenn sie nicht mit ihm wegging. Tiziani war überzeugt, dass er sie umstimmen konnte, so wie im letzten Jahr, als sie ihm gegenüber schwach wurde.

Tizianis Haltung straffte sich. Der Gedanke, dass ihm seine

Ex-Freundin bald wieder zu Füßen liegen würde, ließ ihn aufleben. Die Lichter der Stadt auf der anderen Seite des Flusses leuchteten plötzlich heller. Wenn er jetzt auf den Fluss hinuntersah, konnte man meinen, sie würden auf den Wellen tanzen. Das Beste war, es nicht aufzuschieben. Er sah auf die Uhr. Es war beinahe halb elf. Vermutlich war sie zu Hause. Tiziani stellte sich vor, wie sie sich für das Bett zurechtmachte. Eine weitere Nacht, die sie allein verbrachte. Sie war einsam, und Einsamkeit schwächt die Widerstandskraft. Es sei denn … Der Gedanke ließ ihn erstarren. Es sei denn, sie war gerade jetzt mit diesem Dornach zusammen. Tiziani spürte die kalte Wut in seinem Bauch. In diesem Fall würde er sie …

Das Klopfen würgte den Gedankengang ab.

»Zimmerservice«, klang eine helle Frauenstimme durch die Tür.

Sein Blick fiel auf das aufgeschlagene Bett. Was wollten sie von ihm? Er hatte bereits eine ungehaltene Entgegnung auf der Zunge, als ihm einfiel, dass es die hübsche, zierliche Rothaarige in der eng anliegenden Hoteluniform sein könnte, die er gesehen hatte, als er vorhin von der Sauna zurückkam. Er hatte das strahlende Lächeln, das sie ihm geschenkt hatte, immer noch vor Augen, eines, wie es ihm schon lange keine Frau mehr geschenkt hatte. Und wo so ein Lächeln war, gab es vielleicht noch vieles mehr.

Angela konnte warten, beschloss er. Sie war morgen auch noch da. Hingegen war es nicht sicher, ob die Rothaarige morgen Dienst hatte.

»Moment, komme gleich«, rief er und zog sich gleichzeitig vollständig aus. Er nahm den Bademantel, den er nach seinem Saunabesuch achtlos auf das Bett geworfen hatte, streifte ihn über und zurrte den Gürtel nur locker zusammen.

Als er den Türgriff in der Hand hielt, durchzuckte ihn ein warnender Gedankenblitz. Was, wenn es nicht die Person war, die er erwartete? Die Verwerfung des Gedankens und das Öffnen der Tür geschahen beinahe synchron.

Er war verblüfft, zwei Frauen vor sich zu haben. Hinter der zierlichen Rothaarigen stand eine Kollegin. Sie war älter und etwas fülliger, das Haar ebenfalls rötlich. Die Rothaarige strahlte wie vorhin. Die Figur war eine Sünde wert. Tiziani sah es nicht mehr. Sein Blick war auf den angewinkelten Arm der Frau gerichtet, über den sie ein zusammengefaltetes Handtuch gelegt hatte wie ein Kellner. Das war es nicht, was ihm Angst machte, sondern eher die Mündung eines Schalldämpfers, die darunter hervorlugte und die in düsterem Kontrast zu ihrem Lächeln stand.

DREIZEHN

Kurz nach sieben Uhr früh erhielt Casagrande eine Nachricht von Dornach. Der Ambulanzjet hatte auf der Landepiste des Bern Airport aufgesetzt. Dornach und Laure hatten sich kurzfristig entschlossen, ihre Tickets verfallen zu lassen und gemeinsam mit Pia zurückzufliegen. Der Bombardier-Challenger-650-Jet verfügte über genügend Sitzplätze.

Eine Ambulanz hatte Pia in Belpmoos übernommen und war auf dem Weg ins Bürgerspital Solothurn. Die Fahrt würde eine Dreiviertelstunde beanspruchen. Dornach begleitete Laure mit dem Airport Bus nach Bern, von wo sie mit dem Zug zum Flughafen Zürich weiterreisen wollte. Sie hatte am Nachmittag einen Flug nach Paris mit Anschluss nach Niamey. Dort wurde sie dringend erwartet. Es fiel ihr weniger schwer, da sie Pia bei ihrem Vater in besten Händen wusste. Dornach würde im Lauf des späteren Vormittags in Solothurn eintreffen.

Pia war wach, als man sie im Spitalbett ins Zimmer schob, wo sie von Casagrande und Karin in Empfang genommen wurde. Sie ließ sich von Karin herzen. Die Begrüßung Casagrandes fiel zurückhaltender aus.

»Angela.« Pia suchte nach Worten. »Was ich … damals, als Jana …«

»Pia, du musst nicht –«

»Ich war so wütend … Es tut mir leid, Angela. Die furchtbaren Dinge, die ich … Ich wünschte, ich hätte sie nie ausgesprochen. Ich schäme mich so.«

»Mir wurden schon schlimmere Dinge an den Kopf geworfen. Ich bin froh, dass du wieder mit mir sprichst.«

»Ich habe dich –«

Casagrande umarmte sie, und Pia ließ es zu. »Konzentriere dich darauf, rasch gesund zu werden.«

Pias Augen füllten sich mit Tränen. »Rafik, er ist … Sie sagen, er ist tot. Er hat sich für mich und die Kinder geopfert.«

Pia ließ Casagrandes Hand los und legte sie schützend auf ihren Bauch. »Zum Glück habe ich es – von ihm.«

Es dauerte eine Weile, bis Casagrande und Karin den Sinn der Geste begriffen. »Mein Gott, Pia«, sagte Karin. »Du bist schwanger?«

»Es wird seinen Vater nie kennen.« Pia weinte nicht mehr.

Die nah am Wasser gebaute Karin kämpfte mit den Tränen. »Du bist nicht allein, Pia. Ich … wir werden dir helfen, alle. Dafür musst du versprechen, wieder die Alte zu werden und uns entsetzlich zu nerven.«

Pia entfuhr ein schluchzender Lacher.

Casagrandes Smartphone unterbrach die Heiterkeit. Der Anruf kam von einer Dienstnummer der Kantonspolizei. »Casagrande!«

»Frau Staatsanwältin? Korporal Haudenschild von der mobilen Polizei. Sie müssten sich etwas ansehen.«

»Was soll ich mir ansehen?«, fragte sie gereizt.

»Es ist … eine Art Paket mit Etikette mit Ihrem Namen und Ihrer Telefonnummer.«

»Was für ein Paket, etwa eine Bombe?« Es sollte ein Scherz sein.

Korporal Haudenschild stand der Sinn nicht nach Galgenhumor. »Nein, ein Mensch.«

✳✳✳

Am Samstagmorgen auf dem Klosterplatz einen freien Parkplatz zu finden war ein aussichtsloses Unterfangen. Casagrande ließ ihren Beetle kurzerhand neben einem markierten Parkfeld stehen. Vor dem Gittertor des Palais Besenval standen ein Patrouillenwagen und eine Ambulanz. Der uniformierte Beamte, der sie in Empfang nahm, stellte sich als Korporal Martin Haudenschild vor. Sie folgte ihm durch den Hof des zu Beginn des 18. Jahrhunderts im Stil der damaligen Pariser Stadtpalais erbauten Herrschaftshauses der Familie Besenval.

Dornach, dessen Familie selbst zum Solothurner Adel gehörte, hatte Casagrande bald nach ihrem Umzug mit den einst führenden Patriziergeschlechtern der Stadt vertraut gemacht. Die Vermittlung von Söldnertruppen in die Dienste der französischen Krone brachte den Besenvals Reichtum und Ansehen am Hof von Versailles ein. Nach dem Ableben des letzten Besenval kam das Palais in den Besitz ihrer Erzrivalen, der Familie von Roll. Mit päpstlichem Segen wurde Solothurn 1828 zum Sitz des neu konstituierten Bistums Basel erkoren und das Palais Besenval zur Residenz des episkopalen Hirten. Ab Ende des 19. Jahrhunderts wurde es als Kosthaus genutzt, ein staatliches Studentenheim für weibliche Studierende des Solothurner Lehrerseminars; später war es Sitz eines Teils der kantonalen Verwaltung und schließlich ein Kulturzentrum. Seit Anfang der nuller Jahre ist es als Event- und Tagungslokal Bestandteil der Solothurner Seminarmeile.

Casagrande folgte Haudenschild durch das verwaiste Restaurant in den zwischen dem Palais und dem Landhaus eingezwängten Hofgarten an der Aare. Sie schlug den Mantelkragen hoch. Der Fluss trieb Schwaden eisigen Dunstes in den Garten, die das ewige Grün der Buchsbaumhecken mit einem grauen Schleier überzogen. Kahle Baumkronen entlang der Ufermauer vervollständigten die dämmrige Trostlosigkeit des Morgens. Neben einem der Bäume beugten sich ein Notarzt und ein Rettungssanitäter über eine Bahre. Casagrande blieb wie vom Donner gerührt stehen. Sie hatte die Person auf der Bahre erkannt. »Franco!«

»Kennen Sie ihn?«, fragte Haudenschild.

»Nein … ja, lange Geschichte.« Sie überließ es dem Polizisten, sich Gedanken über die merkwürdige Antwort zu machen. »Was ist mit ihm passiert?«

»Schnittwunden und Hämatome am Oberkörper, nichts Lebensbedrohliches«, sagte der Arzt. »Möglich, dass er sich eine gehörige Erkältung oder eine Lungenentzündung zugezogen hat.«

»Ursache der Verletzungen?«

»Ich bin kein Rechtsmediziner, ich würde sagen, er wurde misshandelt.«

»Er ist nicht bei Bewusstsein. Haben Sie ihm ein Beruhigungsmittel verabreicht?«

»Er war bewusstlos, als man ihn fand. Vermutlich wurde ihm ein starkes Betäubungsmittel eingeflößt, bevor er hier abgelegt wurde.« Der Arzt wandte sich ab, um eine Frage des Sanitäters zu beantworten.

Casagrande nutzte den Moment und beugte sich zu Tiziani hinunter. »Was hast du jetzt wieder angestellt?« Sie wandte sich an Haudenschild. »Der Mann heißt Franco Tiziani und steht auf der Fahndungsliste. Er ist festzunehmen.« Sie beauftragte Haudenschild, die Ambulanz zu begleiten und Tiziani zu bewachen, bis er abgelöst wurde. Sie würde sich zwischenzeitlich einen Haftbefehl beim zuständigen Zwangsmaßnahmengericht besorgen. Sie telefonierte mit dem Institut für Rechtsmedizin und forderte einen Forensiker an, der Tizianis Verletzungen untersuchen sollte. Ihr Blick fiel auf eine gefaltete Plastikplane und die Tragtasche mit dem Logo eines bekannten Solothurner Modehauses, die neben dem Baum am Boden lagen. Mit einer fragenden Geste machte sie Haudenschild darauf aufmerksam.

»Als wir ihn fanden, war er in die Plane eingewickelt und verschnürt. Hände und Füße waren mit Kabelbindern gefesselt«, sagte Haudenschild, sobald sie aufgelegt hatte.

»Bekleidet oder nackt?«

»Er trägt nur einen Bademantel. Die restlichen Kleidungsstücke inklusive Wintermantel und Schuhe liegen säuberlich gefaltet in der Tragtasche.«

»Eintüten das Ganze. Sie erwähnten eine Etikette mit meinem Namen?«

Haudenschild gab ihr einen Asservatenbeutel. Es war eine klassische braune Papieretikette mit einer verknoteten, durchschnittenen Schnur. »Die Etikette war an einem der Kabelbinder befestigt.«

Casagrande las die mit rotem Filzstift angebrachte Aufschrift. Ihr Name und ihre Handynummer waren korrekt geschrieben.

»Da ist noch etwas, Frau Staatsanwältin.« Haudenschild drückte ihr einen zweiten Asservatenbeutel in die Hand. Er enthielt einen weißen Briefumschlag mit Casagrandes Namen.

»Haben Sie ihn geöffnet?«

»Nein.«

»Warum nicht?«

»Ihr Name steht drauf.«

Sie verkniff sich einen Kommentar. Mit Hilfe ihres Taschen-
messers öffnete sie den Umschlag und zog eine herkömmliche
unlinierte weiße Schreibkarte hervor. Der Text trug die gleiche
Handschrift wie die Etikette.

»*Madonna*«, murmelte sie.

Es war nur ein Satz: »Frag ihn nach dem ›Controller‹.«

※※※

Zwei Stunden nach Pias Ankunft traf Dornach in Solothurn ein.
Beim Abschied in Bern hatte Laure ihm versprochen, spätestens
in einer Woche zurückzukommen.

Karin, die bis zu seiner Ankunft bei Pia geblieben war, verabschiedete sich mit der Entschuldigung einer Verabredung.
Dornach vermutete, es hatte mit dem jungen Mann mit Brille
zu tun, der vor dem Zimmer im Korridor auf und ab ging.

Pia hatte geschlafen. Sie erwachte, als Dornach sich auf den
Stuhl neben sie setzte. »Paps, du bist da?«

»Natürlich bin ich da, wo sollte ich sonst sein?«

»Und *maman*?«

»Sie musste dringend zurück nach Niamey.«

»Stimmt, hat sie gesagt.«

Pias Blick richtete sich auf einen Punkt an der Decke und
schweifte von dort in die Ferne. »Es ist ungerecht, Paps. Er hat
die Terroristen von uns ferngehalten, wenn ich ihn nicht allein
nach draußen hätte gehen lassen, vielleicht –«

Dornach legte seinen Finger auf ihre Lippen. »Du hast zwei
Kindern das Leben gerettet und wärst dabei um ein Haar umgekommen.«

»Weißt du, wie es den Mädchen geht, Fatima und …? Ich
weiß nicht einmal den Namen des anderen Mädchens.«

Dornach nahm ihre Hand. »Mach dir keine Sorgen, es ist
alles gut. Die beiden sind in Hayat Jadida in Sicherheit. Die
Botschaft hat dafür gesorgt.«

Sie trocknete ihre Augen. »Danke, Paps.«

»Ich habe mit dem Arzt gesprochen. Er ist zufrieden. Du hast den Flug gut überstanden. Wenn alles gut geht, kannst du bald nach Hause, vielleicht schon am Montag. Mit etwas Glück ist bis dahin der laufende Fall geklärt. Ich ziehe ein paar Tage Ferien ein, und wenn Laure aus Niger zurückkommt, unternehmen wir etwas zusammen.«

Pias zaghaftes Lächeln erreichte nicht ihre Augen. »Lieb von dir, dass du mich ablenken willst. Sei nicht enttäuscht, wenn's nicht gleich funktioniert.«

Dornach küsste sie auf die Stirn. »Es ist in Ordnung, wenn du trauerst. Du darfst auch wütend sein. Was immer du durchmachst, Pia. Ich, wir alle sind da, um dich auf diesem Weg zu begleiten.«

»Danke, Paps.« Sie entspannte sich, und ihre Augen wurden schwer. Die Schwester hatte ihr ein Schlafmittel gegeben, weil sie leichtes Fieber hatte. Dornach wollte neben ihr sitzen bleiben, bis sie eingeschlafen war, und sich später ein wenig die Beine vertreten.

»Paps?«

Erschrocken hob er den Kopf und sah direkt in Pias weit geöffnete, wache Augen.

»Ich will ihn sehen.«

»Was meinst du?«

»Ich will Rafik sehen und mich von ihm verabschieden. Wo haben sie seine ... ihn hingebracht?«

Die Trauer ließ Pia nicht in lähmende Grübelei verfallen. Das erleichterte Dornach, andererseits ... »Pia, ich weiß nicht, ob −«

»Wurde er etwa schon beerdigt?«

»Ich glaube nicht.« Dornach hatte vor dem Abflug in Amman mit Nadal Mousavi telefoniert. Rafiks Schwester hatte ihm versichert, sie und ihre Mutter würden alles daransetzen, Rafik in der Schweiz beizusetzen. Sie waren daran, den Vater dahingehend zu bearbeiten. Dessen Brüder pochten auf ein Begräbnis in heimatlicher Erde. »Ich sehe, was ich tun kann.«

»Ich rufe Nadal an.« Pia wollte zum Haustelefon auf ihrem Nachttisch greifen.

Dornach hielt ihre Hand fest. »Nadal ist unterwegs in den Irak. Sie kümmert sich um alles, weil ihr Vater aus gesundheitlichen Gründen nicht fliegen kann. Ich habe mit ihr geredet. Sie gibt ihr Bestes, damit Rafiks Leichnam in die Schweiz gebracht wird. Versuch, dich ein wenig auszuruhen.«

»Nadal schafft das.« Pias schloss die Augen und schlief sofort ein.

Er öffnete die Zimmertür und stieß beinahe mit Casagrande zusammen. Sie begrüßten sich mit einer Umarmung. Casagrande schielte über seine Schulter. »Schläft sie?«

Er bejahte.

»Können wir reden?«

✳✳✳

Nach der endlosen Reise und der bedrückenden Spitalatmosphäre wirkte die Kälte befreiend. Dornach sog die Luft ein und blinzelte in die Sonne über dem weißgrau unter einem blassen Himmel glitzernden Jura. Sie spazierten durch das nahe Schöngrünquartier, eine beschauliche Wohngegend mit Ein- und Mehrfamilienhäusern.

»Wann hast du das letzte Mal geschlafen?«, fragte Casagrande.

»Im Flieger, zwei oder drei Stunden.«

»So siehst du auch aus. Warum fährst du nicht nach Hause und schläfst dich richtig aus?«

»Ich will Pia nicht allein lassen. In ihrem Zimmer steht ein bequemer Stuhl, da werde ich –«

»Pia ist außer Gefahr. Ihr ist nicht geholfen, wenn du zusammenklappst, mir und den Kollegen auch nicht.«

»Danke für deine Fürsorglichkeit, Angie, ich schaffe das schon. Worüber wolltest du reden?«

Sie berichtete ihm über die in seiner Abwesenheit gewonnenen Erkenntnisse einschließlich Tizianis Auffindung und verschwieg auch nicht das Foto, das ihren Ex an der Sexparty am Zugerberg zeigte. Am Ende drückte sie Dornach ein Papier in die Hand.

»Was ist das?«

»Eine Liste der Autoverleiher, die schwarze 7er BMWs anbieten. In so einer Limousine wurde Nadine Känzig vor gut drei Wochen zu der fraglichen Party am Zugerberg gebracht.« Sie deutete auf das markierte Kennzeichen. »Das sind die Namen von Verleiher und Leihnehmer, dahinter der Name der Person, die den Wagen übernommen hat.«

Dornach sah die betreffende Zeile. »›Triple Six Kinky & Hornby Productions‹?«

»Lies den Namen des Übernehmers.«

Dornachs Blick schweifte zur entsprechenden Stelle auf der Liste. »Nicht wahr?«

»Doch, leider.«

»Tiziani? Tut mir leid, Angie. Das hätte dir erspart bleiben dürfen.«

»Was soll's. Franco ist ein Arschloch, damit habe ich mich mittlerweile abgefunden. Ich muss mich wohl glücklich schätzen, bereits vor Jahren mit ihm Schluss gemacht zu haben.« Sie sah auf ihre Uhr. »Er wird gerade ärztlich untersucht, danach fährt er direkt nebenan ein. In einer Stunde werde ich ihn einvernehmen. So lange dauert es, bis sein Anwalt hier sein kann.«

»Was dagegen, wenn ich dabei bin?«

»Im Gegenteil, ich wäre dir sogar dankbar.«

Nebelwolken hatten sich vor die Sonne geschoben und ließen die Temperatur empfindlich sinken. Sie gingen zurück an die Wärme und setzten sich zu Kaffee und Kuchen in die Spitalcafeteria. Eine Weile aßen und tranken sie, ohne ein Wort zu reden, bis Dornach begann, sich suchend umzusehen.

»Ist was?«, fragte Casagrande.

»Ich weiß nicht. Da steht ein riesiger Elefant mitten im Raum, und niemand redet darüber.«

Sie rührte in ihrem Kaffee, den sie nur schwarz und ohne Zucker trank.

»Sag schon, Angie. Was hast du auf dem Herzen?«

»Vor dir kann man nichts verbergen, was?«

»Das gelingt nur Pia, fast immer.«

238

Das Rühren intensivierte sich, bis Dornach ihr den Löffel aus der Hand nahm. »Raus damit, Angie.«

»Ich hatte ein Gespräch mit Hofmann.«

Sie machte eine abwartende Pause. Sie hoffte wohl auf eine seiner üblichen abschätzigen Bemerkungen, die vom Thema ablenkten. Er ließ sie zappeln. »Er wollte wissen, wie meine Zukunftspläne aussehen«, sagte sie schließlich.

»Kriegt er endlich den Job bei den Schneckenbremsern in der Bundesanwaltschaft und macht den Platz für dich frei? Das sollten wir feiern.«

»Nicht ganz. Urs Jäggi wird in ein paar Monaten pensioniert.«

»Ist mir bekannt.«

»Hofmann fragte mich, ob ich Interesse habe, in die Schanzmühle zu wechseln und Leiterin der Kriminalabteilung zu werden.«

Dornach wartete, bis ihr Blick aus der Tiefe ihrer leeren Kaffeetasse auftauchte. »Was hast du ihm geantwortet?«

»Dass man erst dich fragen sollte. Du bist Jäggis Stellvertreter.«

»Haben sie.«

»Was?«

»Mich gefragt. Urs hat vor meiner Abreise nach Wien mit mir darüber gesprochen.«

»Und weshalb fragt mich Hofmann, ob ich Interesse habe?«

»Weil ich vorschlug, dir den Job anzubieten.«

Casagrande starrte ihn entgeistert an. »Du bist der beste Mann dafür.«

»Wenn ich Kripochef werde, sitze ich noch länger im Büro rum, als ich es schon tue. Ich bin nicht Polizist geworden, damit ich im Verwaltungskram ersaufe.«

Casagrande wusste, dass Dornach keinen mittelmäßig bezahlten Job mit unmöglichen Arbeitszeiten nötig hatte. Die Familie Dornach hatte rechtzeitig den Absprung von der Adelsherrschaft in die Industrialisierung geschafft. Die Maschinenfabrik Dornach AG war eine Pionierfirma der metallverarbeitenden Industrie gewesen, bevor Dornachs Vater Josef sie lukrativ an ein schweizerisch-amerikanisches Konglomerat verkauft hatte. Ein professioneller Vermögensverwalter war mit der sinnvollen und profitablen Anlage des Familienvermögens betraut.

»Wieso glaubst du, ich soll besser geeignet sein als du?«

»Du bist eine Frau.«

»Danke. Ich habe es wirklich nötig, zwischendurch daran erinnert zu werden.«

»Ernsthaft, Angie. Jäggi hätte nicht mit Hofmann geredet, ohne sich vorher mit dem Kommandanten abzusprechen. Wäre man der Ansicht, du seist nicht qualifiziert, hätte Hofmann keine Veranlassung gehabt, dich darauf anzusprechen.«

Casagrande stand auf. »Das ist lieb von dir, Dominik. Ich finde, der Job kommt dir zu. Wir müssen das nicht heute zu Ende diskutieren. Es gibt Wichtigeres.«

»Tiziani?«

»Schauen wir mal, was er zu sagen hat.«

***

Der Arzt billigte ihnen eine Viertelstunde zu. Tiziani litt unter einer schweren Erkältung, seine Augen glänzten fiebrig. Und er stellte auf stur, als Dornach sich ihm vorstellte. »Ich rede nur mit Angie, privat. Falls das ein offizielles Verhör sein soll, nicht ohne meinen Anwalt.«

Casagrande und Dornach waren übereingekommen, dass es besser war, wenn er mit Tiziani allein redete und sie sich im Hintergrund hielt. Obwohl es für die Beweisführung nicht zulässig sein würde, hatte Dornach die Aufnahmefunktion seines Handys eingeschaltet. »Das ist kein Radio-Wunschkonzert, Herr Tiziani. Sie reden mit mir, oder Sie lassen es bleiben.«

»Wo ist Angie?«

»In anderer Sache unterwegs«, log Dornach. »Ein Kollege von Frau Casagrande wird Sie offiziell befragen, sobald Ihr Anwalt eintrifft.«

Ein abschätziges Lächeln legte sich auf Tizianis Lippen. »Lässt sie sich etwa von Ihnen flachlegen? Sie geht ab wie eine Rakete, wenn sie heiß läuft, nicht wahr?«

Anstelle einer Antwort fixierte Dornach Tiziani und ging langsam auf ihn zu. Tiziani zog die Bettdecke wie einen Schild bis zum Kinn und griff nach der Fernbedienung mit dem Rufknopf. Dornach nahm sie ihm aus der Hand und legte sie außer Reichweite, bevor er sich auf die Bettkante setzte. Tiziani rutschte instinktiv von ihm weg.

»Sie glauben, Angela und ich haben ein Verhältnis?«, fragte Dornach.

»Sie kann nicht ohne einen Mann leben, der es ihr von Zeit zu Zeit anständig besorgt.« Tiziani versuchte es mit einem verschwörerischen Grinsen von Brüdern im Geiste.

Dornach packte ihn mit beiden Händen an den Aufschlägen seines Nachthemdes. »Möchten Sie das wiederholen?«, fragte er mit unverändert ruhiger Stimme.

Tiziani schluckte leer. »Was wollen Sie von mir? Sie sind Polizist, Sie dürfen mich nicht schlagen.«

»Da muss ich Sie enttäuschen. Ich bin beurlaubt.«

Ein Anflug von Angst huschte über Tizianis Gesicht. »Ein Polizist ist immer im Dienst … Wenn Sie mir ein Haar krümmen, dann …«

Dornach zog ihn zu sich heran. »Dann was, Tiziani? Angela ist eine sehr gute Freundin. Sie bedeutet mir viel. Ich meine das so, wie ich es sage. Und ich habe nicht vergessen, wie Sie sie letztes Jahr zugerichtet haben. Darüber hinaus haben Sie einen Bundespolizisten schwer verletzt.«

»Das müssen Sie beweisen. Angie und dieser Bundestschugger wollen mir was anhängen.«

Dornach stieß ihn zurück ins Kissen. Er glättete Tizianis Hemd und wischte sich die Hände daran ab. »Das werde ich beweisen, glauben Sie mir.«

»Das mit dem Polizisten war ein Unfall. Er ist mit einer gezogenen Pistole in mein Hotelzimmer gestürmt. Ich habe Panik bekommen.«

»Sie kriegen gleich noch mehr Panik, Tiziani. Für das, was Sie Angela angetan haben, würde ich liebend gerne dafür sorgen, dass Sie richtig lange sitzen. Dumm nur, dass sie das gar nicht will.«

»Wie?«

»Das müssen Sie sich vorstellen, die Staatsanwältin untersagt mir, Sie wegen der Attacke auf sie zu verhaften. Sie will nichts mehr mit Ihnen zu tun haben. Sie will Sie aus ihrem Leben weghaben. Also, warum sind Sie wieder hier?«

»Ich will das mit meinem Anwalt –«

»Gut.« Dornach stand auf und ging zur Tür. »Besprechen Sie das mit ihm. Sie werden ihn brauchen. Das verspreche ich Ihnen: Sobald ich durch diese Tür gegangen bin, übergebe ich Ihr Dossier unverzüglich der Staatsanwaltschaft. Damit meine ich weder Angela noch ihren Kollegen, der Sie einvernehmen wird. Ich gehe zum Oberstaatsanwalt. Der verzeiht nicht so leicht, vor allem wenn man seine Mitarbeiter zusammenschlägt.« Dornach streckte die Hand nach dem Türgriff aus.

»Warten Sie!«

Dornach wandte sich zu Tiziani um.

»Ich sage Ihnen, was Sie wissen wollen, und Sie übergeben das Dossier nicht dem Oberstaatsanwalt. Das ist der Deal, okay?«

»Schauen wir mal, was die Information wert ist.«

»Was wollen Sie wissen?«

Dornach nahm einen Stuhl und setzte sich neben das Bett.

»Weshalb sind Sie in Solothurn? Sagen Sie mir nicht, die Sehnsucht nach Angela sei der Grund dafür.«

»Geschäfte.«

»Was für Geschäfte?«

»Das fällt unter das treuhänderische Geheimnis.«

»Halten Sie mich nicht zum Narren, Tiziani. Angela hat mir erzählt, wie gehetzt Sie waren, als sie Ihnen begegnet ist.«

»Ich hatte es eilig, das war alles.«

»Hatte Ihre Eile damit zu tun?« Dornach legte die Etikette und die Karte auf die Bettdecke, die Casagrande ihm übergeben hatte. Tizianis Augen weiteten sich, als er die Karte las.

»Der ›Controller‹«, sagte Dornach. »Wer ist damit gemeint? Von Ihnen existiert ein Foto. Sie haben an dieser Gruppensexparty teilgenommen und hatten Kontakt zum Mordopfer Nadine Känzig.«

»Anwalt.«

Dornach hielt ihm Googles Liste der Mietwagenfirmen unter die Nase. »Sie stecken bis Oberkante Unterlippe im Morast fest, Tiziani. Hier steht es geschrieben: Sie chauffierten Nadine Känzig zu dieser Party. Jede Wette, Sie machen das regelmäßig, und wie ich Sie gerade kennengelernt habe, schlafen Sie gerne auch mal mit den Frauen, für die Sie Taxifahrer spielen. Was glauben Sie, wie lange wir brauchen, um herauszufinden, welche von ihnen minderjährig sind?«

»Und welchen Teil von ›Anwalt‹ verstehen Sie nicht, Dornach?«

»Wie Sie wollen. Nur noch eins: Wer hat Sie so gewissenhaft verschnürt und zuhanden der Staatsanwältin im Garten des Palais Besenval deponiert?«

»Zwei Frauen.«

»Präziser bitte.«

Tiziani schilderte Dornach eine Begegnung mit zwei Frauen vor seinem Hotelzimmer.

Dornachs Ahnung, wer die beiden Frauen gewesen sein könnten, verdichtete sich, aber er konnte sich keinen Reim darauf machen.

Es klopfte dreimal, das vereinbarte Zeichen mit Casagrande, dass Tizianis Anwalt bald eintreffen würde.

»Ich habe eine, nein, zwei letzte Fragen an Sie, Herr Tiziani. Wo waren Sie am Mittwochabend zwischen zweiundzwanzig Uhr und Mitternacht?«

»Weshalb?«

»Beantworten Sie die Frage.«

»Ich habe das Hotel tagelang nicht verlassen. Wenn Sie Zeugen brauchen, fragen Sie dort nach.«

»Das werde ich.« Tiziani hätte ein starkes Motiv für den Mordversuch an Luana Beric gehabt. Die Daten auf dem USB-Stick waren für ihn kompromittierend. Sosehr es Dornach auch missfiel, es sah so aus, als hätte Tiziani für den Zeitpunkt der Schüsse auf die Polizeiassistentin ein Alibi.

»Welches Auto fahren Sie, und wo steht der Wagen?«

»Wozu wollen Sie das wissen?«

»Die Fragen denke ich mir selbst aus, Tiziani. Sie dürfen sich darauf beschränken, sie zu beantworten.«

»Einen Jaguar F-Type, dunkelgrün, steht in der Parkgarage des ›H4‹.«

»Kann jemand anders Ihren Wagen genommen haben?« Tiziani verschränkte die Arme.

»Verstehe. Anwalt.« Dornach schlug Tiziani kräftig auf die Schultern. »Ich bedanke mich für das Gespräch und wünsche gute Besserung.«

»Was ist mit meinem Dossier?«, rief ihm Tiziani auf halbem Weg zur Tür nach.

Dornach drehte sich zu ihm. »Wie dumm von mir, ist es mir doch erst jetzt eingefallen, dass ich es nicht mehr habe.«

»Sie Arschloch!«, zischte Tiziani. »Sie haben mir versprochen –«

»Es liegt an Ihnen, Tiziani. Sollten Sie bei der folgenden Befragung durch den Staatsanwalt nicht genau das zu Protokoll geben, was Sie mir gerade erzählt haben, und sich auch sonst nicht kooperativ zeigen, sehe ich mich gezwungen, um ein Gespräch mit dem Oberstaatsanwalt zu ersuchen. Meine besten Wünsche für Ihre baldige Genesung.«

In Dornachs Augen gab es seltene Fälle von Kriminellen, denen die Gesellschaft eine zweite Chance schuldete. Menschen wie Tiziani fielen definitiv nicht in diese Kategorie.

Es war inzwischen halb sechs, kurz vor Ladenschluss. Auf der Rötibrücke herrschte dichter Verkehr. Casagrande fluchte, weil sie nicht daran gedacht hatte, die Westtangente zu nehmen, anstatt durch die Stadt zu fahren. Dornach saß schweigend auf dem Beifahrersitz.

»Schläfst du?«, fragte sie.

»Ich überlege.«

»Brauchst du Hilfe?«

»Ich glaube, ich weiß, wer die Karte an dich geschrieben hat und Tiziani im Hofgarten des Palais Besenval deponierte.«

Sie standen vor der roten Ampel am Baseltorkreisel, um ein vom Bahnhof kommendes »Bipperlisi« durchzulassen. Casagrande sah ihn erwartungsvoll an. »Sagst du's mir jetzt gleich, oder warten wir auf den Gegenzug?«

»Es war Jana.«

»Wie bitte?«

»Grün.« Er zeigte auf die Ampel. »Ich kenne Janas Handschrift. Tizianis Beschreibung trifft auf sie zu. Ich habe keine Ahnung, was das zu bedeuten hat. Die zweite Frau ist sehr wahrscheinlich Jemina Osmankovic, und das macht erst recht keinen Sinn.«

Inzwischen waren sie bei der Schanzmühle angekommen. Casagrande stellte ihren Beetle auf einen für Dienstwagen reservierten Parkplatz. Bevor sie hineingingen, hielt er sie zurück.

»Vertraust du Jana, Angie?«

»Das ist keine ernst gemeinte Frage, oder?«

»Doch, ist es.«

»Dominik, sie hat eine Terroristin befreit, vier Polizisten getötet, ganz zu schweigen von den drei Unbekannten, und eine Kollegin schwer verletzt.«

»Sie hat Osmankovic befreit. Ob sie die Polizisten getötet hat, wissen wir nicht. Ich glaube es jedenfalls nicht.«

»Natürlich traust du ihr das nicht zu.«

»Dass Jana Unschuldige tötet? Nein, ganz sicher nicht.«

Casagrande verwarf die Hände. »*Porca miseria*, du bist entweder stocksturoder unglaublich naiv oder ganz einfach beides. Jedenfalls bist du ein hoffnungsloser Fall. Was macht diese Frau mit dir? Hat sie dich mit Blindheit geschlagen?«

Dornach packte ihren Arm. »Hör mir zu, Angie, bitte. Du kannst Jana alles Mögliche vorwerfen. Ganz sicher ist sie keine Terroristin.«

»Kann ich bitte meinen Arm zurückhaben?«

»Entschuldige.«

»Sprich weiter.«

»Jana ist für allerlei Überraschungen gut.«

»Kann man so sehen, muss man nicht.«

»Ich vertraue ihr zweihundertprozentig. Keine Ahnung, warum sie Osmankovic befreit hat. Auch wenn alles gegen sie spricht: Jana hat uns auf die Verbindung zwischen Tiziani und den Morden an den drei Frauen gebracht. Das ist kein Zufall. Dahinter steckt ein Plan, den wir nicht übersehen können, noch nicht.«

»Schönes Plädoyer, Herr Kollege. Was erwartest du von mir?«

»Dass du für ein paar Tage stillhältst, bis wir wissen, was Jana vorhat.«

»Wie stellst du dir das vor? Sollen wir eine Terroristenfahndung ignorieren? Und was meinst du mit ›wir‹?«

»Schön, *ich* finde heraus, was Jana vorhat, okay? Was ich von dir erwarte, ist Zeit, drei Tage, zweiundsiebzig Stunden, bis Dienstag.«

»Du solltest dich ausruhen, Dominik, und dich um deine Tochter kümmern.«

»Achtundvierzig?«, fragte Dornach mit hochgewölbten Augenbrauen.

Casagrande verdrehte die Augen. »Hör schon auf, mit mir zu feilschen. Also gut, du bekommst deine drei Tage. Jana und Osmankovic dürften inzwischen ohnehin schon außer Landes sein.«

Dornach küsste sie auf die Wange. »Danke, Angie, das vergesse ich dir nie.«

»Ich nehme dich beim Wort. Spätestens wenn ich unehrenhaft aus dem Staatsdienst entlassen werde und den Millionenerben um ein Almosen bitten muss, damit ich nicht verhungere.«

Sie gingen hinein.

»Da wäre noch was«, sagte Dornach später im Lift. »Zweiundsiebzig Stunden. Mehr gibt's nicht.«

Dornach wischte die Bemerkung weg. »Hast du dich mal gefragt, wie Jana dazu kommt, den ›Controller‹ zu erwähnen?«

»Worauf willst du hinaus?«

»Die Karte war an dich adressiert. Das ›Paket‹ Tiziani trug deinen Namen. Der Erste, der den ›Controller‹ dir gegenüber erwähnte, war Mirko Hafner. Woher wusste Jana von ihm?«

Casagrande dachte nicht lange nach. »Sie und Osmankovic haben Tiziani gefoltert. Deshalb die Verletzungen.« Sie verzog angewidert den Mund.

»Du musst es nicht gut finden, Angie. Ich tue es nicht, obwohl mein Mitgefühl für Tiziani eine äußerst schmale Bandbreite aufweist. Er hat uns nicht alles gesagt. Ich glaube, seine Rolle in diesem Spiel ist bedeutender, als wir bisher angenommen haben.«

»Francos Anwalt stemmt sich gegen eine Einvernahme vor Montagmorgen. Die wollen Zeit schinden.«

»Ich bin überzeugt, Tiziani ist der ›Controller‹.« Der Lift hielt auf Dornachs Stockwerk. Er stieg aus und hielt Casagrande die Tür auf. Sie blieb wie erstarrt im Lift stehen.

»Angie?«

»Ich einfältige, blöde Kuh.«

VIERZEHN

Als Erstes schnappte sich Google ein Stück von einer der Pizzen, die Casagrande spendiert hatte.
»Iff hab'f«, sagte er kauend. »Iff muffte zuerft üben, biff iff'f gefunden hab.«
Maja verdrehte die Augen. »Iss deine Pizza fertig, dafür reicht die Zeit gerade noch so.«
Google schielte bereits auf das nächste Stück. Maja nahm die Pizzaschachtel aus seiner Reichweite. »Erst die Arbeit.« Achselzuckend wandte sich Google Casagrande zu. »Im Umschlag, den dir dein Ex, sorry, Herr Tiziani überlassen hat, steckte tatsächlich eine Liste mit den privaten Entschlüsselungscodes.«
Casagrande hatte ihm eine Stunde zuvor das Couvert übergeben. Sie hätte sich am liebsten geohrfeigt, nicht früher daran gedacht zu haben. Sie war zu sehr darauf bedacht gewesen, das Ganze als ihre Privatsache zu betrachten.
»Damit konnte ich die Dateien auf dem USB-Stick entschlüsseln. Es ist aber wichtig, dass ich euch erkläre –«, setzte Google an.
»Kommt nicht in Frage, mach voran!«, rief Maja ungeduldig.
Er seufzte ergeben. »Echte Wertarbeit wird nicht mehr geschätzt.« Er drückte ein paar Tasten, bis das bekannte Explorer-Bild mit den Ordner-Icons auf dem Smartboard zu sehen war.
»Das kennen wir«, sagte Maja.
»Ich nicht«, intervenierte Dornach. Er ließ sich von Google die Struktur der Ordner und deren Verschlüsselung erklären.
»So weit der Stand von gestern Vormittag«, sagte Google. »Ich gebe den privaten Schlüssel für diesen Link ein.« Er kopierte die Zeichenfolge und drückte auf Enter. Das Bild wechselte zu einer Seite, die aussah wie eine geläufige Internet-Homepage.
Im Raum herrschte für einige Sekunden Stille, die Karin zuerst durchbrach. »Das ist nicht wahr.«

»Was soll der Scheiß, Google?«, blaffte Maja. »Willst du uns veräppeln?«

Der heftigen Diskussion entnahm Dornach, dass es sich bei den Aufnahmen und Videos um die gleichen Dateien handelte, auf deren unverschlüsselte Version man in anderen Ordnern gestoßen war. »Wenn sich alle beruhigt haben, schlage ich vor, wir lassen Google erklären, geht das?«

»Danke, Dominik«, erwiderte dieser. »Wenn gewisse anwesende Kolleginnen mich von Anfang an hätten ausreden lassen, läge dieser Teil bereits hinter uns.« Er ignorierte Majas bösen Blick. »Wenigstens habt ihr es von selbst gemerkt. Die verschlüsselten Dateien sind mit den offen zugänglichen Bilddateien im ersten Ordner identisch.«

»Stell dir vor, sogar ich habe das begriffen«, giftete Maja.

»Tut mir leid, zu widersprechen. Gerade das hast du nicht. Die Bilder sind nämlich nicht identisch.« Google zoomte eines der Bilder heran. Es zeigte eine leicht bekleidete Frau bei einer Tätigkeit, die ausschließlich den beteiligten Herren Vergnügen bereitete. Mit ein paar Klicks rief Google das identische, unverschlüsselte Bild auf und stellte es neben dasjenige aus dem verschlüsselten Link. »Was fällt euch auf?«

»Die Farbtöne auf dem verschlüsselten Bild sind unterschiedlich, teilweise etwas weniger intensiv vielleicht«, sagte Dornach. »Ein Detail.«

»Ein Entscheidendes, denn dieses Bild wurde manipuliert. Es handelt sich dabei um ein Steganogramm.«

»Stenogramm?«, fragte Lüthi.

»Steganogramm, nicht Stenogramm«, sagte Karin. »Das ist eine Chiffrierform, die es erlaubt, Dateien auf verschiedenen Trägern wie Bild-, Video- oder Audiodateien zu verstecken. Bei Bilddateien werden beispielsweise die Pixel manipuliert.«

»Genau erkannt, Karin. ›Pixel‹ nennt man die Farbpunkte auf einer Bilddatei. Die Informatik kennt drei Grundfarben: rot, blau und grün, aus denen alle Farbkombinationen entstehen. Jede Grundfarbe hat einen Wert von zweihundertfünfundfünfzig. Das entspricht einem Byte, also acht Bits. Je höher der Wert, desto dominanter die Farbe. In der Steganografie werden diese

Farbwerte manipuliert. Das fällt dem menschlichen Auge nicht ohne Weiteres auf. Die dadurch frei werdenden Bits werden mit verborgenen Daten geladen. Das nennt man ›Payload‹.«

Dornach zeigte auf die Bilder an der Projektionstafel. »Langer Rede kurzer Sinn. In diesen Bildern sind andere Dateien verborgen.«

»Exakt. Sogar eine ganze Menge. Du hast den Farbunterschied ja bemerkt, Dominik. Das deutet auf einen beachtlichen Payload hin. Zudem ist alles doppelt und dreifach verschlüsselt und gesichert.«

»Wozu das Ganze?«, fragte Maja.

»Reporting«, sagte Google. »Der ›Controller‹, also vermutlich unser guter Herr Tiziani, verbirgt Kontoauszüge und Bilanzen der Organisation in Bild- oder Videodateien. Somit können diese versteckt oder offen im Internet ausgetauscht werden, beispielsweise indem der Empfänger die Bilder auf einer Pornoseite oder einem Portal wie ›Youporn‹, ›Pornhub‹ oder ›Red Tube‹ herunterlädt.«

»Ist das nicht riskant? Ein Unbefugter könnte den Payload entschlüsseln«, sagte Lüthi.

»Das funktioniert nur, wenn er im Besitz aller Entschlüsselungscodes ist. Außerdem muss er wissen, wonach er sucht.«

»Wahnsinn«, sagte Lüthi. »Die tauschen Daten ihrer Deals und Gaunereien quasi unter unseren Augen offen aus.«

»Damit haben wir den eigentlichen Geschäftszweck von ›Triple Six‹. Sie ist die Datenautobahn der Organisation. Egal, um welchen Geschäftszweig es sich handelt, Drogen, Waffen, Sex, Bestechung und Erpressung, alle Daten laufen über diese Schiene.«

Lüthi war nicht ganz überzeugt. »Nadine Känzig hat den USB-Stick mit den verschlüsselten Finanzdaten gestohlen, weil sie die Organisation damit erpressen wollte. Ohne den Schlüssel konnte sie nichts damit anfangen. Weshalb musste sie sterben?«

»Nadine Känzig ging es nicht um die Daten. Sie wollte an die Bilder und damit die Gäste erpressen«, sagte Dornach. »Ich kann mir nicht vorstellen, dass sie, Ilona Horvath und Annina Burckhard sich im Klaren darüber waren, was sie sich da angeeignet hatten. Vermutlich mussten sie nicht wegen des Diebstahls an sich sterben, sondern weil sie die Organisation herausgefordert haben. Das wird in diesen Kreisen in der Regel schlecht vertragen.«

»Ich begreife nicht, weshalb mir Franco die Liste mit den Entschlüsselungen übergeben hat«, sagte Casagrande. »Glaubt er, ich bin so naiv, dass ich früher oder später nicht darauf gekommen wäre?«

»Er vertraute eher auf, sagen wir, eine gewisse Restloyalität deinerseits ihm gegenüber«, sagte Dornach. »Schließlich kennt er dich lange genug.« Dieser Satz trug ihm einen pechschwarzen Blick ein. »Oder er legte es darauf an, dass du dahinterkommst. Womöglich zählt er sogar darauf, weil er Angst hat.«

»Wieso denkst du das?«

»Er ist auf einen Deal mit dir aus. Deshalb will er nur mit dir verhandeln. Wenn wir es geschickt anstellen, liefert er uns die gesamte Organisation ans Messer.«

Casagrande räusperte sich. »Wie dem auch sei. Google, wie lange brauchst du, um alle Daten zu entschlüsseln?«

Er seufzte. »Es wird eine lange Nacht, und der Sonntag kommt dazu. Aber ich habe da noch ein Bettmümpfeli für euch.« Mit ein paar Tastenanschlägen rief er eine Liste mit Namen von Personen und Institutionen auf, dahinter standen IBAN-Nummernfolgen. Rechts waren Geldbeträge in unterschiedlichsten Währungen, meist US-Dollar, Franken und Euro, aufgelistet.

»Heilige Scheiße!«, entfuhr es Maja. »Dein Mümpfeli liegt schwer im Magen. Das ist eine regelrechte Bombe.«

Dornach gab ihr recht. Sie blickten auf eine Liste mit Zahlungen an verschiedene Personen aus Wirtschaft, Politik und Verwaltung, vermutlich zwecks Vorteilsnahme; da ein erleichtertes Bewilligungsverfahren, dort ein zugedrücktes Auge bei einem Regelverstoß oder das Durchwinken eines zweifelhaften Exportgesuches, mit dessen Hilfe über Umwege Waffen in eine Konfliktregion verschoben wurden.

»Da bekommen gleich einige Leute was zu tun«, meinte Lüthi mit einem Seitenblick zu Casagrande. »Auch bei uns.«

»Darum soll sich die Abteilung Wirtschaftsdelikte und organisierte Kriminalität kümmern.«

Während seine Kollegen die Liste diskutierten und kommentierten, lehnte sich Dornach zu der neben ihm sitzenden Casagrande hinüber. »Du gibst den Fall nicht ab, oder?«

»Wo denkst du hin, die Morde an Nadine Känzig und Ilona Horvath gehören nach wie vor in meinen Zuständigkeitsbereich.«

Ein weiterer Kraftausdruck von Maja lenkte die Aufmerksamkeit der beiden wieder auf die Leinwand. »Mann, Karin, hast du das gesehen?«

»Hueresiech!«, stieß diese hervor.

»Habe ich was verpasst?«, fragte Dornach.

»Wir brauchen auf der Stelle einen Haftbefehl.«

»Immer mit der Ruhe«, sagte Casagrande. »Diese Person läuft uns nicht davon. Google soll zuerst die Daten auswerten. Ich will eine lückenlose Indizienkette ohne Risiko, damit uns das Ganze nicht um die Ohren fliegt. Bis morgen Abend erwarte ich den Bericht. Den Haftbefehl kriegt ihr spätestens Montagmorgen.« Sie zeigte zum Smartboard mit den Namen. »Solange wird die Person observiert, ab sofort. Sollte sie versuchen, sich vor Montag abzusetzen, könnt ihr sie vorläufig festnehmen.«

Dornach beendete die Sitzung. »Ihr habt's gehört, wir haben zu tun.«

»Packen wir's an«, sagte Google mit gespielter Fröhlichkeit. Er drückte Dornach ein Papier in die Hand. »Die Verbindungsliste von Nadine Känzigs Handy. Ich hab sie mir angeschaut. In der Nacht vom Schmutzigen Donnerstag auf den Freitag hatte sie kurz vor ihrem Ableben einen Anruf von einer Prepaid-Nummer erhalten, die leider nicht zurückzuverfolgen ist.« Beim Hinausgehen schnappte er sich eine halbe Pizza für die lange Nacht.

Dornach ging die markierten Nummern auf der Verbindungsliste durch. Bei der Zeile mit dem letzten Gespräch von Nadine Känzig durchfuhr ihn ein Gedankenblitz.

✳✳✳

Wo sie hinblickte, war Sand. Die Düne erstreckte sich endlos bis zum Horizont. Die gleißende Sonne brannte auf sie herab. Sie spürte die Hitze nicht, obwohl ihre Kehle sich wie ausgetrocknet anfühlte. Sie trug nichts auf dem Leib als ein schmutziges weißes Gewand. Der Weg verlief über den Dünengrat bis zum Horizont. Bei jedem Schritt schien es ihr, als würden zentnerschwere Gewichte an ihren Füßen hängen. Die Sonne hatte ihren Zenit überschritten. In ein paar Stunden würde die Dämmerung einbrechen. Der dünne Baumwollstoff würde sie nicht vor der Kälte bewahren. Unter unsäglicher Anstrengung setzte sie zu einem weiteren Schritt an. Der Schrei klang von hinten an ihre Ohren, von dort, woher sie gekommen war. Sie hatte niemand gesehen. Sie drehte sich um und sah den Geliebten. Sie hatte ihn lange gesucht. Man sagte ihr, er sei tot, und doch lebte er. Er sah sie flehend mit ausgestreckten Händen an, sagte etwas, das sie aus der Distanz nicht verstand. Sie wollte zu ihm, aber sie schaffte es nicht. Ihre Knöchel versanken langsam im Sand. Sie blickte hilfesuchend zu ihm hinüber. Er kniete am Boden. Hinter ihm stand ein vermummter, in Schwarz gekleideter Mann. In der Hand hielt er ein Schwert. »Nein!«, wollte sie hinausschreien. Sie hörte nicht einmal ihre eigene Stimme. In den Augen des Geliebten lagen Schmerz, Angst und Trauer, trotzdem lächelte er. »Ich liebe dich!« Er stand weit entfernt von ihr, und doch hörte sie seine Worte, als würde er sie in ihr Ohr flüstern. Sie wollte zu ihm. Mittlerweile steckte sie bis zur Hüfte im Sand, der sie tiefer hinabzog. Der Mann hinter ihm holte mit dem Schwert aus. Sie konnte es nicht verhindern.

»Rafik!«

Pia erwachte schweißgebadet. Rafik. Sie hatte ihn gesehen, er lebte …

Dann holte sie die Realität ein. Sie schluckte bittere Tränen hinunter. Das Gewicht von Trauer und Schmerz drückte sie in das Kissen. Pias Hände tasteten ihre Brust ab. Sie spürte nichts an dieser Stelle. Sie hatte kein Herz mehr. Sie hatte es verschenkt. Es war mit ihm verloren gegangen. Wie konnte es sein, dass sie lebte? Wie war es möglich, zu atmen, wenn er aufgehört hatte?

»Rafik«, flüsterte sie. »Warum bist du ohne mich fort?« Sie schloss die Augen. Ohne ihn gab es keine Welt für sie. Sie wollte nichts mehr sehen, fühlen oder hören.

Das leise Klacken der ins Schloss fallenden Tür weckte sie an der Pforte eines erlösenden Schlummers. Pia hob langsam ihre Lider. Hatte die Nachtschwester Pias Aufschrei gehört und kam nachsehen? Warum machte sie das Licht nicht an? Oder war das Geräusch auch nur ein Traum gewesen?

Der Schatten bewegte sich. Ein Umriss löste sich aus dem Dunkel. Eine menschliche Gestalt. Sie kam auf sie zu. Sie war schnell. Pia kam nicht mehr dazu, um Hilfe zu rufen.

✼✼✼

Mit einem Mal war Dornach hellwach. Es war kurz nach Mitternacht. An Schlaf war nicht mehr zu denken. Seine Gedanken gingen auf Achterbahnfahrt. Bevor er ins Bett gegangen war, hatte er mit Carol telefoniert. Sie verbrachte mit Freundinnen ein Skiweekend in Wengen und würde erst am Sonntagabend zurückkehren. Ursprünglich wollte sie an diesem Wochenende bei ihm sein. Er hatte es ihr ausgeredet, weil er zu diesem Zeitpunkt nicht gewusst hatte, wie lange er in Jordanien bleiben würde.

Die Gesichter von Pia und Jana tauchten vor seinem inneren Auge auf und drifteten wieder weg. Seine Unruhe wuchs mit jeder Minute, bis er es nicht mehr aushielt. Er zog sich an und setzte sich ins Auto. Geradeso gut konnte er an Pias Bett grübeln.

Pias Zimmer lag im Bettenhochhaus. Da keine Privatzimmer mehr frei waren, hatte man sie allein in einem Zweibettzimmer untergebracht. Der Platz der Nachtwache auf der Etage war verlassen. Vermutlich hatte man sie irgendwohin gerufen.

In Pias Zimmer machte er kein Licht. Er tastete sich zu ihrem Bett vor. Nach zwei Schritten blieb er abrupt stehen. Etwas stimme nicht. Einen weiteren Schritt später wusste er, was. Seine Augen hatten sich an die Dunkelheit gewöhnt. Pia saß aufrecht im Bett. Ihre Aufmerksamkeit galt etwas, das sich rechts hinter ihm befand. Instinktiv fuhr seine Hand an die Stelle, wo üblicherweise sein Holster mit der Dienstwaffe steckte. Doch diese lag im Safe seines Büros in der Schanzmühle. Seine Drehbewegung wurde im Ansatz von einem harten Gegenstand gestoppt, der an seine Schläfe gedrückt wurde.

»Keine Bewegung, *gospodine* Kommissar, wir wollen später den Raum alle in dem Zustand verlassen, wie wir ihn betreten haben.«

Es war eine Frau. Sie sprach Deutsch mit einem harten Akzent, irgendetwas Osteuropäisches. Dornach hatte die Stimme schon einmal gehört.

»Paps.« Pia wollte aus dem Bett steigen.

Dornach hob beide Hände. »Bleib, wo du bist. Es kommt alles gut.« Die abgedroschene Vorabendkrimiphrase galt in erster Linie seiner eigenen Beruhigung.

Routinierte Hände tasteten ihn ab. »Setz dich in den Stuhl, langsam.«

Der Besucherstuhl stand etwas von der Wand weg. Sobald er die Hände hinter dem Nacken verschränkt hatte, stieß die Frau die Stuhllehne nach hinten, sodass er schräg an die Wand kippte. Der Winkel war prekär. Bei einer falschen Bewegung würde er zu Boden krachen.

»Zeit für Vorstellungen.« Sie stand vor ihm, ihre Glock mit aufgeschraubtem Schalldämpfer zielte auf seine Stirn.

Dornach kannte sie, obwohl er nur einmal kurz mit ihr gesprochen hatte, nach ihrer Festnahme, als sie im Oltner Untersuchungsgefängnis saß. »Jemina Osmankovic.«

»Sie erinnern sich. Ich nehme das als Kompliment.«

»Was wollen Sie von uns?«

»Ein reiner Höflichkeitsbesuch«, sagte eine andere Stimme, die er sofort erkannte.

»Jana?«

Ohne sich um ihn zu kümmern, umarmte Jana zuerst Pia, die sich an sie klammerte. »Jana, ich bin so froh.«

»Ganz zu schweigen von mir.« Jana löste sich aus ihrer Umarmung. »Einfältiges Dirndl, als ich erfuhr, du seist aus Wut über deinen armen Vater in den Irak gegangen, nahm ich mir vor, dir gehörig den Hintern zu versohlen.« Sie umfasste Pias Kopf mit beiden Händen. »Du und dein unfassbarer Dickschädel.« Sie küsste Pia auf die Stirn. »Diesmal hat er dir das Leben gerettet.«

Dornach räusperte sich. Jana drehte sich zu ihm um. »Minka, ich glaube nicht, dass Herr Dornach eine Bedrohung für uns ist. Geh, bist lieb und mach es ihm bequem.«

»Gerne.« Jemina kickte den Stuhl mit dem Fuß nach vorne, sodass Dornach beinahe vornübergefallen wäre.

»Sehr zuvorkommend, danke.« Er stand auf. Bevor er noch etwas sagen konnte, legte Jana die Arme um seinen Nacken und küsste ihn lange.

»Hallo«, meldete sich Pia nach einer Weile. »Wenn ihr allein sein wollt … Ich verziehe mich solange in die Cafeteria.«

Jana ließ von Dornach ab und setzte sich neben Pia auf die Bettkante. »Entschuldige, das habe ich vermisst.«

»Ich auch, vor allem nach dem frostigen Empfang in Wien letzthin.«

»Tut mir leid, musste sein.«

»Das erklärst du mir bei Gelegenheit.« Dornach setzte sich auf die andere Seite des Bettes. »Zuerst beantwortest du mir bitte ein paar andere Fragen.«

»Ich bin ganz Ohr.« Jana setzte sich so hin, dass Pia sich an sie schmiegen konnte.

»Wie seid ihr beide hier hereingekommen? Die Nachtwache –«

»Die schlägt keinen Alarm. Sie hat ihre Rufe auf eine andere Station geleitet und gönnt sich im Materialraum eine Ruhepause, bis wir weg sind.«

Dornach sah zu Jemina hinüber, die sich auf den frei gewordenen Stuhl gesetzt hatte.

»Ich weiß, was du fragen willst«, sagte Jana. »Ich werde dir alles erklären. Aber zuerst –«

»Nein, Jana.« Er deutete mit dem Finger auf Jemina. »Bei ihrer Befreiung wurden sieben Menschen getötet und eine Frau schwer verletzt. Ich will eine Antwort, auf der Stelle. Was hast du damit zu tun?«

»Fragst du mich das wirklich, Dominik?«

»Nach euch beiden wird europaweit gefahndet. Deine Flucht nach dem Anschlag im Zentralfriedhof hilft deiner Glaubwürdigkeit auch nicht. Die Ermittlungen im Fall der tödlichen Schüsse auf Slavko Vukovic im Herbst vorletzten Jahres laufen noch.«

»Man hat mich freigelassen.«

»Weil man dir nichts nachweisen kann.«

»Lass sie in Frieden, Paps.«

»Das kann ich nicht. Ich will Jana schützen. Das ist aber nicht möglich, wenn sie mir nicht hilft. Es wird mir nichts anderes übrig bleiben, als sie zu verhaften.«

»Paps!«

»Willst du das wirklich tun, Dominik?« In Janas Blick lag so etwas wie Belustigung. Dornach wusste, dass er gegen die beiden Frauen keine Chance hatte, wenn er es darauf ankommen lassen würde. Jemina war von ihrem Stuhl aufgesprungen und richtete ihre Pistole erneut auf ihn.

Jana hob beschwichtigend die Hand. »Schon gut, Minka. Er hat recht. Wir müssen es ihm sagen.«

Achselzuckend setzte sich Jemina wieder hin. »Dein Risiko, Lili.«

»Lili?«, fragte Dornach.

»Du erinnerst dich an meinen bosnischen Geburtsnamen?«

»Lilijana Spahic.«

»Minka nannte mich von klein auf Lili.«

»Und sie mich Minka«, sagte Jemina.

»Wir sind Cousinen.«

»Ihr seid verwandt?«

»Minka ist die Tochter von Tante Lajla und die große Schwester von Vasil, der von Slavko Vukovic ermordet wurde, als er neun Monate alt war. Ich habe dir die Geschichte bei unserer ersten Begegnung erzählt.«

»Schon, aber ich verstehe nicht ...«, sagte Dornach zu Jemina. »Sie sind *saif allah*, das Schwert Gottes in der Terrororganisation Abdul Adil. Sie werden von allen westlichen Geheimdiensten gesucht, BND, DGST, MI6, CIA und Gott weiss von wem sonst noch.«

»Von allen solltest du am besten wissen, dass nichts ist, wie es scheint, Dominik.«

»Was bitte soll da nicht sein, wie es aussieht? Bei Jeminas Befreiung hat es Tote gegeben, und du willst mir erzählen, dass …«

»… weder ich noch Jemina die Beamten getötet haben. Ich habe lediglich die drei Männer erschossen, die es getan haben, weil sie Jemina auch töten wollten.«

»Die Beamtin hat nur dank Jana überlebt«, ergänzte Jemina.

»Erzähl ihm die ganze Geschichte«, forderte sie Jana auf.

»Auch von Den Haag?«

»Vor allem von Den Haag.«

Jana lehnte sich zurück und legte die Arme um Pia, die sich enger an sie presste. Ihr Blick schweifte in eine Ferne jenseits der Mauern des Spitals.

Catharsis

*Safeguarding the rights of others is the most noble
and beautiful end of a human being.*

*Die Wahrung der Rechte anderer ist das edelste
und schönste Ziel eines Menschen.*

Khalil Gibran (1883–1931)

Racheengel

Lili bleibt wie angewurzelt auf der Treppe stehen und blickt nach oben. Minka lehnt sich an die Metalltür, durch die man auf das Flachdach des Hotels gelangt. In der Hand hält sie eine große Sporttasche. Lili weiß, was drin ist. Vom Dach aus ist das Schussfeld ideal. Der Eingang des Gerichtshofes liegt direkt gegenüber.

»Du hast es getan? Ausgerechnet jetzt. Warum?«

»Es musste sein. Vukovic hat seine Aussage gemacht. Sie hätten ihn heute freigelassen.«

»Wir hätten ihn später gekriegt. Die Mission. Morgen musst du –«

»In zwei Stunden bin ich in Brüssel. Goran fährt mich, er wartet im Auto.«

Lili steigt die letzten Stufen nach oben. »Er wusste, was du vorhattest? Warum hast du mir in Paris nichts gesagt?«

»Weil du mich davon abgehalten hättest, wegen der Mission.«

»Wenn es schiefgeht und Abdul Adil uns durch die Lappen geht, sterben Dutzende, wenn nicht Hunderte Unschuldiger.«

»Glaubst du, Vukovic wäre in Rente gegangen und hätte gewartet, bis wir kommen und ihn bestrafen?« Minka schnaubt. »Nein, er hätte weitergemacht, und es wären auch Menschen gestorben.«

»Er hätte keinen Schritt machen können, ohne dass wir es gewusst hätten, Minka. Ich habe seine Überwachung arrangiert, er hätte nicht einmal unbemerkt furzen können. Sobald die Mission gegen Abdul Adil abgeschlossen gewesen wäre, hätten wir ihn bestraft, gemeinsam, du für Vasil und ich für Vlada.«

»Ich habe es für uns beide getan, Lili. Der Wolf ist tot. Wir werden es auch bald sein, wenn wir nicht von hier verschwinden.« Minka nimmt die Tasche.

»Ich fahre dich nach Brüssel«, sagt Lili. »Ich muss sicher sein, dass du rechtzeitig dort ankommst.«

»Nein, die Mission hat begonnen. Ich arbeite allein, das weißt

du. Lass mich durch.« Sie schiebt die kleinere Lili heftig zur Seite. Diese verliert den Halt und klammert sich an das Geländer. Ein stechender Schmerz durchzuckt ihren Arm.

»Was hast du?«, fragt Minka.

»Eine scharfe Kante.« Lili krempelt die Hemdsärmel zurück, die sich bereits rot färben. Der Schnitt im Unterarm ist tief und blutet stark.

»Du musst zum Arzt«, sagt Minka. Sie öffnet ihre Tasche und nimmt ein Schweißtuch heraus.

Lili nimmt es und presst es auf die Wunde. »Sieh zu, dass du wegkommst. Ich mache hier sauber, so gut es geht, bevor sie kommen.«

»Bist du sicher?«

Lili drückt sie mit dem unverletzten Arm an sich. »Viel Glück, Minka. Ich bin immer bei dir.«

»Wie früher?«

»Wie früher.«

FÜNFZEHN

Pias Kopf ruhte auf Janas Arm. Dornach hatte nicht gemerkt, dass sie eingeschlafen war. Eine Welle der Erleichterung hatte ihn während Janas Schilderung erfasst. Nicht sie hatte Vukovic im vorletzten Herbst in Den Haag erschossen. Jemina hatte sich für den Tod ihres Bruders Vasil an ihm gerächt.

»Leider reichte die Zeit nicht, die Spuren so gründlich zu verwischen, wie ich es wollte«, sagte Jana. »Die DNA-Spur führte die holländischen Ermittler zu mir. Das spielte keine Rolle, solange Minka ihre Mission erfüllen konnte.«

Dornach warf Jemina einen Seitenblick zu. Sie hatte die ganze Zeit zugehört, ohne ein Wort zu sagen. »Sie waren knapp ein Jahr lang Undercoveragentin im Netz von Scheich Abdul Adil?«

»Du kannst Du zu mir sagen, *gospodine* Kommissar. Ich bin Jemina oder Minka, wie du willst.«

»Dominik. – Wie hast du es geschafft, auf die Top-Ten-Liste der meistgesuchten Terroristen zu kommen?«

»Wir haben uns ein altes Rezept der Sowjets im Kalten Krieg zunutze gemacht. Der KGB nannte es *dezinformatsiya*. Heute sagt man Fake News. Die Amerikaner haben eine andere schöne Bezeichnung dafür: *alternative facts*.«

Dornach ließ nicht von Jemina ab. »Die Anschläge, die du verübt hast, die Toten. Es war überall in den Medien.«

»Glaubst du alles, was in den Zeitungen steht, *gospodine* Kommissar?«

»Wir nutzten eine vermeintliche Stärke der Terrornetzwerke zu unserem Vorteil aus«, sagte Jana. »Sie arbeiten in voneinander unabhängigen Klein- und Kleinstzellen. Minka gründete so eine Zelle. Mit gezielter Desinformation in den Medien baute ich für Minka eine falsche Legende als *saif allah* auf, damit sie das Vertrauen von Abdul Adil gewinnt. Nur ein paar wenige Funktionäre von anderen europäischen Geheimdiensten hatten davon Kenntnis.«

»Das war hochriskant. Jemina hätte uneingeweihten Sicherheitsbehörden in die Hände fallen oder getötet werden können, mal abgesehen von einer Enttarnung durch die Terroristen selber.«

»Leben ist Risiko, *gospodine* Kommissar«, sagte Jemina. »Aber was sage ich? Wie wollt ihr das verstehen, in einem Land, in dem die Menschen nicht zu leben wissen? Immer nur Arbeit, Geld, Versicherungen.«

»Es war vorgesehen, die Operation allerhöchstens ein Jahr aufrechtzuerhalten«, fuhr Jana fort. »In dieser Zeit konnte Minka mir wertvolle Informationen zu Aktivitäten der Terrorzellen in Europa geben. Mehrere Anschläge konnten verhindert und Dutzende von Menschenleben gerettet werden.«

»Bis es zu gefährlich wurde.«

»Letztes Jahr in Genf hätte ich Minka herausgeholt, nachdem wir Abdul Adil festgenommen hätten. Jemina hat uns den Tipp gegeben. Leider hat sich Abdul Adil zu früh abgesetzt.«

»Dafür klappte es in der Moschee in Olten.«

»Der Hinweis lief über unseren Verbündeten Goran. Er hat ihn an Marius Châtelain weitergegeben. Den Rest der Geschichte kennst du.«

»Sie haben auf meine Kollegin geschossen«, sagte Dornach zu Jemina.

»Was willst du, *gospodine* Kommissar? Ich habe auf die schusssichere Weste gezielt. *No risk, no fun.*«

Dornach wollte nicht wissen, was Maja dazu sagen würde.

»Es wäre um Haaresbreite schiefgegangen«, gab Jana zu. »Wir mussten improvisieren. Minka durfte nicht sofort enttarnt werden. Ich hatte andere Pläne mit ihr.«

»Deshalb das Theater mit Untersuchungshaft, Auslieferungsgeplänkel und schließlich die Befreiungsaktion in Zug? Die toten Polizisten, du hättest das vermeiden können.«

»Vielleicht, aber dadurch, dass international nach mir gefahndet wurde, waren meine Möglichkeiten beschränkt. Nach dem Unfall meiner Eltern hatte ich erst nur einen Verdacht. Der Anschlag auf dem Zentralfriedhof machte ihn zur Gewissheit. Jemand hatte es auf mich abgesehen. Jemand, der wusste, wie nahe Minka und ich uns seit unserer Kindheit standen.

Ich musste sie schützen. In der Haft hier war sie einigermaßen sicher. Die Organisation ist in der Schweiz nicht optimal genug aufgestellt, um eure Gefängnisse infiltrieren zu können. Als ich von Minkas bevorstehender Verlegung erfuhr, musste ich handeln. Es blieb wenig Zeit. Deshalb bat ich Goran ein letztes Mal, uns zu helfen.«

»Wo ist er?«, fragte Jemina.

»Ich habe ihn nach Hause geschickt. Er hat genug für uns getan. Er muss sich keine Sorgen mehr machen, nicht um uns und auch nicht um Geld.«

»Das ist gut.«

»Ich kannte nur den Tag, jedoch weder Zeit noch Route. Deshalb ließ ich Bostadel von Goran beobachten.« Jana senkte den Blick zu Boden. »Ich war nicht schnell genug vor Ort, als dass ich den Tod der Polizisten hätte verhindern können. Es tut mir leid.«

»Weshalb seid ihr hier?«, fragte Dornach.

»Ich habe gehört, was Pia zugestoßen ist, und wollte sie sehen.« Jana streichelte den Kopf der Schlafenden. »Sie erinnert mich an das, was ich früher war. Sie könnte unsere Schwester sein, Minkas und meine.«

»Pia fühlt dasselbe für dich.«

»Pass auf sie auf, Dominik.«

»Sofern sie mich lässt.«

»Ich werde bei ihr sein, auch wenn ich nicht da bin.« Jana drückte ihre Lippen sanft auf Pias Scheitel.

»Was habt ihr vor, du und Minka?«

»Es ist nicht zu Ende. Slavko Vukovic hat einen Erben.«

»Wer?«

»Es ist sein Neffe, Davor Kasun. Seine Mutter, Slavkos Schwester, starb nach seiner Geburt. Slavko hat ihn aufgezogen. Bis vor knapp einem Jahr studierte er in den USA und Russland, wo er jeweils bei Verwandten lebte. Er hat den Clan neu organisiert.«

»Woher kennt ihr ihn?«

»Ich bin ihm als kleines Mädchen zum ersten Mal begegnet«, sagte Jana. »Damals war er mir unheimlich. Er suchte ständig meine Nähe, nicht, weil er mich mochte, sondern weil er mir wehtun wollte. Wir nannten ihn den ›Teufel‹. Minka ist die Ältere von uns beiden. Er tat mir nichts, weil sie mich beschützte. Er fürchtete sich vor ihr.«

»Ist Davor der Boss der ›Triple Six‹-Organisation?«

»Das Brandmal des Bösen ist sein Zeichen. In der slawischen Mythologie ist Davor der Name eines Kriegsgottes. Seine Leute und seine Feinde nennen ihn *davo*, das heißt ›Teufel‹.«

»Deshalb die Tätowierung sechs-sechs-sechs?«

»Die Körperstelle ist ausschlaggebend. Wenn das Zeichen im Genitalbereich oder an den Beinen gestochen wurde, deutet das auf die niedrigste Rangordnung hin.«

»Sexdienerinnen«, sagte Dornach.

»Die höheren Ränge tragen das Tattoo an den Oberarmen oder am Hals, wenn sie zu Davors Führungszirkel gehören.«

»Wo steckt er?«

»Er verschanzt sich in einer festungsähnlichen Villa in den Bergen nahe der Grenze zum Kosovo, die er nie verlässt. Er nennt sie ›*Tavola varoš*‹, ›Teufelsstadt‹.«

»Er bleibt sich selber treu.«

»Er identifiziert sich gerne mit dem Leibhaftigen. Die Namensgebung seiner Behausung kommt nicht von ungefähr. Er hat sich von einem geologischen Phänomen in der Gegend inspirieren lassen. Im Naturschutzgebiet des Radan gibt es eine Ansammlung von beeindruckenden Erdpyramiden. Man kennt sie als ›Teufelsstadt‹.«

»Eine eigene kleine Privathölle.«

»Wenn wir Frieden wollen, müssen wir ihn unschädlich machen.«

»Wer ist ›wir‹?«

»Jemina und ich.«

Jana hielt seinem Blick stand. »Ich weiß, was du sagen willst, Dominik.«

»Was will ich sagen?«

»Wenn wir Davor beseitigt haben, kommt ein anderer und wieder einer, immer und immer wieder. Das weiß ich: Der Teufel ist kein schwefliges Monster mit Bocksfuß. Er kommt in uns vertrauten Formen und Gestalten daher. Er existiert unsichtbar in und um uns. Das ist seine Stärke. Jemand muss gegen ihn aufstehen. Du tust es, und ich tue es auch, auf meine Art.« Dornach erinnerte sich, dieses Gespräch schon einmal geführt zu haben. Er würde sich wiederholen, wenn er ihr sagte, dass es andere Mittel gab, als zu töten. Sie musste den Weg gehen, den sie für sich bestimmt hatte. »Jana, ich …«

»Der Vukovic-Kasun-Clan hat meine Familie ausgelöscht«, sagte Jana. »Im Zentralfriedhof wollten sie mich am Grab meiner Adoptiveltern töten.«

»Seid ihr in Solothurn, weil ihr glaubt, Davor könnte sich hier aufhalten?«

Jana schüttelte den Kopf. »Er verlässt Serbien nicht. Er schickt seinen ›Vollstrecker‹.«

»Der ›Vollstrecker‹? Wer ist das?«

»Ein Phantom, niemand kennt ihn, kein Außenstehender, der ihn sah, ist am Leben geblieben, um von ihm zu erzählen. Davor vertraut ihm wie sich selbst. Er muss es gewesen sein, der den Unfall meiner Adoptiveltern plante und inszenierte, und er ist für den Anschlag auf mich verantwortlich.«

»Er war aber nicht dabei.«

»Er hat seine Leute, die für ihn Kanonenfutter spielen.«

»Steckt der ›Vollstrecker‹ hinter den Morden an Nadine Känzig und Ilona Horvath?«

»Habt ihr eine konkrete Spur?«

»Wie man's nimmt. Könnte es der Mann sein, den ihr heute Morgen für Angela hinterlassen habt?«

»Das weiß ich nicht. Finde es heraus. Dann wäre der Fall gelöst und Jeminas und meine Aufgabe hier erledigt. Hältst du uns auf dem Laufenden?«

»Ich darf nicht, das weißt du.«

»Vertraust du mir?«

»Es ist keine Frage des Vertrauens. Ich …«, Dornach setzte sich neben sie auf das Bett, »ich mache mir Sorgen um dich – euch.«

»Geh bitte, Dominik. Jemina ist wie ich. Wir sind Katzen mit neun Leben.«

»Wie viele davon habt ihr verbraucht?«

»Es ist besser, sie nicht zu zählen. Du musst auf euch aufpassen, auf dich und Pia.« Jana nickte Jemina zu. Sie machten sich bereit zum Aufbruch.

Pia erwachte, als Jana ihren Kopf behutsam auf das Kopfkissen legte. »Jana, du … ihr geht?«

»Tut mir leid, Pia. Ich wäre gerne länger bei dir geblieben.«

»Du kommst wieder, nicht wahr?«

»Ich versprech's.« Jana langte in die Innentasche ihres schwarzen Ledermantels und zog ein Medaillon hervor, das an einer soliden goldenen Kette hing. »Damit du immer an mich denkst.«

»Für mich? Was ist das?« Pia zeigte das Medaillon ihrem Vater. Es hatte den Durchmesser eines Fünflibers. Die Vorderseite zeigte die Reliefgravur eines feuerspeienden Drachen.

»Ein *zmaj*, das ist ein slawischer Drache.« Jana nahm Pia die Kette ab. Sie öffnete den Sicherheitsverschluss und legte sie ihr um den Hals. »Drachen waren nicht nur unsere Feinde. Einer von ihnen beschützte die Stadt Ljubljana. Seither ist er ihr Wappentier.« Jana verschloss die Kette sorgfältig. »Solange du den *zmaj* auf dir trägst, wird er dich schützen.«

Pia umarmte sie.

»Wann sehen wir beide uns wieder?«, fragte Dornach, als es an ihm war, Abschied zu nehmen. Jemina überwachte den Korridor vor dem Zimmer.

»Ich führe meinen Krieg zu Ende. Vielleicht finde ich Frieden, wenn meine Dämonen besiegt sind.«

Dornach wünschte ihr und sich, dass sie keine neuen weckte. Er hatte schon lange eingesehen, dass er Jana nur halten konnte, indem er sie immer wieder losließ.

Bevor sie durch die Tür schlüpfte, gab sie Dornach ein Notizbuch mit einem abgegriffenen Ledereinband. »Bewahre das für mich auf.«

»Was ist das?«

»Lies es, wenn du willst. Es ist die Geschichte von Jemina und mir, seit wir Kinder sind. Unter anderen Umständen hätte ich ein Buch geschrieben. Wenn mir etwas zustößt, will ich –«

Dornach legte den Mittelfinger auf ihren Mund. »Ich hüte es für dich.« Sie küssten sich zum Abschied.

Fünf Minuten später befreite Dornach die Nachtschwester aus dem Materialraum.

SECHZEHN

Es war lange her, seit Dornach Frühstück für zwei zubereitet hatte. Auf dem Gasherd warteten zwei Bratpfannen mit je
einem Schuss Olivenöl auf ihren Einsatz, daneben standen ein
Eierkarton, Salz, Pfeffer und Gewürzstreuer bereit. Carol war
unter der Dusche. Sie hatte sich Rührei gewünscht.

Er hatte den größten Teil des Sonntags mit Pia im Spital
verbracht. Nach Janas Besuch hatte sie sich niedergeschlagen
und allein gelassen gefühlt. Pia kannte die bösen Geister, die
in Janas Seele nisteten, und wusste um die Kämpfe, die sie mit
sich selbst auszutragen hatte. Dornach konnte ihr die Angst
nicht ausreden, nach Rafik möglicherweise auch noch Jana zu
verlieren.

Carol hatte die beiden nach ihrer Rückkehr aus dem Berner
Oberland im Spital besucht. Pias Begrüßung war, für Dornach
nicht ganz unerwartet, eher frostig ausgefallen. Sie reagierte
auf Carol so wie sie es bei der ersten Begegnung mit Jana zwei
Jahre zuvor getan hatte. Wenn Carol in Dornachs Leben eine
Rolle spielen wollte, kam sie nicht um Pia herum.

Er selbst war sich nicht im Klaren darüber, wie weit es zwischen Carol und ihm gehen sollte. Er hatte es in den letzten
Monaten geschafft, Jana aus seinem Kopf zu verbannen und
die Erinnerung an sie in einer tiefen Kammer seines Herzens
zu vergraben. Ihre Rückkehr brachte alles wieder an die Oberfläche. Carol war aus dem Nichts in seinem Leben gelandet
wie ein Stoßtrupp Fallschirmjäger im gegnerischen Lager. Die
vergangene Nacht hatte sich angefühlt, als würde er gleichzeitig
sie und Jana betrügen. Streng genommen traf Letzteres nicht
zu. Jana hatte ihn ausdrücklich freigegeben. Das war nicht der
Punkt. Dornach hatte sich der Gewissensfrage zu stellen, inwiefern Carol, die Jana in mancherlei Hinsicht ähnlich war,
nicht nur ein Surrogat war.

Carol holte ihn aus seinen Gedankengängen. Sie stellte sich
im Bademantel neben ihn an den Herd. Ihr feuchtes Haar hatte

sie mit einem zu einer Haube gewickelten Frotteetuch bedeckt. »Der Bademantel lag in deinem Kleiderschrank, meine Größe. Ist er für die Frauen gedacht, die hier die Nacht verbringen?« Dornach konnte die Ironie in ihrer Bemerkung schwer abschätzen. »Er gehört Pia. Frau Reinhard muss sich beim Einräumen vertan haben.«

»Verstehe.« Sie tätschelte seinen Hintern. »Bitte nur Salz und Pfeffer für mein Rührei.«

»Kommt sofort, Madame.«

Er schlug die Eier in die Pfanne, sie machte sich an der Kaffeemaschine zu schaffen.

»Und?«, fragte sie, während der Kaffee einlief. »Wie kam ich gestern bei deiner Tochter an?«

»Ich glaube, sie mag dich.«

Sie stellte ihm eine volle Tasse hin. »Wusstest du, dass es für Heuchler eine spezielle Hölle gibt?«

»Mein Gott, ich bin verloren.« Dornach nahm die Pfanne mit Carols Ei vom Herd. Seine beiden Spiegeleier, die auf der Herdplatte daneben brutzelten, waren noch nicht so weit. »Pia befindet sich im Ausnahmezustand. Gib ihr Zeit. Sie wird sich an dich gewöhnen.«

»Und du?«

»Ich verstehe nicht, was du meinst.«

»Nicht fair von dir, es auf Pia abzuschieben. Die Frage ist: Haben wir eine Beziehung, oder schlafen wir nur gelegentlich miteinander?«

Er setzte sich mit seinem Teller ihr gegenüber. »Was möchtest du denn?«

»Ich habe zuerst gefragt.«

Dornach legte sein Besteck ab. Er hasste diese Art von Diskussionen beim Frühstück. »Ich find es schön, mit dir zusammen zu sein.«

»Sagte die Biene zur Blume. Und sonst?«

»Ehrlich, Carol. Du tust mir gut. Wie es weitergeht … Ich kann es dir nicht sagen.«

Sie gabelte eine Stück Rührei auf. »Damit kann ich was anfangen.«

»Carol?«

»Ja?«

»Ich will nicht … Du bist nicht hier, weil … Es ist alles …«
Er suchte nach einer geeigneten Umschreibung.

»Kompliziert?«

»Das trifft es recht gut, glaube ich.«

»Falls du denkst, ich will dir etwas aufzwingen, musst du
wissen …«

»Den Eindruck habe ich nicht.«

»… dem ist nicht so.«

Beide lachten.

Carol wurde ernst. »Ich mag dich, Dominik, und ich könnte
mir vorstellen, mit dir einen Teil meines Weges zu gehen – sobald
du die Kisten mit deinen beiden anderen Frauen geregelt hast.«

»Welche anderen Frauen?«

»Glaubst du, dein zartes Techtelmechtel mit der Staatsanwältin und die Affäre mit dieser Jana Cranach wurden nicht
bemerkt? Eine Amtsärztin kriegt so einiges mit, mein Lieber.«

»Kein Kommentar.«

Carol nahm das Frotteetuch ab und ordnete mit den Fingern ihr Haar. Sie kam um den Tisch herum und setzte sich auf
seinen Schoß. »Im Moment bin ich mit dir als Liebhaber sehr
zufrieden«, sagte sie und löste den Gürtel ihres Bademantels.

Seine Hände glitten unter den Stoff.

»Haben wir Zeit?«

»Glaube schon. Mindestens –« Die Türklingel unterbrach
ihn. »Oder nicht.«

Maja war eine halbe Stunde zu früh. Er machte den Bademantel zu und ging an die Tür.

»Sorry, ich bin zu früh«, sagte Maja. »Kannst du eine Tasse
Kaffee erübrigen?«

»Immer herein.«

Sie betraten die Küche. Carol räumte das Geschirr weg.

»Hi, Dr. Winter«, sagte Maja, als wäre es das Normalste der
Welt, eine leicht bekleidete Amtsärztin mit feuchten Haaren in
der Küche ihres Chefs anzutreffen.

»Guten Morgen, Frau Hartmann«, antwortete Carol ebenso entspannt. »Schönes Wochenende gehabt?«

»Ein arbeitsreiches. Sorry, dass ich deswegen störe.«

»Kein Problem, ich muss mich eh fertig machen.« Sie verabschiedete sich mit einem Wangenkuss von Dornach und ging nach oben.

Dornach stellte eine dampfende Tasse vor Maja hin. »Darf ich dich was fragen?«

»Nur zu.«

»Wissen alle, dass ich und Dr. Winter ...«

»Sag mal, glaubst du echt, deine Liebeleien mit –«

»Themawechsel. Was hast du?«

Maja zog zwei Dokumente aus der Innentasche ihres Parkas, der über ihrem Stuhl hing. »Freie Bahn.«

»Haftbefehl?«

»Exakt. Einschließlich Durchsuchungsbefehl für Wohn- und Geschäftsräume.«

»Dann los. Wo fangen wir an?«

Maja blickte auf ihre Armbanduhr. »Um diese Zeit? Im Geschäft, würde ich sagen. Mike und Sebi kümmern sich um die Wohnung.«

＊＊＊

Die Konfrontation mit den beiden Hausdurchsuchungsbefehlen brachte Michaela Welter nicht aus der Ruhe. Sie verzichtete darauf, ihren Anwalt beizuziehen. »Fragen Sie, was Sie fragen müssen«, sagte sie zu Dornach.

»Haben Sie mich richtig verstanden, Frau Welter? Wir durchsuchen Ihre Geschäftsräume. Eine weitere Hausdurchsuchung wird in Ihrer Wohnung durchgeführt. Da Sie dort nicht zugegen sein können, wohnt dieser ein neutraler Zeuge der Amtsschreiberei bei. Anschließend werden Sie ins Untersuchungsgefängnis überführt, wo Sie die Staatsanwältin einvernehmen wird.«

»Danke, Herr Dornach, ich kenne mich im Strafrecht aus. Ich stehe Ihnen zur Verfügung, erwarte aber eine Gegenleistung.«

»Eine Mordermittlung bietet keinen Raum für Feilscherei, Frau Welter.«

Sie verschränkte die Arme. »Wenn ich mit Ihnen rede, bin ich tot. Das bin ich im Grunde jetzt schon, weil Sie meine Wohnung und mein Büro durchsuchen.«

»Werden Sie bedroht?«

»Seit Jahren. Das spielt im Moment keine Rolle. Ich mache Ihnen ein Angebot.«

»Ich höre.«

»Sie bekommen von mir alle Informationen, die Sie brauchen, damit Sie eine gefährliche Bande unschädlich machen können. Dafür gewähren Sie mir speziellen Schutz. Ich muss weit weg von hier.«

Sie war die zweite verdächtige Person, die im Zusammenhang mit der »Triple Six«-Organisation Zeugenschutz verlangte, dachte Dornach. Offenbar stachen sie mit den Ermittlungen gewaltig in ein Wespennest. »Ich kann Ihnen das nicht versprechen, Frau Welter. Das muss die Staatsanwaltschaft entscheiden. Hingegen versichere ich Ihnen, dass wir unser Möglichstes tun werden, Ihre Sicherheit zu gewährleisten. Ihre Kooperation wird Ihnen bei der Strafbemessung zugutekommen.«

»Das ist schön zu wissen, nützen wird es mir wenig. Sie haben keine Ahnung, mit wem Sie es zu tun haben.«

»Lassen Sie uns beginnen. Wenn Sie substanzielle Informationen haben, die uns helfen, die Drahtzieher unschädlich zu machen, rede ich mit der Staatsanwältin.«

Welter saß ihm mit hängenden Schultern gegenüber. In den ersten Minuten ihres Gesprächs schien sie um Jahre gealtert. Ihre Haut war fahl und wirkte eingefallen. Sie hatte wenig mit der energetischen Frau gemeinsam, die sich für die Rechte und die Wohlfahrt von Prostituierten einsetzte. »Ich habe nichts zu verlieren. Fragen Sie.«

In der Zeit, in der sie im Aufenthaltsraum redeten, stellten Maja und die Spurensicherer die Räume von »Courtisana« auf den Kopf. Dornach konfrontierte Frau Welter mit den kompromittierenden Dokumenten, die Google über das Wochenende größtenteils entschlüsseln konnte. Frau Welter gab unumwunden zu, von der Firma »Triple Six Securities« Gelder in Form von privaten Zuschüssen und Spenden erhalten zu haben. Der Gesamtbetrag im nachweisbaren Zeitraum belief sich auf über zwei Millionen Franken.

»Die Hälfte der Beträge wurden von einem Offshore-Konto in der Karibik auf das Spendenkonto von ›Courtisana‹ eingezahlt«, zitierte Dornach seine Unterlagen.

»Die Gelder auf dem Spendenkonto sind getreu den Statuten des Vereins zweckgebunden. Mit ihnen finanzieren wir die Wohlfahrt der Prostituierten und die Frauenhäuser. In unseren Finanzunterlagen werden Sie keine Unregelmäßigkeiten finden.«

»Frau Welter, bitte sagen Sie mir, dass die Adressen Ihrer sicheren Häuser und Wohnungen nicht in die Hände der Organisation fielen.«

»Wofür halten Sie mich? Ich habe nie Informationen über die Frauen oder deren Aufenthaltsorte herausgegeben. Das hat auch nie jemand von mir verlangt.«

»Was mir nicht in den Kopf geht: Sie sind Gründerin von ›Courtisana‹, einer der renommiertesten und engagiertesten nicht staatlichen Institutionen für die Rechte und die Belange von Sexarbeitern. Gleichzeitig lassen Sie sich von Leuten bezahlen, die Frauen als Sexsklavinnen ausbeuten.«

»Ich weiß, es fällt schwer, das zu verstehen.«

Dornach fiel es nicht nur schwer, es war ihm unmöglich. Nebst ihrem sozialen Engagement war die Stiftung ein sicherer Hafen für ausgebeutete und bedrohte Frauen. Mit ihrem Verhalten hatte Michaela Welter der Organisation und ihrem Ideal einen nicht wiedergutzumachenden Schaden zugefügt, ganz zu schweigen vom Verrat an denjenigen, die ihr vertrauten. »Wie konnte es so weit kommen?«

»Ich gründete damals die Stiftung mit meinem Anteil an einer großen Erbschaft. Ein Finanzberater hat das Kapital für mich angelegt. Leider hat er sich des Vertrauens nicht würdig erwiesen und nahezu alles verloren. Im gleichen Zeitraum gingen fundamentalistische Frauenorganisationen und religiöse Gruppierungen dazu über, Sponsoren, Spender und teilweise unentgeltlich für uns arbeitende Ärzte unter Druck zu setzen und sie davon abzubringen, uns zu unterstützen.« Welter redete sich in Rage. »Es sind dieselben, die Ärzte und Frauenstellen wegen ihrer Abtreibungsberatungen bedrängen.«

»Wie kamen Sie mit ›Triple Six‹ in Kontakt?«

»Ich stand vor dem Nichts. Meine Vision, Prostituierten und Sexarbeiterinnen Anerkennung und Schutz zu verschaffen, lag in Scherben. Mein Treuhänder verschaffte mir einen Kontakt mit dem, wie soll ich sagen, Finanzchef von ›Triple Six‹. Der versprach mir, die Finanzlücke zu stopfen. Dafür musste ich Frauen für eine ihrer Tochtergesellschaften vermitteln, die Eventmanagement und Party-Catering durchführt.«

»Sie haben geholfen, Sexorgien zu organisieren?«

»Das habe ich nicht. Für die Organisation waren die Partys soziale Events, wo es darum ging, Kundenbeziehungen zu pflegen und neue Kontakte zu knüpfen. Gleichzeitig wurden Informationen ausgetauscht und neue Deals eingefädelt.«

Diese Aussage deckte sich mit dem, was Hafner gegenüber Casagrande ausgesagt hatte, und auch mit den Daten, die Google entschlüsseln konnte. Wie viel wusste sie über den eigentlichen Zweck der Organisation, den Austausch strategischer Daten für undurchsichtige globale Geschäfte, getarnt mit Bildern, Videos und Texten im Internet?

»Weshalb mussten ausgerechnet Sie diese Frauen vermitteln? Führt die Organisation keine eigenen Bordelle mit Prostituierten?«

»Diese Einrichtungen stehen zu sehr im Fokus von Sittenpolizei und Drogenfahndung. Die Organisation wollte das vermeiden, indem sie unabhängige Dienstleister anheuerte.«

»Was war Ihre Funktion? Reine Vermittlung?«

»Ich habe nicht vermittelt. Ich verschaffte den Frauen den Kontakt zu ›Triple Six‹. Sie verhandelten direkt mit der Organisation oder dem Veranstalter. Sie rechneten auch mit ihnen ab. Für meine Dienste verlangte ich Spenden für ›Courtisana‹. Sogar einige Gäste haben den Verein unterstützt, anonym. Dieses Geld reinvestierte ich in die Stiftung, die mir, wie allen Angestellten, ein Gehalt bezahlt. Ich betone, dass keine der

Frauen von mir oder von der Organisation gezwungen oder genötigt wurde. Genug von ihnen haben sich bereit erklärt, freiwillig mitzumachen. Die Bezahlung war gut. Es waren alles Freischaffende.«

Dornach unterbrach sie, bevor sie nebst Zeugenschutz eine Heiligsprechung verlangte. Die Staatsanwaltschaft und der Richter hatten zu entscheiden, inwiefern sie gegen Artikel 195 StGB verstoßen hatte.»Wie erklären Sie die Tätowierungen mit dem Logo der Organisation, die wir bei den toten Frauen gefunden haben?«

»Gar nicht, das war ihre Sache. Ein paar von ihnen arbeiteten fast ausschließlich für ›Triple Six‹. Das Tattoo sollte vermutlich ihre Zugehörigkeit zur Organisation betonen.«

»Von der sie sich später lossagten wie Nadine Känzig?«

Frau Welter hob die Schultern.»Was fragen Sie mich?«

»Ich brauche einen Namen von Ihnen, Frau Welter. Wer ist dieser Finanzchef von ›Triple Six‹, mit dem Sie Kontakt hatten?«

»Ich kenne seinen Namen nicht. Er nannte sich der ›Controller‹.«

»Ist es dieser Mann?« Dornach zeigte ihr ein Bild von Tiziani.

Sie zuckte erneut mit den Achseln.»Ich habe ihn nie zu Gesicht bekommen.«

»Wie kommunizierten Sie miteinander?«

»Wir trafen uns regelmäßig.«

»Sie sagten gerade, Sie hätten ihn nie zu Gesicht bekommen.«

»Wir vereinbarten Treffen in Olten, Aarau oder Zürich. Die Informationen und Anweisungen zu Ort und Zeit der Partys gingen nicht über das Netz, aus Sicherheitsgründen. Der ›Controller‹ buchte jeweils ein Zimmer in einem Hotel in Bahnhofsnähe und hinterlegte Instruktionen und manchmal etwas Geld im Zimmersafe. Ich habe es abgeholt. Ist immer alles reibungslos abgelaufen.«

»Drei tote Frauen und eine angeschossene Mitarbeiterin der Polizei würde ich nicht als reibungslosen Ablauf bezeichnen.«

»Damit habe ich nichts zu tun.«

»Womit genau?«

»Die angeschossene Polizistin. Das war ich nicht.«

»Wer war's dann? Der ›Controller‹? Oder der ›Vollstrecker‹?«

Dornach hatte den »Vollstrecker« bisher absichtlich nicht ins Spiel gebracht. Es war ein Versuchsballon, und er stieg gut. Bei der Erwähnung dieses Namens zeigte Frau Welters Miene einen Anflug von Panik. »Dazu sage ich nichts, bevor wir einen Deal haben.«

»Was ist mit den drei Frauen, Annina Burckhard, Ilona Horvath und Nadine Känzig?«

Die Nennung des »Vollstreckers« musste Frau Welter dazu bewegt haben, ihre Taktik zu ändern. Sie verfiel in beharrliches Schweigen. Dornach zog ein Papier aus der Innentasche seines Anoraks und schob es über die Tischplatte.

»Das ist ein Verbindungsnachweis von Nadine Känzigs Mobiltelefon. Der letzte Anruf dürfte Sie interessieren. Eine Prepaid-Nummer.«

Frau Welter gab die Liste zurück. »Was soll ich damit?«

»Die Telefonnummer sagt Ihnen nichts?«

»Nicht das Geringste.«

Dornach nahm sein Handy und tippte eine Kurzwahl ein, worauf es irgendwo im Raum gedämpft klingelte. »Sie brauchen nicht ranzugehen.« Dornach brach den Anruf ab und ging zum entsprechenden Schubladenschrank. Das Handy lag obenauf.

»Woher wissen Sie …?«

Er langte erneut in die Innentasche seiner Winterjacke und legte eine Broschüre von »Courtisana« auf den Tisch. »Diesen Flyer habe ich in der Wohnung von Ilona Horvath in Kiesen gefunden. Sie hatte diese Nummer darauf vermerkt. Es ist dieselbe, von der Sie, Frau Welter, Nadine Känzig kurz vor ihrem Tod angerufen haben.«

»Was soll das beweisen? Dass ich sie angerufen habe? Ja, aber deswegen habe ich sie noch lange nicht umgebracht.«

»Kommen Sie, Frau Welter, mit uns beiden hat es doch so gut angefangen.«

Einer der Spurensicherer bat Dornach heraus. Er zeigte ihm

einen Plastikbeutel mit einem rosaroten Seidenschal mit einem diskreten Logoaufdruck von »Courtisana«. »Könnte das die Tatwaffe im Fall Känzig sein?«

»Existiert nur der eine Schal?«

»Nein, eine ganze Schachtel voll davon, etwa zwanzig Stück, wohl so eine Art Werbegeschenk.«

»Muss alles mit.« Dornach nahm dem Kollegen den Beutel ab. »Den behalte ich.«

Zurück in Frau Welters Büro zeigte er ihn ihr. »Ist Ihnen das bekannt?«

»Das ist einer unserer Werbeartikel.«

»Besaß Nadine Känzig so einen Schal?«

»Möglich.«

»Sie wissen es nicht?«

»Hören Sie, Herr Dornach, ich habe so viele von denen verteilt. Ich kann mich unmöglich erinnern, an wen.«

»Wir haben bei Nadine Känzig Faserspuren gefunden. Wollen Sie uns nicht etwas sagen, was wir später ohnehin herausfinden? Macht sich besser.«

»Faserspuren sind kein Beweis.«

»Aber ein Indiz, wie der Anruf, den Sie kurz vor Nadines Ableben mit ihr geführt haben, über drei Minuten.« Dornach schob den Verbindungsnachweis erneut zu ihr.

Ihre bisher reglose Miene geriet in Bewegung. Sie blinzelte eine Träne weg. »Ich wollte das nicht. Es war ein Unfall. Wenn sie nicht so stur gewesen wäre.«

»Nadine Känzig wurde erdrosselt. Das ist in den seltensten Fällen ein Unfall.«

»Sie hätte das nicht tun dürfen.«

»Was? Es hat keinen Zweck, wenn Sie sich jedes Mal bitten lassen.«

Michaela Welter stieß mit gespitzten Lippen Luft aus und wischte sich mit einer Hand Tränenspuren aus dem Gesicht.

»An dieser Party auf dem Zugerberg vergnügte sich ein VIP-Gast mit Nadine in einem für ihn reservierten Privatzimmer. Er bekam einen Anruf, also schickte er Nadine ins angrenzende Badezimmer. Später verließ er den Raum. Dummerweise hat er sein Notebook mit dem eingesteckten USB-Stick auf dem Bett liegen lassen. Keine Ahnung, was sich Nadine dabei dachte, als sie den Stick mitlaufen ließ.«

»Sie wollte die Gäste auf den Bildern erpressen.«

»Kann sein, wahrscheinlich. Als der Typ bemerkte, dass der Stick weg war, geriet er in Panik. Das Ding hätte nie in fremde Hände geraten dürfen.«

Google war mit der Entschlüsselung der Daten nicht ganz durch. Dornach war gespannt, was weiter zum Vorschein kommen würde. »Wie haben Sie erfahren, dass Nadine an den Stick gekommen ist?«

»Sie erzählte es mir. Sie war so blöd, Annina und Ilona einzuweihen. Die drei waren auf den Partys ständig zusammen.«

»Sie lieferten die drei ans Messer, nicht wahr?«

Sie sah ihn mit einer Mischung aus Angst, Wut und Hilflosigkeit an. »Zuletzt hieß es, entweder ich helfe mit, den Stick zurückzubekommen, oder ich sei selbst dran. Man wollte das Ganze diskret über die Bühne bringen. Ich sollte Nadine zu einem Gespräch bitten und sie dazu bringen, mir den Stick zu übergeben oder wenigstens zu verraten, wo sie ihn deponiert hat.«

»Wer ist ›man‹?«

»Das sage ich nur dem Staatsanwalt.«

Dornach riss der Geduldsfaden. »Frau Welter, ich versichere Ihnen, die Staatsanwältin wird Ihre Spielchen nicht goutieren. Sie tun sich damit keinen Gefallen. Noch einmal: Wer ist ›man‹?«

»Der ›Controller‹.«

Dornach legte Tizianis Foto erneut vor ihr hin. »Dieser Mann?«

Frau Welter nickte. »Er war der VIP-Gast, dem der USB-Stick ursprünglich gehörte.«

»Sie haben sich mit Nadine auf der Krummturmschanze verabredet. Was ist dann passiert?«

»Es war saukalt. Die Eingangstür war nicht abgeschlossen. Wir gingen hinein, um zu reden. Plötzlich ist der ›Controller‹, dieser Tiziani, aufgetaucht. Das war nicht vereinbart. Ich hätte es alleine geschafft, Nadine zur Vernunft zu bringen. Er hat sie massiv unter Druck gesetzt und sie geschlagen. Nadine flüchtete nach oben ins Turmzimmer. Er hetzte ihr nach. Dort kam es zu einem Gerangel. Tiziani wurde wütend und hat sie mit meinem Schal erdrosselt. Ich musste ihm helfen, sie aus dem Fenster zu bugsieren.«

»Welche Rolle spielte Mirko Hafner? Er war Nadines Zuhälter.«

»Mirko hat mit dem, was mit Nadine im Krummturm passiert ist, nichts zu tun. Vielleicht ahnte er etwas. Jedenfalls war er schlau genug, den Mund zu halten, sonst würde er schon auf dem Grund der Aare liegen.«

»Kommen wir zu den Morden an Ilona Horvath und Annina Burckhard.«

Frau Welter unterbrach ihn mit einer Handgeste. »Ich möchte bitte mit dem Staatsanwalt sprechen.«

✻✻✻

Die Gelegenheiten, zu denen Casagrandes Chef sie höchstselbst an ihrem Arbeitsplatz aufsuchte und freundlich aufforderte, ihn in sein Büro zu begleiten, ließen sich an einer Hand abzählen. Für derart niedere Verrichtungen gab es für einen wie Hofmann Sekretärinnen.

Noch irritierender fand Casagrande die drei Gäste an Hofmanns Besuchertisch. Einer unter ihnen war ihr in schmerzhafter Erinnerung geblieben.

»Marius Châtelain von der Bundeskriminalpolizei brauche ich dir nicht vorzustellen«, sagte Hofmann, nachdem er sie mit den anderen Herren bekannt gemacht hatte. »Ihr kennt euch von den Ermittlungen im Zusammenhang mit dem Bombenanschlag im Amthaus.«

Casagrande sparte sich eine Antwort. Seit Tiziani wollte sie chauvinistische Arschlöcher am liebsten immer schnell vergessen. Die Begrüßung zwischen ihr und Châtelain fiel entsprechend frostig aus.

Den einen der beiden anderen kannte sie aus Dornachs Schilderungen: Harald Vockinger, stellvertretender Direktor der Abteilung »O« für Organisiertes Verbrechen bei Europol und Janas Nachfolger. Im Gegensatz zu seiner Vorgängerin vermittelte der bayrische Endfünfziger mit Schmerbauch und Biergarten-Most-Gesicht ihr nicht den Eindruck, die Menschen in Europa vor Terror und Gewalt bewahren zu können.

Über den dritten Besucher, Jacques Pfeuti, erfuhr sie lediglich, dass sein Arbeitgeber der Nachrichtendienst des Bundes war. Der hagere Brillenträger im Tweedjackett erinnerte eher an einen Hochschullehrer als an einen Spion. Die James Bonds dieser Welt verirrten sich nicht in die Gänge eines nüchternen Betonbaus an der Papiermühlestraße in Bern.

»Unsere Besucher möchten sich in einer delikaten Angelegenheit mit uns austauschen«, eröffnete Hofmann die Runde.

Eine innere Stimme flüsterte Casagrande zu, dass dieser Austausch einen Tag verderben könnte, der mit Michaela Welters Verhaftung und ihrem Geständnis vielversprechend begonnen hatte.

»Herr Châtelain, würden Sie kurz wiederholen, was Sie mir gestern am Telefon sagten«, bat Hofmann.

Châtelain räusperte sich. »Ich gehe davon aus, Sie sind über den Vorfall im Kanton Zug von letzter Woche im Bild, der zur Befreiung der Terroristin Jemina Osmankovic führte.«

Waren sie also wieder beim Sie gelandet? Casagrande sollte es recht sein. Sie gab stumm zu verstehen, Bescheid zu wissen.

»Gestern kontaktierten mich die Herren Vockinger und Pfeuti. Es geht darum, zeitnah eine gemeinsame Lösung des Problems zu finden. Herr Vockinger, könnten Sie –«

»Augenblick«, unterbrach Casagrande scharf. »Was soll wie und warum irgendeiner Lösung zugeführt werden?«

»Herr Vockinger, bitte.«

Vockingers Dialekt komplettierte das Seppl-Klischee, welches Gesicht und Körperbau transportierten. »Mei, gradheraus g'sagt, Frau Dr. Casagrande, der Herr Dr. Hofmann und meine Kollegen hier, wir vermuten, dass es nicht irgendwelche Komplizen waren, die Frau Osmankovic befreit haben.«

»Sondern?«

»Die Schnelligkeit und die Effektivität, mit denen die Aktion über die Bühne ging, lassen auf eine hochprofessionelle Täterschaft schließen, die über Insiderkenntnisse verfügte. Dafür kommt nur eine Person in Frage.«

»Die da wäre?«

»Sie kennen sie, Frau Dr. Casagrande. Es ist Jana Cranach.« Casagrande lehnte sich in ihrem Stuhl zurück und legte die Fingerspitzen zusammen. »Es fällt mir schwer, das zu glauben, aber ich höre interessiert zu«, sagte sie, während ihre Gedanken sich im Karussell drehten. Dornach hatte also recht.

Hofmann sah sie fragend an. »Deine Reaktion erstaunt mich, Angela. Du hattest bei mehreren Gelegenheiten mit Frau Cranach zu tun. Dabei gabst du mir zu verstehen, dass du ihr nicht über den Weg traust. Ihre Verhaftung war nicht zuletzt dein Verdienst.«

Sie bedachte ihn mit einem langen Blick. Hofmanns Verdienst war einzig und allein, ein kompletter Schwachkopf zu sein.

»Mir war diese Frau stets suspekt«, führte Hofmann seinen Sermon weiter. »Ihr Auftreten war arrogant. Es gibt nichts, worum sie sich für unsere Stadt oder den Kanton verdient gemacht hätte.«

Anscheinend hatte Hofmann die offiziellen Belobigungen für Janas Einsätze zugunsten der Stadt vergessen. Casagrande ballte die Hände unter der Tischplatte zu Fäusten, bis die Knöchel schmerzten. Sie hielt das Gelaber nicht aus. »Tut mir leid, meine Herren. Ich habe einen vollen Zeitplan. Wenn Sie mir freundlicherweise mitteilen würden, was Sie von mir erwarten?«

»Wir wollen Jana Cranach«, sagte Châtelain. »Wie die Dinge liegen, ist mit an Sicherheit grenzender Wahrscheinlichkeit davon auszugehen, dass sie Jemina Osmankovic befreite und die Polizisten tötete respektive verletzte.«

»Und die drei unbekannten Toten in Kampfmontur und Gesichtsmasken? Wie passen sie ins Bild?«

»Das ist Gegenstand laufender Ermittlungen. Für die Beurteilung von Frau Cranachs Täterschaft sind sie nicht relevant.«

Casagrande hätte ihm am liebsten in blumigen Worten erklärt, wofür sie ihn nicht relevant hielt. »Warum sollte Jana Cranach ein Blutbad anrichten, um eine international gesuchte Terroristin zu befreien?«

»Blut ist dicker als Wasser. Jemina Osmankovic ist mit Jana Cranach verwandt. Die beiden sind Cousinen ersten Grades.«

Casagrande war, als hätte man ihr mit der bloßen Faust ins Gesicht geschlagen. »Wie bitte?«

»Die Mütter von Osmankovic und Cranach waren Schwestern. Beide sind im Bosnienkrieg brutal ums Leben gekommen«, präzisierte Vockinger.

Mit einem Mal fühlte Casagrande eine bleierne Schwere in den Gliedern. Jana Cranach würde für sie ein ewiges Mysterium bleiben ebenso wie Dornachs Zuneigung zu ihr. »Wenn Sie die Cranach wollen, holen Sie sie sich doch einfach.«

»Würden wir, wenn wir wüssten, wo suchen«, sagte Châtelain.

»Ich habe keine Ahnung, wo sie stecken könnte.«

»Hier hat sie die beste Chance unterzutauchen.«

»In Solothurn?«

»Genauer gesagt, bei Hauptmann Dornach von der Kantonspolizei. Bei unserer Zusammenarbeit letztes Jahr entging mir nicht, das, sagen wir, besondere Verhältnis zwischen ihm und Frau Cranach.«

War denn die ganze Welt verrückt geworden? Dornach als Terroristenhelfer. Das konnte nur auf Hofmanns Mist gewachsen sein.

»Warum kommen Sie damit zu mir? Wenden Sie sich an Herrn Dornach.«

Hofmann schaltete sich erneut ein. »Die Herren glauben wie ich zu Recht, dass Dornach sie nicht an sich heranlassen wird. Du kennst ihn, Angela.«

»Ich wiederhole mich: Was erwartet ihr von mir?«

»Du sollst ihn beobachten und uns informieren, sobald er sich verdächtig verhält.«

»*Basta!*« Casagrande schlug mit beiden Fäusten auf den Tisch. Sie blitzte die Männer an. »Wenn ihr glaubt, ich bespitzle meinen Kollegen wegen eurer haarsträubenden Verdächtigungen, habt ihr euch so was von ganz gewaltig geschnitten.« Ihr Blick fiel unvermittelt auf Pfeuti, der bisher stumm zugehört hatte. »Was für eine Rolle spielt Ihr Verein in diesem Trauerspiel? Handlanger oder Schoßhündchen seiner amerikanischen Herren und Meister?«

»Weder noch, Frau Staatsanwältin«, sagte Pfeuti in breitestem Berndeutsch, was ihn gleich sympathischer machte. »Selbstverständlich tauschen wir uns unter befreundeten Diensten aus. Dabei haben die Interessen unseres Landes und seiner Bürger stets allerhöchste Priorität.«

»Sie haben den Beruf verfehlt, Herr Pfeuti. Sie hätten Prediger werden sollen. Sprechen Sie Klartext.«

Die drei Besucher tauschten vielsagende Blicke aus. Ein gemeinsames Nicken besiegelte ihre stille Absprache. »Jana Cranach ist zu einem Sicherheitsrisiko geworden«, ergriff Vockinger das Wort. »Eine finale Lösung ist unvermeidlich. Dazu benötigen wir Ihre Hilfe.«

»Sie wollen Jana liquidieren?« Casagrande schaute hilfesuchend zu Hofmann, der mit gesenktem Blick Staubkrümel von der Tischplatte wischte, die nur er sah. Sie wandte sich an Châtelain. »Du machst das mit, Marius?«

»Es tut mir leid, Angela. Außergewöhnliche Umstände erfordern außergewöhnliche Maßnahmen. Die Sache liegt in den Händen der Geheimdienste.«

Casagrande stand auf. »Das könnt ihr vergessen. Ich bin dem Rechtsstaat und seiner Justiz verpflichtet und keine Zudienerin staatlich gedungener Mörder.«

»Bitte, Frau Dr. Casagrande.« Pfeutis sonore Stimme und Akzent brachten sie herunter. Er sah in die Runde. »Meine Herren, ich glaube, der Moment ist gekommen, Frau Casagrande alle Einzelheiten unseres Vorgehens darzulegen.«

Erneutes Kopfnicken rundum.

Pfeuti nahm ein Dokument aus einer Aktenmappe und schob es Casagrande zu. Er zückte einen Kugelschreiber und legte ihn daneben. »Bitte unterzeichnen Sie.«

»Was ist das?«

»Eine Geheimhaltungsverpflichtung. Dr. Hofmann hat sein

Exemplar bereits unterschrieben. Nichts von dem, was wir Ihnen sagen, darf diesen Raum verlassen.«

***

Bevor Dornach die Kirche betrat, ließ er seinen Blick über das Gebäude schweifen, das zu den bedeutendsten Barockbauwerken des Landes zählte. Die von Sonnenkönig Louis XIV gestiftete Kalksteinfassade der Kirche hob sich im Dämmerlicht von denen der umliegenden Altstadthäuser ab. Auf dem Fassadengiebel richtete eine Maria Immaculata ihren Kopf gnädig nach Nordwesten in den dunkelblauen Himmel. Seine Mutter hatte ihm erzählt, sie blicke nach Paris, präziser nach Versailles, der Residenz ihres royalen Wohltäters. Der Sakralbau stellte sich demütig in die Reihe der Bürgerhäuser der Hauptgasse. Es war, als wollte die Jesuitenkirche ihrer großen, gleichwohl knapp hundert Jahre jüngeren Schwester, der Kathedrale zu St. Ursen, die Reverenz erweisen, welche im barock-klassizistischen Stil die Solothurner Altstadt präsidierte.

Bis auf ein asiatisches Touristenpärchen, das die prächtige Orgelempore bewunderte, und Casagrande, die in der ersten Reihe der Männerseite beim Mittelgang saß, war die Kirche menschenleer. Casagrande hatte sein Eintreten nicht bemerkt. Er wollte sich gerade bemerkbar machen, hielt jedoch in der Bewegung inne, als er sie in ihrer Muttersprache beten hörte.

»*Ave, Maria, piena di grazia,*
Il Signore è con te.
Tu sei benedetta fra le donne
e benedetto è il frutto del tuo seno, Gesù.«

Dornach kannte das Ave-Maria auswendig, eine Reminiszenz an seine Kinderzeit. Er musste es im Religionsunterricht oft genug rezitieren. Obwohl sie gelegentlich damit haderte, blieb Casagrande ihrem römisch-katholischen Glauben treu. Dennoch berührte es ihn eigenartig, sie im Gebet zu sehen.

»*Santa Maria, Madre di Dio,*
prega per noi peccatori,
adesso e nell'ora della nostra morte.«

Dornach sah den Rosenkranz in ihrer Hand, dessen Holzperlen durch ihre Finger glitten. Er setzte sich in die Reihe hinter sie und wartete. Nach ihrem gemurmelten »Amen« zögerte er ein paar Sekunden, bevor er ihre Schulter sanft berührte. Sie rutschte zur Seite, damit er sich neben sie setzen konnte, und begrüßte ihn mit einem flüchtigen Seitenblick. Ihre Augen waren gerötet.

»Geht es dir gut?«, fragte er leise.

Sie nickte kurz zweimal.

»Hast du geweint?«

»Es ist nichts, ich wollte ... Können wir für ein paar Minuten nur still hier sitzen?«

»Sicher.«

Sie hakte sich bei ihm ein. Ihr Körper bebte leicht. Es war nicht die Kälte. Sie weinte stumm.

Er löste seinen Arm und legte ihn um ihre Schultern, bis sie sich mit beiden Händen die Tränen aus dem Gesicht wischte.

»*Merda!*«, murmelte sie, gefolgt von einem gehauchten »*Scusa!*« und einer Bekreuzigung.

»Wollen wir rausgehen?«, fragte Dornach.

Sie drückte seine Hand als Zeichen der Einwilligung.

»Etwas trinken?«, fragte er, sobald sie draußen waren.

»›Grüne Fee‹?«

»Auf jeden Fall.«

Sie legten die kurze Strecke zum Klosterplatz wortlos zurück.

Jackie begrüßte Dornach, als hätte sie ihn seit Jahren nicht mehr gesehen. Die Brasilianerin erkannte sofort Casagrandes Gemütslage. Sie warf Dornach einen fragenden Blick zu, den er mit einem angedeuteten Schulterzucken quittierte.

»Ich gebe euch einen ruhigen Tisch.« Jackie sah sich im gut besuchten Gästeraum um. »Haben wir gleich.«

Dornach konnte nicht hören, was Jackie dem Paar sagte, welches sie nach kurzer Zeit aus einer Nische im hinteren Teil an einen Platz am Fenster zum Friedhofplatz komplimentierte. Es war ihm recht, Casagrande anscheinend ebenso.

Ohne sich nach ihren Wünschen erkundigt zu haben, stellte Jackie eine Flasche »Bohème« mit Fontäne, Gläsern und Besteck auf den Tisch. Mit einem Augenzwinkern gab sie Dornach zu verstehen, dass sie sich später über den Preis einigen konnten.

Sie stellten die Gläser unter die Hähne der Fontäne.

»Möchtest du darüber reden?«, fragte er.

»Worüber?«

»Du betest weinend in einer Kirchenbank. Ich finde das …«

»Beängstigend?«

»Merkwürdig, wollte ich sagen.«

»Es ist nichts.« Sie strich sich mit einer verlegenen Geste eine Haarsträhne aus der Stirn.

»Nichts?«

»Sage ich ja.«

»Angie, du gehörst nicht zur religiösen Zielgruppe, die aus Gewohnheit und wegen nichts betet. Versuch's noch mal mit einer besseren Erklärung.«

»Lass gut sein, Dominik. Ich hatte einen schweren Tag. Außerdem habe ich rasende Kopfschmerzen und bin hundemüde, das muss der Föhn sein. Und überhaupt: Im Gegensatz zu dir bin ich nicht areligiös.«

»Probleme, mit Hofmann oder so?«

»Oder so. Du bist derjenige, der ständig mit ihm knatscht, nicht ich.«

»Etwas mit unserem Fall?«

»Gutes Stichwort, sprechen wir übers Geschäft?«

»Okay.«

»Trotzdem danke.«

»Wofür?«

»Für die paar Minuten vorhin, in der Kirche. Es hat gutgetan.«

»Musstest du deswegen weinen?«

Sie wechselte das Thema. Am Nachmittag hatte sie Michaela Welter einvernommen. Zu Dornachs Erleichterung hatte sie ihre ihm gegenüber gemachten Aussagen bestätigt.

»Hat sie den Mord an Ilona Horvath gestanden?«

»Nein, sie gibt nur zu, die Frau auf der Höhe des Attisholz-Areals in die Aare geworfen zu haben.«

»Moment, verstehe ich das richtig? Sie hat Horvath nicht getötet, dafür aber ihre Leiche entsorgt?«

»So lautet ihre Aussage.«

»War sie an ihrer Entführung beteiligt?«

»Auch das streitet sie ab. Maja schickt der Nachbarin, dieser Frau Lang, ein Bild von Frau Welter. Vielleicht erkennt die sie wieder.«

»Wie ist sie an Horvaths Leiche gekommen? Hat sie sie auf der Straße aufgelesen, oder was?«

»Fast. Sie bekam einen Anruf, die Leiche liege in ihrem Kofferraum, mit der Anweisung, sie zu entsorgen. Frau Welter tat es aus Angst vor Repressalien.«

»Wird schwierig, herauszufinden, wo die Horvath gestorben ist. Von wem kam der Anruf?«

»Frau Welter meint, es sei der ›Controller‹ gewesen, also Franco.« Casagrandes Hand zitterte, als sie das Glas zum Mund führte.

Dornach legte seine Hand auf ihre. »Du hast dir nichts vorzuwerfen, Angie.«

Casagrande setzte das Glas hart ab. »Warum habe ich nichts gemerkt, Dominik? Mein Ex-Freund ist ein Mörder, und ich merke es nicht einmal. Was für eine Staatsanwältin bin ich eigentlich?«

»Die Beste, die ich kenne, und ich habe einige gesehen. Du hast bei Tiziani vor über drei Jahren die Reißleine gezogen.«

»Toll, wirklich, und dann bewahre ich für ihn Papiere mit Informationen für unseren Fall auf, ohne auch nur das Geringste zu ahnen. Auf die beste Staatsanwältin, prost.« Sie leerte das Glas und hielt es ihm hin. »Vollmachen bitte.«

Dornach zog die Flasche zu sich. »Trinken hilft in diesem Fall genauso wenig wie beten.«

Casagrande nahm ihm die Flasche aus der Hand und schenkte sich ein. »Danke, Dominik, mich selber verarschen kriege ich gerade noch so hin.«

Offenbar hatte sie wirklich einen miesen Tag hinter sich. Er fand es nützlicher, das Thema auf den Fall zurückzulenken. »Könnte Tiziani ›Controller‹ und ›Vollstrecker‹ in einer Person sein?«

»Franco ist ein betrügerisches und geldgieriges Arschloch. Kaltblütigen Auftragsmord traue ich ihm nicht zu.«

»Glaubst du Frau Welters Version?«

»Sie scheint mir glaubhaft. Wozu sollte sie gestehen, Horvaths Leiche entsorgt zu haben? Den USB-Stick konnte sie nur von Nadine Känzig bekommen.« Casagrande unterbrach sich und überlegte. »Was denkst du, warum warf sie die Leiche oberhalb des Kraftwerkes in die Aare?«

»Weil sie nicht daran dachte, dass sie im Rechen hängen bleiben könnte.«

»Kaum. Welter stammt von hier. Warum hat sie die Leiche nicht unterhalb des Kraftwerks in die Aare geworfen?«

»Sag du es mir.«

»Sie wollte, dass wir sie finden.«

Dornach war skeptisch. »Kann sein, ich leide unter professionellem Zynismus, weil ich zu lange dabei bin. Glaubst du nicht, sie sucht in ihrer Hilflosigkeit alle möglichen Ausflüchte?«

»Möglich, aber wenn ich einen Mord abstreite, lasse ich mir eine andere Ausrede einfallen. Im Übrigen war sie sehr kooperativ.«

»Und der Mord an Annina Burckhard?«

»Streitet sie vehement ab. Wenn du mich fragst, fürchtet sie um ihr Leben. Sie war dabei, als Franco Nadine Känzig tötete, und sie kommt dran wegen Beihilfe. Vor allem ist sie eine wichtige Zeugin.«

»Bringst du sie in einem Zeugenschutzprogramm unter?«

»Das entscheidet der Oberstaatsanwalt. Morgen wird Franco noch einmal einvernommen. Der Arzt meint, bis dahin ist er voll vernehmungsfähig. Der Kollege wird ihn so lange grillen, bis er außen knusprig und innen zart ist.«

»Was machst du mit Mirko Hafner? Für den Mord an Nadine Känzig kommt er ja wohl nicht mehr in Frage.«

»Das nicht«, sagte Casagrande. »Trotzdem wird er sich für die Geiselnahme während des Zapfenstreichs verantworten müssen. Das arme Mädchen befindet sich in psychiatrischer Behandlung. Mag sein, dass es eine Kurzschlusshandlung war. Aber das ist mir egal, so etwas lasse ich nicht durchgehen. Diese Kerle müssen endlich mal lernen, Verantwortung für ihre Taten zu übernehmen und nicht ständig die Schuld an ihrem Tun und Lassen auf andere oder die Umstände abzuwälzen.«

Dornach fuhr in dieser Hinsicht auf derselben Schiene wie sie. Dennoch tat ihm Hafner irgendwie leid. »Er scheint Nadine Känzig wirklich geliebt zu haben. Eigenartig bei einem, der Frauen verführt, um sie in die Prostitution zu zwingen.«

»Unsinn, er hat diese Frau missbraucht. Keine Ahnung, was das mit Liebe zu tun haben soll. Er hat sie von ihrem Umfeld isoliert und sich zu ihrer einzigen Bezugsperson gemacht, der sie ihre ganze Zuneigung widmete. Dieses selbst mit einem verkrüppelten Selbstwertgefühl ausgestattete Würstchen glaubt, das sei die wahre Liebe, weil es nichts anderes kennt. Natürlich kannst du so was auch Liebe nennen. Die hat bekanntlich verschiedene Spielformen. Das weißt du ja am besten.«

Dünnes Eis, dachte Dornach. Zeit, festen Boden zu gewinnen. »Das wär's dann, Fall abgeschlossen, oder wie?«

»Außer ihr liefert mir neue Indizien. Was ist mit dem Anschlag auf Luana Beric? Könnte Welter auf sie geschossen haben?«

Dornach schüttelte den Kopf. »Beide, sie und Tiziani, haben ein wasserdichtes Alibi. Welter war an einem Vortrag in Bern und Tiziani im ›H4 Hotel‹. Wir haben das überprüft. Die Handschrift bei den Schüssen auf Luana Beric könnte auf den ›Vollstrecker‹ passen.«

»Das nenne ich im Trüben fischen, Dominik. Wir haben keinen konkreten Hinweis, dass sich ein bezahlter Killer in der Schweiz aufhält – meint zumindest Châtelain.«

»Châtelain von der Bundeskriminalpolizei? Hast du ihn kontaktiert?«

»Rein dienstlich«, sagte Casagrande schnell. »Ich musste ihn in einer anderen Sache anrufen.«

»Okay«, sagte Dornach langsam. Ihm gegenüber brauchte sie sich doch nicht zu rechtfertigen. »Google entschlüsselt die letzten Dateien«, fuhr er fort. »Er hatte einen Systemabsturz. Spätestens morgen sollte er so weit sein.«

»So lange kann ich warten«, sagte Casagrande. Sie schauten beide eine Weile schweigend in ihre Gläser. »Hast du was zu Jana herausgefunden?«

»Wie kommst du darauf?«, fragte er verblüfft.

»Drei Tage, du erinnerst dich? Zwei sind um. Hast du was?«

»Ja.« Er wollte sie nicht anlügen.

»Wie bitte? Hat sie dich etwa kontaktiert?«

»Das nicht.« Streng genommen stimmte das im Sinne ihrer Fragestellung.

»Keine Spielchen, Dominik. Ich muss es wissen.«

»Ich kann es dir nicht sagen, noch nicht. Morgen Abend bekommst du von mir, was ich weiß. Lass mir den einen Tag, bitte.«

In ihren Augen lagen weder Ärger noch Wut, nur echte Sorge. »Pass auf, was du tust, Dominik. Wenn sich herausstellt, dass du Jana versteckst oder sie sonst wie von einem Zugriff fernhältst, fliegt das Ganze uns beiden um die Ohren, und zwar gehörig. Ich werde nichts für dich tun können, ebenso wenig der Kommandant oder Jäggi. Das wäre ein Festtag für Hofmann.«

»Ich habe nichts zu verlieren, Angie, das weißt du. Und ich würde es nicht tun, wenn ich nicht felsenfest von Janas Unschuld am Tod der Polizisten überzeugt wäre. So gut solltest du sie kennen.«

»Ich hatte nie das Gefühl, Jana zu kennen. Sie hat eine Terroristin befreit.«

Dornach gab Jackie ein Zeichen, dass er zahlen wollte. »Sie hat ihre Gründe. Morgen lege ich die Karten auf den Tisch, versprochen.« Er hoffte, Jana würde sich bis dahin weit weg aus dem Staub gemacht haben. »Ich werde jedenfalls nicht zulassen, dass grenzkompetente Bürokraten wie Hofmann oder dieser Châtelain über sie herfallen.«

Sie gingen zusammen bis zum Marktplatz. Bevor sich ihre Wege trennten, hielt Casagrande seinen Arm fest. »Es ist besser, wenn ich keine Einzelheiten weiß, Dominik. Aber wenn du irgendeine Möglichkeit hast, mit Jana in Verbindung zu treten, sag ihr, sie soll verschwinden, schnell und weit weg.« Sie küsste ihn auf die Wangen und ging davon.

Dornach sah ihr nach, bis sie das Zunfthaus zu Wirthen passiert hatte. Ihr Gang war schleppend, so als trüge sie eine zentnerschwere Last.

Der Signalton einer eingehenden Nachricht riss ihn aus seinen Gedanken. Carol ließ ihn wissen, dass sie sich auf den Weg zur Villa Dornach machte. Sie wollte ihm helfen, das Haus für Pias Rückkehr am nächsten Tag vorzubereiten.

SIEBZEHN

Jäggi fing Dornach im Korridor ab. »Wie geht es Pia?«
»Die Ärzte wollten sie zwei Tage länger zur Beobachtung behalten, daraufhin drohte sie mit Hungerstreik. Kurz: Sie befindet sich auf dem Weg der Besserung.«
Jäggi klopfte ihm lachend auf die Schultern, bevor er ernst wurde. »Ich weiß, du hast andere Sorgen. Ich frage trotzdem, ob du Zeit hattest, über unser Gespräch von letzter Woche nachzudenken.«
»Habt ihr in der Zwischenzeit mit Angela Casagrande gesprochen?«
Jäggis verhaltener Reaktion war zu entnehmen, dass dem nicht so war.
»Macht nichts, ich habe mit ihr gesprochen, oder sagen wir besser, sie mit mir.«
»Ach? Und?«
»Was soll ich sagen, Urs? Ich finde die Aussicht auf mehr Administrationskram nach wie vor nicht erhebend.«
»Und sie?«
»Sie hat das Zeug, die Kriminalabteilung zu leiten. Ob sie es will, muss sie euch selber sagen.«
»Ist es kein Problem für dich, wenn Frau Casagrande deine direkte Vorgesetzte wird?«
»Was genau nichts an unserer bisherigen Zusammenarbeit ändern würde.«
»Sie wäre die erste Frau als Leiterin der Solothurner Kriminalpolizei. Ein paar Leute sind der Ansicht, der Job steht dir zu. Es könnte Gerede geben.«
»Inwiefern ist das mein Problem?«
»Allenfalls in Anbetracht des speziellen Verhältnisses zwischen euch.«
»Was für ein spezielles Verhältnis?«
»Na ja, du und Casagrande, ihr seid eng befreundet und ...«
Jäggi ließ den Satz ins Leere laufen.

Dornach zählte langsam bis fünf. »Angela Casagrande ist in erster Linie eine hervorragende Staatsanwältin. Sie versteht unsere Belange und wird von den Kollegen nicht nur akzeptiert, sie wird geschätzt. Trotz allem verfügt sie über die notwendige Durchsetzungskraft. Und sie kann durchaus zwischen Privatem und Beruflichem unterscheiden.«

»Es ist ja nur, weil du und sie, ihr –«

»Wir hatten nie etwas miteinander, wenn du darauf anspielst.« Den einen spontanen leidenschaftlichen Kuss vor über einem Jahr in seinem Büro ließ Dornach unerwähnt. »Du weißt, ich arbeite gerne mit Frauen. Sie denken umfassender, präziser und sind fokussierter als Männer. Casagrande, oder von mir aus eine andere Frau, wird ein Gewinn für uns sein. Im Übrigen finden sich ständig und überall einige ewiggestrige Trolle, die in ihrer unterbewussten Kastrationsangst tausend Argumente gegen eine Frau als Kripochefin vorbringen. Mit denen müsst ihr euch herumschlagen, nicht ich.« Sein Handy klingelte. Dornach war froh, die Diskussion abbrechen zu können.

»Wo steckst du?« Maja hörte sich alarmiert an.

»Im Haus.«

»Google hat was gefunden. Wir sind in deinem Büro. Das musst du dir ansehen, dringend.«

»Was ist denn mit euch los?« Dornach sah in die betretenen Gesichter von Maja und Google, die an seinem Besuchertisch saßen. »Wo ist Mike?«

Maja erinnerte Dornach daran, dass Lüthi an diesem Morgen im Schwarzbubenland zu tun hatte. »Er sollte in Kürze zurück sein.«

»Ich habe die letzten Dateien entschlüsselt«, sagte Google.

»Und ein Gespenst gesehen, oder wie?«

»Das leider sehr real ist.« Google drehte den Bildschirm seines Notebooks zu Dornach. Es war ein Ordnerverzeichnis. Google klickte einen Ordner an, der mit »Операција апокалипса« angeschrieben war. »Das ist serbokroatisch und steht für ›operacija apokalipsa‹ oder auf Deutsch ›Operation Apokalypse‹.«

»Okay, und was hat das zu bedeuten?«

»Im Gegensatz zu allen anderen wurden diese Dateien besonders gesichert«, sagte Google. »Deshalb hat es länger gedauert, als ich dachte. Beim ersten Dechiffrierungsversuch brachte ein Käfer meinen Rechner zum Absturz. Zum Glück war ich offline, sonst hätte er unser ganzes Netzwerk infiziert.« Er klickte auf ein Icon, worauf eine Liste mit Bild- und Dokumentdateien in kyrillischer Schrift erschien. Google klickte die erste Datei an. Der Explorer öffnete eine Reihe von Bildern.

Dornach schluckte leer. Die ersten Fotos zeigten ein älteres Ehepaar bei verschiedenen Anlässen und Tätigkeiten. Einige Bilder waren beim Skiurlaub im Engadin aufgenommen worden, gemeinsam mit einer jüngeren Frau mit Skihelm und Brille.

»Johanna und Carl-Helmut Cranach. Die Person daneben ist Jana. Wieso sind die Bilder auf dem Stick?«

»Da ist mehr.« Google klickte weitere Dateien an. Bilder von Jana und Jemina Osmankovic waren zu sehen. Zum Schluss kamen Aufnahmen von Casagrande und Dornach.

»Was zum …?« Dornach beugte sich zum Bildschirm vor. Die Fotos wurden im Freien gemacht, vermutlich im Sommer. Casagrande und er trugen leichte Kleidung. Sie saßen an einem Tisch unter hohen Bäumen. Jeder hatte ein Bier vor sich, Dornach ein dunkles, Casagrande ein helles. Die Fotos waren mit Teleobjektiv aufgenommen worden. In den wärmeren Jahreszeiten trafen sich Dornach und Casagrande regelmäßig zu einem Feierabendbier. »Angela und ich in der ›Hafebar‹. Was hat das zu bedeuten?«

»Nichts Gutes.« Maja nickte Google zu. »Zeig sie ihm.«

»Dann ist da noch dies.« Google öffnete einen dritten Ordner. Dornach sprang auf. Die Bilder von Pia und Rafik versetzten seine Magennerven in Rotation. Die Aufnahmen waren im Irak gemacht worden. Auf einem Foto war ein Schild mit dem UNICEF-Logo neben dem Schriftzug »Hayat Jadida Project for A New Life« sichtbar.

»Neben Fotos enthält der Ordner Gebäude- und Straßenpläne sowie Schriftdokumente«, erläuterte Maja. »Die Pläne zeigen Satellitenaufnahmen von Ortschaften nördlich von Bagdad. Ein paar Gebäude sind markiert und beschriftet, leider alles in Kyrillisch. Vermutlich handelt es sich um das Projekt, wo Pia und Rafik arbeiten. Da sind auch Bilder von einem anderen Ort.« Google klickte auf ein Symbol. Dornach hatte den Platz auf anderen Fotos gesehen, die ihm Nikolaus Supersaxo gezeigt hatte. »Das ist Samarra, die Stadt, wo Pia und Rafik angegriffen wurden.« Dornach stand auf. Ihm war schwindlig. Ein furchtbarer Gedanke nahm in seinem Kopf Gestalt an. Er setzte sich an seinen Arbeitstisch und schaltete den Computer ein. Nach scheinbar endlosen Minuten des Wartens klickte er sich zu seiner Inbox in Outlook durch.

Er hatte keine Zeit gehabt, die eingegangenen Mails durchzugehen, und deshalb die Nachrichten von Supersaxo noch nicht geöffnet. Dornach überflog die freundschaftlichen Zeilen, in denen Supersaxo der Hoffnung Ausdruck verlieh, dass es Pia inzwischen besser ging. Der Diplomat verwies auf die Beilage mit Fotos, die amerikanische und irakische Ermittler nach dem Anschlag in Samarra gemacht hatten. Jedes Bild hatte einen Umfang von mehreren Megabytes, weshalb Supersaxo sie in zwei Mails übermittelte. Am Schluss des Begleittextes erwähnte er, die Bilder unter der Hand vom FBI-Residenten der US-Botschaft in Bagdad erhalten zu haben. Er bat um diskrete Behandlung. Dornach speicherte die Dateien auf seiner Festplatte ab und öffnete sie im Slideshow-Modus. Gestochen scharfe Farbaufnahmen zeigten das Ausmaß der Verwüstung, welche die Autobombe in Samarra angerichtet hatte. Auf einem Bild war die Ruine des Hauses zu erkennen, aus dem Pia und die beiden Mädchen geborgen worden waren. Der Anschlag hatte neben Rafik sechs weitere Todesopfer gefordert, einen ungefähr zehnjährigen Jungen, zwei einheimische Polizisten und drei der Angreifer.

Ein Bild zeigte drei der Toten, vermutlich die Attentäter. Einem von ihnen hatte die Wucht der Detonation buchstäblich die Kleider vom Leib gerissen. Sein Gefährte wies eine Schusswunde in der Brust auf. Pia hatte erzählt, einen Mann angeschossen zu haben. Ein Funken Genugtuung flammte in Dornach auf.

Die Leiche mit der Schusswunde war aus mehreren Blickwinkeln fotografiert worden. Dornach ließ sie im automatischen Modus vorbeigleiten. Maja und Google standen hinter ihm und betrachteten schweigend die Dokumentation von Tod und Zerstörung. In dem Moment, als das Foto auf dem Bildschirm zur Seite glitt, um dem nächsten Bild Platz zu machen, fiel Dornach etwas auf. Er holte es zurück. Es war eine Ganzkörperaufnahme.

»Hast du was gesehen?«, fragte Maja.

Dornach deutete auf den Kopf des Toten. »Etwas passt nicht.« Er zoomte das Bild so weit heran, bis der Kopf den Bildschirm ausfüllte. Gesicht und Hals waren deutlich zu sehen.

»Diese Visage kenne ich«, sagte Google und klimperte auf seiner Tastatur. »Hier.« Er stellte sein Notebook neben Dornachs Bildschirm. »Wusste ich's doch.«

Das Bild auf dem Notebook zeigte zwei Männer im Gespräch an der Party am Zugerberg. Bei einem von ihnen handelte es sich um Tiziani. Google vergrößerte den Kopf des anderen, eines finster dreinblickenden Hünen mit Bart. Er deutete auf das Foto in Dornachs Rechner. »Wenn das nicht derselbe Kerl ist, mache ich eine Woche Ferien und rühre keinen Computer an.«

Keiner der Anwesenden wettete dagegen. Der Mann auf Googles Bild und der Tote auf dem Rechner von Dornach waren identisch.

»Seht mal, sein Hals«, sagte Maja und zeigte auf das Foto in Googles Notebook.

Dornach hielt für einen Augenblick die Luft an. »Das Tattoo«, sagte er schließlich. Er vergrößerte das Foto aus dem Irak so, dass nur der entsprechende Ausschnitt des Halses zu sehen war. Die Tätowierung wurde teilweise von einem Hemdkragen verdeckt, trotzdem war jeder Zweifel ausgeschlossen. »Das ist es.«

»Fuck!«, rief Maja. »Das ist jetzt aber ganz sicher kein Zufall.«

»Ich kenne keinen Dschihadisten, der sich ein solches Symbol auf den Hals stechen lässt, und sei es noch so böse«, sagte Google.

Die Tätowierung zeigte das gleiche Symbol wie bei Annina Burckhard und Ilona Horvath.

»Tätowieren sich Muslime?«, fragte Maja.

»Das bezweifle ich«, erwiderte Dornach. »Soweit mir bekannt ist, verflucht der Koran permanente Tätowierungen. Körperbemalungen mit Henna sind erlaubt.«

»Ist euch klar, was das heißt?«, fragte Maja.

»Pia und Rafik sind nicht zufällig Opfer dieses Anschlags geworden«, sagte Dornach. »Das Ganze war von langer Hand geplant, aber wozu?«

Während Maja und Google die Tragweite dieser Erkenntnis zu erfassen begannen, fügten sich in Dornachs Kopf die Puzzleteile zusammen. »Die Apokalypse, das Jüngste Gericht, was ist das?« Er blickte in die Runde.

Seine Kollegen sahen ihn fragend an.

»Du bist hier der Spezialist für Bibelkram«, antwortete Maja schließlich. »Sag du es uns.«

»Alle werden gerichtet. Der Unfall von Janas Eltern, der Anschlag auf sie in Wien, der Überfall auf Pia im Irak. Das Ganze ist wie die Apokalypse, ein groß angelegter Vergeltungszug. Jana hat vorgestern so was angedeutet.«

»Jana hat was? Vorgestern?«, sagte Maja entgeistert. »Hast du sie getroffen? Hier?«

»Im Spital, sie besuchte Pia.«

»Sie ... Wie bitte?«

Dornach schilderte die Begegnung mit Jana in Pias Spitalzimmer. »Jemina Osmankovic war dabei.«

»Was? Mann, Dominik, warum hast du nicht Alarm geschlagen?«

»Ganz ehrlich? Zu dem Zeitpunkt war ich mir nicht sicher. Heute weiss ich, es war richtig, sie gehen zu lassen. Sie, Jemina und wir sind hinter denselben Leuten her, Davor und seiner ›Triple Six‹-Organisation. Im Namen seines toten Onkels ist er auf einem Rachefeldzug gegen Jana und alle, die er für dessen Tod verantwortlich macht. Wir ...« Dornach fuhr sich mit beiden Händen über das Gesicht, bevor er fortfuhr. »Wir lagen von Anfang an falsch.«

Maja und Google sahen ihn verständnislos an. »Könntest du dich klarer ausdrücken, Chef?«

»Die ganze Zeit sind wir davon ausgegangen, dass Nadine Känzig, Annina Burckhard und Ilona Horvath sterben mussten, weil sie die Organisation mit dem Datenstick für Geld erpressen wollten. Damit hätten sie eine beispiellose Welle von politischen und gesellschaftlichen Skandalen auslösen können und das Netzwerk entlarvt. Aber das war die kleinere Sorge der Organisation.«

»Was war die größere?«

Dornach zeigte auf Googles Notebook. »›Projekt Apokalypse‹, die Rache von Davor Vukovic an denjenigen, die er für den Tod seines Onkels verantwortlich macht. Nadine Känzig, Ilona Horvath und Annina Burckhard wäre es nie gelungen, die Daten zu entschlüsseln, wenn sogar Google fast daran scheiterte.«

»Danke für das ›fast‹«, ließ sich Google vernehmen.

»Trotz allem wollte Davor kein Risiko eingehen. Wenn es lediglich um ein paar kompromittierende Fotos gegangen wäre, hätte sich Nadine Känzig nicht mehr als eine Tracht Prügel eingefangen. Mit dem Diebstahl dieses speziellen USB-Sticks unterschrieb sie ihr Todesurteil und dasjenige von Ilona Horvath und Annina Burckhard gleich mit.«

»Sachte, ich bin nicht so schnell von Begriff«, sagte Maja. »Was hat Jana damit zu tun? Und weshalb befreit sie eine Terroristin?«

»Jana wusste oder ahnte zumindest, dass Davor sich an ihr und ihrer Familie rächen wollte. Wie so oft bei einer Vendetta in diesen Kreisen hält man sich zunächst an die Familien. Der Person, an der man sich rächt, soll damit größtmögliches Leid zugefügt werden, gleichzeitig will der Rächer seine Allmacht beweisen, so wie der Evangelist Gott über die Lebenden und die Toten richten lässt. Deshalb wurden Janas Eltern getötet, bevor man versuchte, sie umzubringen.«

»Pia und Jana waren sich sehr nahe«, sagte Maja. »Deshalb der Anschlag in Samarra.«

Dornach schüttelte den Kopf. »Der Anschlag auf Pia galt

mir, weil ich mit Jana … ihr wisst schon. Vermutlich will Davor nun mich beseitigen und möglicherweise Angela.«

»Welche Rolle spielt Jemina Osmankovic?«

»Jemina und Jana sind Cousinen ersten Grades. Jemina arbeitete als Undercoveragentin für Europol unter Janas Führung. Beide stehen sich nahe und sind seit ihrer Kindheit Davors Gegner. Aber das ist alles hypothetisch.« Dornach wandte sich an Google. »Bitte die Zuger Kollegen, uns Fotomaterial von den Angreifern zu schicken, die Jana erschossen hat. Dann checkst du, ob sie an den gleichen Stellen die gleichen Tattoos tragen wie der Kerl in Samarra.«

»So gut wie erledigt.« Google packte sein Notebook und trollte sich.

»Mann«, stieß Maja hervor. »Fehdekrieg wie im tiefsten Mittelalter. In welchem Jahrhundert leben wir noch mal?«

»In Südosteuropa und im Orient herrschen patriarchale Familien- und Clanstrukturen, die seit Jahrhunderten Bestand haben und das soziale Leben bestimmen. Die Familie wird über alles gestellt, auch über Gesetze und Staat. Ehre und Tod werden mit Blut verteidigt und gerächt.«

Maja setzte sich kopfschüttelnd auf einen Stuhl, nur um in der nächsten Sekunde wie von der Tarantel gestochen aufzuspringen. »Dominik!«

»Was?«

»Wenn es läuft, wie du sagst, und wenn an diesem ›Vollstrecker‹ tatsächlich etwas dran ist, heißt das …«

Dornach fühlte, wie sich eine Schlinge um seinen Hals zuzog. »Pia«, sagte er. »Sie ist noch in Gefahr, und im Moment ist nur Carol bei ihr.«

Maja zückte ihr Handy. »Karin ist im Spital. Sie befragt Luana Beric, die heute Morgen aus dem Koma erwacht ist. Ich sage ihr, sie soll bei Pia Posten beziehen, bis Verstärkung eintrifft.«

»Luana ist möglicherweise auch in Gefahr.«

»Pia ist wohl das wichtigere Ziel, wenn sie im Irak ihretwegen so einen Zirkus veranstaltet haben.«

Maja versuchte, Karin zu erreichen. Dornach wählte Ca-

rols Nummer. Nach fünfmal Klingeln antwortete die Combox.
»Mist!«

Maja hatte ebenfalls kein Glück. »Ich versuch's gleich noch mal von meinem Büro aus. Dann fahre ich ins Spital.«

»Ich rufe Angela an. Sie soll im Franziskanerhof bleiben, bis der Personenschutz bei ihr ist. Du und Karin, ihr bleibt bei Pia und Luana, bis die Kollegen da sind.«

Sobald Maja draußen war, ging Dornach zum Wandschrank, in dem Wechselkleidung und eine Arbeitsuniform hingen. Er nahm das Holster mit seiner Heckler & Koch und zwei Magazine aus der Sicherheitsbox. Er prüfte, ob die Pistole geladen war, und befestigte das Holster an seinem Hosengurt. Mit einem Schlüssel öffnete er die unterste Schublade in seinem Arbeitstisch und zog unter einem Stapel Papiere eine Metallbox hervor.

✳✳✳

Luana war benommen von den Schmerzmitteln. Karin sagte ihr, dass sie vom Verdacht, mit dem Tod von Nadine Känzig etwas zu tun zu haben, entlastet sei. Luana drückte Karins Hand. »Danke für mein Leben, wenn du nicht gekommen wärst, wäre ich verblutet.«

»Ich bin froh, dass du es geschafft hast«, antwortete Karin und wechselte sofort das Thema. »Kannst du etwas zur Person sagen, die auf dich geschossen hat?«

»Es war eine Frau.« Luanas Stimme war leise. Karin musste sich vorbeugen, damit sie sie verstehen konnte.

»Bist du sicher?«

Luana nickte schwach. »Der Gang, die Art, wie sie sich bewegte, das war kein Mann.«

»Kannst du sie beschreiben?«

»Sie trug eine Mütze und hatte ihr Gesicht geschwärzt. Ihre Augen …«

»Was ist damit?«

Luana verzog das Gesicht mit schmerzverzerrter Miene.

»Was hast du?«

»Die Wirkung des Schmerzmittels lässt nach. Geht schon. Was wolltest du wissen?«

»Die Augen der Frau, die auf dich geschossen hat. Wie waren sie?«

»Grün, und sie waren komisch, wie –«

Das Klingeln von Karins Handy unterbrach sie. Mit einem entschuldigenden Blick nahm Karin den Anruf entgegen.

»Maja?«

»Hör zu, Karin …«

Karin war auf dem Weg zu Pias Zimmer. Ein Killer, der sich in der Gegend herumtrieb? Das Szenario hätte aus einer amerikanischen Serie oder einem »Nordic Noir«-Film stammen können. Beim Stichwort Film kam ihr Andi in den Sinn und dass sie sich zu einem Netflix-Abend mit Pizza und Rotwein verabredet hatten. Daraus wurde nichts. Karin würde nicht von Pias Seite weichen, bis sie sie in Sicherheit wusste.

Sie wählte Andis Nummer. Auf der Etage mit Pias Zimmer war wenig Betrieb. Die leitende Pflegefachfrau saß an ihrem Platz im Stationszimmer und arbeitete an ihrem Computer. Karin ignorierte ihren missbilligenden Blick wegen des Handys und zeigte im Vorbeigehen ihren Ausweis. Am anderen Ende klingelte es. Wahrscheinlich wurde sie mit Andis Combox verbunden. Einige Meter vor ihr schoben zwei Krankenpfleger einen leeren Rollstuhl vor sich her.

Zu ihrer Überraschung meldete sich Andi selbst. »Na, worauf hast du heute Abend Lust? Thriller, Action oder Romantik? Alternativ könnte ich ein schönes Liveprogramm mit uns in den Hauptrollen bieten, falls dir das mehr zusagt.«

Die beiden Pfleger waren vor Pias Zimmer stehen geblieben. Wozu brauchte es zwei kräftige Männer, um ein Leichtgewicht wie Pia in einen Rollstuhl zu hieven?

»Karin? Bist du noch dran?«

Die Pfleger betraten Pias Zimmer. Einen von ihnen konnte Karin im Profil sehen. Sie erstarrte, als sie die Tätowierung an seinem Hals sah.

»Ich ruf dich zurück«, raunte sie ins Telefon und hängte auf.

Karin öffnete die Tür, ohne anzuklopfen. Das Zimmer verfügte über zwei Betten. Pia belegte dasjenige näher zur Tür. Aus ihrer Perspektive sah Karin nur das leere Bett.

»Pia?«

Karin öffnete den Verschluss ihres Holsters und legte die Hand auf den Knauf. Sie machte zwei Schritte, bis sie den Raum überblicken konnte. Es war verwirrend. Einer der Pfleger trug Pia auf dem Arm, um sie in den Rollstuhl zu setzen. Sie rührte sich nicht. Entweder schlief sie, oder sie war betäubt. Die Pfleger sahen Karin unverwandt an. Sie zog ihre Pistole. »Polizei. Legen Sie die Frau zurück ins Bett, sofort!« Die Pfleger sahen erst Karin und dann einander an. Sie wusste nicht, ob sie ihre Anweisung verstanden hatten. Sprachen sie kein Deutsch? Sie wiederholte die Anordnung und unterstrich sie mit entsprechender Gestik. Sie begriffen. Achselzuckend und ohne ein Wort legte der eine Pfleger Pia zurück auf das Bett.

Ohne den Blick von den Männern abzuwenden, deutete Karin mit dem Kopf zum Fenster. »Da rüber, auf die Knie und Hände hinter den Kopf.« Diese Anweisung stieß auf keine Verständnisschwierigkeiten und wurde unverzüglich befolgt.

»Wer sind Sie, sagen Sie mir Ihre Namen.« Beide trugen keine Namensschilder an ihren Kitteln. Karin tastete sich ans Bett und legte zwei Finger an Pias Halsschlagader. Sie atmete auf. Der Puls war normal.

»Sie schläft nur«, sagte eine Stimme hinter ihr. Karin fuhr herum.

»Dr. Winter?«

Sie trug einen weißen Kittel. Ihre rechte Hand steckte in einer Tasche. »Ich habe ihr ein Schlafmittel gegeben.« Sie kam langsam auf Karin zu.

»Weshalb, sie ist doch …« Karins Blick wanderte zum Namensschild mit dem Schriftzug der Solothurner Spitäler auf dem Arztkittel. »Dr. Alfred Mertens?« Die Distanz zwischen ihren Körpern betrug eine Handbreit. Karin war erstaunt, dass sie das Geräusch erst hörte, als die Klinge schon in sie eingedrungen war. Sie hielt sich instinktiv den Bauch. Dann erst spürte sie den Schmerz in ihren Eingeweiden. Sie sah an sich herunter auf ihre Hände und das Blut, ihr Blut, das zwischen den Fingern hervorströmte. Ihre Beine knickten ein. Dr. Winter stützte sie, damit sie sanft zu Boden glitt. »Tut mir leid, Frau Jäggi. Es ist nichts Persönliches.« Karin hörte die Stimme aus weiter Ferne, während sie der Gegenwart entglitt.

***

Drei Stufen auf einmal nehmend und mit dem Handy am Ohr rannte Dornach hinauf zu Casagrandes Büro im Franziskanerhof. Der vierte Versuch und wieder antwortete nur die Combox. Er fluchte, als er ihr vibrierendes Handy angeschlossen an das Ladekabel auf dem Arbeitstisch ihres verwaisten Büros entdeckte. Die Assistentin am Empfang hatte Casagrande beim Verlassen des Hauses nicht gesehen, weil sie sich in diesem Moment vermutlich gerade im hinteren Teil des Empfangsbüros befand. Ein Blick auf den Terminplan der Staatsanwältin zeigte, dass sie keinen Termin eingetragen hatte. Am Morgen hatte sie der Einvernahme Franco Tizianis im Untersuchungsgefängnis als Beobachterin beigewohnt. Dornach suchte die Nummer hervor.

***

Die verfügbaren Parkplätze vor dem Untersuchungsgefängnis waren belegt. Casagrande musste auf den benachbarten Parkplatz des Bürgerspitals für Kurzparker ausweichen. Sie war zu früh dran und hatte Zeit für eine Zigarillo, bevor sie Michaela Welter einer weiteren Befragung unterziehen wollte. Die Föhnlage hatte die Außentemperaturen in die Höhe getrieben. Anders als in den vergangenen Tagen war es auszuhalten, im Freien zu rauchen. Die Zufahrtsrampe zum Spital galt bis wenige Meter vor dem Haupteingang als Raucherzone. Casagrande zündete sich eine Zigarillo an und sah hinüber zur Großbaustelle, wo der Rohbau des neuen Spitalgebäudes in die Höhe ragte. Mit rund dreihundertfünfzig Millionen Franken Gesamtkosten war der Neubau des Bürgerspitals eines der größten Bauprojekte im Kanton.

Ihre Aufmerksamkeit richtete sich auf zwei Pfleger, die, einen Rollstuhl schiebend, im Eilschritt zum Haupteingang heraus- kamen. Die Person im Rollstuhl, offensichtlich eine Frau, schien zu schlafen. Ihren auf die Brust gesunkenen Kopf verdeckte die Kapuze eines Hoodies.

Der Anblick der Ärztin im weißen Kittel, die in diesem Augenblick im Laufschritt den beiden Pflegern folgte, brachte Casagrande durcheinander. Es war eindeutig Dr. Winter. Sie schob sich an den Pflegern vorbei und öffnete die Fondtüre eines bereitstehenden schwarzen Range Rovers. Die Pfleger hievten die scheinbar bewusstlose Person aus dem Rollstuhl auf den Hintersitz. Die Kapuze verrutschte und gab das Gesicht der schlafenden Frau frei. Casagrande glaubte erst, sich getäuscht zu haben. Doch es war Pia, die in aller Eile in den Range Rover verfrachtet wurde.

Die Pfleger ließen den Rollstuhl achtlos stehen. Einer setzte sich ans Steuer. Der andere hielt die Fondtüre auf der Beifah- rerseite für Dr. Winter auf. Bevor er die Tür zuschlug, sah Ca- sagrande, wie sich die Ärztin über Pia beugte, um sie anzu- schnallen. Casagrande griff instinktiv nach ihrem Handy in ihrer Tasche. Sie wollte Dornach fragen, wie der Transport von Pia zur Villa Dornach organisiert war. Sie hätte sich am liebsten geohrfeigt, als sie realisierte, dass sie das Handy im Büro hatte liegen lassen.

Der Range Rover wollte einen Kavalierstart hinlegen, wurde aber von einem Taxi ausgebremst, das unmittelbar vor seiner Kühlerhaube stoppte, um Fahrgäste abzuladen. Casagrande hatte keine Zeit für ein schlechtes Gewissen. Sie warf ihre halb aufgerauchte Zigarillo achtlos zu Boden und begann zu rennen. Gleichzeitig wühlte sie in ihrer Handtasche nach dem Auto- schlüssel.

Inzwischen hatte sich der Range Rover am Taxi vorbeima- növriert und fuhr mit erhöhter Geschwindigkeit die Rampe hinab zur Schöngrünstraße Richtung Stadt.

Wenig später nahm Casagrande mit ihrem VW Beetle die Ver- folgung auf. Sie betete für eine lange Rotphase bei der Ampel an der Einmündung in die Zuchwilerstraße. Sie hatte Glück.

Zwischen ihr und dem Range Rover warteten zwei Autos vor dem Rotlicht. Bei Grün bog eines von ihnen rechts ab. Casagrandes Vordermann und der Range Rover fuhren geradeaus unter der Bahnunterführung hindurch auf den Schöngrünkreisel zu. Dort nahm das Fahrzeug vor ihr die erste Ausfahrt auf die Dornacherstraße. Der Range Rover verließ den Kreisverkehr an der Ausfahrt auf die Bürenstraße. Casagrande vergrößerte den Abstand. Wäre das Ziel des Range Rovers die Villa Dornach gewesen, hätte er via Dornacherstraße und Bahnhof den kürzeren Weg gehabt, überlegte sie. Es konnte auch sein, dass sie die Westtangente vorzogen, weil es auf dieser Strecke weniger Ampeln gab und sie die ellenlangen Wartezeiten auf dem Hauptbahnhofplatz vermeiden wollten.

✳✳✳

Dornach blieb wie angewurzelt vor der Absperrung auf der Schwelle zu Pias Zimmer stehen. Die Blutlache am Boden vor Pias Bett schrie ihm anklagend entgegen. Er hatte Maja noch nie so aufgewühlt erlebt wie vorhin am Telefon.

»Es tut mir leid, Dominik.«

Dornach drehte sich zu Lüthi um. Er stand mit geröteten Augen hinter ihm. Dornach selbst kämpfte mit seinen Gefühlen. Er hätte seine Wut am liebsten herausgebrüllt. »Was ist mit Karin?«, fragte er leise, als geböte der Tatort eine pietätvolle Lautstärke.

Lüthi fand keine Worte. Er zuckte nur mit den Achseln und schüttelte den Kopf. Dornach schluckte leer. Seine Augen begannen zu brennen. »Ist sie ...?« Er konnte es nicht aussprechen.

»Stich in den Bauch. Dabei wurde die Bauchaorta verletzt.« Lüthi fuhr sich mit dem Handrücken über die Augen. »Als Maja sie fand, atmete sie schon nicht mehr. Sie kam sofort in die Not-OP. Wenn es nicht hier passiert wäre, dann ...«

»Wo ist Karin jetzt? Wie geht es ihr?«

»Sie operieren noch, aber ...«

»Was, Mike? Sag's mir!«

»Ich weiß es nicht, Dominik. Möglicherweise übersteht sie

die Operation nicht.« Lüthi räusperte sich.»Ausgerechnet Karin, das ist so verdammt unfair.«

Jede Gewalttat war unfair. Und doch gab es solche, die einem besonders an die Nieren gingen. Dornach zermarterte sich das Hirn darüber, was der sonst so umsichtigen Karin zum Verhängnis geworden sein könnte. Was war mit Pia und Carol geschehen? Er machte sich keine Illusionen. Es konnten nur Davors Leute gewesen sein, welche die beiden verschleppt hatten. Was hatte Davor mit ihnen vor? Warum hatte man sie nicht gleich vor Ort umgebracht? Wenn es ihm um Rache ging, würde er bestimmt nicht verhandeln. Wollte er mit seinen Opfern spielen wie die Katze mit ihrer Beute? Wollte er Dornach auf diese Weise möglichst lange leiden lassen?

Lüthi holte ihn aus den dunklen Gedanken. Er hatte sein Handy am Ohr und bedeutete ihm, dass es Neuigkeiten gab.»Moment«, sprach er in das Gerät und zu Dornach:»Die Angestellte am Empfang hat gesehen, wie eine Frau in einem Rollstuhl von zwei Männern in einen schwarzen Geländewagen verfrachtet wurde. Sie sahen aus wie Pfleger. Die Angestellte erinnert sich, weil ihr eine Ärztin auffiel, die im Kittel in das Fahrzeug stieg. Das kam ihr merkwürdig vor.«

»Beschreibungen?«

Lüthi leitete die Frage weiter. Er wartete die Antwort ab und hängte dankend ein.»Es gibt was Besseres: Videoüberwachung am Haupteingang.«

»Schauen wir uns das an.«

»Die Ärztin im Kittel, könnte das Dr. Winter gewesen sein?«, fragte Lüthi im Lift.

Dornach war der Gedanke ebenfalls durch den Kopf gegangen. Das machte keinen Sinn.»Hatte die Zeugin den Eindruck, die Ärztin sei bedroht worden? Wurde sie gezwungen, mit einzusteigen?«

»Nicht wirklich, die Zeugin meint, sie habe den Männern geholfen.«

**

Urs Jäggi saß zusammengesunken auf einem Stuhl im Wartebereich der Chirurgie. Maja hielt seine Hand. Der Anblick weckte Schuldgefühle in Dornach. Damals hatte er Jäggi überredet, seine Tochter in die Kriminalabteilung zu versetzen. Es war eine gute Entscheidung gewesen. Mit ihrer Mischung aus Sanftmut, Nahbarkeit und Durchsetzungsvermögen hatte Karin die Kritik der größten Skeptiker verstummen lassen und sich Achtung verschafft. In den Mienen aller Kollegen, denen Dornach in den letzten Minuten begegnet war, konnte er die Fassungslosigkeit lesen. »Urs, ich kann dir nicht sagen, wie unendlich leid es mir tut. Wenn ich damals nicht –«

»Es gibt für dich keinen Grund, dich schuldig zu fühlen, Dominik. Seit sie in deinem Team arbeitet, habe ich meine Tochter nie glücklicher gesehen. Sie kennt die Risiken des Metiers. Es ist nur …« Jäggi wischte sich über die Augen. »Ich weiß nicht, wie ich es Martha sagen soll, wenn Karin …« Ein Weinkrampf schüttelte Jäggi. Dornach legte die Hand auf seine Schulter. Maja streichelte mit fast töchterlicher Zärtlichkeit seinen Rücken.

Dornach setzte sich neben sie. »Wie fühlst du dich?«

Ihre Wangen waren tränennass. »Karin lag da, in ihrem eigenen Blut, und … und hat nicht mehr geatmet. Jemand hat gesagt, dass … auch wenn …« Maja holte mit einem schluchzenden Seufzer Luft. »Auch wenn sie die Operation überstehen sollte, sind ihre Überlebenschancen … minim.« Maja vergrub ihr Gesicht in den Händen. Sie zitterte am ganzen Körper. »Karin ist wie … wie ein Teil von mir, verstehst du? Nur besser, schlauer und gerechter als ich. Ich habe es ihr nie sagen können.« Maja begann ihre Oberschenkel mit den Fäusten zu bearbeiten. »Warum hat es sie erwischt und nicht mich blöde Gans? Ich habe sie in dieses Zimmer geschickt.«

»Vergiss das, Maja, hörst du? Du konntest das nicht ahnen. Keiner von uns.«

»Es ist nicht gerecht«, schluchzte Maja. »Einfach nicht gerecht.«

»Maja«, sagte Jäggi. »Es hat keinen Zweck, dass du dich fertigmachst. Karin war Polizistin. Sie wusste, was sie tat. Wir müssen uns zusammenreißen und die Leute finden, die das getan und Pia und Dr. Winter verschleppt haben. Damit helfen wir auch Karin.«

»Okay.« Maja setzte sich kerzengerade auf und wischte sich mit beiden Handflächen die Tränen aus dem Gesicht. »Wir schnappen uns die Kerle, und dann gnade ihnen Gott.«

Dornach bat Jäggi, sie zu benachrichtigen, sobald sich Karins Zustand veränderte. »Wir fahren zurück in die Schanzmühle und trommeln alle zusammen.«

»Die Alarmfahndung nach dem Range Rover läuft. Das Kennzeichen war auf dem Video gut zu erkennen«, sagte Lüthi, der sich auf dem Parkplatz zu ihnen gesellte. »Die Patrouillen haben ihre Posten eingenommen. Sämtliche Ausfallstraßen, insbesondere Autobahnen, Flughäfen und Grenzübergänge, werden kontrolliert. Die kommen nicht weit.«

»Hat sich Angela gemeldet?«, fragte Dornach.

Maja und Lüthi verneinten.

»Konntest du Dr. Winter erreichen?«, fragte Lüthi.

»Nein.« Dornach hatte es mehrmals versucht. Jedes Mal hatte eine Servicestimme ihres Providers geantwortet. Der Anschluss existierte nicht mehr. Dornach hatte das Gefühl, zwischen zwei Wänden eingezwängt zu sein, die unaufhaltsam zusammenrückten.

ACHTZEHN

Die Verfolgung des Range Rovers war einfacher, als Casagrande befürchtet hatte. Kurz nach der Innerortsgrenze bei der Dreibeinskreuzbrücke bogen sie auf den Autobahnzubringer der A 5 ab. Entgegen ihrer Erwartung ließ der Range Rover die Autobahn rechts liegen. Stattdessen fuhr er über die Weststadtbrücke Richtung Norden. Bis zum Gibelinkreisel verlief der Verkehr auf der Westtangente zähflüssig. Sie hielt die Hoffnung aufrecht, der Range Rover würde im Kreisel die nördliche Ausfahrt auf die Gibelinstraße nehmen und dann weiter auf der Grenchenstraße ins Steingrubenquartier zur Villa Dornach fahren. Noch bestand die Möglichkeit, dass das Ganze ein großes Missverständnis war. Der Fahrer des Range Rovers tat ihr den Gefallen nicht. Stattdessen nahm er die Ausfahrt auf die Bielstraße stadtauswärts nach Westen.

Auf der übersichtlichen schnurgeraden Strecke zwischen Bellach und Selzach musste sie den Abstand verlängern. Sie überlegte, wie sie an ein Telefon kommen könnte. An der Strecke lagen mehrere Tankstellen und Gaststätten. Sie befürchtete, den Range Rover aus den Augen zu verlieren, sobald sie anhielt. Unzählige Fluchtrichtungen taten sich auf. Von Biel aus führte die Transjurane, die Jura-Schnellstraße, Richtung Grenze nach Frankreich bei Boncourt. Ebenso gut konnten sie ihren Weg entlang des Jurasüdfußes nach Neuenburg fortsetzen. Zwischen dort und Genf gab es wiederum mehrere Varianten, sich quer durch den Jura und über die grüne Grenze nach Frankreich abzusetzen. Die Wetterlage würde es sogar erlauben, durch das Walliser Rhonetal und den Großer-St.-Bernhard-Tunnel oder über den Simplonpass nach Italien zu entkommen. Sie verwarf diese Möglichkeit. Frankreich lag näher. Lange durften sich die Entführer nicht auf Hauptstraßen bewegen. Falls die Entführung bemerkt worden war, lief bereits die Alarmfahndung.

Die erste Überraschung wurde ihr in Grenchen bereitet. An der ersten Ampel der Innenstadt bog der Range Rover unvermittelt rechts ab. Casagrande musste einen riskanten Spurwechsel vollziehen, was ihr ein heftiges Hupkonzert ihres Hintermannes eintrug. »Sorry«, murmelte sie und hob kurz entschuldigend die Hand, bevor sie Gas gab. Nach einem weiteren Richtungswechsel beim nächsten Kreisel, diesmal nach links, umrundeten sie das weitläufige Hauptwerk der ETA-Uhrenmanufaktur mitten im Grenchner Stadtzentrum. Sie passierten zwei weitere ETA-Fabriken, bevor der Range Rover erneut abbog. Casagrande sah aus den Augenwinkeln das Schild der Allerheiligenstraße.

»Wo willst du hin, *vaffanculo*?«, stieß sie hervor, als sie das Grenchner Stadtgebiet verließen. Die Straße stieg steil an. Es herrschte praktisch kein Verkehr. Casagrande ließ sich erneut zurückfallen. Diese Gegend war ihr nicht gänzlich unbekannt. Vor einigen Monaten war sie an der Geburtstagsparty eines aus Grenchen stammenden Kollegen eingeladen, die im Restaurant bei der Kapelle Allerheiligen stattfand. Sie würden gleich daran vorbeifahren. Casagrande spielte kurz mit dem Gedanken, das Telefon im Restaurant zu benützen. Sie verzichtete, als der Range Rover auf der sich verflachenden Straße beschleunigte.

Vor ihr ragte die erste Jurakette wie eine Wand in die Höhe. Casagrande verlängerte die Distanz. Wenig später flog das Innerortsschild von Romont an ihr vorbei. Sie hatte soeben die Kantonsgrenze überquert. Keine halbe Stunde Fahrzeit von Solothurn entfernt, befand sie sich im französischsprachigen Teil des Kantons Bern. Die behäbige Architektur des Solothurnischen wurde vom charakteristisch gedrungenen Baustil des Berner Jura mit niederen Dächern und Torbögen abgelöst.

Hinter Romont führte die Straße entlang einer sumpfigen Talsenke nach Vauffelin. Diesmal war sie auf einen weiteren abrupten Richtungswechsel des Range Rovers vorbereitet, den er mitten im Dorf tatsächlich vollzog und hart rechts abbog. Sie drückte aufs Gas. Der Wegweiser an der Kreuzung gab die Montagne de Romont an. Was wollten sie dort oben? Von dort fuhr man entweder dahin zurück, woher man gekommen war, oder über eine Gebirgsstraße nach Grenchen.

Die Straße stieg in Serpentinen steil an bis zum nächsten

Ort, Plagne oder Plentsch, wie die Solothurner und deutschsprachigen Berner den Namen ihrem Zungenschlag angepasst hatten. Außerhalb des Dorfes gabelte sich die Straße in drei Richtungen. Der Range Rover nahm kurzerhand die rechte Fahrbahn, die kurz darauf zur Naturstraße mutierte. Sie hatten erneut die Richtung gewechselt und fuhren jetzt nach Osten. Die Landschaft hatte sich verändert. Die Naturstraße führte über eine karge Hochebene mit baumdurchwachsenem Weideland. Niedrige, windzerzauste Buchen und ewiggrüne Fichten krallten ihre Wurzeln in die dünne Humusschicht des kalkfelsigen Bodens. Die knorrigen Stämme und Äste ragten, sich gegen Wind und Wetter auflehnend, in den Himmel. Der »Patûrage boisé« war eine traditionelle Mischnutzung von Weide und Wald. Casagrande kannte die Landwirtschaftsform aus Italien und dem Wallis. Sie lieferte den Bergbauern Nahrung für ihr Vieh und versorgte sie gleichzeitig mit Bau- und Brennholz. Der Baumbewuchs verhinderte die Erosion wertvollen Weidelandes.

Die Befahrbarkeit der Straße erlaubte es Casagrande nicht lange, die romantische Wildheit der Landschaft zu betrachten. Weit und breit waren weder Mensch noch Fahrzeug anzutreffen. Sie hatte die Scheinwerfer ausgeschaltet, um in der anbrechenden Dämmerung den Range Rover nicht auf sich aufmerksam zu machen. Die kompakte Schneedecke bot genug Licht. Die schmale Piste war durchgängig mit Eis und Schnee bedeckt. Im Gegensatz zum Range Rover verfügte Casagrandes Beetle über keinen Vierradantrieb. Die Schneeketten lagen im Kofferraum. Die tiefen Fahrrinnen im eisigen Untergrund hielten den Wagen einigermaßen in der Spur. Das ging so lange gut, bis das Sträßchen an einer Stelle steiler anstieg. Hier lag es vollständig im Schatten und hatte sich in eine harte Eispiste verwandelt. Der Range Rover verschwand aus Casagrandes Blickfeld.

In der Hoffnung, der Anschub reiche aus, beschleunigte Casagrande im flacheren Teil. Bereits nach wenigen Metern begann der Beetle zu schlingern. Die durchdrehenden Antriebsräder fanden keinen Halt mehr. Der Wagen verlangsamte sich zum

Stillstand und rollte schließlich rückwärts. Es war zwecklos. Casagrande setzte zurück und parkte den Beetle an einer Weggabelung, die genügend Platz bot.

Die Gegend war verlassen. Vorhin war sie an einer Hinweistafel zu einem Bergrestaurant vorbeigekommen. Bisher war ihr keine Gaststätte aufgefallen. Sie musste weiter vorne liegen. In längeren oder kürzeren Abständen standen Wochenendhäuschen entlang der Straße, einfache schmucke Chalets ohne Glamour, deren Besitzer aus der Gegend, Grenchen oder Biel stammten. Diente eines davon den Entführern als Unterschlupf?

Tagsüber hatte der Föhn die Temperaturen ansteigen lassen. Mit der Dämmerung kehrte die Kälte zurück. Casagrande war dürftig für einen längeren Winterspaziergang ausgerüstet. Glücklicherweise verfügten ihre Stiefelsohlen über ein griffiges Profil. Der Mantel sollte sie für eine Weile warm halten. Sie musste in Erfahrung bringen, wo man Pia hingebracht hatte. Danach würde sie darüber nachdenken, wie sie Dornach alarmieren könnte.

✳✳✳

Dornach sah sich die ausgedruckten Bildausschnitte des Überwachungsvideos vom Spitaleingang zum x-ten Mal an. Google hatte sie vergrößert, so gut es die Auflösung erlaubte. Pias Gesicht war unter der Kapuze des Hoodies nicht zu sehen. Er erkannte sie an der Kette des Medaillons, das ihr Jana gegeben hatte. Die Tätowierung am Hals eines der beiden Pfleger glich in Form und Größe derjenigen des toten Terroristen in Samarra. Die Frau im weißen Kittel war eindeutig Dr. Winter.

Die Spuren im Zimmer sprachen eine deutliche Sprache. Karin wies außer dem Dolchstich keine Abwehrverletzungen auf. Demzufolge war es zu keinem Kampf gekommen. Stichwaffen werden im Nahbereich angewendet. Karin musste ihren Angreifer an sich herangelassen haben, weil sie ihn oder sie kannte. Vermutlich hatte sie das Zimmer betreten, um nach Pia zu sehen, und in Dr. Winter keine Bedrohung erkannt oder erst, als es zu spät war. Die Erkenntnis zog Dornach beinahe den Boden unter den Füßen weg. Er hatte einen Menschen in sein Leben gelassen, dessen Plan es war, Pia und später ihn selbst auszulöschen. Er steckte den Schlag ein und schob ihn beiseite. Sein Fokus richtete sich einzig und allein darauf, Pia zu retten. Lüthi klopfte an die offene Bürotür. »Ich habe mir Tiziani vorgeknöpft. Er schwört Stein und Bein, keine Ahnung zu haben, wohin man Pia gebracht haben könnte. Er habe sich lediglich um die Konten und Kapitalanlagen der Organisation gekümmert und keine Kenntnisse über deren operative Tätigkeiten.«

»Das glaube ich nicht. So minutiös, wie die uns ausspioniert haben, muss es irgendwo ein sicheres Haus oder einen Unterschlupf geben, wo sie sich verschanzen, bis sich die Wogen glätten.«

»Oder sie haben sich bereits über die Grenze nach Frankreich abgesetzt. Kann sein ...«

Dornach sagte, was Lüthi nicht aussprechen konnte. »Ja, es kann sein. Sie haben etwas vor mit ihr. Frag mich nicht, was, und ich will es mir nicht vorstellen. Dazu brauchen sie einen Ort mit Dach über dem Kopf. Und sie werden mit Pia nicht lange herumfahren. Je länger das dauert, desto höher ist das Risiko, gefasst zu werden. Ich bin sicher, sie sind noch nicht weit.« Dieser Satz spulte sich seit einer halben Stunde wie ein Mantra in seinem Kopf ab.

»Google durchstöbert den Stick. Sollen wir Tiziani noch mal in die Mangel nehmen? Wir könnten ihn eine Viertelstunde mit Maja alleine lassen. Das hat schon Wunder gewirkt. Was unsere Staatsanwältin je an diesem Kerl fand, ist mir ein Rätsel.«

»Angela meint, Tiziani habe ihr die Liste zugesteckt, weil er eine Heidenangst hatte. Wahrscheinlich fürchtet er wie die Welter, der ›Vollstrecker‹ könnte früher oder später auch ihn aus dem Weg räumen. Die helfen uns beide nicht weiter.«

»Apropos ›Vollstrecker‹. Ich habe Beamte vor respektive in Luana Berics Zimmer postiert. Sie hat Dr. Winter als möglichen Schützen identifiziert.«

»Das heißt, Carol Winter ist der ›Vollstrecker‹. Ich frage mich, wie sie sich als Amtsärztin bei uns einschleichen konnte.«

»Sie ist tatsächlich Ärztin. Ich habe sie überprüfen lassen: Ihre Diplome, Atteste und Referenzen scheinen echt zu sein.«

»Darum kümmern wir uns im Detail, wenn wir mehr Zeit dazu haben. Ich will sie fassen, bevor sie mehr Schaden anrichtet.«

»Die Alarmfahndung läuft auf Hochtouren. Autobahnen, Flughäfen, Bahnhöfe und Grenzübergänge werden kontrolliert. Die ausländischen Kollegen sind ebenfalls in Alarmbereitschaft. Früher oder später gehen sie uns ins Netz.«

Dornach ging zum Aktenschrank, auf dem die Bezzera stand. Er brauchte Ablenkung, und waren es nur die paar Sekunden, die es kostete, einen Espresso zuzubereiten. »Auch einen?«

»Gerne.«

Kurz darauf blickten sie mit den Tassen in der Hand auf den dichter werdenden Verkehr auf der Werkhofstraße hinunter. Lüthi unterbrach das Schweigen. »Du hast recht«, sagte er.

»Womit?«

»Diese Leute sind alles andere als Idioten. Sie müssen damit rechnen, dass wir sie mit einem Großaufgebot jagen, und versuchen erst gar nicht, mit Pia außer Landes zu kommen.«

»Das erleichtert es uns nicht. Wir haben keinen einzigen Hinweis, wo wir suchen sollen.«

»Vielleicht können wir helfen.« Maja und Google standen in der Tür. Google stellte sein Notebook auf Dornachs Arbeitstisch. Auf dem Bildschirm war das Standbild eines Verkehrsüberwachungsvideos in einem Straßentunnel zu sehen.

»Der Gibelintunnel auf der Westtangente«, sagte Dornach.

»Fahrtrichtung Nord«, ergänzte Google und ließ das Video laufen. »Achtung – jetzt.« Er stoppte den Film und zeigte auf den Bildschirm. »Voilà.«

Ein schwarzer Range Rover passierte die Kamera. Sie erfasste die Gesichter von Fahrer und Beifahrer.

»Die falschen Krankenpfleger.«

»Zwei Personen sitzen im Fond des Wagens«, sagte Maja. »Sie sind leider nicht zu erkennen. Höchstwahrscheinlich handelt es sich um Pia und Dr. Winter.«

»Moment, es kommt noch was.« Google klickte auf die Abspielfläche. Nach dem Range Rover kamen zwei weitere Fahrzeuge, gefolgt von einem grünen VW Beetle. Google stoppte das Video erneut. »Den kennen wir, oder?«

»Ist das Angela?« Dornach ging näher zum Bildschirm.

»Sie ist es tatsächlich«, sagte Maja.

»Wie es aussieht, verfolgt sie den Range Rover.«

»Oder sie fährt zufällig dort vorbei«, sagte Google. »Kann auch sein.«

Maja zeigte auf den Zeitstempel des Videos. »Das ist keine zehn Minuten nach der Aufnahme des Überwachungsvideos im Spital. Ich halte es wie Dominik und glaube nicht an Zufälle.«

Dornach überlegte. »Im Franziskanerhof vermutete man, dass sie zu einer Einvernahme ins Untersuchungsgefängnis unterwegs war. Ich habe dort angerufen, und man hat mir bestätigt, dass Angela Frau Welter noch einmal befragen wollte. Sie ist aber nie dort aufgetaucht.«

»Warum ruft sie nicht an?«, fragte Lüthi.

»Sie hat ihr Handy in ihrem Büro liegen lassen. Wenn sie den Range Rover tatsächlich verfolgt, wird sie versuchen, uns zu kontaktieren, sobald sie eine Möglichkeit dazu hat.«

»Hat ihr Auto ein GPS? Wir könnten sie orten.«

»Das denke ich nicht. Angela hat es nicht so mit Navi und GPS.«

»Ist ganz schön riskant, was sie da tut«, sagte Maja. »Wenn die im Range Rover spitzkriegen, dass sie verfolgt werden, könnten sie in Panik geraten und Gott weiß wie reagieren.«

Dornach dachte in die gleiche Richtung und verdrängte es sofort. »Angela ist im Moment die beste Chance für uns, Pia rechtzeitig zu finden.« Er trat vor die große Karte der Stadt und Region Solothurn, die über dem Besuchertisch an der Wand hing. »Die Entführer sind Richtung Stadt gefahren. Warum?«

»Auf der Westtangente Richtung Norden gelangt man entweder zurück zum Stadtzentrum, oder man kommt in die nördlichen Stadtgebiete und den oberen Leberberg«, sagte Lüthi.

Dornach tippte mit dem Finger auf den Gibelinkreisel, der unmittelbar auf das nördliche Tunnelportal folgte. »Sie fahren nicht geradeaus nach Norden, sondern nach Westen.«

»In dem Fall hätten sie geradeso gut die A 5 Richtung Grenchen und Biel nehmen können.«

»Auf der Kantonsstraße haben sie die Möglichkeit auszuweichen. Sie rechnen mit Straßensperren auf der Autobahn.«

»Zu Recht, zwischen der Galerie Leuzigen und der Aarebrücke vor der Ausfahrt Grenchen haben wir gemeinsam mit den Bernern eine aufgestellt.«

Dornach tippte auf die Karte. »Wir konzentrieren uns in erster Linie auf die Gebiete westlich von Solothurn und nördlich der Aare.«

»Du glaubst, sie verschlaufen sich im Jura?«, fragte Maja.

»Das ist eine riesige Fläche und verdammt unübersichtlich.«

»Dafür weniger dicht besiedelt als das Mittelland.« Dornach hoffte inständig, es würde Casagrande gelingen, am Range Rover dranzubleiben, ohne selbst in Gefahr zu geraten. Mit etwas Glück könnte sie früher oder später Kontakt aufnehmen.

Sein Handy kündigte eine eingehende Nachricht an. In Gedanken öffnete er die SMS. Es dauerte eine Weile, bis er begriff, wer der Absender war, und ein wenig länger, bis er die Mitteilung verstand.

❋❋❋

Casagrande ging an mehreren unbewohnten Chalets vorbei, ohne dass ihr etwas Verdächtiges auffiel. Die Kälte drang durch ihre Kleider. Bald würde sie kein Gefühl mehr in den Füßen haben. Für die paar Minuten Fußweg zwischen dem Franziskanerhof und ihrer Wohnung reichten ihre Stiefel aus. Für eine Wanderung auf Eis und Schnee im Jura waren sie nicht geschaffen. Sie gab sich fünf weitere Minuten, bevor sie nach Plagne zurückfahren und dort ein Telefon requirieren wollte. Der Gebirgsrücken lag mittlerweile im Schatten. In einer halben Stunde würde es stockdunkel sein.

Nachdem ihr eine Eisplatte um ein Haar zum Verhängnis geworden wäre, brach sie die Übung ab und kehrte um. Es nützte keinem, wenn sie sich in dieser Wildnis die Knochen brach. Einem weiteren harten Sturz auf dem leicht abschüssigen, eisglatten Fahrweg entrann sie knapp mit einem Sprung in den Tiefschnee auf der Wiese. Fluchend kauerte sie im Schnee, bis sie die Schrecksekunde überwunden und ihr Puls sich normalisiert hatte. Ihr Blick fiel auf eines der Häuschen, das sie kurz zuvor passiert hatte. Blind und stumm hob es sich vor dem sich eindunkelnden Himmel ab. Deshalb fiel ihr der Lichtschimmer auf, der durch den Spalt eines geschlossenen Fensterladens drang. Sie sah sich um. Bisher gab es hier niemanden, der von ihrer Gegenwart Notiz genommen hatte. Sie wollte nicht das Risiko eingehen, sich dem Haus von der Straße her zu nähern. Etwa hundert Meter oberhalb, links versetzt, machte sie ein Unterholz mit einer Baumgruppe aus. Der Aufstieg kostete Kraft, ihre Beine versanken mehrmals fast knietief im Schnee, der in ihre Stiefel geriet.

Das Kältegefühl und die Taubheit in ihren Füßen waren vergessen, sobald sie ihr Zwischenziel erreicht hatte. Von ihrer erhöhten Stellung hatte sie die Rückseite des Hauses im Blick. Dort stand der schwarze Range Rover.

Einmal mehr verfluchte Casagrande ihre Schludrigkeit mit dem Handy. Was, wenn sie zurück ins Dorf fuhr und die Entführer in dieser Zeit mit Pia das Weite suchten oder ihr etwas antaten? Sie musste etwas tun, irgendwas. Im Schutz des Unterholzes näherte sie sich dem Haus. Sie befühlte die Motorhaube des Range Rovers. Sie war nicht ganz erkaltet.

Sie schlich zur Hauswand unter das Fenster. Mit angehaltenem Atem versuchte sie, behutsam am Laden zu ziehen. Er war nicht eingehakt und ließ sich geräuschlos bewegen. Der Fenstersims lag auf Casagrandes Augenhöhe. Langsam öffnete sie den Laden so weit, dass sie durch den Spalt den erleuchteten Raum dahinter überblicken konnte.

Pia saß auf einem Sofa an der Wand gegenüber dem Fenster. Sie war bei Bewusstsein und anscheinend unverletzt. Ihre Hände und Füße waren mit Kabelbindern an die Armlehnen und Stuhlbeine gefesselt. Mit wachem Blick verfolgte sie, was um sie herum vor sich ging.

Einer der zwei Männer, die Casagrande am Spital gesehen hatte, stellte einen Campingtisch auf. Carol Winter kam ins

Sichtfeld. Sie legte ein eingerolltes Lederetui auf die Tischplatte und öffnete es. Casagrandes Blut gefror. Das Etui enthielt eine Vielzahl chirurgischer Instrumente, Skalpelle, Meißel, Scheren, Zangen und Sägen. Pias Augen weiteten sich bei dem Anblick. »*Madonna*«, murmelte Casagrande. »Lass sie ihr nur Angst einjagen.«

Der zweite falsche Pfleger stand mit dem Rücken zu Casagrande. Er stellte ein Stativ auf. Dr. Winter verband die Kamera mit einem Notebook. Sie tippte etwas ein. Casagrande schluckte die aufsteigende Panik herunter. Wollten die filmen, wie sie Pia zu Tode quälten, und es womöglich live im Internet verbreiten? Was für Menschen waren das?

Fieberhaft ging sie ihre Optionen durch. Sie war unbewaffnet. Bis sie im Dorf Hilfe geholt hatte, war es möglicherweise zu spät. Sie konnte nicht zulassen, dass Pia auch nur ein Haar gekrümmt wurde. Es blieb nur eine Variante. Verzweifelt sah sie sich nach einem Stück Holz oder einer Eisenstange um, die als Waffe taugten. Wenn es sein musste, würde sie den Raum stürmen und so lange um sich schlagen, bis entweder ein Wunder geschah oder sie tot war. Sie versuchte abzuschätzen, wie lange sie den Überraschungseffekt auf ihrer Seite haben würde.

»*Stop!*« Der Mann hinter ihr hatte das Wort englisch ausgesprochen. Seine Stimme hatte einen gutturalen Klang.

Casagrande erstarrte. Sie hatte drei Personen und Pia im Haus gesehen und nicht damit gerechnet, dass eine vierte die Umgebung überwachen würde. Ihr Instinkt und der Druck eines harten Gegenstandes an ihrem Hinterkopf sprachen eine eindeutige Sprache: Sie hatte verloren. Sie hob langsam beide Hände. »Hören Sie, ich bin –«

Was sie sagen wollte, wurde von einem trockenen »Plopp« unterbrochen, das sich anhörte wie ein dürrer brechender Ast, gefolgt von einem satten Plumps wie ein schwerer Körper, der zusammensackte. Dann herrschte Stille.

Casagrande wandte sich langsam um und blickte auf die Gestalt am Boden. Es war einer der falschen Pfleger. Er starrte sie mit leeren Augen an. An seiner Schläfe klaffte ein Einschussloch.

Casagrande hörte leichte Schritte im Schnee, die sich rasch

von hinten näherten. Bevor sie aufblicken konnte, wurde ihr schwarz vor Augen.

***

Der Volvo XC60 überquerte die Kantonsgrenze. Dornach hoffte, dass Lüthi inzwischen die Berner Kollegen über den bevorstehenden Einsatz informiert hatte. Für bürokratisches Palaver blieb keine Zeit.

Sie passierten eine Straßengabelung. »Du hättest hier abbiegen müssen«, sagte Maja. »Da stand ein Wegweiser zum Romontberg.«

Dornach wies auf das Armaturenbrett. »Das Navi zeigt eine andere Route. Ich will nicht riskieren, im Schnee stecken zu bleiben.«

Maja schaute auf sein Handy, damit sie allfällige weitere eingehende Nachrichten sehen konnte. »Bist du sicher, dass die Koordinaten stimmen? Was ist, wenn sie uns absichtlich in den Gaggo schicken, um Zeit zu gewinnen oder uns in eine Falle zu locken?«

»Wir werden es bald wissen.«

»Und bei Gelegenheit verrätst du mir, woher du die Information mit dem Romontberg hast. Wer ist dieser Typ, der die Nachricht geschickt hat, und wie kommt er drauf?«

»Frag mich was, worauf ich eine Antwort weiß. Es ist das Beste, was wir haben, und es liegt in der Richtung, die wir vermuten.«

Maja starrte stumm geradeaus auf die Straße.

»Deine Gedanken übertönen den Motor«, sagte Dornach nach einer Weile. »Sag schon, was du auf dem Herzen hast.«

»Du weißt, ich bin die Letzte, die sich beklagt, wenn's etwas Action gibt.«

»Ist mir klar. Deshalb konnte ich dich nicht davon abbringen, mitzukommen.«

»Trotzdem, meinst du nicht, wir sollten warten, bis ›Falk‹ anrückt, oder die Berner Sondereinheit aufbieten?«

»Das dauert zu lange. Bis alles geklärt ist und ›Enzian‹ aus

Ittigen anrückt, ist es womöglich zu spät. Ich kann nicht in der Schanzmühle sitzen und warten, bis Hofmann mich wegen Befangenheit abzieht, wie er es schon mal getan hat. Das hat sogar Mike eingesehen.«

»Was ist dein Plan?«

»Das weiß ich erst, wenn wir dort sind. Wir müssen die Entführer festnageln, bis Mike mit ›Falk‹ und den Berner Kollegen anrückt.«

»Gefällt mir, der Plan. Danke übrigens.«

»Wofür?«

»Dass du mich mitnimmst.«

»Was wir tun, ist gefährlich und gegen jede Regel, das weißt du.«

»Dominik, ich will diese Arschlöcher drankriegen, für Pia und für Karin.«

Dornach fühlte Majas Wut fast physisch. Sie richtete sich nicht nur gegen die Täter. »Du solltest aufhören, dir Vorwürfe zu machen. Du bist nicht verantwortlich dafür, was Karin geschehen ist.«

»Ich hätte sie nicht allein zu Pia schicken dürfen. Ich hätte eine Patrouille zur Verstärkung abstellen müssen, ich –«

»Nicht hilfreich, Maja. Wenn du Karin das Image eines armen Opfers gibst, sprichst du ihr jegliche Kompetenz ab, mit gefährlichen Situationen umzugehen. Und du tust euch beiden unrecht. Außerdem sollten wir uns darauf konzentrieren, was vor uns liegt. Versprich mir, du behältst einen klaren Kopf.«

»Klar, Chef.« Sie zeigte geradeaus. »Da vorne, an der Kreuzung scharf rechts abbiegen.« Sie passierten das Innerortsschild von Vauffelin. »In maximal einer Viertelstunde müssten wir dort sein.«

Dornach presste die Lippen zusammen. Je näher sie ihrem Ziel kamen, desto größer wurde seine Angst um Pia. Er hatte keine Garantie, dass sie sich tatsächlich dort befand. Möglicherweise rasten sie geradewegs ins Verderben.

Der Signalton seines Handys unterbrach die gespannte Stille.

»Neue Nachricht«, sagte Maja.

»Unterdrückter Absender?«

»Ja, es ist ein Internetlink.«

»Kannst du ihn öffnen?«

Maja kam nicht mehr dazu, das Handy klingelte. Dornach meldete sich über die Freisprechanlage.

»Guten Abend, Dominik.« Dr. Winters Stimme hallte aus dem Lautsprecher. Die Vorstellung, sie in der Nacht zuvor berührt zu haben, ließ Dornach erschauern.

»Carol? Lass Pia gehen und trag mit mir aus, was immer du musst.«

Ihre Stimme hatte jede Wärme verloren. »Ich wünschte, ich könnte dir sagen, es sei rein geschäftlich, Dominik, keine Gefühle. Das wäre gelogen. Ich heiße Danica Kasun und bin die Schwester von Davor.«

»Wie hast du es geschafft, dich als Amtsärztin bei uns zu infiltrieren?«

»Ich bin tatsächlich Ärztin. Meine Credentials sind echt. Es ist alles eine Sache der Vorbereitung.«

»Du bist der ›Vollstrecker‹. Du tötest Menschen, anstatt sie zu heilen.«

»Ich sehe, du hast deine Hausaufgaben gemacht. Ich wusste, dass du nicht nur im Bett gut bist. Schade, dass es vorbei ist.«

Dornach wandte seinen Kopf rasch zu Maja. Sie blickte mit starrer Miene geradeaus.

»Warum hast du Karin Jäggi niedergestochen?«, fragte er Danica.

»Ich hatte keine Wahl. Es war nicht so geplant. Sie ist im dümmsten Moment ins Zimmer gekommen. Kollateralschaden.«

Maja presste die Lippen zusammen.

»Und Pia? Warum tut ihr das? Sie ist unschuldig.«

»Ich hatte einmal eine Tochter, Dominik. Sie war zwei Jahre alt und auch unschuldig. Der Krieg war schon fast vorbei. Sie spielte im Freien mit Nachbarskindern, als bosnische Milizen sie ansprachen. Die Männer waren freundlich zu ihnen. Sie verteilten Schokolade und Süßigkeiten. Sie fragten die Kinder, ob ihre Eltern Christen oder Muslime seien. Die Kinder antworteten, sie seien Serben. Die Männer haben die Pistolen gezogen und sie erschossen. Als später meine Eltern im Krieg starben, hat sich Slavko um meinen kleinen Bruder Davor gekümmert. Mich schickte er ins Ausland, damit ich studieren konnte und über den Tod meines Kindes hinwegkam.«

Wie in jedem Bürgerkrieg waren auch in diesem die Fronten verschwommen gewesen. Licht und Schatten flossen ineinander und schufen ständig neue Opfer, in denen Monster schlummerten und umgekehrt.

»Das ist furchtbar, Carol oder Danica«, sagte Dornach, »und es tut mir leid. Doch Pia kann nichts dafür. Sie liebt Kinder. Beim Angriff deiner Leute im Irak wurde ein Knabe getötet. Pia hat zwei kleinen Mädchen das Leben gerettet, und sie wird selbst bald Mutter. Den Vater haben deine Leute getötet.«

Mehrere Sekunden herrschte Schweigen. »Die Last der Opfer, die wir bringen müssen, ist oft schwer zu tragen.«

»Was wollt ihr?«

»Vergeltung für Slavko. Bei seinem Tod haben wir geschworen, alle zu bestrafen, die daran beteiligt waren. Du und deine Familie, ihr gehört dazu.«

Dornach warf Maja einen fragenden Blick zu, die hektisch auf ihrem Handy tippte. Sie formte mit dem Mund die Worte »fünfzehn Minuten« und »Falk«. Mit einer drehenden Handgeste deutete sie ihm an, weiterzureden. Sie mussten Zeit schinden.

»Was mit Slavko passierte, hätte nicht sein dürfen. Es war ungerecht. Wenn du jemanden bestrafen willst, halte dich an mich und lass Pia gehen.«

»Das geht nicht, Dominik. Die Strafe ist nur eine, wenn sie tief ins Herz dringt. Dein Schmerz soll dich auffressen, bis der Tod dich erlöst. Es soll dir gehen wie mir, seit ich meine Helena verloren habe.«

»Noch einmal, lasst Pia gehen und nehmt mich an ihrer Stelle.«

»Tut mir leid, Dominik. Die Würfel sind gefallen.«

Dornach wollte ihr keine weitere Gelegenheit geben, ihre Gräueltaten zu rechtfertigen. »Was willst du von mir?«

»Hast du den Link erhalten?«

»Ja.«

»Gut, das ist alles, was du brauchst.«

»Warte, ich –« Die Leitung war tot. Dornach stoppte den Wagen mitten auf der Straße. Maja klickte auf den Link. Es dauerte eine gefühlte Ewigkeit, bis die Seite aufgebaut war. Es war eine Videoaufnahme. Eine Kamera schwenkte nach rechts und schob ein Gesicht ins Bild.

»Pia!«

»Paps?«

Dornach wiederholte ihren Namen. Sie reagierte nicht. Anscheinend konnte sie ihn sehen, aber nicht hören.

»Dominik, es hat geklappt, sehr schön.« Danicas Stimme kam aus dem Off. »Du bist live zugeschaltet. Du kannst deine Tochter hören, sie dich nicht.«

»Paps, lass diese Leute nicht davonkommen. Sie haben Rafik umgebracht.«

Dornach blinzelte die aufsteigenden Tränen weg. Er hatte sich noch nie so machtlos gefühlt.

»Wir können mit der Vorstellung leider nicht warten, bis dein Vater hier ist, Liebes«, sagte Danica. Eine Hand mit einem Skalpell fuhr sanft über Pias Wange. »Er wird gemeinsam mit dem Rest der Welt live mitverfolgen, was wir mit dir machen. Was wir mit allen machen werden, die unsere Familie verraten haben.«

Tränen liefen über Pias Wangen, aber sie weinte nicht. In ihren Augen lag Todesangst und gleichzeitig die Entschlossenheit, sich bis zum letzten Moment zu wehren.

Danicas Stimme kam erneut aus dem Lautsprecher. »Sieben Minuten vor halb sieben. Um Punkt halb sieben beginnen wir. Wenn du fliegen kannst, Dominik, schaffst du es vielleicht von Solothurn aus. Ansonsten wird es dich trösten, zu wissen, dass du der Nächste sein wirst, irgendwann in den kommenden Tagen, Monaten oder Jahren. Es spielt keine Rolle, wir haben Zeit. Du wirst wieder mit deiner Tochter zusammen sein.«

Das Bild verschwand.

Mit einem wütenden Aufschrei krachte Dornachs Faust auf das Armaturenbrett. Maja zuckte zusammen. »Sie bringen sie um!«, rief er. »Maja, sie werden Pia vor laufender Kamera zu

Tode foltern, nur um mich zu strafen!« Seine Stirn sank auf das Steuerrad.

Maja legte die Hand auf seinen Rücken. »Dominik, die haben keine Ahnung, dass wir ihnen auf den Fersen sind. Dr. Winter … diese Danica glaubt, wir sind in Solothurn. Das ist unsere Chance. Wir haben sieben Minuten und das Überraschungsmoment auf unserer Seite. Fahr los!«

Er ließ den Motor an und gab Gas. »Ruf Mike an. Sie sollen sich um Himmels willen beeilen.«

NEUNZEHN

Fahrig wehrte Casagrande die Hand ab, die ihre Wange tätschelte.

»Aufwachen, Angela.«

Die Stimme brachte sie augenblicklich in die Realität zurück. Sie öffnete die Augen. Eine Taschenlampe blitzte auf und erhellte ganz kurz ein bekanntes Gesicht.

»Jana? Was ... Wie ...?«

Jana und eine zweite Person, die Casagrande im Dunkeln nicht erkannte, halfen ihr auf. »Sparen wir uns die langen Geschichten für später auf. Entschuldige den Drachenkuss. Wir mussten dich schnell und lautlos von dort wegschaffen. Das war eine ganz schön leichtsinnige Aktion von dir vorhin. Du kannst von Glück reden, dass es nur die eine Wache gab und keine Sicherheitskameras oder Sensoren.«

»Ich kann selber laufen, danke.«

»Wir müssen uns beeilen.« Jana blickte auf die Uhr. »Der Wächter hatte ein Timing. Wenn er sich in fünf Minuten nicht zurückmeldet, schöpfen sie im Haus Verdacht. Das würde unser Überraschungsmoment zunichtemachen. Wenn wir Pia lebend dort herausbekommen wollen, müssen wir jetzt los.«

»Wie bin ich hierhergekommen?«, fragte Casagrande, die immer noch etwas benommen war.

»Minka hat dich getragen, kein Ding.«

Jana ließ die Lampe erneut aufblitzen und leuchtete ins Gesicht der anderen Frau, die neben Casagrande in die Hocke gegangen war.

»Sie sind ...«

»Jemina Osmankovic, die Terroristin, korrekt.«

»Meine Cousine«, ergänzte Jana.

»Ihr werdet in der ganzen Schweiz gesucht. Wie ...?«

»Das ist eben die lange Geschichte, für die wir gerade keine Zeit haben.«

»Wie kommt ihr hierher?«

Jana zeigte Casagrande ihr Handy. Darauf war eine Navigationskarte zu sehen. Ziemlich genau in der Mitte blinkten zwei Punkte, einer rot und einer grün. »Der rote Punkt ist Pia.«

»Ihr habt sie geortet, wie?«

»*Zmaj*«, sagte Jemina.

»Was?«

»Ein slawischer Drache«, erklärte Jana. »Ein Medaillon, das ich Pia Samstagnacht gab. Es enthält einen leistungsstarken Peilsender.«

»Warum ...?«

»Ich vermutete, Davor steckte hinter dem Anschlag auf Pia im Irak. Ich hoffte leider vergebens, er würde es nicht ein zweites Mal versuchen. Der Peilsender war als Sicherheitsmaßnahme gedacht.« Jana stand auf. »Wir können uns gerne austauschen, wenn alles vorüber ist.« Sie zeigte zum Haus. »Sie werden jede Minute damit anfangen, Pia zu Tode zu foltern.« Jana deutete in die Richtung, aus der Casagrande mit ihrem Auto gekommen war. »Sobald wir von Pias Entführung erfuhren, habe ich Dominik die Koordinaten durchgegeben und hoffte, er würde rechtzeitig mit Verstärkung anrücken. Ich fürchte, wir können nicht mehr länger warten.«

Casagrande brannte die Frage auf den Lippen, wie Jana mitbekommen konnte, was im Bürgerspital passiert war. In diesem Moment spielte es gerade keine Rolle. »Ihr wollt Pia befreien, nur ihr beide?«

»Unsere Optionen sind beschränkt. Wir müssen mit dem arbeiten, was wir haben.«

»Was kann ich tun?«

»Hierbleiben und dich nicht von der Stelle rühren, bis Minka und ich mit Pia zurück sind oder die Polizei eintrifft.«

»Ausgeschlossen, ich komme mit euch.«

»Nein«, erwiderte Jana scharf. »Wir haben in dem Haus einschließlich des toten Wächters mindestens vier Leute gezählt, möglicherweise gibt es noch einen fünften. Wir haben keine Kapazität zum Babysitten.«

Casagrande packte Janas Arm. »Gib mir eine Pistole.«

»Angela, ich –«

»Gib ihr eine Waffe, Lili«, sagte Jemina.

Nach kurzem Zögern zog Jana eine SIG Sauer P220 und übergab sie Casagrande.

»Und du?«

Jana klopfte an ihre rechte Hüfte. »Ich habe meine Glock.« Sie deutete auf die SIG Sauer. »Kannst du damit umgehen?«

Casagrande drückte auf den Hebel für den Magazinauswurf, prüfte es, steckte es wieder hinein und lud die Waffe durch. »Überzeugt?«

»Wenn du so gut damit schießt, wie du sie manipulierst.«

»Einmal pro Woche im Polizeischießstand, seit mir mein Ex ein Veilchen verpasst und einen Zahn ausgeschlagen hat, reicht das?«

»Gutes Mädchen.« Jana klopfte Casagrande anerkennend auf die Schulter. »Aber ich kann nicht für deine Sicherheit garantieren.«

»Wer, glaubst du, garantiert für meine Sicherheit, seit ich hier oben alleine herumspaziere?«

***

»Da vorne«, rief Maja, »Angelas Auto!«

Die Schweinwerfer des Volvos erhellten den VW Beetle am Straßenrand. In Dornachs Brust breiteten sich gleichzeitig Sorge und Erleichterung aus. Danica hatte nichts von Casagrande gesagt. Wo steckte sie? Hatten sie sie umgebracht? Wartete sie auf Hilfe oder eine Gelegenheit, selbst einzugreifen?

Maja sah auf das Navi-Display. »Wir sind bald da, bleiben noch vierhundert Meter.«

Dornach drückte den Gashebel hinunter. Die Straße stellte für den Volvo kein Hindernis dar. Der Wagen fuhr in der Fahrrinne wie auf Schienen. »Wo sind Mike und die Sondereinheit?«

»Etwa fünf Minuten hinter uns, schätze ich.«

Das konnten fünf Minuten zu viel sein, dachte Dornach.

***

»Jana, ich …«

»Was?«

»Nichts«, sagte Casagrande. »Gehen wir.«

»Du musst nicht mitkommen, Angela. Es könnte wirklich gefährlich werden da drin.«

Ohne ein weiteres Wort folgte Casagrande Jemina, die vorausgegangen war.

Vor der Haustür brachten sie sich in Stellung. Jana gab die letzten Anweisungen. »Minka und ich stoßen vor. Angela, du wartest hier und deckst uns, falls nötig. Sobald du kannst, kommst du rein, holst Pia und bringst sie in Sicherheit, klar?«

»Klar.«

»Noch eins: Das ist keine Polizeiaktion. Kein Warnruf, keine Aufforderung, die Waffen niederzulegen, kein Warnschuss. Alle außer Pia, die sich in diesem Haus befinden, sind Feinde. Wir erschießen jeden, der sich uns in den Weg stellt, von vorne oder von hinten, ohne Ansprache, okay?«

Casagrande blinzelte zweimal. Sie dachte an Pia und an Dornach, der vor Sorge fast wahnsinnig sein musste. »Ich denke, das läuft unter Nothilfe.«

»Sie ist klug, diese Staatsanwältin«, sagte Jemina halblaut zu Jana. »Können wir?«

Behutsam drückte Jana die Klinke der Haustür herunter und stieß sie auf. Die Tür bot keinen Widerstand. Sie tastete die Türleisten ab, bevor sie den Korridor mit einem tragbaren Nachtsichtgerät scannte. »Sauber, keine Fallen.«

Jana und Jemina rückten zu einer geschlossenen Tür vor, unter der Licht hervordrang. Wenn Casagrandes Orientierungssinn sie nicht täuschte, lag dahinter das Zimmer, in dem Pia festgehalten wurde. Gleich hinter der Eingangstür führte rechts eine Treppe hoch zum Obergeschoss. Jemina ließ ihre Taschenlampe kurz aufleuchten und zielte nach oben. Es war niemand zu sehen. Jemina löschte die Lampe und folgte Jana. Casagrande stand mit dem Rücken an der Außenwand neben der Tür und wartete, dass die beiden Frauen das Feuer eröffneten. Das sollte das Zeichen für ihren Einsatz sein. Sie machte ein paar tiefe Atemzüge. Die SIG Sauer hielt sie mit beiden Händen, die nicht einmal zitterten. Es war reine Chemie. Das Adrenalin bezwang ihre Angst. Nur die Entschlossenheit, Pia zu retten, und ihr eigener Überlebenswille zählten.

∗∗∗

Maja deutete geradeaus. »Das Haus muss es sein.« Dornach stoppte den Wagen wenige Meter vor der Auffahrt zu dem vollständig abgedunkelten Gebäude.
»Hinter den Läden ist Licht.«
»Los!« Beide stiegen gleichzeitig aus und zogen ihre Waffen.
»Maja.«
Sie sah ihn fragend an.
»Keine Racheaktion, verstanden?«
Sie zuckte stumm mit den Achseln. Er nahm das als ein Ja. Die Waffen im Anschlag, gingen beide auf das Haus zu. Auf halber Distanz zerrissen Schüsse die Stille. In diesem Moment reflektierten die umliegenden Bäume und schneebedeckten Wiesen das rotierende Blaulicht näher kommender Einsatzfahrzeuge.

∗∗∗

Casagrande nahm die Szene im Zeitlupentempo wahr.
Als die Schüsse fielen, riskierte sie einen Blick in den Korridor. Jeminas schwarze Silhouette hob sich vom hell erleuchteten Rechteck der Türöffnung zum Wohnzimmer ab. Jana befand sich bereits drin. Jemina feuerte. Ein dumpfer Schrei ertönte, dem ein weiterer Schuss folgte. Casagrande glaubte, den unterdrückten Schmerzensschrei einer Frau zu hören. »*Oddio*, lass es nicht Pia sein«, murmelte sie. Sie machte sich bereit, reinzugehen. Eine Bewegung unmittelbar vor ihr ließ sie zurückschnellen. Ein Mann schlich mit gezogener Waffe die Treppe herunter. Anscheinend hatte er sie nicht gesehen. Er schlich sich an Jemina heran, die wenige Meter von ihm entfernt mit dem Rücken zu ihm stand. Der Mann zielte. Er würde Jemina ohne Warnung hinterrücks erschießen. Casagrande legte an und feuerte zweimal. Der Mann brach zusammen. Im Fallen löste sich ein Schuss

aus seiner Pistole. Der Aufprall schleuderte Jemina nach vorne ins Wohnzimmer, wo sie am Boden liegen blieb. Ein weiterer Aufschrei tönte aus dem Raum. Es war Pias Stimme. Scherben klirrten. Mit vorgehaltener Pistole stieg Casagrande über den reglosen Körper des Mannes und betrat das Wohnzimmer.

Der zweite falsche Krankenpfleger lehnte halb aufrecht sitzend an der Wand. Die Schusswunden in Stirn und Brust machten ihn zu keiner Gefahr mehr. Jemina lag Casagrande zu Füßen auf dem Bauch. Sie stöhnte fluchend. Die verirrte Kugel war in ihre linke Schulter eingedrungen. Jana deckte die schluchzende Pia mit ihrem Körper. Sie richtete ihre Pistole unablässig auf das zerbrochene Fenster. Carol Winter war verschwunden.

»Runter!«, rief Jana. »Licht aus!«

Casagrande betätigte den Lichtschalter, bevor sie sich duckte.

»Was ist los?«

»Die Frau ist durchs Fenster. Sie ist irgendwo draußen.«

Casagrande bewegte sich gebeugt zum Fenster und spähte hinaus. Eine schwarze Silhouette rannte über die schneebedeckte Wiese auf das Wäldchen zu.

»Sie ist bald bei den Bäumen, sie entkommt.« Casagrande drehte sich um und erstarrte. Im Türrahmen stand der Mann, den sie niedergeschossen hatte. Sie ahnte die auf sie gerichtete Waffe eher, als dass sie sie sah. Seine Hand schien zu zittern. Er war nahe genug, sie nicht zu verfehlen. Das Sofa mit Jana und Pia stand in einer Nische, von wo die Türe nicht einzusehen war. Jana hatte kein Schussfeld.

»Waffe«, rief Casagrande. Sie war wie gelähmt.

»*Vještica!*«

Ein Blitz blendete Casagrande, der scharfe Knall lähmte sie für ein paar Sekunden. Wie aus der Ferne drang Gebrüll dumpf an ihre Ohren. Lichtkegel starker Taschenlampen tanzten an den Wänden. Casagrande glaubte das Wort »Polizei« zu verstehen. Sie ließ instinktiv die Waffe fallen und hob die Hände. Die Blendgranate hatte den Mann ebenfalls beeinträchtigt, dennoch wandte er sich mit vorgehaltener Waffe gegen die anstürmende Sondereinheit. Weitere Schüsse peitschten. Von mehreren Kugeln getroffen brach er zusammen, bevor drei Polizisten in

Kampfmontur mit ihren Pistolen im Anschlag den Raum betraten. Casagrande erkannte das Emblem der Sondereinheit »Falk«.

»Sicher«, sagte der Truppführer. Dornach betrat den Raum mit gezogener Waffe. »Dominik.« Casagrande fiel ihm um den Hals.

»Angie, bist du in Ordnung?«

»Paps!« Pia streckte die Arme nach ihrem Vater aus. In der Ferne waren Martinshörner zu hören.

Zusammen mit einem der »Falk«-Beamten kümmerte sich Jana um Jemina, die sich auf den Rücken gedreht hatte. Sie war bei Bewusstsein. »Danke, *gosposcho* Staatsanwältin.«

»Keine Ursache.« Sie zeigte auf den toten Mann. »Was hat er zu mir gesagt? Veschti... irgendwas?«

»›Vještica‹, du bist eine Hexe, *gosposcho* Staatsanwältin. Wenn es von solchen Kerlen kommt, ist es ein Kompliment. Das heißt, sie haben Angst vor dir.«

Dornach kauerte sich neben Casagrande. »Geht's, Jemina?«

»Ich lebe, *gospodin* Kommissar. Das reicht.«

In diesem Moment kam eine Nachricht auf sein Handy. Er las sie rasch und wandte sich an Casagrande. »Carol Winter alias Danica Kasun ist entkommen. Maja verfolgt sie, allein.«

***

Dornach rannte über die Anhöhe durch den Schnee auf die Baumgruppe zu. Er warf einen Blick zurück. Die Polizisten der Sondereinheit hatten nicht bemerkt, dass er sich abgesetzt hatte. Die Fußspuren waren deutlich zu erkennen und das Blut. Etwa fünfzig Meter vor ihm schritt Maja auf das Wäldchen zu.

»Maja!« Dornach war wütend auf sie. Sie hatte seine Anweisung, bei ihm zu bleiben, nicht befolgt. Danica war gefährlich, selbst wenn sie verletzt war.

Er hatte die Distanz zu ihr halbiert. »Warte!«

Sie wandte sich zu ihm um, hob kurz die Hand und setzte die Verfolgung fort. Kurz darauf war sie aus Dornachs Blickfeld verschwunden.

»Maja!«

Aus der Richtung, in die Maja gelaufen war, ertönte ein einzelner Schuss. Die Stille danach war lähmend. Dornach erreichte das Wäldchen. »Maja, wo steckst du?«

»Links von dir.«

Dornach rückte in die angegebene Richtung vor, bis er sie sah. Sie stand breitbeinig da und richtete ihre Waffe nach unten. Beim Näherkommen sah Dornach die Gestalt am Boden. Danica lag auf dem Rücken. Ihre Waffe, eine Makarov, lag außer Reichweite im Schnee. Sie blutete aus Schusswunden am rechten Arm und am Bein. Maja musste sie mit einem Treffer in den linken Oberschenkel oberhalb der Kniekehle zu Fall gebracht haben.

»Nimm die Waffe herunter, Maja. Wir haben sie.«

Sie machte keine Anstalten, ihre Pistole zielte weiterhin auf Danicas Kopf.

»Pia ist wohlauf, Angela auch. Lass es gut sein«, sagte Dornach.

Majas Lippen waren dünne Striche. »Sie hat Karin auf dem Gewissen«, presste sie hervor. »Sie soll dafür zahlen.«

Danica sah sie herausfordernd an. »Worauf wartest du? Bring's hinter dich. Brauchst du Hilfe? Ich kann dir erzählen, wie ich deiner Freundin den Dolch bis zum Anschlag in den Bauch gerammt habe, jedes Detail. Du hättest das Gesicht sehen sollen, das sie dabei gemacht hat.«

»Halt den Mund«, zischte Maja. »Halt deine Klappe, ich knalle dich ab!«

Behutsam näherte sich Dornach Maja von der Seite. »Sie ist es nicht wert. Karin wird es schaffen. Was hast du davon, wenn du sie erschießt?«

»Komm schon«, sagte Danica, als wollte sie ein Kind mit einer Süßigkeit anlocken. »Lass dich von ihm nicht bequatschen. Rache ist süß, ich habe Erfahrung damit.«

Dornach ignorierte sie, seine ganze Aufmerksamkeit galt Maja. »Wie willst du Karin erklären, dass du ihretwegen einen wehrlosen Menschen erschossen hast? Was würde sie sagen?«

Tränen strömten über Majas Wangen. Ihre Lippen bebten, die Hände zitterten, die Pistole war immer noch genau auf Danicas grinsendes Gesicht gerichtet.

»Karin wird leben, Maja. Nimm die Waffe herunter, das ist ein Befehl.«

»Schieß endlich!«, rief Danica. »Die Schlampe ist tot. Als sie die Klinge spürte, hat sie mich nur dumm angeguckt. Nach dem zweiten Stich hat sie gewimmert wie ein Baby und Blut gespuckt.«

Majas Hände zitterten nicht mehr.

»Nein!«, rief Dornach.

Maja feuerte dreimal und brüllte dabei wie ein verwundetes Tier. Dann ließ sie die Waffe fallen und ging in die Knie.

Dornach hob die Pistole auf. Er blickte zu Danica hinab, die ihre Arme über das Gesicht geschlagen hatte. Majas Kugeln waren neben ihrem Kopf in den Schnee geprallt. »Leg ihr Handschellen an«, sagte er zu Maja.

Maja fesselte Danica. Dornach kratzte mit seinem Taschenmesser die drei verformten Projektile aus dem gefrorenen Schnee und steckte sie zusammen mit den Hülsen ein. Er entfernte das Magazin aus Majas Pistole und ließ es in der Tasche seines Anoraks verschwinden. Aus der anderen Tasche zog er die zweite Pistole, die er in der Schanzmühle eingesteckt hatte, ebenfalls eine Heckler & Koch. Mit drei Ladebewegungen warf er drei Patronen aus, die er in Majas Magazin schob, welches er wieder in ihre Dienstwaffe einsetzte, bevor er sie ihr zurückgab.

Maja sah ihn fragend an.

»Nicht registrierte Munition. Du hast nur einmal geschossen, klar?«

Sie warteten, bis ein Trupp der »Falk« gefolgt von zwei Sanitätern eintraf. Keiner von ihnen wollte mehr als nur den einen Schuss gehört haben, der Danica ins Bein getroffen hatte.

Sie gingen zum Haus zurück, wo inzwischen ein Blaulicht-Fuhrpark längs der Straße parkte. »Was sollte das?«, fragte Maja.

»Was?«

»Deine Zweitwaffe, was hattest du damit vor?«

Dornach blieb stehen. »Damit hätte ich Danica eigenhändig erschossen, wenn sie Pia auch nur ein Haar gekrümmt hätte. Reicht dir das als Erklärung?«

»Voll und ganz, Chef.«

Sie gingen weiter. »Urs Jäggi hat mir eine SMS geschickt«, sagte Dornach.

»Was … sagt er?«

»Karin hat die Operation überstanden. Die Ärzte sind vorsichtig optimistisch. Wenn sie die Nacht übersteht, stehen ihre Chancen gut.«

✳✳✳

Pia wurde auf einer Bahre in einen Ambulanzwagen geschoben, der sie ins Bürgerspital Solothurn bringen sollte. Trotz vehementer Gegenwehr ihrerseits hatte Dornach mit Unterstützung des Notarztes darauf bestanden, sie zu untersuchen und mindestens über Nacht zur Beobachtung im Spital zu lassen.

»Das verzeihe ich dir nie, Paps. Ich wollte endlich zu Hause schlafen.«

Dornach küsste sie auf die Stirn. »Gut, dich wieder zurückzuhaben.«

»Ich warne dich, wenn ich morgen nicht nach Hause kann, mache ich dem Personal das Leben so lange zur Hölle, bis sie mich anflehen zu gehen.«

Daran zweifelte er keine Sekunde. »Ich komme zu dir, sobald ich hier fertig bin, versprochen.«

Jemina Osmankovic war bereits auf dem Weg ins Spital Biel, ebenso Danica. Die Spurensicherung hatte die Durchsuchung des Ferienhauses abgeschlossen und es versiegelt.

Jana wartete in einem VW-Transporter der Berner Kantonspolizei auf Dornach. Er setzte sich mit zwei Pappbechern mit heißem Tee zu ihr und reichte ihr einen davon.

»Danke. Davor ist nicht unter den Toten. Ich hatte die leise Hoffnung, wir hätten ihn auch erwischt. Er verschanzt sich demnach immer noch in Serbien und hat seine Schwester die Drecksarbeit machen lassen.«

»Was hast du jetzt vor?«

»Erst kümmere ich mich um Minka, damit sie freikommt und die Anklagen gegen sie fallen gelassen werden. Wir werden wohl oder übel ein paar unangenehme Fragen beantworten müssen.

Dann suche ich Davor. Solange er frei herumläuft, haben wir keine Ruhe.«

»All das hast du für Jemina getan?«

»Minka ist alles, was mir von meiner Familie geblieben ist. So lange wir leben, werden wir uns gegenseitig beschützen.«

»Danke.«

»Wofür?« Jana wärmte ihre Hände am heißen Pappbecher.

»Was du für meine Familie getan hast, für Pia. Ohne dich wäre sie ...« Er zerknüllte seinen leeren Becher. »Ich will nicht dran denken.«

»Pia und du, ihr gehört schon lange zu meiner Familie. Was ich gerade sagte, gilt ebenso für euch.«

»Was wird aus uns beiden?«

Jana schenkte ihm das gleiche Lächeln wie damals, als sie sich im Empfangsraum der Schanzmühle zum ersten Mal begegneten. »Uns? Du meinst du und ich? Was hättest du denn gern, was sein soll?«

Dornach schluckte leer. Was er ihr sagen wollte, hatte er selten, im Grunde genommen nie zu einer Frau gesagt. »Ich will nicht, dass du fortgehst, Jana. Warum bleibst du nicht bei uns, bei Pia und mir, sobald du all die unangenehmen Fragen beantwortet hast? Unser Haus hat genug Platz für uns drei und Pias Baby, wenn es so weit ist.«

»Die Villa Dornach? Fesch.«

»Wenn du es willst, soll sie ein Zuhause für dich sein.«

»Ist das so?«

Er umfasste ihr Gesicht. »Genau so ist es.«

Die energisch aufgestoßene Schiebetür des Transporters riss sie aus der Umarmung. Casagrande stand vor ihnen. »Tut mir leid, eure Zweisamkeit zu stören«, sagte sie hastig. »Du musst verschwinden, Jana, auf der Stelle.«

»Angie«, sagte Dornach, »das ist doch kindisch. Wir –«

»Es ist nicht, was du denkst. Hofmann und Châtelain sind unterwegs hierher. Sie werden Jana verhaften.«

»Was?« Dornach und Jana stiegen aus dem Transporter. Casagrande sagte etwas, das vom ohrenbetäubenden Rotorenlärm eines anfliegenden Helikopters übertönt wurde. Der

Super Puma kam aus Westen und landete unterhalb der Straße auf einer Wiese.

»Mach, dass du fortkommst, Jana, jetzt sofort!«, schrie Casagrande über den Rotorenlärm hinweg.

Jana machte keine Anstalten. Die drei blickten den Personen entgegen, die auf sie zumarschierten. Marius Châtelain führte die Gruppe an. Hofmann ging zwei Schritte hinter ihm. Sie wurden von vier Beamten der Einsatzgruppe »Tigris« eskortiert, der Sondereinheit der Bundespolizei. Sie waren in voller Kampfmontur und mit automatischen Schnellfeuergewehren bewaffnet. Châtelain schritt direkt auf Jana zu, die, beide Hände in den Taschen ihres Ledermantels versenkt, auf ihn wartete.

»Frau Cranach, gegen Sie besteht ein internationaler Haftbefehl. Ich verhafte Sie wegen des Mordes an vier Polizeibeamten und drei Unbekannten sowie des Mordversuches und gefährlicher Körperverletzung an einer Polizeibeamtin im Kanton Zug. Sie stehen unter Verdacht, an terroristischen Straftaten beteiligt gewesen zu sein und –«

»Châtelain!«, rief Dornach. »Das ist lächerlich. Dank Frau Cranachs Hilfe haben wir gerade eine internationale Verbrecherorganisation ausgehoben.«

»Hauptmann Dornach«, schnarrte Hofmann, »Sie haben hier nichts zu sagen. Über Sie unterhalten wir uns später.«

Casagrande stellte sich vor Jana. »Ich verbürge mich für Frau Cranach. Sie hat nicht nur mir, sondern auch Herrn Dornachs Tochter, Pia Zenklusen, das Leben gerettet.«

Jana legte die Hand auf Casagrandes Schulter. Casagrande wandte sich zu ihr um.

»Lieb von dir, Angela, aber es ist zu Ende.« Sie umarmte Casagrande und dann, in einer blitzschnellen Bewegung, drehte sie sie um die eigene Achse und legte ihre Arme von hinten über Kreuz um ihren Hals.

In beiden Händen hielt sie je eine entsicherte Handgranate, die sie an Casagrandes Kopf drückte. Die umstehenden Polizisten einschließlich der »Tigris«-Männer legten sofort ihre Waffen auf sie an.

Dornach glaubte sich in einen wachen Alptraum versetzt. Er

machte zwei Schritte auf die beiden Frauen zu.»Jana, was soll das?«

»Bleib zurück, Dominik. Wenn einer von euch einen Schritt weitergeht, jage ich mich mitsamt der Staatsanwältin in die Luft.« Mit Casagrande als Schutzschild bewegte sie sich rückwärts zum Haus.

»Keiner rührt sich von der Stelle!«, rief Dornach. Er trat einen weiteren Schritt vor.

»Stehen bleiben!« Jana erreichte die Haustür. Sie flüsterte Casagrande etwas zu. Unvermittelt versetzte sie ihr einen heftigen Stoß in den Rücken und verschwand im Haus. Casagrande stolperte mit einem Aufschrei direkt in Dornachs Arme.

»Alles in Ordnung mit dir?«, fragte er.

»Kein Kratzer. Weg hier!«

»Was hat sie zu dir gesagt?«

»Es tue ihr leid, und wir sollen in Deckung gehen.«

»Was?« Dornach sah zum Haus hinüber.»Jana!« Dornach wollte zum Haus rennen. Casagrande hielt ihn zurück.»Nicht, Dominik, die Handgranaten!«, rief sie.»Im Haus sind Gasflaschen. In Deckung!«

Châtelain und die»Tigris«-Männer rannten herbei und zerrten sie aus der Gefahrenzone. Sekunden später fegte sie eine heftige Detonation von den Füßen. Eine weitere Explosion mit einer Stichflamme sandte eine Hitzewelle voraus und verwandelte die Ruine in ein flammendes Inferno. Sie gingen hinter den Fahrzeugen vor den herabprasselnden Trümmerteilen in Deckung. Dornachs Ohren rauschten. Er wollte zum Haus rennen. Casagrande zerrte an ihm und schrie auf ihn ein. Er hörte ihre Worte nicht, sondern starrte unablässig auf in die Flammen. Dieses Bild wurde von Janas Gesicht überlagert. Der Ausdruck in ihren Augen, bevor sie in das Haus flüchtete, brannte sich in seinem Gedächtnis ein.

»Dominik!« Casagrande rüttelte an seinen Schultern. Er sah sie an. Sein Unverständnis spiegelte sich in ihrem Gesicht. Zwei »Falk«-Männer, Lüthi und Maja halfen ihm auf die Beine. Über ihnen dröhnten die Rotoren des wegfliegenden Super Pumas.

Epilog

Niedrige Wolken, die ein heftiger Westwind vor sich herschob, trieben ihr Wechselspiel mit der Sonne. Rote und gelbe Lilien auf dem Grab reckten ihre Stiele und Blüten den hier und da durchdringenden Sonnenstrahlen entgegen. Janas Lieblingsblumen.

Seit jener Nacht am Romontberg war eine Woche vergangen. Dornach fühlte sich, als hätte ihn eine Delle im Zeit-Raum-Kontinuum in eine Parallelwelt katapultiert. Erst gestern, oder waren es tatsächlich schon zwei Wochen seither, hatte er an dieser Stelle Johanna und Carl-Helmut Cranach die letzte Ehre erwiesen. Er sah die Rillen der frisch eingravierten Buchstaben im dunkelgrauen Granit des massiven Grabsteins. Regen und Wind hinter den aufziehenden Wolken würden den verbleibenden Meißelstaub bald wegwaschen.

»Jana Cranach/Lilijana ›Lili‹ Spahic – geliebte Tochter, Cousine und Freundin«, stand über der Inschrift von Geburts- und Todesdatum. Jemina Osmankovic hatte den Text veranlasst. Niemand hatte ihr widersprochen, als sie darauf bestand, Janas ursprünglichen Geburtsnamen zu erwähnen. Jeminas Haft war aufgehoben worden. Gegen sie lief eine Untersuchung zu ihren Aktivitäten als Undercoveragentin für Europol. Die Wahrheit über die Schüsse in Den Haag anderthalb Jahre zuvor hatte Jana mit ins Grab genommen. Dornach war der Einzige außer Jemina, der das Geheimnis kannte. Hofmann hatte ihm schriftlich die strikte Anweisung gegeben, sich gefälligst nicht mehr in diesen Fall einzumischen, der den Kanton Solothurn in keiner Weise betraf. Es war die erste Direktive des Leitenden Staatsanwaltes, die Dornach bis zum letzten i-Tüpfelchen befolgte.

Pia stand neben ihm an Janas Grab. Casagrande wartete mit dem Rollstuhl auf dem Fahrweg, Dornach nahm Pia die Krücken ab. Mit einem Streichholz zündete sie eine Grabkerze an und legte sie auf den Sims am Fuß des Grabsteins. Dornach nahm eine Handvoll der frisch aufgeschütteten Erde auf, unter der Janas sterbliche Überreste in einem Eichensarg ruhten, und drückte sie Pia in die Hand. Er nahm ihr die Krücken ab, damit sie frei stehen konnte.

Pia ließ die Erde durch ihre Finger zurück auf das Grab rieseln. »Ich danke für die kurze Zeit, in der du meine Schwester, meine Freundin, mein Schutz warst. Ich ...« Ihre Stimme brach. Sie schwankte. Dornach machte einen Schritt auf sie zu. Pia wies seine helfende Hand zurück. Sie machte einen Schritt zurück und legte die Hände auf ihren Bauch. »Du wärst ihm eine gute Patin gewesen.« Pia wandte sich ab und umarmte ihren Vater. »Sie hat mir versprochen, dass sie wiederkommt, weißt du?«

Dornach deutete auf das Medaillon mit dem Drachen an Pias Hals. »Sie ist immer bei dir, Pia.«

Pia befühlte das Medaillon. »Sie braucht ihren *zmaj* wieder, damit er jetzt sie beschützen kann.« Sie löste die Kette und legte sie um die Grabkerze.

Sie nahm Dornach die Krücken ab und ging hinüber zu Casagrande. »Wir gehen schon mal vor«, sagte sie über die Schulter.

Dornach sah ihr nach. In zwei Tagen würde sie erneut an einem Grab stehen. Nadal hatte mit Unterstützung ihrer Mutter das Undenkbare vollbracht und sich gegen ihren Vater und die Verwandten durchgesetzt. Rafik würde im muslimischen Grabfeld des Friedhofs Olten seine Ruhe finden. Dornach bewunderte Pias stoische Art zu trauern, und gleichzeitig machte er sich Sorgen um sie. Er war froh, nicht allein zu sein, und dankbar für die Anteilnahme, die Casagrande und seine Kollegen ihr entgegenbrachten. Alle waren sie da, Pia durch die kommenden Tage und Wochen zu begleiten.

Er hielt seine geschlossene Hand mit der Erde über Janas Grab. »Irgendwann werde ich eine Erklärung für das bekommen, was du getan hast. Mach jetzt deinen Frieden und finde deine Ruhe bei diesem Gott, der mir nie vertraut war und von dem du nie wusstest, wie du ihn nennen solltest. Ich verzeihe dir, Jana.« Er öffnete die Hand und ließ die Erde auf das Grab fallen. Ein Sonnenstrahl bohrte sich durch ein Loch in der Wolkendecke und wärmte seinen Rücken. Dornach wandte sich um. Der abrupte Lichtwechsel blendete ihn. Da sah er sie, keine zehn

Meter entfernt zwischen zwei Eiben. Der auffrischende Wind spielte mit ihrem offenen schwarzen Haar. Ihre blauen Augen reflektierten das Licht der Sonne. Ihr Gesicht verschwamm in der gleißenden Helligkeit. Er schirmte mit der Hand seine Augen ab. »Jana?«

Die Lücke im Wolkenhimmel schloss sich. Als er wieder klar sehen konnte, war der Platz zwischen den Eiben leer. Dornach ging zu den Büschen und blickte sich um. Weit und breit war nichts als Grabsteine. Ansonsten war dieser Sektor des Zentralfriedhofs menschenleer. Er fühlte sich wie ein Erwachender aus einem tiefen Traum. Jana war tot. Professor Bodmer hatte ihre verkohlte Leiche persönlich obduziert und anhand von DNA und Gebissstatus formell identifiziert. Dornach hatte mit ihr gesprochen und ihren Bericht gelesen. Jana hatte die beiden Handgranaten im Innern des Hauses gezündet. Zuvor musste sie die Gasflaschen geöffnet haben. Die Detonation hatte das Gas zur Explosion gebracht. Die Zerstörung war vollständig. Der Gedanke, Jahre unter ständiger Bedrohung in einem Gefängnis zu leben, musste für sie unerträglich gewesen sein.

»Paps, kommst du? Es fängt bald an zu regnen.«

Er hatte nicht bemerkt, dass Pia zum Grab zurückgekehrt war. Casagrande beendete ein Telefongespräch und trat zu ihnen.

»Maja lässt grüßen. Karin ist vor einer Stunde aus dem Koma erwacht. Die Ärzte meinen, sie ist über den Berg.«

Stumm dankte Dornach dieser universellen göttlichen Macht, die ihre Liebe bedingungslos und großzügig vergab, ohne sie je zu verschwenden.

Sie gingen zusammen zurück zum Tor. Pia ließ sich widerstrebend überreden, sich in den Rollstuhl zu setzen. »Ich brauche Bewegung.« Mit kraftvollen Schwüngen rollte sie davon.

»Gegen Davor Vukovic ist ein Haftbefehl erlassen worden«, sagte Casagrande, sobald Pia außer Hörweite war. »Die Polizei hat sein Haus in den Bergen an der serbisch-kosovarischen Grenze gestürmt.«

»Wurde er gefasst?«

»Wie man's nimmt. Jemand war schneller. Er lag in seinem Pool, mit je einer Kugel in Kopf und Brust.«

»Der Teufel tanzt nicht mehr.«

»Vermutlich eine interne Abrechnung.« Sie blickte in den wolkenschweren Himmel. »Beeilen wir uns.«

Dornach drehte sich nach dem Grab um. Die ersten Tropfen benetzten die Eiben.

»Was ist?«, fragte Casagrande.

»Nichts.« Dornach ergriff ihre Hand. »Es ist vorbei.«

Glossar

Abaya (arabisch) – traditionelles islamisches Überkleid für
Frauen

Bancomat – Geldautomat

Beiz (Umgangssprache) – Kneipe

Béret (französisch) – Baskenmütze

Bernbiet (Umgangssprache) – Kanton Bern

Bettmümpfeli (Mundart) – Nascherei vor dem Einschlafen,
Betthupferl

Bise – kalter Wind aus Ost bis Nordost im schweizerischen
Mittelland

Bundesordner (Handelsmarke) – Aktenordner

Bundestschugger (Mundart) – abwertend für Bundespolizist

Capuns – traditionelles Bündner Gericht, in Mangold- oder
Lattichblätter gewickelte Teigklößchen mit Fleisch- oder
Gemüsefüllung

Cheminée – offener Kamin

Chnörzli (Mundart) – Schokoriegel

Cobra – Einsatzkommando (EKO) Cobra, polizeiliche Sondereinheit in Österreich

CODIS – nationale DNA-Profil-Datenbank

Combox – Anrufbeantwortungsdienst von Swisscom

Einvernahme – Vernehmung

Föhn – warmer, trockener Fallwind

Fränkler (Umgangssprache) – Einfrankenmünze

Fünfliber (Umgangssprache) – Fünffrankenmünze

Gaggo (Mundart) – Kakao; hier: Wildnis

gepröbelt, pröbeln (Umgangssprache) – Versuche anstellen

Gipfeli (Mundart) – Croissant, Hörnchen

gospodarice (serbokroatisch) – Herrinnen, Meisterinnen

gospodine (Anrede, serbokroatisch) – Herr

gosposcho (Anrede, serbokroatisch) – Frau

Guggenmusik – maskierte Musikformation, die in der Regel nur während der Fasnacht aufspielt

habibi/habibti (arabisch) – Geliebter, Schatz/Geliebte

Hilari – Beginn der Solothurner Fasnachtszeit jeweils am 13. Januar; Gedenktag des heiligen Hilarius von Poitiers (315–367)

Hostet (Mundart) – Obstbaumgarten

hueresiech (Mundart) – starker Kraftausdruck; Huere = Hure; Siech = Aussätziger

Innerschweiz (Umgangssprache) – umfasst die Kantone Uri, Schwyz, Ob- und Nidwalden (mit Luzern)

IV-Rente – Invalidenrente

Kufija (arabisch) – von Männern getragenes Kopftuch

Perron – Bahnsteig

Pikett – Bereitschaft

Rätsche – Geräuschinstrument aus Holz, Klapper

Rega (Abkürzung) – Schweizerische Rettungsflugwacht

Tschetnik – Angehöriger serbischer Milizeinheiten

Tüpflischeißer (Mundart, eigentlich: Tüpflischießer) – Korinthenkacker

verschlaufen (Mundart) – verstecken, verbergen

Weggli (Mundart) – Milchsemmel

Zapfen (Umgangssprache) – Lohn, Gehalt

Anmerkungen und Dank

Das UNICEF-Projekt »Hayat Jadida« in der Umgebung von Bagdad ist frei erfunden, ebenso die US-Sicherheitsfirma »Star Protectors«. Für die Szenen im Irak und Jordanien erhielt ich wertvolle Hinweise zu den Örtlichkeiten, lokalen Gepflogenheiten und Essensgewohnheiten von Botschafter Lukas Gasser (mit mir weder verwandt noch verschwägert), Missionschef für Jordanien und Irak in Amman, sowie von Furat al Jamil in Bagdad. Furat gab mir wichtige Hinweise zu Arbeitsweise und Sicherheitsbelangen der UNICEF im Irak. Ebenso wies sie mich auf die Eigenheiten der irakischen Umgangssprache hin und machte mich mit den Straßen und Sehenswürdigkeiten der Stadt Samarra vertraut. Ich danke beiden für das geduldige und verständnisvolle Gegenlesen der entsprechenden Textpassagen.

Die im Text erwähnte, von William Somerset Maugham im Jahr 1933 nacherzählte mesopotamische Anekdote »Begegnung in Samarra« ist im englischen Original unter dem Titel »The Appointment in Samarra« in verschiedenen Quellen im Internet zugänglich, zum Beispiel: https://www.k-state.edu/english/baker/english320/Maugham-AS.htm.

Der Debatte im Buch über den rechtlichen und sozialen Status von Sexarbeiterinnen und -arbeitern und die Anti-Prostitutionsgesetze in Schweden und Norwegen liegen folgende Quellen zugrunde:

– »20 Jahre Prostitutionsverbot in Schweden: Was hat das Gesetz gebracht?« In: Neue Zürcher Zeitung, 6. Oktober 2018.

– »Warum Amnesty die Prostitution entkriminalisieren will«, Amnesty International Schweiz (https://www.amnesty.ch/de/themen/frauenrechte/dok/2015).

– »Norway: The Human Cost of ›Crushing‹ The Market: Criminalization of Sex Work in Norway«, Studie von Amnesty International (https://www.amnesty.org/en/documents/eur36/4034/2016/en/).

Die im Buch vorkommende Stiftung »Courtisana« ist frei

erfunden und steht in keinem Zusammenhang mit existierenden Institutionen, die Hilfeleistungen und Unterstützung zugunsten von Prostituierten anbieten.

Herzlichen Dank an meine Autorenkollegin Silvia Götschi, die mir freundlicherweise ihre Ermittlerin Valérie Lehmann von der Schwyzer Kantonspolizei für einen kurzen Auftritt zur Verfügung stellte.

Ich danke dem Artillerieverein der Stadt Solothurn und Umgebung, besonders Zoran Stankovski, für die private Führung durch den Krummturm. Es erlaubte mir, die Atmosphäre dieses einzigartigen historischen Bauwerks zu erfassen.

Bereits 2018 hatte ich die Gelegenheit, im Lusthäuschen beim Henzihof in der Solothurner Weststadt eine Lesung abzuhalten. Es gibt geeignetere Zeitpunkte, sich dort aufzuhalten, als eine eiskalte Nacht im Februar. Es war schlicht zu verlockend, die Örtlichkeit nicht in den Plot einzufügen. Ich danke dem Vorstand des Quartiervereins Weststadt und seiner Präsidentin Bea Beer, mir unbeabsichtigt diesen Floh ins Ohr gesetzt zu haben.

Was wäre ein Krimi ohne Unterstützung durch die Spezialisten in der Materie? Ich danke Dr. med. Antje Rindlisbacher vom Institut für Rechtsmedizin in Bern, Major Nik Büttiker von der Solothurner Kantonspolizei und Staatsanwalt Martin Schneider von der Solothurner Staatsanwaltschaft, deren fachliche Beurteilung und Tipps es mir immer wieder erleichtern, das unentbehrliche Lokalkolorit in die Arbeit meiner Ermittler einfließen zu lassen. Ein besonderer Dank geht dabei an die Verantwortlichen der Sondereinheit »Falk« der Polizei Kanton Solothurn für den herzlichen Empfang und die Gastfreundschaft, die ich bei dem Besuch einer Einsatzübung genießen durfte.

Simon Luginbühl von der Rega bin ich dankbar für die Informationen über den Ablauf einer Rückführung von Patienten aus dem Mittleren Osten in die Schweiz.

An dieser Stelle weise ich gerne einmal mehr darauf hin, dass die Verantwortung für sämtliche in diesem Buch beschriebenen Falschdarstellungen oder Fehlverhalten von Funktionsträgern, ob absichtlich oder unabsichtlich, ausschließlich mir zufällt.

Weiterer Dank gebührt meiner geduldigen Lektorin Irène Kost in Biel und der Lektoratsleitung des Emons Verlages in Köln, Christel Steinmetz und Stefanie Rahnfeld, sowie all den guten Geistern im Team aus Köln; ferner Dr. Michael Wenzel von der Editio Dialog Literary Agency in Lille und Urs Heinz Aerni in Zürich.

Meiner Frau Catherine fiel die zuweilen undankbare Aufgabe zu, mich mit mehr oder weniger normalen Alltäglichkeiten aus den Verstrickungen der Geschichte und meiner Protagonisten auf den Boden der Realität zurückzuholen, was ihr mit liebevoller Bestimmtheit gelang.

Sie, liebe Leserin, lieber Leser, haben es bis hierher einmal mehr geschafft, bei mir und der Geschichte zu bleiben. Ich danke Ihnen für die Treue, die Sie den Protagonisten um Dominik Dornach entgegenbringen.

Christof Gasser

Christof Gasser
SOLOTHURN TRÄGT SCHWARZ
Der 1. Fall für Dominik Dornach und Angela Casagrande
Broschur, 352 Seiten
ISBN 978-3-95451-783-1

Ein Zürcher Journalist wird tot am Aare-Ufer aufgefunden. Steckt die Balkan-Mafia, über die der Reporter recherchiert hat, hinter dem Anschlag? Bevor Dominik Dornach von der Solothurner Kantonspolizei und Staatsanwältin Angela Casagrande die brisanten Zusammenhänge aufdecken können, geschieht ein weiterer Mord – und Dornachs Tochter Pia gerät in tödliche Gefahr ...

»Geschliffene Dialoge, rasante Verfolgungsjagden, viel Lokalkolorit, globale Politik – der Krimi hat alles, was man sich als Leser wünscht.« Schweiz am Sonntag

www.emons-verlag.de

Christof Gasser
SOLOTHURN STREUT ASCHE
Der 2. Fall für Dominik Dornach und Angela Casagrande
Broschur, 320 Seiten
ISBN 978-3-7408-0050-5

Eine Ordensschwester wird mit einem Aschenkreuz auf der Stirn
tot in der Solothurner Einsiedelei aufgefunden. Die Spur führt die
Ermittler zu einer obskuren katholischen Gemeinschaft, die Beziehungen zu rechtsextremen Kreisen pflegt. Kantonspolizist Dominik Dornach und Staatsanwältin Angela Casagrande versuchen
die Fäden zu entwirren – und kommen dabei einem mörderischen
Komplott auf die Spur …

*»Christof Gasser gelingt es, die Leser an die Protagonisten zu bin-
den und ein nicht zu unterschätzendes Suchtpotenzial zu schaffen.«*
Solothurner Woche

www.emons-verlag.de

Christof Gasser

SOLOTHURN SPIELT MIT DEM FEUER

Der 3. Fall für Dominik Dornach und Angela Casagrande
Broschur, 336 Seiten
ISBN 978-3-7408-0305-6

Ein Oberrichter, der gerade ein umstrittenes Urteil gesprochen hat, entgeht knapp einem Bombenanschlag, wenig später verschwindet sein kleiner Sohn. Gibt es einen Zusammenhang zu dem Kinderskelett, das kurz zuvor auf der Burgruine Balm gefunden wurde? Dominik Dornach und sein Team setzen alles daran, den Jungen zu finden, als sich plötzlich Hinweise auf eine akute terroristische Bedrohung für Solothurn verdichten. Ein tödlicher Wettlauf gegen die Zeit beginnt.

»Der neue Krimi von Christof Gasser hat viel Sprengkraft.«
AZ Zeitungen AG

www.emons-verlag.de

Christof Gasser
SCHWARZBUBENLAND
Der 1. Fall für Cora Johannis
Broschur, 272 Seiten
ISBN 978-3-7408-0178-6

Die Suche nach der verschollenen Gattin eines Alt Regierungsrates führt Journalistin Cora Johannis in ein kleines Dorf im Schwarzbubenland, dessen Bewohner sie feindselig empfangen. Kurz nach ihrer Ankunft überschlagen sich die Ereignisse: In der nahen Burgruine kommt eine junge Frau zu Tode, zwei weitere Leichen werden in einer Höhle entdeckt. Als die Kugeln eines Heckenschützen Cora knapp verfehlen, besteht kein Zweifel mehr, dass sie Verbrechern auf der Spur ist, die vor nichts zurückschrecken …

»Der solothurnische Autor legt einen rasanten Krimi vor.«
Brigitte Schweiz

www.emons-verlag.de

Christof Gasser
BLUTLAUENEN
Der 2. Fall für Cora Johannis
Broschur, 320 Seiten
ISBN 978-3-7408-0508-1

Obwohl sie nicht nur angenehme Erinnerungen an die gemeinsame Zeit hat, verbringt Journalistin Cora Johannis mit ihrer Jugendclique ein Wochenende in einem abgelegenen Jagdhaus in den Alpen. Beim ersten Abendessen bricht ein Gast tot zusammen, kurz darauf geschehen weitere mysteriöse Todesfälle. Die Anwesenden werden zur Zielscheibe eines kaltblütigen Mörders, und weit und breit ist niemand, der ihnen helfen kann. Cora fasst einen lebensgefährlichen Plan ...

»Christof Gasser ist mit seinem neuesten Krimi wieder ein Stück gelungen, das einem als Leser die Abgründe menschlichen Verhaltens vor Augen führt und das bis zur letzten Seite die Spannung behält.« Solothurner Zeitung

www.emons-verlag.de